Nicht alle Mäuse sind grau

2. Auflage

Taschenbuchausgabe 2017
Copyright ©2017 by Renate Mayer
Umschlaggestaltung und Illustration: Niclas Treinen
www.lorbertillustration.com

Herstellung und Verlag:

BoD – Books on Demand, Norderstedt, Printed in Germany
ISBN: 978-3-7460-6473-4

www.Rena-May.de

RENA MAY

NICHT ALLE MÄUSE SIND GRAU

»Ich kündige, und zwar fristlos! Das ist zu viel! Das muss ich mir nicht bieten lassen. Ich lasse mich nicht weiter von ihren Freundinnen schlecht behandeln.«
Rumms! Eine Tür knallte.
Marie-Luise ruckte mit dem Kopf hoch und starrte mit offenem Mund auf den Flur.
Hey, was war denn hier los?
Frau Palm, Herrn Lindemanns Sekretärin, stürzte völlig aufgelöst an den halbhohen Scheiben des Großraumbüros vorbei und verschwand hinter der Tür mit dem Schild »Damen.«
Die Scheiben des Schreibbüros waren zwar schalldicht, aber irgendjemand hatte die Türe zum Flur nur angelehnt, und so konnte Marie-Luise, die in der Nähe der Tür saß, aufschnappen, was Frau Palm im Flur gerufen hatte.
Marie-Luises Augen klebten an der Tür zum Waschraum, aber im Moment blieb es still.
Es war doch niemand im Sekretariat der Chefsekretärin gewesen. Oder war Frau Palm telefonisch beleidigt worden?
Sie war ungeheuer neugierig.
Eigentlich saß Marie-Luise auf einem ungünstigen Platz im Schreibbüro, aber sie arbeitete erst seit einem knappen Jahr bei der Firma Lindemann und Partner und musste sich erst nach oben kämpfen.
»Piep, Piep«, riss ihr Computer sie aus ihren Gedanken. Erschrocken nahm sie die Finger von der Tastatur und überflog ihre Aufzeichnungen. Aber die Szene von vorhin beschäftigte sie mehr als ihr Computer.
Was mochte da wohl vorgefallen sein? Irgendetwas lief hier ab, etwas, was sie nur zu gerne wissen wollte.

Ihr Blick fiel auf den Topffarn, der sich den engen Platz auf ihrem Schreibtisch mit ihrem Computer teilte.

»Die arme Pflanze braucht wirklich mehr Aufmerksamkeit! Vielleicht Frau Palm auch.« Schnell griff sie nach einem Plastikbecher, huschte hinaus, überquerte den Flur und verschwand in der Damentoilette, in der vorhin Frau Palm Zuflucht gesucht hatte.

Schon als sie die Tür des Waschraumes öffnete, hörte sie das heftige Schluchzen der jungen Frau, das sofort abbrach, als Marie-Luises Gesicht hinter ihr im Spiegel erschien.

Frau Palm war Mitte zwanzig und bildhübsch, das musste der Neid ihr lassen. Selbst in diesem bemitleidenswerten Zustand wirkte sie attraktiv, obwohl ihre Frisur zerzaust, die Augen vom Weinen gerötet und verquollen und ihr Make-up verwischt war. Sie zog ein Taschentuch heraus und schniefte hinein, verzweifelt bemüht, sich nichts anmerken zu lassen, am wenigsten vor ihrer jungen Kollegin aus dem Schreibbüro.

»Kann ich Ihnen helfen«, fragte Marie-Luise neugierig und mitfühlend zugleich.

»Nein, Danke! Ich habe nur einen Migräneanfall!«, wehrte sie hastig ab und ohne Marie-Luise eines weiteren Blickes zu würdigen begann sie hektisch mit einem feuchten Handtuch ihr Gesicht abzutupfen. Aus ihrer Tasche kramte sie Lippenstift und Puder hervor und versuchte, so gut es ging, die Tränenspuren auf ihren Wangen zu beseitigen.

»Sie sind ja immer noch da! Ich sagte Ihnen doch, ich käme alleine zurecht«, bemerkte sie unfreundlich, als ihr bewusst wurde, dass Marie-Luise abwartend hinter ihr stand.

»Ich wollte nur Wasser für meine Topfpflanze...«, versuchte Marie-Luise sich zu rechtfertigen. Aber Frau Palm sah über sie hinweg, klemmte ihre Tasche unter den

Arm, zog geräuschvoll die Nase hoch und strebte zur Tür. Schon die Klinke in der Hand, drehte sie sich zu ihr um: »Lassen sie sich einen Rat von mir geben, verlieben Sie sich nie in den Chef, zumindest nicht in diesen hier.« Dann blinzelte sie, schaute Marie-Luise genauer an, zuckte abschätzend die Schultern und meinte dann herablassend: »Bei Ihnen besteht die Gefahr sowieso nicht! Sie würde er noch nicht einmal bemerken, wenn Sie auf seinem Schoß säßen!« Energisch riss sie die Tür auf und knallte sie so ungestüm wieder zu, dass die Füllung erzitterte.

Sprachlos starrte Marie-Luise ihr nach, dann fiel ihr wieder ihre Topfpflanze ein. Sie drehte den Hahn auf und ließ das Wasser in einen Becher laufen, während sie ihr Gesicht kritisch im Spiegel betrachtete: Dicke Brille, farblose, strähnige Haare, bleiche Haut! Mausgrau! Aber das wusste sie ja und damit hatte sie sich längst abgefunden. Vielleicht sollte sie doch mal eine Kosmetikberaterin aufsuchen?

Der Becher war randvoll, und das kalte Wasser lief ihr über die Hand. Sie riss sich von ihrem Spiegelbild los, goss einen Teil des Wassers ab und ging zurück an ihren Arbeitsplatz.

Es war ein Tag wie jeder andere! Oder doch nicht?

Herr Hoffmann, zuständig für das Personal des Großraumbüros, hatte an der Stirnwand einen separaten Arbeitsplatz. Er thronte gleichsam auf einem Podest, durch Sichtglaswände geschützt vor dem Lärm der Computer und doch immer in Blickkontakt mit seinen Angestellten. Seit geraumer Zeit telefonierte er.

Verstohlen beobachtete Marie-Luise ihren Chef, während sie darauf wartete, dass der Drucker ihre Statistiken, die sie aufgezeichnet hatte, auswarf.

Mit der rechten Hand presste Herr Hoffmann den Hörer an sein Ohr, als könne er dadurch besser hören, mit der linken fuhr er sich durch sein schütter gewordenes Haar. Untertänig, so kam es Marie-Luise vor, nickte er ständig mit dem Kopf, als könne ihn sein Gesprächspartner sehen. Mit wem er wohl sprach? Schließlich legte er behutsam den Hörer auf die Station zurück. Seine Blicke streiften durch den Raum, etwas abwesend, so als müsse er eine sehr wichtige Entscheidung fällen.

Ein erneuter Pieps Ton des Druckers rief Marie-Luise wieder an ihre Arbeit, und die ersten Blätter mit der Statistik schoben sich auf die Ablage. Flüchtig stieg noch einmal das Bild der schluchzenden Frau Palm vor ihr auf. Die Kolleginnen des Schreibbüros hatten nur selten Kontakt mit ihr. Marie-Luise kannte sie nur oberflächlich. Gelegentlich verteilte Frau Palm Schreibarbeiten, war also so etwas wie eine Chefin.

Sich in Herrn Lindemann zu verlieben?! Unsinn! Sie schüttelte heftig den Kopf über diese blöde Vermutung. Herr Lindemann saß doch in der Geschäftsleitung, den bekam sie doch nur selten zu sehen! Bei ihr bestand da wirklich keine Gefahr! Frau Palm soll gefälligst ihre guten Ratschläge für sich behalten! Nochmals schüttelte sie den Kopf, dann vertiefte sie sich in ihre Arbeit. Sie merkte noch nicht einmal, dass Herr Hoffmann seine Kabine verlassen hatte.

Das Großraumbüro hatte acht Mitarbeiterinnen, die aufgeteilt in zwei Reihen saßen, getrennt durch einen Gang, durch den Herr Hoffmann jetzt schlenderte. Ungeniert musterte er die einzelnen Angestellten.

Marie-Luise schrak zusammen, als er bei ihr stehen blieb und ihr über die Schulter blickte. Das mochte sie gar nicht, und das machte er sonst auch nicht. Sie kannte ihn als einen ruhigen, fairen Vorgesetzten.

Er griff nach ihrem Namensschild. »Maus«, sagte er, »selten«.

Zum Glück sagte er nicht: »Selten dämlich.« Auch ihr Vorname gefiel ihr nicht, hatten ihre Eltern sie doch nach einer Tante, die sie noch nicht einmal leiden konnte, genannt.

Marie-Luise regte sich längst nicht mehr über die Bemerkungen der anderen auf. Sie hieß halt so, und sie konnte es nicht ändern, mittlerweile hatte sie sich daran gewöhnt, und selbst, wenn sie sich einen neuen Namen hätte auswählen können; sie wollte es gar nicht mehr.

Herr Hoffmann stellte das Schildchen wieder auf seinen Platz und strebte zurück zu seinem Glaskasten.

Maus! Herr Hoffmann tippte den Namen in seinen Computer. Dieser Name dürfte nur einmal vorhanden sein.

Er hatte Recht. Marie-Luise. Einundzwanzig Jahre alt. Seit einem Jahr in seinem Büro. Unauffällig, fleißig, Fehltage O, leuchtete rot auf seinem Bildschirm.

Unauffällig! Und wie das stimmte, er wusste schon gar nicht mehr, wie sie aussah. An irgendetwas Graues erinnerte er sich. War wohl der Pullover. Genau die Richtige, wenn er das Telefongespräch eben mit Herrn Lindemann richtig verstanden hatte.

»Herr Hoffmann?« Lindemanns Stimme hatte sehr genervt geklungen. »Es hat Schwierigkeiten mit Frau Palm gegeben. Besorgen Sie mir bitte sofort Ersatz. Und Hoffmann – keine hübsche Person, keine Hübsche. Beachten Sie das bitte!« Immer noch wütend hatte der Chef das Gespräch abrupt beendet.

Der Personalleiter bemerkte, dass er während des Gesprächs unwillkürlich Haltung angenommen hatte und ließ die Schultern wieder herabfallen. Dann gestattete er sich ein kleines Lächeln. Pfiffen es doch die Spatzen vom Dach, dass Frau Palm eifersüchtig auf jede Freundin ihres Chefs war.

Er tippte auf »aus« und die Kurzbeurteilung des Computers von Marie-Luise Maus erlosch.»Grau, fleißig, unauffällig, genau die Richtige«, dachte er befriedigt.

»Frau Maus«, Marie-Luise hob erstaunt den Kopf, Herr Hoffmann stand schon wieder neben ihr. »Räumen Sie bitte Ihre Sachen zusammen. Die Sekretärin vom Chef ist plötzlich erkrankt, und ich möchte Sie bitten, für sie einzuspringen.«

»Aber ich«, Marie-Luise sah ihn benommen an, »ich kann doch nicht...«

»Sicher können Sie«, schnitt Herr Hoffmann rigoros ihren Einwand ab.

Mit fliegenden Fingern stopfte sie ihre Utensilien aus ihrer Schreibtischschublade in ihre geräumige Umhängetasche, hängte sie sich über die Schulter und zog mit verwirrtem Gesicht und ihrer Grünpflanze im Arm hinüber ins Chefsekretariat.

Im Großraumbüro hätte man eine Stecknadel fallen hören können, so ruhig war es. Sieben Augenpaare folgten ihr, begleiteten sie hinaus und durchbohrten ihren Rücken, bis die Tür ihres neuen Arbeitszimmers hinter ihr zufiel.

Herr Hoffmann entfernte das alte Namensschildchen aus dem glänzenden Messingrahmen an der Sekretariatstür. Jetzt leuchtete nur noch in dezenten Buchstaben »Sekretariat Herr Lindemann« auf.

»Das reicht«, meinte er mit Nachdruck. Maus hätte dort auch wirklich nicht gut ausgesehen!

Marie-Luise blickte sich um. Der Schreibtisch war doppelt so groß wie ihrer, ihr gewesener, verbesserte sie sich in Gedanken. Die beigen Wände strahlten Ruhe und Gelassenheit aus, und ein feiner brauner Teppichboden gab dem ganzen eine elegante Note. Drucke in weichen braunen und gelben Grundfarben hingen an den Wänden.

»Nun stellen Sie mal Ihren Farn ab«, sagte Herr Hoffmann.

Sie merkte, dass ihre Hände sich um den Topf krampften. Vorsichtig setzte sie ihn auf einer Ecke der Schreibtischplatte ab. Sie musste unbedingt eine Unterlage besorgen. »Sie haben doch bis jetzt gute Arbeit geleistet, dann wird Ihnen Ihre neue Position nicht viele Schwierigkeiten bereiten«, beruhigte Herr Hoffmann sie.

»Nehmen Sie sich am besten einen Block und schreiben Sie sich meine vorläufigen Anweisungen und Ratschläge auf, dann können Sie sie nachher in Ruhe nachlesen.«

»Das Wichtigste zuerst.« Marie-Luise schrieb: »Wenn das Telefon klingelt, melden Sie sich mit Sekretariat Herr Lindemann. Ist ja logisch. Wenn Sie etwas nicht wissen, was am Anfang wohl öfters vorkommt, dann sagen Sie: Ich werde mich sofort erkundigen, geben Sie mir bitte Ihre Telefonnummer, ich rufe Sie zurück. Und das bitte freundlich. So«, er räusperte sich, »ich überlasse Sie jetzt sich selbst, richten Sie sich ein, in einer Stunde bin ich wieder bei Ihnen, dann werde ich Sie weiter einweisen. Kam ja auch für mich völlig überraschend. Ich hoffe, Sie werden mich nicht enttäuschen. Ich schätze Sie als sehr ehrgeizig ein.«

Marie-Luise nickte.

»Gut so!« Herr Hoffmann war zufrieden und schloss die Türe hinter sich. Immer noch wie betäubt, schüttelte Marie-Luise ihren Kopf, als ob sie dadurch alles besser begreifen könnte, dann ließ sie sich auf den gepolsterten Ledersessel hinter dem Schreibtisch fallen. Was war passiert? Wieso war ausgerechnet sie ausgesucht worden, Frau Palm zu ersetzen? Konnte sie den Anforderungen überhaupt gerecht werden? Oh mein Gott! Ehrgeizig? Nein, bis jetzt war sie nicht ehrgeizig gewesen. Aber sie würde sich bemühen, würde ihr Bestes geben. Und jetzt ging ihr erst auf, welche Chance ihr das Schicksal geboten hatte. Vielleicht, wenn sie ihre Sache gut machte, würde sie nicht nur Aushilfe bleiben. Und sie würde ihre Sache gutmachen!

Plötzlich ertönte eine Melodie. Sie horchte auf.

Das Telefon!

Sie zögerte, dann hob sie ab. »Sekretariat Lindemann. Herr Lindemann ist leider im Moment nicht erreichbar. Darf ich Ihren Namen notieren, den Grund Ihres Anrufes und Ihre Telefonnummer. Ich werde Sie sobald er da ist mit ihm verbinden. Danke, und auf Wiederhören.«

Sie hatte unwillkürlich den Atem angehalten und stieß ihn jetzt erleichtert aus. »Sekretariat Lindemann«, flüsterte sie ehrfürchtig, und noch einmal und noch einmal. Es klang so gut!

Das ganze Büro roch noch nach Frau Palms Parfüm. Sie stand auf und öffnete eines der beiden Fenster, die auf den Hof hinuntersahen. Die Sonne glitzerte auf den Dächern der geparkten Autos.

Als Herr Hoffmann eine Stunde später das Zimmer betrat, prangte der Farn auf der Fensterbank, Marie-Luises Sachen waren eingeräumt, ihre Tasche hing am Garderobenhaken und vor ihr lag ein Zettel mit den Notizen der Anrufer. Außerdem ein jungfräulich weißer Block und ein Kugelschreiber.

»Nun, kann es losgehen«, meinte er munter, als sie wie eine gespannte Feder aufsprang.

»Zuerst das Wichtigste, und das müssen Sie unbedingt beachten. Sehen Sie Herrn Lindemann als Chef und nicht als Mann an. Sozusagen als Neutrum, ich muss es so klar wie möglich ausdrücken, da Frau Palm…«, den Rest des Satzes verschluckte er, »dann kann eigentlich nichts schief laufen. So, und nun werde ich Sie Ihrem Chef vorstellen. Kommen Sie bitte mit.« Er klopfte an die Verbindungstür zum Büro des Herrn Lindemann und öffnete sie nach einem energischen »Herein.«

»Herr Lindemann, hier ist die Vertretung für Frau Palm.«
Er ließ Marie-Luise vortreten.

»Frau Maus!«

Herr Lindemann saß hinter dem Schreibtisch, und nickte ihr zu. Ihn als Neutrum anzusehen war fast unmöglich. Ein Bild von einem Mann. Mitte 30, groß, breitschultrig, schlank, soweit sie das beurteilen konnte, denn sie sah ja nur die obere Hälfte von ihm und sie konnte nicht feststellen, ob der Schreibtisch gnädig einen Bauchansatz verdeckte. Dunkle Haare, nach hinten gekämmt, markantes Gesicht, eigenwilliges Kinn und unglaublich blaue Augen.

Trotzdem hätte Herr Hoffmann sich keine Sorgen machen müssen; dieser Mann konnte ihr nicht gefährlich werden. Solche unerreichbaren Träume hatte sie noch nie gehabt. Sie lächelte verlegen.

Kurz kniff Herr Lindemann seine Augen zusammen, als sähe er nicht richtig, dann lächelte auch er. Und dieses Lächeln war einfach umwerfend.

»Ich hoffe, Sie machen Ihre Sache gut«, meinte er höflich. »Wenn Sie Fragen haben, stellen Sie sie ruhig«, dann wandte er sich an seinen Abteilungsleiter.

»Danke Herr Hoffmann.«

Er öffnete einen Aktenordner und blätterte darin herum; das Zeichen für sie beide, dass sie entlassen waren.

Als das Schloss hinter ihnen zuschnappte, starrte Werner Lindemann auf die Maserung der Türfüllung.

Mein Gott, Hoffmann hatte seinen Wunsch, keine hübsche Nachfolgerin zu suchen, wirklich wörtlich genommen. Er hatte ein graues Mäuschen ausgewählt, und sie hieß auch noch Maus! Er schluckte. Sie beleidigte fast seinen Schönheitssinn. Aber er hatte es ja selber so gewollt! Er schluckte noch ein zweites Mal.

Dann begann er entschlossen einen Schriftsatz zu korrigieren, den Frau Palm ihm in die Mappe gelegt hatte und der ihre Stimmung der letzten Tage widerspiegelte.

Im Vorzimmer erklärte Herr Hoffmann Marie-Luise die Hierarchie der Firma. Herr Lindemann war Verkaufschef und Mitbesitzer der Firma. Er besaß 51% und seine verwitwete Mutter 49% der Firma. Außer ihm gab es noch den Finanzchef und den Personalchef der Firma in dem Stockwerk unter ihnen. Normalerweise wurde der Personalchef bei einem Wechsel der Angestellten zu Rate gezogen, aber in ihrem Fall bestimmte Herr Lindemann selbst, wen er einstellte, da der Personalchef in Urlaub war.

Sie notierte sich die Namen. Wenn diese Herren anriefen, dann musste sie sofort durchstellen.

Ansonsten würde ihr neuer Chef ihr Aufträge erteilen, Briefe diktieren, deren Wortlaut aber als Vordruck voraussichtlich im Computer einprogrammiert wäre. Am besten hätte sie anfänglich immer einen Block parat, um sich zu notieren, was neu für sie wäre.

»Und übrigens, Frau Maus«, sein Blick glitt bedeutungsvoll über ihren ausgeleierten Pullover, über ihre ausgebeulten Jeans und ihre Gesundheitssandalen. »Für das Vorzimmer des Chefs sind Sie nicht richtig angezogen. Besorgen Sie sich einen Rock, ein Kostüm oder irgend so etwas.« Seine Stimme klang missbilligend.

Sie sah an sich hinunter. Der Pullover war wirklich etwas weit und verdeckte fast die ausgebleichten Knie ihrer Jeans. Sie nickte zustimmend, aber da hatte Herr Hoffmann schon die Türe hinter sich geschlossen.

Sie seufzte. Er hatte ja Recht. Sie hatte aber heute Morgen, als sie ihre Kleidung heraussuchte, nicht im Traum daran gedacht, dass sie am Nachmittag im Vorzimmer des Chefs sitzen würde. Sie öffnete die Schreibtischschublade. Frau Palm hatte sie vergessen auszuräumen. Die Besitztümer ihrer Vorgängerin lagen noch darin. Parfüm, Bürste, Nagellack, eine schwarze Strumpfhose und zwei Liebesromane. Wie romantisch!

Sie selber verkniff sich diesen Lesestoff. Das weckte nur die Sehnsucht nach einem Partner, und den hatte sie nicht. Sie stopfte alles in eine Plastiktüte, vielleicht konnte sie die Sachen Frau Palm zuschicken, dann nahm sie einen Ordner mit abgelegten Briefen aus dem Regal und las sie durch.

Auf den ersten Blick konnte man den bevorzugten Schreibstil ihrer Vorgängerin erkennen. Wenn sie ein paar Briefe auswendig lernte, konnte sie da anknüpfen, wo Frau Palm aufgehört hatte.

Sie war gerade dabei, sich einige Firmennamen einzuprägen, die immer wieder vorkamen, da ertönte der Summer.

Ach du liebes bisschen, die erste Bewährungsprobe! Mit klopfendem Herzen und bewaffnet mit Block und Kugelschreiber, betrat sie das Allerheiligste.

»Hier, Frau Maus«, Herr Lindemann schob ihr eine Mappe zu. »Schreiben Sie bitte alles neu und legen Sie es mir nachher zur Unterschrift vor.« Er sah sie kaum an. »Und machen Sie mir bitte einen Kaffee.«

»Einen Kaffee?«, sie zögerte.

Er sah zum ersten Mal auf und kniff die Augen zu, als hätte er Schmerzen.

»Schwarz, stark und süß! Oder ist das unter Ihrer Würde, mir einen Kaffee zu machen?« meinte er ungeduldig.

Er musste unbedingt diese Landpomeranze loswerden, dachte er. Hoffmann konnte doch sicher etwas Besseres finden.

Sie schluckte und schüttelte den Kopf.

Frau Palm hatte die Zutaten irgendwo in ihrem Schrank; sie erinnerte sich schwach.

Wer sucht, der findet, dachte sie nach einer Weile zufrieden, als sie im Wandschrank fündig wurde.

Der Kaffee stand fast, so stark war er. Sie legte noch ein paar angetrocknete Plätzchen dazu, die sie neben der Kaffeedose entdeckt hatte. Vorsichtig balancierte sie die Tasse in sein Büro und setzte sie auf der Schreibtischplatte ab. Misstrauisch sah er von seinen Unterlagen auf, als sie die Tasse in seine Nähe schob. Wenigstens roch Frau Maus gut, stellte er dabei fest, nach irgendeinem fruchtigen Parfum, das beruhigte ihn.

Der Kaffee dampfte und überlagerte bald mit seinem Duft den ganzen Raum.

»Nächstes Mal nicht so schwarz«, mäkelte er. »Die Mitte, die Mitte, Frau Maus«, wiederholte er, »ist immer das Richtige.«

Das konnte ja heiter werden, seufzte Marie-Luise, als sie sich wieder an ihrem Schreibtisch niederließ. Sie würde so schnell wie möglich Frau Palms Briefe berichtigen, aber zuvor holte sie ein großes Heft hervor. Schwungvoll notierte sie per Hand »Chef« darauf, dann notierte sie: Kaffee, mittelstark, schwarz, zwei Löffelchen Zucker, Plätzchen!

Morgen musste sie sowieso für sich einkaufen, dann würde sie die Zutaten auffüllen.

Fünf Tage saß sie jetzt im Vorzimmer. Sie hatte sich zwei weiße Blusen und zwei dunkle Röcke gekauft. Solide, unauffällig, passend zu ihrer neuen Position. Mit einer Selbstverständlichkeit wickelte sie mittlerweile alle ankommenden Telefongespräche ab, als hätte sie hier immer gesessen. Da sie alles, was sie über die Firmen in Erfahrung bringen konnte, mit denen Herr Lindemann Geschäfte machte, nachgelesen und sich gemerkt hatte, fand sie sich schnell in den laufenden Verhandlungen zurecht. Zumindest wusste sie, welches Produkt zu welcher Firma gehörte, ob ihre Firma dort kaufen oder verkaufen wollte und wo im Computer alles abgelegt war. Ihr Heft hatte sich mit Notizen gefüllt.

Sie hatte festgestellt, dass Herr Lindemann ein Gewohnheitsmensch war. Genau um acht Uhr erschien er. Sie war selbstverständlich vorher da. Punktum anfangen und aufhören, wie im Großraumbüro, das war vorbei. Dann wollte er einen Kaffee ohne Plätzchen. Eine halbe

Stunde später trug sie die Post hinein. Er besprach alles mit ihr, was für sie wichtig war und erteilte die daraus folgenden Aufträge. Er hatte ihr einen Terminkalender mitgegeben, damit sie wusste, wie sie seinen Tagesplan einteilen konnte, ihn, wenn es nötig war, an die Termine erinnerte und die Unterlagen bereitlegte.

Ab zwölf Uhr durfte sie keine Gespräche mehr durchstellen, es sei denn, er teilte ihr das ausdrücklich mit. Von vierzehn bis achtzehn Uhr war er wieder für jeden erreichbar.

Um sechzehn Uhr erwartete er wieder einen Kaffee, dieses Mal mit Plätzchen. Zweimal in der Woche fand eine Besprechung mit den leitenden Angestellten statt. Bei dieser Zusammenkunft führte sie das Protokoll.

Fast täglich rief eine Frau Bauer an, dann konnte sie sofort durchstellen. Das musste die Freundin von Herrn Lindemann sein.

Eine gewisse Routine war eingekehrt. Viele ihrer Notizen waren ausgestrichen. Wie gut, dass sie keine Hobbys hatte, so konnte sie sich ganz auf ihre neue Aufgabe konzentrieren. Aber auf ihrem Block prangte eine neue Notiz: »Englisch wiederholen«!

Herr Lindemann hatte ihr gesagt, seine Sekretärin müsse wenigstens eine Sprache fließend sprechen.

Trotzdem, rundherum zufrieden war sie nicht. Sie war nie viel ausgegangen. Sie war keine »Discoqueen«. Aber hier und da hatte sie mit Hedwig aus dem Großraumbüro ein Bier getrunken oder sich einen Film angesehen. Aber seit sie den »Sprung nach oben« gemacht hatte, schaute Hedwig geflissentlich über sie hinweg und als Marie-Luise sie fragte, ob sie einen Kaffee mit ihr trinken würde, warf sie den Kopf hoch, gab so etwas wie ein »Phhh« von sich und rauschte vorbei.

Schade, sie selbst hatte sich doch nicht verändert, nur ihre Arbeitsstelle. Jetzt saß sie, statt mit Hedwig in der Mittagspause in die Pizzeria gegenüber zu gehen, alleine in ihrem Büro, aß ihre mitgebrachten Brote und lernte Englisch. Sie konnte zwar einfache Telefonate in Englisch annehmen und weitergeben, aber mehr nicht.

Die Firma TMF aus Manchester stellte elektrische Spezialmaschinen her, und sie bemerkte sehr schnell, dass sie nicht ein technisches Wort übersetzen konnte. Gewiss, aus abgelegten Briefen konnte sie das deutsche Wort heraussuchen, aber die Begriffe in der fremden Sprache fand sie in keinem ihrer Wörterbücher. Also nahm sie das nächste Mal ihr Heft mit zur Postbesprechung und bat ihren Chef, ihr die Spezialbegriffe zu nennen und aufzulisten.

Abends saß sie dann zu Hause und lernte die neuen Wörter auswendig. Eine mühsame und langweilige Sache. Wie gerne wäre sie wie früher von Hedwig gestört worden, aber ihr Telefon blieb stumm. Ihre Freundin hatte sie wohl verloren. Sie fühlte sich ungerecht behandelt und einsam und so blieb ihr eigentlich nichts anderes übrig, als die restliche Zeit mit ihrer Karriereplanung zu verbringen. Sie wollte die beste Sekretärin sein, die ihr Chef je hatte. Nach diesem Entschluss ging es ihr besser. Sie war drei Monate in ihrer neuen Stelle, als Herr Hoffmann bei ihr auftauchte.

»Frau Maus, ich darf Ihnen sagen, Herr Lindemann ist sehr zufrieden mit Ihnen. Wenn Sie einverstanden sind, werden Sie als seine Privatsekretärin fest eingestellt.«

Sie konnte nur nicken, und voller Stolz schaute sie zu, wie er ein neues Schildchen unter Sekretariat Lindemann befestigte. »Frau Maus« prangte dort schwarz auf weiß. Verbunden war der Aufstieg sogar mit einer Gehaltserhöhung.

Oh, sie würde sich würdig erweisen, das schwor sie sich. Zur Feier des Tages kaufte sie sich eine blühende Topfpflanze für die Fensterbank. Eine Pflanze mit roten länglichen Blüten, die wie Flaschenputzer aussahen, und die sinnigerweise »Zylinderputzer« hieß.

Gegen viertel vor zwölf klopfte es leise und eine gepflegte, sehr elegante alte Dame trat ein, ohne auf ihr »Herein« zu warten.

Überrascht sah Marie-Luise von ihrem Computer hoch. Was machte eine alte Dame hier?

Klein, zierlich, hilflos, dachte Marie-Luise, sie stand auf und lächelte die Dame an. »Kann ich Ihnen helfen?«, fragte sie freundlich.

Ihr Gegenüber blickte sie mit wachen, dunklen Augen sekundenlang prüfend an. Das schneeweiße Haar, in dem eine einzelne schwarze Strähne Akzente setzte, ließen sie noch dunkler wirken. So etwas wie Erleichterung blitzte in ihren Augen kurz auf. Dann nickte sie hoheitsvoll.

»Maus steht draußen an der Türe, der Name passt zu Ihnen. Mein Name ist Lindemann, ich möchte zu meinem Sohn. Melden Sie mich bitte an.« Ein kurzes Lächeln huschte über ihre Züge.

»Aber selbstverständlich«, beeilte sich Marie-Luise. Wie immer überhörte sie die Bemerkung über ihr Aussehen. Wie oft schon hatte jemand ihr versichert, dass der Name zu ihr passte.

»Herr Lindemann, Ihre Mutter möchte sie sprechen.« Sie drückte den Rufknopf.

Sie bekam keine Antwort. »Herr Lindemann?«

Sie horchte, sie hörte seine Stimme.

Irgendwie anders als sonst; rauer, und doch sanft, drängend. Er telefonierte gerade. Sofort ließ sie den Knopf nach oben schnellen, rot geworden, als hätte sie jemand beim Lauschen ertappt.

Sie hatte wohl den Hörer nicht schnell genug aufgelegt, denn die alte Dame wandte sich der Bürotür zu.

»Oh, er ist da«, sagte sie. »Ich habe seine Stimme gehört. Bemühen Sie sich nicht, ich kenne den Weg.«

Marie-Luise stand mit dem Rücken zu ihr, und so konnte sie nicht rechtzeitig reagieren. Als sie sich umdrehte, starrte sie bereits auf die zierliche, ach so hilflose Gestalt der Frau Lindemann, die hastig die Tür zum Zimmer ihres Sohnes aufriss.

»Hallo Bubi, deine Mutter ist hier. Mit wem telefonierst du denn da. Kenne ich ihn?«

»Aber Mutter«, dann ein kurzes »Ich ruf später wieder an«. Die Tür fiel ins Schloss.

Marie-Luise schüttelte den Kopf. »Hallo Bubi«, hatte sie gesagt. Ausgerechnet ihr ach so erhabener Chef, der bei den Frauen so beliebt war, wurde von seiner Mutter respektlos »Bubi« genannt. Sie konnte es sich nicht verkneifen und grinste schadenfroh. Na ja, Mütter erschufen scheinbar immer noch lächerliche Kosenamen für ihre Kinder, die ihnen auch noch im Erwachsenenleben anhingen.

Immer noch amüsiert, begann sie einen Brief an die Firma TMF zu übersetzen.

Es war kurz nach zwei, da schnarrte seine Stimme durch das Sprechgerät. »Frau Maus, kommen Sie bitte in mein Büro!«

Er sagte zwar bitte, aber es war unmissverständlich ein Befehl.

Marie-Luise fühlte ein Flattern in der Magengegend. Was mochte schief gelaufen sein?

Lindemann war wohl gerade in sein Büro zurückgekommen, denn er stand am Waschbecken, das in einer Schrankwand eingebaut war, und trocknete sich die Hände ab. Die tiefe Falte zwischen seinen Augenbrauen verriet ihr sofort seinen Ärger.

»Wie kommen Sie dazu, meine Mutter ohne meine Erlaubnis in mein Büro zu schicken?«

Marie-Luise sah ihn erschrocken an, »Ich habe nicht, - ich konnte nicht. Ich habe den Rufknopf gedrückt, aber Sie haben nicht geantwortet. Und da…« Sie kam sich vor wie in der Schule, wenn einer der Lehrer etwas an ihr auszusetzen hatte.

Er ließ sie gar nicht zu Wort kommen. »Das nächste Mal halten sie sie bitte im Vorzimmer fest, bis ich erledigt habe, was immer ich gerade tue.« Er wandte sich ab und hing das Handtuch an den Haken.

Marie-Luise begann sich zu ärgern. Sie war keine Schülerin mehr, und sie konnte sich verteidigen. Sie blieb stehen.

»Ist noch etwas?« Ungeduldig sah er sie an. Sie schluckte den Knoten, der sich in ihrem Hals gebildet hatte, herunter, atmete tief ein, um sich zu beruhigen und stellte befriedigt fest, dass ihre Stimme sehr ruhig klang.

»Ich wollte Ihnen nur sagen, dass Ihre Mutter gar nicht abgewartet hat, ob sie die Erlaubnis bekommt, Ihr Zimmer zu betreten. Ehe ich reagieren konnte, hatte sie die Türe zu Ihrem Büro geöffnet.«

»Dann beschäftigen Sie sie nächstens. Bieten Sie ihr einen Kaffee an, den können Sie ja mittlerweile ordentlich kochen«, setzte er giftig hinzu. »Unterhalten Sie sich mit ihr. Am besten über Bridge, das ist ihr ein und alles.«

»Ihr ein und alles«, das war wahrscheinlich ihr »Bubi«, schoss es Marie-Luise durch den Kopf. Sofort schob sie ihre Gedanken beiseite, sonst hätte sie wieder gegrinst und das würde sie jetzt besser sein lassen.

Sie räusperte sich. »Herr Lindemann, was ist Bridge?«

Er sah sie an, als wäre sie der schlimmste Dorftrampel. »Das wissen Sie nicht? Es ist ein Kartenspiel«. Und ungnädig entließ er sie.

Auf Marie-Luises Liste erschien ein neues Wort »Bridge«. Wenn sie die wichtigsten technischen Wörter des Englischkursus, den sie sich auf Band gekauft hatte und den sie jeden Mittag in ihrer Pause laufen ließ, in ihrem Gedächtnis gespeichert hatte, dann würde sie sich ein Bridgespiel besorgen.

Ein Spiel war schnell zu beschaffen, aber die Regeln, die der Verkäufer im Geschäft ihr erklärte, hatte sie bereits vor der Ladentür vergessen. Also durchsuchte sie die Buchläden nach einem Bändchen über Bridge und wurde fündig.

Anfangen konnte sie aber nicht viel damit, es war zu theoretisch aufgebaut. Ein paar Fachbegriffe konnte sie sich einprägen, das war aber auch alles. Sie hatte sich das Spiel so einfach wie Doppelkopf oder Skat vorgestellt, aber es war ganz anders, und alleine kam sie einfach nicht weiter. Und so griff sie zu, als sie im Anzeigenteil der Zeitung las. »Wer hat Lust, einem Bridge-Club beizutreten, auch Anfänger angenehm.«

Einmal die Woche besuchte sie jetzt das Vereinslokal, eingerichtet wie ein englischer Club. Wenigstens stellte sie sich einen Club so vor; sie kannte ja keinen. Die meisten Mitglieder waren ältere Damen. Man konnte kommen und gehen, wann man wollte, konnte etwas trinken und essen, spielen oder einfach nur beobachten, obwohl die meisten Spieler das nicht sehr gerne sahen. Marie-Luise fand eine pensionierte Lehrerin, die sie mit Freude und Unnachgiebigkeit in die Geheimnisse des Spiels einweihte. Ihre Mitspieler waren zwar keine Jugendlichen, aber sie mochte das Spiel, man brauchte dafür Konzentration und Verstand, und außerdem wusste sie nun, wo sie hingehen konnte, wenn ihr zu Hause die Decke auf den Kopf fiel.

Der Club organisierte alle paar Wochen Wettkämpfe, und an solch einem Sonntagnachmittag lief sie Frau Lindemann in die Arme.

»Es tut mir leid, dass ich Sie angestoßen habe, Frau Lindemann«, entschuldigte sie sich.

Ein ärgerlicher Blick traf sie. Aber sie schien Marie-Luise nicht wieder zu erkennen.

»Maus, Frau Maus. Die neue Sekretärin Ihres Sohnes.« beeilte sie sich zu erklären. Die dunklen Augen betrachteten sie genauer. »Maus, ach ja.« Jetzt erkannte sie endlich Marie-Luise. Frau Lindemann musterte sie von oben bis unten. Ihr Blick glitt von Marie-Luises farblosen Haaren, die sie mit einem Gummiband zusammengebunden hatte, über ihre Bluse bis zu dem knielangen schwarzen Rock. Die ordentliche weiße Bluse mit dem viel zu kleinen Kragen und den zu großen Taschen auf der Brust war fest in den Rockbund gesteckt. Marie-Luise schob unangenehm berührt ihre dicke Hornbrille zu Recht.

»Endlich hat mein Sohn mal einen Ratschlag von mir angenommen. Ich sagte immer zu ihm, in dein Büro gehört etwas Unauffälliges, Solides, Fleißiges. Und das scheinen Sie ja zu sein.«

Zufriedenheit zog über ihr Gesicht.

»Ach, Emma, da bist du ja.« Nicht weiter an Marie-Luise interessiert, wandte sie sich ab. »Lass uns an Tisch sechs zusehen, dort spielt Dr. Roll. Das wird sicher ein interessantes Spiel werden.«

Die beiden Damen entfernten sich. Marie-Luise hatten sie vergessen.

»Etwas Solides«. Als wenn sie ein sächliches Wesen wäre, Marie-Luise sah ihnen betroffen nach.

Erst am Buffet traf sie wieder auf die alte Dame. Marie-Luise lächelte sie an.

Frau Lindemann zog ihre gepflegte Augenbraue in die Höhe, genau wie ihr Sohn, wenn ihm irgendetwas nicht passte, er aber nicht unhöflich werden wollte, und wandte sich ihr zu.

»Ach, Frau Maus, was ich Sie fragen wollte. Wie kommen Sie denn in diesen Club? Hat Sie jemand eingeladen?«

»Ich bin Mitglied dieses Clubs, und ich spiele auch«, erklärte Marie-Luise und fingerte unsicher an dem Armband ihrer Uhr.

»Sie spielen Bridge?« Etwas wie Hochachtung klang in ihrer Stimme auf, und ließ Marie-Luise aufhorchen.

»Wie kommen Sie denn zu diesem Spiel?«

Marie-Luise wand sich vor Verlegenheit. Sie konnte Frau Lindemann doch nicht sagen, dass ihr eigener Sohn diesen Vorschlag gemacht hatte.

Zum Glück erwartete sie wohl auch keine langen Erklärungen. »Das ist ja wunderbar.«

Sie drehte sich zu ihrer Freundin um, die gerade ein Lachsbrötchen auf ihren Teller schob.

»Ach, Emma, komm doch mal her. Darf ich dir Frau? Wie war noch mal der Name?«

»Maus.«

»Ach ja, darf ich dir Frau Maus vorstellen. Sie ist die neue Sekretärin meines Sohnes und sie spielt Bridge. Amalia hat sich doch vorige Woche die Hand verstaucht. Hier ist der Ersatz für sie.« Zufrieden beobachtete sie, wie ihre Freundin Marie-Luise die Hand schüttelte.

»Aber Frau Li...«

»Papperlapp. Sie werden sie vertreten.«

»Aber ich bin Anfängerin. Ich spiele noch nicht lange.«

»Unsinn. Ich werde Ihnen alles, was Sie nicht wissen, beibringen.«

»Aber...«

Frau Lindemann zog ihre Augenbrauen zusammen und eine Falte erschien auf ihrer Stirn. Diese Falte verhieß bei ihrem Chef auch nichts Gutes.

»Sie können gar nicht absagen, Frau Maus«, setzte sie mit einer tiefen Befriedigung hinzu. »Sie sind bei der Firma Lindemann angestellt und die Firma Lindemann gehört zu 49% mir.

Wir spielen immer samstags, und am nächsten Samstag um vier kommen Sie bitte vorbei. Ich rufe Sie im Laufe der Woche an und gebe Ihnen die Adresse und die Wegbeschreibung durch.« Mit einem abschließenden Kopfnicken ergriff sie den Arm ihrer Freundin.

»Wo stehen die Teller, meine Liebe? Wie war das Lachsbrötchen?«

Marie-Luise war entlassen. Soweit zur zierlichen, "hilflosen" alten Dame, dachte sie und starrte immer noch ungläubig hinter ihr her.

Der Spaß am Bridgenachmittag war verflogen. Sie stocherte lustlos auf ihrem Teller herum.

Sie beschloss nach Hause zu fahren.

Wie kam sie nur aus dieser Falle heraus? Ihre mangelhafte Erfahrung im Spiel war nicht das Einzige, was ihr Herzklopfen verursachte. Wie benahm man sich bei diesen alten Damen? Was brachte man mit, was zog man an? Ob sie den Chef fragen konnte?

Freitagnachmittag nahm sie ihren ganzen Mut zusammen. Schließlich hatte e r diese Lawine ins Rollen gebracht.

»Herr Lindemann«, wieder einmal sah er kaum von seinem Computer hoch.

Sie räusperte sich.

»Nun, was ist?« Es klang sehr ungeduldig. »Ist es sehr wichtig?«

Ein erneutes Räuspern. Eigentlich viel zu laut: »Ich bin morgen bei Ihrer Mutter eingeladen.«

Er ruckte herum. Seine ganze Aufmerksamkeit gehörte ihr. »Wie bitte?«

Er zog die linke Augenbraue irritiert hoch.

»Ich soll morgen Nachmittag um vier Uhr bei ihr erscheinen.«

»Wieso?«

»Wieso? Sie sind an allem schuld«, warf Marie-Luise ihm vor. »Sie mit Ihrem Unsinn, ich solle Bridge lernen. Jetzt darf ich eine Amalia ersetzen, die im Krankenhaus liegt.«

Oh Gott, so hätte sie mit ihrem Chef nicht sprechen dürfen. Mit schlechtem Gewissen beobachtete sie die ganze Scala der Gefühle, die über sein Gesicht huschte. Unverständnis, Ärger, schließlich Heiterkeit.

Plötzlich warf er den Kopf in den Nacken und lachte schallend. Er lachte, dass ihm die Tränen die Wangen herunter liefen. Mit dem Taschentuch wischte er sie ab, schniefte noch einmal und beruhigte sich dann.

Er grinste erneut, als er meinte. »So, Mäuschen, Sie haben sich von meiner Mutter einfangen lassen. Herrlich! Dann sehen Sie mal zu, dass Sie sie zufrieden stellen. Hier ist die unterschriebene Post. Nehmen Sie die Briefe mit und schauen Sie nicht so ängstlich, sie frisst Sie schon nicht.«

Plötzlich kam ihm ein Gedanke. Sein Gesicht wurde ernst. »Haben sie überhaupt schon mal Bridge gespielt?«

Sie nickte. »Die Grundbegriffe kenne ich. Aber ich weiß nicht wie so ein Nachmittag bei Ihrer Mutter abläuft. Was bringe ich mit, was ziehe ich an?«

»Gut. Da ich an allem schuld bin«, er schmunzelte, »gebe

ich Ihnen ein paar Tipps. Kaufen Sie meiner Mutter Nougatpralinen. Nicht zu viel. Sonst muss ich den Rest wieder mal aufessen. Ziehen Sie das an, was Sie im Büro auch anziehen.« Er sah an ihr herunter. »Mutter mag Solides. Begrüßen Sie die Damen mit Handschlag und hören Sie geduldig zu, auch wenn sie das dritte Mal von ihrem letzten Arztbesuch berichten. Bleiben Sie ruhig und konzentrieren Sie sich auf das Spiel. Bei einem guten Bridgepartner toleriert Mutter alles, fast alles«, verbesserte er sich.

Den ganzen Freitagabend, der sonst dem Fernsehen und einer Thunfischpizza gewidmet war, während sie sich gemütlich in die Kissen ihrer Couch kuschelte, saß sie nun am Küchentisch und probierte Spielzüge aus, die in ihrem Übungsbuch beschrieben waren.

Die Stunden bis Samstag waren viel zu kurz, und plötzlich drängte die Zeit, sie musste sich fertig machen. Mit fliegenden Fingern knöpfte sie ihre frische weiße Bluse zu. Besah sich noch einmal im Spiegel, oh ja, sie sah sehr solide aus. Zufrieden griff sie nach der hübsch verpackten Pralinenschachtel - nicht zu groß und nicht zu klein – nahm den Regenmantel vom Garderobenhaken und machte sich auf den Weg.

Nach Frau Lindemanns Wegbeschreibung musste sie den Bus zweimal wechseln. Die alte Dame wohnte in einem Stadtviertel, in dem Marie-Luise noch nie gewesen war. Hohe Hecken oder Steinmauern schirmten die Grundstücke vor neugierigen Blicken ab. Es war kaum Verkehr. Ihr eigenes kleines Appartement lag an einer sehr befahrenen Ausfallstraße, hier dagegen war es ruhig. Kastanien säumten die Gehwege. Vögel zwitscherten, und hier und da bellte ein Hund.

Fast wie auf einem Friedhof! Ob hier nur ältere Leute wohnten? Ihr Herz klopfte und je näher sie der Kastanienallee Nr. 24 kam, desto langsamer wurde ihr Schritt. Hoffentlich machte sie einen guten Eindruck!

Sie war da! Ein wunderschönes schmiedeeisernes Tor grenzte das Grundstück ab. Dahinter sah sie eine alte Villa mit zwei Fachwerktürmchen. Geranien blühten in Fülle auf den Fensterbänken. Alles wirkte freundlich und einladend. Zwischen Haus und Mauer sah sie einen schmalen gepflegten Vorgarten und keinen Park, wie sie sich ausgemalt hatte.

Und plötzlich war ihr wohler. Es war völlig gleichgültig, ob alles glatt lief. Frau Lindemann war letztendlich eine alte Frau. Schlimmstenfalls war das ihre erste und letzte Einladung.

Schließlich war sie keine Braut, die auf das Wohlergehen ihrer Schwiegermutter angewiesen war. Im Gegenteil, sie tat Frau Lindemann sogar einen Gefallen, wenn sie für die erkrankte Freundin einsprang. Mit wieder gewonnenem Selbstvertrauen drückte sie auf den Klingelknopf.

Kein Butler und kein Dienstmädchen öffneten, sondern Frau Lindemann selbst.

»Nett, dass Sie da sind. Die anderen sind sehr gespannt,

wie Sie sich in unsere Runde einfügen werden.«

Durch eine dunkel getäfelte Diele führte sie Marie-Luise in einen Wintergarten.

Kaffeeduft erfüllte den Raum. Zwei Damen sahen ihr neugierig entgegen. Sie erkannte Emma und begrüßte sie zuerst dann die andere Dame, die sich Hildegard nannte. Ein Platz wurde ihr zugewiesen.

Frau Lindemann teilte die Karten aus, nachdem sie Marie-Luise gebeten hatte ihnen den Kaffee auszuschenken. Zwischendrin lauschte sie dem Gespräch der alten Damen, wie ihr Chef es ihr geraten hatte und es gelang ihr sogar zweimal ein besonders raffinierter Spielzug, der ihr ein anerkennendes Kopfnicken ihrer Gastgeberin einbrachte.

Der Nachmittag verging wie im Fluge. Die Partie war zu Ende. Frau Lindemann bedankte sich bei ihr, dass sie eingesprungen war und fragte, ob sie schon mal auf sie zurückgreifen könne, wenn wieder jemand ausfiele. Euphorisch nickte Marie-Luise.

Die anderen wollten noch zusammen essen.

»Wo haben Sie ihr Auto stehen?«

Das war die Verabschiedung.

»Ich bin mit dem Bus gekommen.«

Frau Lindemann zog ihre linke Augenbraue in die Höhe. »Sie haben kein Auto? Bezahlt mein Sohn Ihnen so wenig? Also, dann auf Wiedersehen, voraussichtlich nächsten Samstag.«

Sie fand sich vor der Eingangstür, ehe es ihr bewusst wurde. Erleichtert trat sie auf den Kiesweg, der zum Gartentor führte. Sie fühlte sich, als hätte sie eine schwierige Prüfung bestanden.

Montagmorgen war Herr Lindemann schon vor ihr da. Er bedachte sie mit einem vielsagenden, amüsierten Blick. »Meine Mutter findet Sie nett. Was immer sie damit meint.« Er grinste unverschämt. »Außerdem hat sie mir vorgeworfen, ich würde Sie schlecht bezahlen. Wenn Sie mir meine Mutter vom Leibe halten – ich musste nämlich auch schon beim Bridge einspringen, eine von diesen alten Tanten ist meistens krank – dann könnte ich mir glatt eine kleine Gehaltserhöhung überlegen.« Immer noch grinsend sah er ihr nach, wie sie mit hochrotem Kopf aus dem Büro stürmte.

Er hielt Wort. Am nächsten Ersten entdeckte sie auf ihrer Lohnabrechnung mehr Geld. Sie beschloss, die Gehaltserhöhung für die Abzahlung eines Autos zu verwenden. Und bald konnte sie vom Bürofenster aus stolz auf das matt glänzende Dach ihres grünen Golfs blicken.

Aber vorher musste sie ihre neue Pflanze, die sie sich selbst zur Feier des Tages gekauft hatte, etwas zur Seite schieben.

»Na, bewundern Sie ihr neues Auto?« Ihr Chef war gerade in ihr Büro gekommen, um die Formulierung eines kniffligen Briefes mit ihr zu besprechen. Sie nickte.

»Eine neue Pflanze?« Er besah sie sich genauer. » Ah, eine Cassia, oder auf Deutsch Gewürzrinde, blüht sehr schön. Sie müssen sie reichlich gießen und öfters düngen. Übrigens auch die Zylinderputzerpflanze braucht viel Wasser, die daneben steht. Ich kenne mich ganz gut mit Topfpflanzen aus. Wenn meine Mutter nicht zuhause ist, habe ich ihren Wintergarten zu pflegen, dabei habe ich festgestellt, dass ich eine grüne Hand habe, wie man so sagt.«

Es war ein herrlicher Sommertag. Sonnenstrahlen tanzten auf Marie-Luises Nase, hüpften über den Bildschirm ihres Computers und erwärmten den glänzenden Lack ihres Schreibtisches. Vielleicht sollte sie sich eine längere Mittagspause gönnen und mit der Arbeit früher Schluss machen. Eigentlich könnte sie es sich erlauben, dachte sie. Es hatten sich schon viele Überstunden angesammelt. Das zweite Mal sah sie bereits auf ihre Armbanduhr. Sie war unschlüssig. Lindemann war noch da. Vielleicht hatte er noch Arbeit für sie. Noch zehn Minuten, dann begann die offizielle Mittagspause. Sie hatte noch nie auf die Uhr gesehen, aber heute wollte sie sich ihr Gesicht von der Sonne wärmen lassen und die Freizeit genießen...

Es klopfte energisch an ihre Bürotüre. »Herein!« Eine junge Frau betrat das Büro »Guten Morgen.«

Sie erkannte die Stimme sofort. Die Freundin ihres Chefs. Frau Bauer!

»Guten Morgen. Kann ich etwas für Sie tun?«, fragte Marie-Luise. Sie bemühte sich, ihre plötzliche Verlegenheit zu verbergen.

»Ich bin mit Herrn Lindemann verabredet. Können Sie ihm bitte Bescheid sagen, dass ich hier bin?«

Marie-Luise schaute auf die Rufanlage. »Er telefoniert gerade. Setzen Sie sich doch bitte einen Moment. Darf ich Ihnen einen Kaffee anbieten?«

Unauffällig betrachtete sie die junge Frau, während der Kaffee durch die Maschine lief. Frau Bauer war Mitte Zwanzig. Kurzes blondes Haar, blaue Augen, sportliche Figur und sie hatte ein nettes offenes Gesicht. Sie stellte den Kaffee vor sie hin.

Eigentlich hatte sie sich die Freundin des Chefs etwas

anders vorgestellt. Eine Sirene! Langes blondes oder schwarzes Haar. Eng anliegendes Kleid und die höchsten Absätze, die es gibt. Aber Frau Bauer trug kurze Jeans, ein T-Shirt mit der Aufschrift "Ich habe Power" und Tennisschuhe. Sie wirkte burschikos und selbstbewusst.

Sie nickte dankend mit dem Kopf und schlürfte den dampfenden Kaffee.

Herr Lindemann telefonierte immer noch.

»Schönes Wetter heute.«

Marie-Luise fing ein Gespräch an.

»Das wollen wir auch ausnutzen«, meinte Frau Bauer. »Werner und ich haben uns zu einem Match verabredet. Tennis«, setzte sie hinzu, als Marie-Luise sie verständnislos ansah.

»Wissen Sie, wir haben uns im Tennisclub kennen gelernt. Und ich bin froh, dass Werner so sportlich ist.«

Der Besetztknopf leuchtete immer noch auf. Was machte man mit der Freundin des Chefs, wenn sie warten musste. Bridge wandte sie bei seiner Mutter an. Also versuchte sie es hier mit Tennis.

»Leider kann ich kein Tennis spielen«, sagte sie bedauernd. Frau Bauer war aufgestanden und stellte jetzt die leere Tasse auf Marie-Luises Schreibtisch ab. »Das ist aber schade. Eigentlich gehört Tennisspielen doch zum guten Ton. Ist er jetzt endlich frei?« Ihre Stimme hatte einen ungeduldigen Klang bekommen.

»Ah, es ist aufgelegt.« Marie-Luise hob den Hörer auf. »Herr Lindemann, Frau Bauer wollte sie sprechen. Sie wartet hier in meinem Zimmer.«

»Birgit? Gut, schicken sie sie rein.« Seine Stimme klang überhaupt nicht begeistert.

Mittlerweile war die Mittagspause schon zur Hälfte vorbei. Marie-Luise musste sich mit der Bank vor dem Parkplatz für ihr Sonnenbad begnügen, für alles andere war jetzt die Zeit zu knapp geworden. Zuvor aber schrieb sie ein neues Wort in ihr Heft: "Tennis".

Auch darüber gab es ein Buch. Und sie merkte sich was "Aus" hieß, was ein "Ass" anrichten konnte und was "Loft" bedeutete. Die Regeln konnte sie bald auswendig, aber das Praktische fehlte.

Einige Zeit später teilte ihr Herr Lindemann mit, dass er sich zu einem dreiwöchigen Urlaub entschlossen hätte und sie dann auch Urlaub nehmen müsse, und so entschloss sie sich, einen Tenniskurs zu buchen.

Zuerst musste sie noch zwei Karten für einen Flug in einen griechischen Club buchen: Ein Doppelzimmer für Birgit Bauer und Werner Lindemann.

Die vierzehn Tage in einem Tenniscamp im bayrischen Wald taten ihr gut. Alle Gäste in ihrer Pension waren Tennisanfänger. Manche nahmen den Kurs nicht sehr ernst, aber sie übte verbissen. Sie nahm sich vor, wenn sie zu Hause war, erst einmal einen preiswerten Club zu suchen, damit wie weiterspielen konnte.

Abends waren sie wie eine große Familie. Sie saßen im gemütlichen Schankraum, redeten, tranken und lachten zusammen. Marie-Luise genoss es, dazu zu gehören. Aber als sie ihre Schüchternheit ablegte, waren die vierzehn Tage vorbei.

Den Rest des Urlaubs verbrachte sie zuhause und erledigte alles, was sich angehäuft hatte.

Außerdem wollte sie mal ausgiebig bummeln und ins Kino gehen. Vieles hatte sie sich vorgenommen, als Frau Lindemann anrief. »Es ist mir sehr peinlich Frau Maus, aber mein Sohn ist nicht da und ich muss dringend eine Freundin besuchen, die krank ist. Könnten Sie sich bitte um unser Haus kümmern, es sind ja nur noch zwei Tage, bis er zurückkommt.«

»Aber ich, ich habe...«

»Das ist sehr nett von Ihnen«, kürzte Frau Lindemann ihr den Satz ab. »Wissen Sie, zu Ihnen habe ich Vertrauen.

Der Taxifahrer, der mich zum Bahnhof fährt, bringt Ihnen den Hausschlüssel vorbei.«

Alles, was Marie-Luise geplant hatte, fiel jetzt ins Wasser. Wie hatte sie sich nur von Frau Lindemann einwickeln lassen? Nein, einfangen lassen, nannte der Chef das. Jetzt konnte sie morgens die Rollläden hoch und abends wieder runterlassen.

Der Freundin ihres Sohnes hätte die Seniorin so etwas nie zugemutet.

Montags nach dem Urlaub betrat der Chef als erstes ihr Büro. Er war braungebrannt und sah aus wie das blühende Leben. »Na, Mäuschen, ist der Urlaub Ihnen gut bekommen?«

Dann stutzte er. »Eigentlich wirken Sie ein bisschen blass um die Nase. Was haben Sie denn gemacht? Zuviel gesumpft?« Verlegen sah sie ihn an. »Ich habe einen Tenniskurs gebucht.«

»Oh«, amüsiert sah er sie an. »Sport! Dann ging es Ihnen so wie mir. Nur, dass Sie es sich freiwillig ausgesucht haben«, grummelte er, dann drehte er sich um und ergriff die Klinke seiner Türe. »Ach, übrigens die Tüte dort«, er hatte eine Plastiktüte mit einem Blumentopf auf ihrem Schreibtisch abgestellt, »ist ein Dankeschön von meiner Mutter. Sie haben die Pflanze neulich bei ihr so bewundert. Deshalb hat sie Ihnen in der Gärtnerei die gleiche bestellt. Sie ist voll des Lobes über Sie. Habe ich Ihnen schon gesagt, dass sie Sie nett findet? Nun gut, fangen wir an zu arbeiten.«

»Chef!«, rief sie hinter ihm her, »im Sportteil der Zeitung war ein Artikel über Ihren Tennisclub. Ich habe ihn ausgeschnitten und auf Ihren Schreibtisch gelegt. Es wird sie sicher interessieren.«

»Danke.« Die Türe klappte hinter ihm zu.

Vorsichtig hob sie den Topf aus der Tüte. Ein orangefarbener Hibiskus voller Blüten und Knospen. Sechs zählte sie. Herrlich! Langsam wurde der Platz am Fenster zu eng.

Das schöne Wetter hielt an. Birgit Bauer erschien am nächsten Mittag wieder im Büro, im Jogging-Anzug.

»Frau Bauer«, meldete sich Marie-Luise bei ihrem Chef. »Sie möchte Sie zum Joggen abholen.«

»Oh, Gott!« stöhnte Lindemann. »Nimmt das denn nie ein Ende? Muss das sein? Hatte sie sich denn vorher angemeldet? Geben Sie sie mir ans Telefon.«

»Bärchen«, meinte Birgit, »ich wollte dich überraschen. Ach, du hast eine Besprechung und kannst nicht weg?« Sie zog einen entzückenden Schmollmund. »Oh, wie schade. Ich hatte mich soo darauf gefreut. Dauert das denn wirklich noch so lange?«

Irgendetwas Tröstliches musste er ihr gesagt haben, denn die Unmutsfalten auf ihrer Stirn glätteten sich. »Tschüss, bis heute Abend, Bärchen.«

Mit dem Hörer in der Hand drehte sie sich zu ihr um. Gerade noch rechtzeitig verkniff sich Marie-Luise ein Grinsen. »Bubi, Bärchen«, und das alles zu ihrem Chef.

»Werner möchte mit Ihnen noch sprechen.« Sie reichte Marie-Luise den Hörer.

»Frau Maus, sind Sie noch dran?«, vergewisserte er sich. »Gut. Haben Sie so etwas wie Jogging-Kleidung? Nein? Dann gehen Sie sich etwas kaufen. Birgit kann Sie beraten. Ich gebe Ihnen zwei Stunden frei, drehen Sie mit Birgit ein paar Runden. Die Sportkleidung geht natürlich auf die Firma. Und bestätigen Sie Birgit bitte, dass mein Verkaufsleiter noch bei mir sitzt, und dass uns die Köpfe rauchen. Bitte, bitte Mäuschen!«

Dann legte er auf.

Verwirrt sah Marie-Luise auf den Hörer in ihrer Hand. Sicher würde sie bestätigen, dass der Verkaufsleiter bei ihm saß. Aber eigentlich stimmte es ja nicht. Wenn sie schon für ihn lügen musste, dann war die zweite Bitte eine Unverschämtheit – Joggen! Manchmal war er doch wie seine Mutter, stellte sie erbittert fest.

Sie sah an sich herunter. Flache Schuhe, dunkler Hose, weiße Bluse. Damit konnte man wirklich nicht laufen. Dann fiel ihr ein, dass die Sportkleidung die Firma bezahlte, 51 % Herr Lindemann, und 49 % seine Mutter.

»Frau Bauer, ich würde Ihnen gerne anbieten mitzulaufen, aber so angezogen kann ich das wohl nicht. Vielleicht helfen Sie mir beim Aussuchen der Laufschuhe?«

Birgit war sofort einverstanden.

Eine Stunde später keuchte Marie-Luise durch den Park. Ihr Herz klopfte wie wild, der Schweiß stand ihr auf der Stirn und die Beine wurden schwer und schwerer. Neben ihr lief leichtfüßig und normal atmend Birgit und dabei fragte sie Marie Luise auch noch aus. Direkt und ohne sich zu genieren.

»Hatte Werner viele Freundinnen? Nicht dass es mir etwas ausmachen würde. Aber ein Mann, der so gut aussieht, über dreißig ist, und außerdem eine Firma besitzt, muss doch allerhand Eroberungen gemacht haben.«

Marie-Luise schüttelte den Kopf. Normalerweise würde sie sich diese Ausfragerei sofort verbieten, aber wenn der Chef sie schon zum Joggen schickte, konnte sie auch über ihn sprechen.

»Nein, ich kenne eigentlich nur Sie.« Dass er einen Ruf als Casanova hatte, das sollte Birgit selber herausfinden. Sie nutzte die Gelegenheit, sich die Schweißtropfen von der Stirn zu wischen, dabei bemerkte sie, dass ein zufriedener Ausdruck über das wenig erhitzte Gesicht ihrer Jogging- Partnerin huschte.

»Und die Mutter? Wie ist die Bindung zu ihr? Ich meine, ein Mann über dreißig, nicht verheiratet, da muss man ja schon misstrauisch werden. Vielleicht hängt er zu sehr an seiner Mutter? Ödipuskomplex oder so? Nicht, dass mir das etwas ausmacht.«

Ich würde schon mit der Situation fertig.«

Dann startete sie wieder mit ihren langen Beinen den Lauf und Marie-Luise musste sich sputen, um sie einzuholen.

»Kennen Sie seine Mutter?« Birgit blieb stehen.

Obwohl Marie-Luise dankbar für jedes Päuschen war, jetzt wurde es ihr zu viel.

»Wenig«, stieß sie ungeduldig hervor.

»Aha, und welche Hobbys und Vorlieben hat Werner? Ich meine, ich kenne ihn gut, aber vielleicht kennen Sie ihn als seine Sekretärin besser als ich.«

»Ich glaube kaum«, ärgerte sich Marie-Luise. »Ich bin erst seit ein paar Monaten seine Sekretärin. Ich habe noch nie mit dem Chef ein Gespräch geführt, das über das Geschäftliche hinausgeht. Und Geschäftliches gehört sicher nicht hier her.«

»Nein, nein«, beeilte sich Birgit zu beschwichtigen.

»Ich finde es nur immer klug, wenn man seinen Partner gut kennt.«

Die verlängerte Mittagspause war zu Ende. Birgit fuhr Marie-Luise mit ihrem Auto zurück zur Firma.

»Ob Werner jetzt wohl...«

Marie-Luise überflog mit den Augen den Parkplatz des Chefs: leer! »Sein Auto steht nicht mehr auf seinem Platz, also ist er nicht da«, wimmelte sie Birgit ab. Der Chef würde schon seine Gründe haben, warum er noch nicht zurück war. Das ging sie aber nichts an.

»Also dann Tschüss«, verabschiedete sie Frau Bauer.

Die stieg in ihren kleinen Wagen. »Ich ruf mal an, wenn ich einen Tennispartner brauche«, rief sie, während sie das Fenster runterkurbelte. »Gegen eine kleine Gebühr kann man Gäste zum Spielen mitbringen.«

»Das wäre sehr nett«, freute sich Marie-Luise.

Wahrscheinlich wollte sich Birgit Bauer nur gut mit Lindemanns Sekretärin stellen. Aber wenn sie dafür Spielen konnte, hatte sie nichts dagegen. In ihrem Büro machte sie sich frisch, und stellte dann fest, dass der Chef wirklich nicht da war.

Als er am Spätnachmittag zurückkam, betrat er sein Büro durch ihr Zimmer. »Na, Mäuschen«, sagte er und lächelte sie so charmant an, dass es Birgit umgeworfen hätte. »Das Laufen hat Ihnen gut getan, sie sehen nicht mehr so blass aus wie sonst. Bitte verschonen Sie mich in Zukunft mit Birgits sportlichen Ambitionen. Sagen Sie ihr, ich hätte mir den Fuß verstaucht. Das ewige Tennisspielen reicht mir im Moment. Ich bin halt nicht mehr so fit wie eine Fünfundzwanzigjährige.«

Wieder grinste er und knipste ihr mit einem Auge zu. »Halten Sie mir Birgit vom Leibe. Ich verlasse mich auf Ihre Diskretion und Ihre Fantasie.«

Birgit ließ nicht locker, und so fand sich Marie-Luise damit ab, selber mit ihr zu joggen und sogar ein paar Mal mit ihr Tennis zu spielen. Birgit war eine ehrgeizige und außergewöhnlich gute Sportlerin, so dass Marie-Luise, auch wenn es ihr schwer fiel, sehr davon profitierte. Als Dankeschön für ihre Einladungen wollte sie von Marie Luise nur hören, dass »Werner« keine neue Freundin hatte, sondern nur sehr, sehr viel Arbeit.

Eines Tages rief eine Frau Rosetti an. Eine dunkle, wohlklingende Stimme, etwas atemlos. Marie-Luise durfte sofort durchstellen. »Bitte die nächste viertel Stunde keine Störung«, ordnete der Chef an, auch seine Stimme vibrierte.

»Arme Birgit Bauer«, dachte Marie-Luise. Wenn das eine neue Bekanntschaft ihres Chefs war, dann war sie nach der Stimme zu urteilen sehr gefährlich, gegen sie hatte die »Sportlerin« keine Chance.

Es dauerte nur wenige Tage, da reagierte er bereits unwirsch, wenn Birgit anrief, wimmelte sie ab, oder ließ sich verleugnen. Marie-Luise empfand Mitleid mit der jungen Frau. Sie schien ihr »Bärchen« bereits fest in ihr Leben eingeplant zu haben.

»Wie der Chef mit seiner ehemaligen Freundin umging, das war schäbig«, dachte sie, als sie zwei Flugkarten für Werner Lindemann und Frau Rosetti für ein Wochenende in Venedig buchte.

»Chef«, sie räusperte sich, als sie den Auftrag dazu bekam.

»Ja, bitte?« Eine Querfalte erschien auf seiner Stirn.

»Soll ich nicht«, Räuspern... »sollte man nicht Frau Bauer reinen Wein einschenken? Es geht mich zwar nichts an, aber ich bin mit Frau Bauer öfters gelaufen, und sie tut mir leid.«

Ärgerlich trommelte er mit den Fingern auf das Deckblatt einer Akte. Seine Stimme war unterkühlt, als er sagte: »Das geht Sie wirklich nichts an, Frau Maus.« Doch dann seufzte er tief.

»Frauen! Machen Sie irgendetwas, schicken Sie ihr Blumen, oder schreiben Sie ihr ein paar Zeilen. Sie haben meine vollstes Vertrauen.«

Sie war verärgert. Das Unangenehme schob er ihr zu. Typisch Mann, aber sie konnte wenigstens seinen Abschied von Birgit etwas versüßen. Immer noch erbost, ging sie mit kerzengeradem Rücken zurück in ihr Büro. Lindemann sah ihr grübelnd nach.

So, Frau Bauer tat ihr leid! Nun, er hatte viel Zeit und viel Geld in Birgit investiert. Und am Anfang hatten sie ja auch Spaß miteinander gehabt. Er hatte nie von einer dauerhaften Bindung gesprochen. Schließlich war sie ja ein modernes Mädchen.

Ob sie wirklich so sehr in ihn verliebt war? Er dachte unangenehm berührt an den Urlaub.

»Werner, wie wär`s mit einem Tennismatch? Werner, ich habe uns beim Surfen angemeldet. Werner, mach doch mal mit bei der Show. Werner, ich habe für uns die Safarifahrt gebucht«... Ihn gruselte es immer noch. Schließlich hatte er sich Erholung von der Arbeit gewünscht.

Sicher trieb er gerne Sport, aber doch nicht immer! Das

hatte sie nicht begriffen. Natürlich war sie ein nettes Mädchen, er suchte sich immer nette Mädchen aus. Aber gegen Viola Rosetti kam sie nicht an. Schon der Name zerging auf der Zunge wie Schokolade. Er schloss kurz die Augen und dachte an die aufregende Stimme, das aufregende Kleid, das sie gestern Abend getragen hatte und den aufregenden Körper darunter, den er in Venedig näher kennen lernen wollte.

Gott sei Dank, um Birgit würde sich Frau Maus kümmern.

Marie-Luise saß vor ihrem Block und zermarterte sich das Gehirn. Was sollte sie nur schreiben?

Sollte sie vielleicht etwas schenken? Frustriert drückte sie den Knopf der Sprechanlage.

»Herr Lindemann, müssen es für Frau Bauer Blumen sein, oder darf ich ihr etwas anderes schenken? Und wie viel darf ich ausgeben?«

Unsanft wurde Lindemann aus seinen Träumen gerissen. »Wie bitte? Ach so.« Birgit war schon so fern. »Machen Sie, was Sie wollen, Mäuschen. Hauptsache, ich habe nichts mehr damit zu tun. Natürlich soll es nicht zu teuer sein!«, schloss er das Gespräch ab.

»Oh, es würde ihn schon ein bisschen mehr kosten«, dachte Marie-Luise schadenfroh. Birgit war zu ihr immer nett gewesen.

In der Mittagspause betrat sie das Juweliergeschäft gegenüber der Pizzeria, wo sie früher oft mit Emma gegessen hatte. Es kam ihr vor als wären Jahre und nicht ein paar Monate seitdem vergangen. Sie hatte dort etwas entdeckt, das Birgit sicher gut gefallen würde.

Bald strichen ihre Finger vorsichtig über einen zierlichen goldenen Tennisschläger, auf dem mitten auf der Bespannung aus feinen Golddrähten eine Perle als Ball eingearbeitet war.

Am Nachmittag drückte sie erneut den Sprechknopf.

»Herr Lindemann, welchen Kosenamen benutzten Sie bei Birgit. Ich brauche ihn für die Anrede auf Ihrem Brief.«

Sie hörte ihn tief Luft holen. »Ich dachte, ich hätte nichts mehr damit zu tun?«

»Ich kann das Geschenk doch nicht ohne ein paar Zeilen losschicken.«

Er atmete wieder aus und meinte unwirsch »Häschen! Noch etwas?«

»Danke.« Marie-Luise musste grinsen.

Diese Kosenamen hatten für Unbeteiligte einen lächerlichen Beigeschmack. »Bubi, Bärchen, Häschen.« Sie kicherte schadenfroh vor sich hin; er konnte es ja nicht hören.

»Mein liebes Häschen«, begann sie den Brief, dann fiel ihr nichts mehr ein.

Sie überlegte hin und her, strich aus, schrieb neu, verbesserte wieder. Der Kopf rauchte. Erst am Abend hatte sie zu Hause etwas aufs Papier gebracht, das ihr einigermaßen gefiel.

Morgens tippte sie den Entwurf in den Computer und legte ihn in die Post zur Unterschrift.

Ob sie den Brief fotokopieren und verwahren sollte? Vielleicht brauchte sie ihn noch einmal und im Computer konnte sie ihn nicht gut speichern. Gedacht, getan. Sie beschloss, ihn in ihrer Privatmappe abzuheften.

Am nächsten Tag war Werner Lindemann sehr in Eile und unterschrieb die ganze Post, ohne sie richtig anzusehen.

»Wird schon richtig sein«, meinte er halb im Gehen. »Haben Sie die Sache mit Frau Bauer erledigt?«

»Sie haben gerade den Brief unterschrieben.«

Er sah sie nachdenklich an, »ich sollte eigentlich... Ach was, ich habe jetzt keine Zeit mehr ihn durchzulesen. Danke, Frau Maus. Auf Sie ist Verlass«, dann eilte er davon.

Ein paar Tage später stand Herr Lindemann gerade in Marie-Luises Büro, als das Telefon läutete. Sie nahm ab, aber ihr Chef ließ sich nicht stören, er erzählte weiter von Venedig.

»Oh, ja, mir geht es gut. Herr Lindemann? Ich muss erst... Ach, Sie haben seine Stimme gehört?«

Verlegen reichte sie den Hörer an Lindemann weiter.

»Frau Bauer.«

Er versteifte sich. Einen kurzen Augenblick glaubte Marie-Luise Panik in seinen Augen zu erkennen.

Er hatte wohl Angst vor einer Szene!

»Ja bitte?«, seine Stimme klang zögernd. Es sah einen Moment so aus, als würde Birgit ihm eine Szene machen, denn seine Stirnfalte grub sich tief ein. Aber dann entspannten sich seine Züge und seine Stimme wurde freundlicher.

»Aber Häschen, das war doch nicht der Rede wert. Es war eine wunderbare Zeit mit uns. Ja sicher spielen wir irgendwann noch mal Tennis zusammen. Tschüss und alles Gute.«

Verwirrt legte er den Hörer auf. »Was haben wir denn Birgit Großzügiges geschenkt?«

Marie-Luise merkte, dass sie rot wurde. Verdammt, dass sie sich das nicht abgewöhnen konnte. Sie schluckte bis es ihr gelang, kühl zu sagen:

»Ich habe nur Ihren Auftrag ausgeführt, Birgit ein Abschiedsgeschenk auszusuchen. Erinnern Sie sich noch, Sie haben mir freie Hand gelassen. Ich habe bei einem Juwelier einen goldenen Anhänger, 24 Karat mit einer echten Südseeperle - gearbeitet wie ein Tennisschläger mit Ball - ausgesucht und außerdem einen netten Brief mit einem Dankeschön für die schöne Zeit, die Sie mit ihr verbracht haben dazugelegt.

Und im Übrigen, Chef, denke ich nicht, dass ich Sie mit diesem Geschenk finanziell ruiniert habe«, setzte sie entschlossen hinzu.

»Das habe ich auch nicht so gemeint, Mäuschen, Hauptsache ist, wir können das Thema Birgit ad acta legen«, meinte er erleichtert.

An der Türe drehte er sich noch einmal um, »habe ich Ihnen schon gesagt, dass meine Mutter Sie nett findet?« Dann schloss sich die Tür hinter seinem breiten Rücken.

Zwei Tage später rief er sie zu sich. »Frau Maus, kommen Sie bitte mal rein.«

Sie hatte zehn Minuten vorher das Gespräch eines finnischen Geschäftsmannes zu ihm durchgestellt.

Als sie eintrat, sah er vom Hörer hoch, den er gerade aufgelegt hatte. »Mäuschen, informieren Sie sich bitte über moderne Kunst. Herr Häkinnen aus Helsinki hat seinen Besuch für nächste Woche angekündigt. Ich kümmere mich sonst persönlich um ihn, weil wir fast so etwas wie befreundet sind, aber Viola«, sein Gesicht nahm einen verzückten Ausdruck an, »hat mich ausgerechnet an diesem Wochenende zu einer Landpartie eingeladen, die bereits Freitagnachmittag startet, und ich kann ihr beim besten Willen nicht absagen.«

»Aber ich...«

»Keine Ausrede, Mäuschen. Herr Häkinnen ist ein sehr guter Kunde. Sie werden die Chose schon schaukeln. Wer meine Mutter becirct, der schafft alles. Häkinnen's Vorlieben sind originelle Kneipen – ich gebe Ihnen nachher noch eine Liste mit einigen Kneipennamen mit - und moderne Kunst. Holen Sie ihn bitte nächste Woche donnerstagabends am Flugplatz ab. Am nächsten Vormittag habe ich dann eine geschäftliche Verabredung mit ihm, und bevor ich fahre, bestellen Sie bitte noch einen Tisch in einem Restaurant, den Namen gebe ich ihnen noch durch.

Ich sage Ihnen noch genau Bescheid, ab wann Sie sich um ihn kümmern müssen.«

Oh Gott, moderne Kunst! Darüber wusste sie überhaupt nichts, dachte Marie- Luise. Sie hatte noch nicht einmal Interesse an allgemeiner Malerei. Und über was redete man mit einem finnischen Geschäftsmann? Übrigens, wie alt ist er eigentlich? Aber sie würde sich bemühen, oh ja, das würde sie, ermunterte sie sich selber.

»Und Frau Maus, seien Sie nett zu ihm, er ist vor ein paar Monaten Witwer geworden, und immer noch nicht über den Tod seiner Frau hinweg.«

»Wie nett?«, fragte sie ärgerlich und sah ihren Chef durch ihre dicken Brillengläser streng an.

Sein Kopf, der wieder über irgendeine Akte gebeugt war, ruckte hoch, dann starrte er sie an.

Er betrachtete sie von oben bis unten und begann zu grinsen.

»Aber Mäuschen, auf was für eine unsinnige Idee kommen Sie denn da? Sollte mir entgangen sein, dass Sie Humor besitzen?« Dann brach er in schallendes Gelächter aus.

Zuerst wurde sie rot vor Scham, dann vor Wut. Unverschämt! War sie denn wirklich so unansehnlich?

Aber sie beruhigte sich schnell, er hatte ja Recht.

Auf der nächsten Seite ihres Heftes prangte bald das Wort »Moderne Kunst«.

Im Computer suchte sie sich alles, was unter diesem Begriff stand, heraus und lernte Begriffe wie Dadaismus, Kubismus und Futurismus auswendig. Aber vorstellen konnte sie sich nicht viel darunter. Sie besorgte sich ein Buch über Picasso und lernte Leute mit Namen Dali, Edvard Munch und Rousseau kennen. Sie vertiefte sich in ihre Lebensgeschichten und las über Stil und Lebensumstände der Maler.

Bis der Besuch aus Finnland kam, hatte sie sich so in die Thematik vertieft, dass sie selbst so von der modernen Kunst gefesselt war, dass sie beschloss, in die Staatsgalerie, Abteilung Moderne Kunst zu gehen. Sie kaufte sich einen Katalog der Galerie und auch ihn arbeitete sie so intensiv durch, dass sie dem Gast schließlich eine Privatführung durch das Museum anbieten konnte.

Am Donnerstagabend stand sie mit klopfendem Herzen am Flughafen. Sie hatte ihr bestes Kostüm angezogen; grau mit weißer Bluse und hielt krampfhaft ein Schild hoch, auf dem der Name ihres Gastes stand:

»Mr. Häkinnen«.

Die Maschine aus Helsinki war vor einiger Zeit gelandet, und sie beobachtete die Menschen, die durch den Ausgang strömten. Ein mittelgroßer Herr im Regenmantel ohne Hut sah sich suchend um und kam dann auf sie zu.

»Häkinnen«, stellte er sich vor. »Maus, ich bin die Sekretärin von Herrn Lindemann. Herzlich willkommen.«

Marie-Luise wusste zuerst nicht, was sie tun sollte, was sollte sie mit dem Schild anfangen, ablegen konnte sie es nirgendwo, aber sie wollte auch seine Hand drücken, und so klemmte sie es sich unbeholfen unter den Arm. Er lächelte sie freundlich an und sagte in flüssigem Deutsch: »Nun stecken Sie mal erst das Schild weg, dann fällt die Begrüßung leichter.« Er war so zuvorkommend, dass Marie-Luise erleichtert ausatmete. »Herr Lindemann konnte nicht kommen und hat mich als seine Vertretung geschickt. Ich fahre Sie jetzt ins Hotel.«

Sie führte den Geschäftspartner ihres Chefs zu ihrem Golf. »Sie müssen entschuldigen, ich habe meinen eigenen Wagen genommen. Er ist nicht so bequem wie der Firmenwagen, aber ich habe den Führerschein noch nicht so lange und fürchte mich vor dem großen Auto«, sagte sie ehrlich. Sie hatte beschlossen, ehrlich zu sein. Das war vielleicht besser, als das sein zu wollen, was sie nicht war - nämlich erfahren und weltgewandt.

Ein flüchtiges Lächeln überflog sein Gesicht, »wenn Sie mich nur heil hinbringen«, meinte er gutmütig.

»Oh ja, das werde ich bestimmt«, und sie bekräftigte ihr Versprechen mit einem Nicken.

Sie konzentrierte sich auf den Abendverkehr. Für ihren Gast in dem kleinen Auto fand sie keinen Blick.

Im Hotel brachte sie ihn zur Rezeption.

»Sie wollen sich sicher ausruhen«, meinte sie hoffnungsvoll. »Herr Lindemann hat mich zu ihrer Betreuung ab…« –sie wollte gerade sagen abkommandiert, verbesserte sich aber schnell, »abgestellt. Wenn Sie irgendeinen Wunsch haben, sagen Sie es mir, bitte.«

Er zögerte kurz. Dann nahm er seinen Schlüssel vom Portier in Empfang und hob die Reisetasche hoch. »Nein, danke! Vielen Dank. Ich werde früh zu Bett gehen.«

Als Marie-Luise ins Auto stieg, hatte sie die unterschiedlichsten Gefühle, Mitleid mit dem armen Mann, der seine Trauer immer noch sichtbar mit sich herumtrug, Enttäuschung, weil sie scheinbar nicht nett genug war, um sie zu bitten gemeinsam mit ihm im Hotelrestaurant das Abendessen einzunehmen, und Erleichterung darüber, weil sie sowieso nicht gewusst hätte, wie sie sich verhalten sollte.

Erst am folgenden Abend hatte sie sich, laut Lindemann, um Häkinnen zu kümmern. Sie bestellte im Hotelrestaurant einen Tisch auf Firmenkosten für Freitagabend.

Zehn Minuten vor der Zeit ließ sie sich vom Kellner an ihren Platz führen. Sie umklammerte ihre Tasche vor Verlegenheit. Sie war es nicht gewohnt, alleine durch ein Restaurant zu gehen, auch wenn Kerzen den Raum in ein festliches Licht tauchten.

Herr Häkinnen war noch nicht anwesend, das war noch unangenehmer als der Gang zum Tisch. Der Kellner schob ihr den Stuhl zu Recht und reichte ihr die Speisekarte.

»Es, es kommt noch jemand«, stotterte sie, »ich warte noch mit dem Bestellen.«

»Möchten Sie in der Zwischenzeit einen Aperitif?« Der Kellner überging routiniert ihre Unsicherheit.

»Sherry, Campari, Portwein?«

»Sherry«, bestellte sie erleichtert.

»Medium oder trocken?« Mit unbeweglicher Mine blieb

er abwartend neben ihr stehen. »Medium«, was mochte der Kellner wohl von ihr denken; sie traute sich kaum aufzusehen.

»Sehr wohl.«

Als er den Sherry servierte, war Häkinnen immer noch nicht da. Ob sie ihm die falsche Zeit mitgeteilt hatte? Sicher, sie war zu früh gekommen, aber jetzt war es schon viertel nach acht.

Sie drehte das Glas in ihrer Hand, hielt sich am Stiel fest und wagte kaum sich umzusehen.

Sie sehnte sich nach ihrer Pizzeria. Dort kannte sie die Kellner, die Atmosphäre, und dort war sie nicht schüchtern. Sie merkte, wie die ach so lästige Verlegenheitsröte wieder ihre Wangen färbte. Hier in diesem eleganten Restaurant hatte sie das Gefühl, als würde jeder zu ihr hinsehen und denken, was macht die graue Maus hier in diesem eleganten Speiseraum? Hat sie sich verabredet und ist sitzengelassen worden?

Verzweifelt beobachtete sie den Eingang.

Endlich! Endlich erschien Häkinnen. In gedecktem grauen Anzug mit Krawatte. Die Weste verdeckte die leichte Wölbung seines Bauches. Seine Haare waren feucht und zur Seite gekämmt. An den Schläfen lichteten sie sich bereits. Eigentlich sah er nicht aus wie der gewiefte Geschäftsmann, der er laut Lindemann war, sondern grau, freundlich und gutmütig. Fast passte er zu ihr. Er lächelte, und sie lächelte erleichtert zurück.

»Tut mir leid, dass ich Sie habe warten lassen. Ich habe mit Helsinki telefoniert.«

Er roch nach gutem Rasierwasser.

»Haben Sie schon etwas bestellt? Nein?« er sah in ihr verlegenes Gesicht und schmunzelte. Energisch griff er nach der Speisenkarte. »Soll ich bestellen?«

Sie nickte erleichtert.

»Essen Sie irgendetwas nicht?« Sie schüttelte den Kopf.

»Gut, dann dürfte es einfach für mich sein.« Der Kellner erschien so prompt, als hätte Häkinnen ihn heran gewunken. Er bestellte, und dann schwiegen sie. Marie-Luise zupfte an der Serviette.

»Haben Sie schon einmal einen Geschäftsmann betreut?«, fragte Häkinnen sie mitfühlend.

Sie schüttelte den Kopf. Dann fasste sie sich Mut. Hier befand sie sich auf bekanntem Boden.

»Ich bin erst seit ein paar Monaten die Sekretärin von Herrn Lindemann. Ich war sozusagen Ersatz für Frau Palm. Sie wurde krank. Ich war vorher im Großraumbüro.«

»Ich erinnere mich, eine sehr hübsche Person, diese Frau Palm.«

»Ich durfte sie vertreten und jetzt bin ich fest angestellt«, sagte Marie-Luise stolz.

Die Suppe wurde gebracht, und während sie löffelte, bemerkte sie, dass Herr Häkinnen müde aussah. Dunkle Ringe unter den Augenlidern verstärkten diesen Eindruck noch. Plötzlich fiel ihr wieder ein, dass er Witwer war.

»Haben Sie Kinder?«, fragte sie, als die Suppentassen abgeräumt wurden. »Ja«, er blickte zu ihr hin, »zwei. Sechzehn und vierzehn Jahre alt.«

»Und wer kümmert sich um sie, wenn Sie auf Geschäftsreise sind?«

»Sie sind im Internat. Gleich, als meine Frau krank wurde, haben sie die Schule gewechselt.«

Er nahm das Messer und zerteilte das Fleisch des Hauptgangs so fest, dass auf dem Teller ein schrilles Geräusch entstand.

Marie-Luise sah erschrocken auf. »Oh, wie ungeschickt von mir. Ich wollte Sie nicht.., ich dachte nicht...«

»Ist schon gut«, schnitt er ihr das Wort ab.

»Ich muss mich langsam daran gewöhnen, dass meine Frau nicht mehr da ist. Sie können ja nichts dafür, dass es immer noch schmerzt. Sie starb an Brustkrebs.«

Eine Welle des Mitleides stieg in ihr hoch. Sie langte hinüber und legte ihre schmale Hand auf seine große.

Er wollte seine Hand erst zurückziehen. Was fiel dieser kleinen grauen Maus ein! Er hasste es, wenn jemand Mitleid zeigte. Aber dann ließ er sie doch liegen, als sie sagte:

»Meine Mutter ist sehr früh an Krebs gestorben. Ich habe das alles auch mitgemacht und kann verstehen, wie sie sich gefühlt haben.«

Hier sprach jemand aus Erfahrung und nicht nur aus Mitleid. Plötzlich konnte er darüber reden. Von dem Tag, als er die erschreckende Diagnose vom Arzt erfuhr. Er hatte es seiner Frau nicht gesagt. Er hatte es niemandem gesagt. Er konnte es nicht. Er spielte den Fröhlichen. Dann, als es ihr schlechter ging, den Zuversichtlichen und als sie starb, den Tröster der Familie. Aber wer hatte ihn getröstet?

Er blieb allein!

Er merkte nicht, was er aß. Er merkte nicht, dass der Kellner bereits zweimal unverrichteter Dinge vom Tisch weggetreten war. Er bemerkte nur zwei Augen hinter dicken, geschliffenen Gläsern, die ihn verständnisvoll und aufmerksam ansahen. Es tat gut! Verdammt gut! Schließlich entdeckte er, dass die Weingläser leer waren. Er winkte den Kellner herbei.

»Ein Dessert?«, fragte dieser.

»Nein Danke, aber ich denke, die junge Dame hier kann etwas Süßes vertragen.«

Marie -Luise zögerte.

»Nun bestellen Sie schon, ich werde mir in der Zwischenzeit einen Cognac genehmigen.«

Sie bestellte sich Eis mit heißen Himbeeren.

»Herr Lindemann erzählte mir, dass Sie ein Liebhaber moderner Kunst sind. Wir haben hier in München ein

Museum für moderne Kunst, darf ich Sie morgen abholen und es mit Ihnen besichtigen?«

Er überlegte: »Eigentlich wollte ich morgen wieder zurückfliegen. Aber zu Hause wartet ja niemand auf mich. Ich kann auch eine andere Maschine nehmen.«

»Gut, abgemacht. Sagen wir morgen um 11 Uhr?«

Dann nahm sie allen Mut zusammen, rief den Kellner an den Tisch, »bitte alles auf meine Rechnung, ich bezahle mit Karte.« Herr Häkinnen legte noch einen Schein als Trinkgeld hinzu, dann standen beide auf.

»Also morgen um 11 Uhr am Museum«, erinnerte er sie, während er ihr den Regenmantel aufhielt, den der Kellner gebracht hatte. Er sah ihr nach, wie sie eilends die Hotelhalle verließ, erleichtert, dass der Abend ohne Probleme abgelaufen war.

Ein schüchternes kleines Mädchen, dachte er, während er den Fahrstuhl betrat. Aber sehr nett!

Verrückt, dass er ihr seinen Kummer über seine Frau erzählt hatte. Sie war doch so ein junges Ding. Aber sie hatte irgendetwas an sich. Sie konnte zuhören, sie interessierte sich wirklich für das, was er erzählt hatte, und sie hatte dasselbe Leid wie er bei ihrer eigenen Mutter durchlitten.

So zufrieden hatte er sich lange nicht mehr gefühlt. Es hatte ihm gut getan, darüber zu sprechen.

Wie alt mochte sie sein? Nicht älter als neunzehn oder zwanzig. Er seufzte. Wirklich sehr jung.

Diese Nacht schlief er zum ersten Mal tief und traumlos. Pünktlich um 11 Uhr stieg er vor dem Museum aus dem Taxi, ausgeschlafen und voller Tatendrang.

Marie- Luise hatte schon die Eintrittskarten gekauft und strebte sofort der Abteilung »Moderne« zu.

»Wollen wir uns ein paar Glanzlichter unter den Bildern ansehen, oder systematisch vorgehen?« Ihr Gesicht war vor Eifer gerötet.

»Ich muss ehrlich zugeben, ich war eigentlich an dieser Kunstrichtung überhaupt nicht interessiert. Aber ich habe mir den Katalog für diese Abteilung durchgelesen und dazu Bücher in der Bibliothek ausgeliehen. Am liebsten mag ich Dali. Manchmal malt er seine Bilder wie die Impressionisten. Zum Beispiel den Strand in Cadaques in Spanien, wo seine Eltern ein Sommerhaus besaßen. Ein anderes Mal sind seine Gemälde sehr realistisch, jede Kleinigkeit wird haargenau ausgearbeitet, aber die Komposition ist surrealistisch.

Wussten Sie, dass in vielen Gemälden von ihm Doppeldeutigkeiten vorhanden sind? Bei einem Bild kann man sich entscheiden, ob man darin einen Reiterkampf oder einen Frauenkopf mit großen Augen und rotem Mund erkennen will.«

»Na, Sie sind ja ganz begeistert.« Herr Häkinnen lächelte.

»Oh, ja. Dali war eine vielschichtige, zerrissene Persönlichkeit. Aber so muss man wohl sein, wenn man kreativ ist. Nicht so wie ich, ruhig und beständig.« Sie zuckte die Schultern und wandte sich dem nächsten Bild zu.

Es war nicht jedes Bild im Museumsführer erwähnt und bald erklärte Häkinnen ihr die Bilder. Er sprach von Maltechnik, Stilrichtung und erzählte ihr etwas aus dem Leben der Künstler.

Im Nu war die Mittagszeit überschritten. Sie verschlangen ein heißes Würstchen an einer Bude, lachten, als er seine Krawatte mit Ketchup bekleckerte, tranken in der Stadt Kaffee, schlenderten durch den Englischen Garten und aßen in einem urigen Münchner Lokal zu Abend. Zum Schluss wollte Häkinnen noch Tanzen.

»Das kann ich leider nicht«, lehnte sie ab.

»Wie schade.« Er war enttäuscht.

»Nur Disco –Tanz.«

»Nein«, er bedauerte. »Eine Disco ist nichts mehr für mich. Dann trinken wir halt noch ein Gläschen in der Hotelbar.«

Der Taxifahrer fuhr sie ins Hotel zurück. In der Bar fanden sie einen Tisch in einer Ecke. Sie bestellte einen Cocktail für sich, er einen Gin tonic. Eine Dreimannkapelle spielte. Marie-Luise und Häkinnen tranken sich zu. Ein Pärchen tanzte. Am Nachbartisch saß eine Frau mittleren Alters alleine.

Ein wenig mollig, aber ein ansprechendes Gesicht. Marie- Luise merkte, dass sie öfters ihren Tischnachbarn mit ihren Blicken streifte.

»Oh, Tango.« Häkinnen seufzte sehnsüchtig. »Wie lange habe ich keinen Tango mehr getanzt.«

»Dann fordern Sie doch die Dame am Nachbartisch auf«, schlug sie vor. »Sie versucht die ganze Zeit mit Ihnen zu flirten. Ich muss sowieso nach Hause. Ich werde langsam müde«, und sie unterdrückte ein Gähnen.

»Aber, ich kann Sie doch nicht...«

»Doch, Sie können.« Sie sah ihm nach, wie er zum anderen Tisch hinüberging. Er sagte etwas, die Dame strahlte, und dann beobachtete sie, wie die beiden im Gleichklang den Wiegeschritt tanzten.

Auf einen Bierdeckel schrieb sie: »Viele Grüße, viel Spaß und guten Flug«, schlüpfte unbemerkt hinaus und ließ sich vom Portier ein Taxi heranwinken.

 Sie hatte keinen Tanzkursus mitgemacht, denn damals fand sie das alles,

genau wie ihre Freundin, spießig und doof. Nun ja, man änderte halt im Leben auch mal seine Meinung.

Während der Fahrt nahm sie sich vor, in ihr Heft zu schreiben, »Tanzen, besonders Tango.«

Sie staunte, ihre Liste wurde immer länger, aber das war es wert, denn ihr Leben wurde dadurch auch interessanter.

Eine Woche später kam der Chef gerade in ihr Büro, als sie die Post aussortierte. Ein Brief aus Finnland war dabei. Firmenabsender von Häkinnen.

»Geben Sie mir die Umschläge gleich mit, ich mache sie bei mir auf.« Herr Lindemann sammelte die Post mit den halbgeöffneten Briefen ein und nahm sie mit hinüber in sein Büro. Ungeduldig schlitzte er die restlichen Briefe auf. Er suchte ein bestimmtes Schreiben, eine Angebotsanfrage der Firma Meurer & Co, die bereits vor zwei Tagen telefonisch angekündigt worden war, und die sehr, sehr eilig war.

Aha, da war der Umschlag. Er gab die Daten sofort an die Abteilung weiter, die die Firmenangebote bearbeitete.

Häkinnens Brief öffnete er zuletzt. Verwirrt überflog er die Zeilen. Vielen Dank für das schöne Wochenende... Lange nicht mehr so wohl gefühlt...lernen Sie tanzen. Das war doch nicht für ihn. Er suchte den Umschlag aus dem Papierkorb heraus. Da stand es »Frau Maus, Sekretariat Werner Lindemann«. Ach Gott, der Brief war für Frau Maus, und er hatte ihn geöffnet. Wer konnte auch ahnen, dass sein unscheinbares graues Vorzimmermäuschen Post von Männern bekam. Wie peinlich. Aber andersherum, sie musste sich wirklich sehr um Häkinnen bemüht haben, wenn er ihr einen Dankesbrief geschrieben hatte.

Plötzlich dachte er an ihre Empörung, als er ihr den Auftrag, Häkinnen zu betreuen, gegeben hatte und grinste. Er grinste noch immer bis zu den Ohren, als er ihr den Brief brachte.

»Mäuschen, Mäuschen! Ich hätte nicht gedacht, dass Sie fremde Männer anmachen.«

Schadenfroh beobachtete er die heftige Röte, die sich schnell über ihren Hals bis zu ihrem Gesicht ausbreitete.

»Ich mache keine Männer an«, beschwerte sie sich. »Ich habe mich nur um Ihren Geschäftspartner gekümmert, so wie Sie es gewünscht haben.«

»Ist ja gut, Mäuschen«, beschwichtigte er sie, als er ihre grimmige Miene sah. Überrascht bemerkte er, wie sich ihre Brust, immer noch erregt, in der etwas engen Bluse hob und senkte. Mäuschen hatte ja Figur, das war ihm vorher noch nie aufgefallen.

»Ich wollte ja nur einen Spaß machen.«

Zurück in seinem Zimmer runzelte er die Stirn. Wenn Häkinnen nicht in Finnland säße, dann hätte er vielleicht Angst haben müssen, dass sein Geschäftsfreund ihm die Sekretärin abwerben wollte. In dem Falle hätte er etwas unternehmen müssen. Denn sie war eine sehr gute Kraft, und gute Sekretärinnen waren heutzutage Mangelware.

In der Tageszeitung erschien ein Bericht unter der Rubrik »kulturelle Nachrichten«. Das Museum hatte für die Staatsgalerie moderner Kunst einige Bilder aus einer Privatsammlung gekauft und stellte sie jetzt in einem Nebenraum aus.

Mittlerweile hatte Marie-Luise sich daran gewöhnt, alleine etwas zu unternehmen. Schließlich blieb ihr nichts anderes übrig. Emma übersah sie immer noch geflissentlich. Nun ja, dann war es halt so. Ihre Position im Chefbüro befriedigte sie und sie wusste auch, dass sie ihre Arbeit gut machte. Sie beschloss sich die Neuerwerbungen anzusehen.

An einem Samstagvormittag, kurz vor Mittag, schlenderte sie durch den Raum, in dem die Neuzugänge präsentiert wurden. Außer ihr betrachtete noch ein einsamer Besucher die Bilder. Es war mucksmäuschenstill. Unwillkürlich ging sie auf Zehenspitzen, wenn sie ihre Position änderte. Der andere Besucher stand unbeweglich da und beschäftigte sich intensiv mit einem bestimmten Gemälde. Als sie sich näherte, sah er auf. Er hatte ein asketisches Gesicht mit großen dunklen Augen und sein schlohweißes Haar war mit einem Gummiband zu einem Pferdeschwanz zusammengebunden. Eigentlich wirkte er jünger, als die Haarfarbe vermuten ließ.

»Auch ein Freund moderner Kunst?« fragte er.

Sie blieb stehen.

»Nun, sehr viel Ahnung habe ich nicht davon. Ich habe gerade erst angefangen, mich mit dieser Stilrichtung zu beschäftigen.«

»Da kann ich Ihnen Tipps geben. Wissen Sie, ich bin selbst Maler. Mein Name ist Kaiser.« Er sah sie auffordernd an, als ob sie jetzt in Bewunderung ausbrechen müsste.

»Sie kennen mich doch sicher. Ich heiße zwar nicht Kaiser, aber unter diesem Künstlernamen bin ich doch hier in der Stadt sehr bekannt.«

Beleidigt wandte er sich ab, als von ihr keine Reaktion kam. Wahrscheinlich hatte er erwartet, dass sie beeindruckt sagen würde, »Oh, ja. Wer kennt den großen Meister nicht!«

»Es tut mir leid.« Marie- Luise fühlte sich plötzlich schuldig. »Ich bin halt Neuling in der Materie«, entschuldigte sie sich. »Vielleicht können Sie mir etwas von Ihrem Wissen weitergeben?«

Sie hatte wohl die richtigen Worte gefunden, denn er drehte sich wieder zu ihr um. Sein Blick taxierte sie: Kleine graue Maus, Kleider gute Qualität, aber ohne Pfiff. Brille, Gesichtsform oval, Züge unauffällig. Aus diesem unauffälligen Gesicht könnte man mit Farbe etwas machen, sagte ihm sein Künstlerblick.

Er schaute sich im Raum um. Leider war niemand anderes da, den er mit seinem Wissen hätte beeindrucken können. Da musste sie halt herhalten.

»Na, ja, weil Sie es sind.« meinte er herablassend. »Dann wollen wir uns mal drüben an der Querwand das Bild betrachten.«

Er redete sich bald in Begeisterung. Seine Erklärungen begleitete er mit großzügigen Gesten. Marie-Luise bemerkte, dass er wirklich jünger war, als die weißen Haare es vermuten ließen. Vielleicht vierzig oder fünfundvierzig. In der Nähe wirkten sie auch graublond oder einfach gefärbt und ausgebleicht. Sie entschied sich für das Letztere. Auch er trug eine Brille. Das machte ihn sympathisch.

Aufmerksam hörte sie zu. Sie erfuhr etwas über den Unterschied von Kubismus und Surrealismus. Er erzählte von Klimt, Ludwig Kirchner und Emil Nolde und ihren Maltechniken. Kaiser genoss es, jemanden neben sich zu haben, der ihm begeistert zuhörte. Das gab ihm das Gefühl, einzigartig zu sein. Was heißt Gefühl, er war einzigartig! Und so hörte er sich zu seiner eigenen Verblüffung sagen, »Haben Sie heute noch etwas vor?«

Sie überlegte. Beim Bridge brauchte sie dieses Mal nicht einzuspringen. Nein, sie hatte nichts vor, aber sie zwang sich, nicht sofort ja zu sagen. Nach einigen Sekunden meinte sie zögerlich: »Ich könnte meine Verabredung absagen. Sie ist nicht so wichtig.«

Wegen ihm sagte sie sogar eine Verabredung ab! Kaiser sonnte sich in seinem Hochgefühl.

»Das trifft sich gut. Ich habe heute einige Freunde in mein Atelier eingeladen. Kommen Sie doch einfach vorbei. Vielleicht können Sie einen Salat oder so etwas mitbringen. Die anderen machen das auch, wissen Sie, anstatt Blumen.«

Er gab ihr eine auffällige Visitenkarte. »Das ist meine Adresse. Also Ciao.«

Schon als er die Stufen zum Ausgang hinuntereilte, ärgerte sich Kaiser über sich selbst. Wie kam er dazu, dieses Nichts von einer Person einzuladen? Er liebte die schönen Dinge des Lebens, besonders schöne Menschen. Aber dann dachte er an die Aufmerksamkeit, ja fast Bewunderung, die sie ihm geschenkt hatte, das tat gut. Außerdem brachte sie etwas zu essen mit. Er musste nur schnell zwei, drei Typen anrufen und einladen, damit nicht auffiel, dass er geschwindelt hatte. Freies Essen und Trinken, das würde sie schon anlocken.

Abends irrte Marie Luise mit ihrem Auto durch die Gegend. Sie hatte den Straßennamen in ihr Navi eingegeben, und wurde ganz unsicher, als sie entdeckte, dass rechts und links immer mehr Industrieanlagen die Straße begrenzten. Dazwischen eingezwängt erhoben sich langweilige und nüchterne Wohnblöcke aus den fünfziger Jahren. Plattenbauten nannte man so etwas.

Es hatte ja schon Fälle gegeben, wo das Navi einen Last-
wagen in den Wald dirigiert hatte.

Langsam las sie im Vorbeifahren die Hausnummern. Da
war sie! Sie bremste. Misstrauisch beäugte sie die graue
Giebelwand einer Halle. Unsicher blickte sie noch einmal auf die Visitenkarte. Nr. 33-35 stand da. Hier musste
es sein.

Ein Schild knarzte im Wind.

»Atelier« las sie, darunter prangte das bekannte Emblem
einer Biermarke.

Also in eine Kneipe hatte er sie eingeladen. Wenn nicht
das Licht einer Straßenlaterne das Schild schwach erhellt
hätte, wäre sie glatt daran vorbeigefahren.

Sie parkte. Nudel- und Kartoffelsalat hatte sie vorbereitet. Sie musste sowieso zweimal zum Auto gehen, dann
konnte sie auch gleich die erste Schüssel mitnehmen.

Es war wirklich eine Kneipe, aber wie ein Atelier eingerichtet. An den Wänden hingen fertige und halbfertige
Bilder. Bierfässer dienten als Tische. Ein Sammelsurium
an Stühlen vom Trödelmarkt, rot, blau und gelb gestrichen, luden zum Sitzen ein. Laute Musik dröhnte durch
den Raum.

»Hey«, sagte jemand im kurzen farbbekleckerten Kittel
zu ihr. Mann oder Frau konnte sie erst gar nicht erkennen, so schummrig und düster war der Raum.

Sie stellte ihre Schüssel auf das nächste Bierfass.

»Ah, da kommt das Essen«. Es war doch eine Frau nur
mit bleistiftkurzen roten Haaren.

»Ich habe noch Nudelsalat dabei.«

»Nur her damit.« Die junge Frau mit dem farbbekleckel-
ten Kittel drehte sich wieder um und ließ Marie- Luise
alleine die Schüssel holen.

»Was will'ste trinken?« Die Rothaarige tauchte wieder
auf.Verwirrt bestellte Marie Luise ein Bier.

»Ich bin Nora, die Verflossene des großen Malers. Ich

bediene hier«, klärte sie Marie-Luise auf, während sie die Salatschüsseln nahm und neben ein paar Tellern auf die Theke stellte. »Hier ist das Bier. Nehme an, dass du im Moment nicht bezahlen willst. Bist aber eigentlich zu früh. Freibier ist gibt's erst ab 11 Uhr. Kaiser beschränkt das Freibier - für jeden nur ein Glas - sonst wird es zu teuer. Also, denk ans Zahlen, wenn du ein zweites möchtest.«

Im Raum war noch nicht sehr viel los. Sie war wohl wirklich viel zu früh gekommen. Aus der Musikbox hämmerte jetzt Techno-Musik. Zwei Figuren bewegten sich rhythmisch dazu zwischen den Fässern hindurch.

An der Hinterwand war so etwas wie eine Empore. Dorthin wies Nora mit ihrem Zeigefinger, dessen Nagel schwarz lackiert war. »Da find´ste den Meister.«

Marie- Luise entdeckte ihn, als sie näher kam. Er thronte auf einem niedrigen Holzstuhl und erzählte und gestikulierte. Ein pickeliger Jüngling hockte mit gekreuzten Beinen vor ihm und hörte zu.

Kaiser trug eine Russenbluse und ausgewaschene Jeans. Marie-Luise hielt sich an ihrem Bier fest und stieg mutig die beiden seitlichen Treppenstufen hinauf.

»Hallo.« Er drehte sich kurz um und fuhr dann mit seinen Erklärungen fort. Er hatte sie wohl nicht erkannt. Verlegen trat sie von einem Fuß auf den anderen und trank das Bier in kleinen Schlucken, das sich in ihren Händen langsam erwärmte.

Der junge Mann sagte etwas, und plötzlich winkte Kaiser ungeduldig ab. »Ach was. Ich verschwende doch nicht meine Zeit mit dir.«

Er winkte Marie-Luise heran, »Kümmere dich um Gottes Willen um diesen Kerl, der tötet mir den letzten Nerv.«

Der junge Mann stand auf und wandte sich hoffnungsvoll an sie. »Vielleicht können Sie mir helfen. Herr Kaiser versteht mich nicht, oder will mich nicht verstehen. Ich bin kein Verehrer seiner Kunst, ich bin ein einfacher Handwerker und habe ein Anliegen. Hier in diesem Tollhaus, der Raum hatte sich mittlerweile gefüllt, machen Sie als Einzige einen soliden Eindruck.«

Es stellte sich heraus, dass der junge Mann in der Firma nebenan beschäftigt war, und wegen einer Elektroleitung, an der beide Gebäude angeschlossen waren, am Wochenanfang auf das Dach steigen musste. Und das verweigerte ihm Kaiser, da er nur durch sein Atelierfenster hinaufklettern konnte. Der Maler wollte niemanden in seine intimste Arbeitssphäre hineinlassen - so hatte er sich ausgedrückt.

»Ja, aber, ich bin doch das erste Mal hier.« Suchend drehte sich Marie Luise um. »Vielleicht kann Nora…«

Nora war nicht zu sehen. Kaiser hockte beleidigt auf seinem "Thron".

»Kann man denn nicht von einer anderen Stelle aus hinauf aufs Dach?« schlug sie schließlich vor. »Lassen Sie uns doch mal um das Gebäude herumgehen, vielleicht finden wir einen Ausweg.«

»Was sollte ich machen«, erklärte der junge Mann auf dem Weg ins Freie. »Kaiser ging einfach nicht ans Telefon, und so musste ich mich hier als Gast einschleichen.«

Sie umkreisten die lange Halle und entdeckten eine Feuerleiter, die vom Giebel hinunterführte. Die konnte er für seine Arbeit benutzen.

»Gott sei Dank. Wusste ich´s doch, dass Sie mir helfen würden.« Der junge Mann war erleichtert. Jetzt konnte ihm der verrückte Maler gestohlen bleiben.

Wieder im Lokal, kam ihr Kaiser mit ausgestreckten Händen entgegen. »Wie nett von dir, dass du mich von diesem Blutegel befreit hast. Alles in Ordnung?«

»Alles in Ordnung. Ihr Atelier wird verschont. Er braucht überhaupt nicht in das Obergeschoss hinein.«

Zufrieden nickte er. »Du kannst du zu mir sagen. Soll

ich dir mein Atelier zeigen?«. Er führte sie eine schmale Wendeltreppe hinauf in einen weiträumigen, spärlich möblierten Raum, mit großzügigen Dachfenstern. Mitten im Raum blieb Kaiser stehen.

»Schau! Ist das nicht großartig? Tagsüber flutet das Licht hier herein wie eine Woge und nachts blitzen über mir die Sterne«, schwärmte er. »Hier kann man malen!« Mit einer großen Geste fuhr er mit den Händen durch den ganzen Raum. Er wartete keine Antwort ab. »Du solltest mal die Farbenfülle eines Sonnenaufgangs hier erleben. Oder eine kalte Mondnacht, wenn der Vollmond einen großen fahlen Vorhof hat. Oder das Grau eines Regentages. Bei diesem Bild hier«, er wies auf eine Staffelei, » habe ich die Stimmung eines verschleierten Regentages wunderbar eingefangen. Ich habe als Untergrund Sackleinen genommen, das genau diese depressive Atmosphäre wiedergibt.«

Nun erklärte er ihr seine Spachteltechnik, sprach über die Vor- und Nachteile der Aquarellmalerei und zeigte ihr seine Ölfarbengemische.

Ihre Salatschüsseln waren mittlerweile leer gegessen. Für sie selbst blieb nicht der kleinste Happen übrig. Aber es war mal etwas anderes, dachte sie, als sie spät abends nach Hause fuhr. Und es hatte ihr gefallen.

Sie gewöhnte es sich an, zweimal in der Woche ins Atelier zu gehen. Immer hatte Kaiser irgendetwas, das sie mit »ihrem gesunden Menschenverstand«, für ihn erledigen sollte und konnte.

Ganz besonders wichtig war es, Ordnung in seine Bestellungen für das Lokal zu bringen. Als Ausgleich für ihre Arbeit unterwies er sie in Farbenkunde. Sie kaufte sich Bücher, las nach und entwickelte sich langsam zur Expertin des Surrealismus. Dali war und blieb ihr bevorzugter Maler.

Kaiser bot ihr Unterricht in Aquarellmalerei an. Er wollte

kein Geld. Oh, nein, von ihr wollte er doch kein Geld! Es wäre nur nett von ihr, wenn sie schon mal hier und da beim Bedienen im Lokal einspringen würde, denn Nora hatte sich mit ihm verkracht und kam im Moment nicht mehr. Er würde natürlich mithelfen!

Seine Hilfe bestand darin, sich mit den Gästen zu unterhalten, und sie hatte zu zapfen, auszuschenken und die Tische zu säubern. Sie hetzte hin und her, und nachdem sie mehrere Male Kaiser gebeten hatte, wenigstens die leeren Biergläser einzusammeln und auf die Theke zum Spülen zu stellen, ohne Erfolg, - »ich bin doch Künstler und kein Kellner« sagte er empört; kletterte sie auf einen Stuhl und verkündete laut. »Jeder holt sich sein volles Glas bei mir ab und bringt das Leere wieder zurück.«

Nun ging es besser. Sie kassierte sofort, und einer der Gäste bedankte sich sogar bei ihr. »Jetzt weiß ich wenigstens, wie viel Geld ich ausgegeben habe und mache weniger Schulden bei euch.«

Endlich war Sperrstunde und der letzte Gast musste mit sanfter Gewalt hinausgeschoben werden, nachdem er gelallt hatte. »Nora, du hast dich doll kostümiert, jeder nimmt dir die graue Maus sofort ab.«

Müde, deprimiert und wütend schob sie Kaiser, der herzhaft gähnte, die Kasse hin.

Aber er schob sie wieder zurück in ihre Richtung. »Zähl du das zusammen«, meinte er und legte die Beine auf den nächsten Stuhl. »Ich bin ganz geschafft. Ist sowieso nicht viel drin.«

Wenn sie selbst nicht so erschöpft gewesen wäre, hätte sie ihm ordentlich die Meinung gesagt. Er hatte sich doch gedrückt wo er konnte.

Aber selbst dafür war sie zu schlaff. Sie stützte ihren Kopf mit der Hand ab, als sie das Geld zählte. Sie hatte sogar Trinkgeld bekommen, das würde sie einstecken. 400 Euro waren eingegangen!

Plötzlich wurde Kaiser wach. Er sprang auf. 400 Euro! Soviel ist ja noch nie eingegangen. Und so etwas wie Hochachtung blitzte in seinen dunklen Augen auf.

»Wie hast du das gemacht? Ich erkläre dich hiermit zu meiner Muse«, deklarierte er feierlich und gab ihr unerwartet einen Kuss auf die Wange. Er wollte weiterrutschen, um ihren Mund zu suchen, aber sie schob ihn weg.

»Ich muss ins Bett, ich bin müde. Allein«, setzte sie hinzu, als sie seinen begehrlichen Blick bemerkte.

Auf dem Nachhauseweg überlegte sie, warum bei ihr die Einnahmen besser liefen, als bei Nora. Sie kam zum Schluss, dass sie erstens fleißiger war als Nora, nicht herumschwätzte und gleich alles abkassierte, während Nora im Grunde ihre Stellung nur benutzte, um sich zu amüsieren. Ihre besonderen Freunde verbrachten die Abende im Atelier wahrscheinlich ohne zu bezahlen.

Kaiser war viel zu uninteressiert und ichbezogen, um das zu bemerken. Aber vielleicht musste ein Künstler so sein. Langsam wurde es schwierig, all ihre Termine unter einen Hut zu bringen.

Frau Lindemann rief an, eine ihrer Bridgedamen wäre krank, ob sie einspringen könne.

Frau Bauer meldete sich. Sie hatte einen neuen Freund und wollte ihr beim Joggen alles darüber erzählen. Und auch Kaiser rief mittlerweile täglich an, bat sie zu kommen und war beleidigt, wenn sie absagte. An den Tagen, an denen sie die Theke übernahm, florierte das Geschäft. Zusätzlich bot sie mittlerweile auch eine warme Suppe oder einen Sandwich an. Manchmal das einzige Essen, welches die Künstler und Pseudokünstler, die das Lokal frequentierten, am Tag zu sich nahmen.

Kaiser hatte endlich Geld in der Kasse. Er war sehr zufrieden mit ihr. »Seine Muse« war ein tüchtiges Mädchen. Nicht hübsch und geheimnisvoll, wie er es bei anderen liebte. Obwohl, wenn er sich Marie-Luises Gesicht vorstellte, dann konnte man alles hineinschminken; vom Vamp bis zum Bauerntrampel. Aber das würde er für sich behalten. Seit er sie kannte, verlief sein Leben viel erfreulicher. Er hatte ja gar nicht gewusst, was er bislang vermisst hatte. Jetzt konnte er sogar daran denken, eine Ausstellung seiner eigenen Bilder zu finanzieren. Er brauchte Marie- Luise so dringend wie die Butter auf seinem Brot, gestand er sich ein, denn i h m lief das Geld durch die Finger, und s i e passte gut darauf auf. Außerdem mochte er es sehr, wenn sie im Schneidersitz vor ihm saß und ihm bewundernd zuhörte. Ja, sie bewunderte ihn rückhaltlos redete er sich ein, und das machte ihn stark und kreativ. Er brauchte sie, dessen war er sich sicher, ob er sie auch liebte? Wenn er es klug anstellen würde, könnte er sie sexuell an sich binden, aber das hatte noch Zeit.

Vorerst genoss er es, ruhig und ohne Geldsorgen zu schlafen. Morgens wachte er nicht mehr depressiv auf, sondern voller Tatendrang. Wunderbar!

Er sollte Marie-Luise etwas schenken. Vielleicht Blumen? Ach nein, dann musste er sich anziehen und ins Geschäft gehen, und er hatte gerade seine Kreativphase. Er hatte doch noch... Ja, das war eine gute Idee. In einer Ecke lehnten ein paar kleinformatige Bilder, die für seine Ausstellung sowieso zu klein waren. Er würde sie künstlerisch verpacken und dem Bierlieferanten, der nachher kam, mitgeben. Für ein paar Euro würde er das sicher erledigen. Wo war nur ihre Adresse? Er hatte sich bis jetzt noch gar nicht danach erkundigt. Aber die Telefonnummer der Firma, bei der sie arbeitete, wusste er auswendig. Marie-Luise wollte gerade die ausgehende Post in das Büro des Chefs zur Unterschrift bringen, als ein grobschlächtiger Mann mit lauter Stimme erklärte, dass die Lieferung, welche er Frau Maus dalassen würde, von Kaiser stammte.

»Hier is' noch´n Brief dabei«, polterte er. Dann stellte er das schwere Paket auf den Teppichboden vor ihrem Schreibtisch ab und wischte sich den Schweiß mit der Hand von der Stirn.

Vor Schreck vergaß Marie-Luise die Türe zum Büro zu schließen, so zuckte sie zusammen, als sie plötzlich Herrn Lindemanns Stimme ungläubig in ihrem Rücken fragen hörte: »Für mich? Ich habe nichts bestellt.«

»Heißen Sie Marie-Luise?«, der Mann sah Lindemann von oben bis unten an. »Hier steht Marie-Luise, und es is´ n Geschenk an diese Lady hier, und außerdem hat der Absender gesagt, ich bekäme ein fünf Euro Trinkgeld von der Dame.«

Er hielt die Hand auf, grinste und knipste Marie-Luise ein Auge zu. Abwartend blieb er stehen, während Marie-Luise in ihrem Portemonnaie kramte, bedankte sich artig, dann drehte er sich um und ließ die Türe laut ins Schloss fallen.

Bestürzt stopfte sie die Geldbörse zurück in ihre Tasche und begann das Packpapier des Paketes aufzureißen.

»Ein Bild«, sagte sie verwirrt zu ihrem Chef. Sie hielt es hoch. »Und noch ein zweites.«

»Moderne Kunst.« Er nahm es ihr aus der Hand. »Wie rum muss man es denn aufhängen?« Er drehte es um, nach rechts, nach links, nach oben, nach unten.

Marie-Luise hatte mittlerweile den dazugehörigen Brief aufgerissen. »Meiner über alles geliebten Muse«, stand in Kaisers Künstlerschrift darauf. Sie wurde feuerrot.

»Ich weiß nicht recht«, sie legte das Blatt auf den Schreibtisch, sah auf und nahm ihm das Gemälde ab. Auch sie drehte und wendete das Bild nach allen Seiten. Dann hielt sie es an die Wand.

»Ich glaube, ich überlasse es dem Zufall«, meinte sie schließlich und sah sich nach ihrem Chef um.

Lindemann hatte Kaisers Schreiben in der Hand und las

laut vor. »Meiner über alles geliebten Muse.«

Mit einem Schritt war sie neben ihm und riss ihm das Blatt aus den Fingern. »Das geht Sie nichts an!« fauchte sie.

»Ist ja gut, Mäuschen«, beruhigte er sie mit zerknirschtem Gesichtsausdruck. »Ich war einfach neugierig und habe nicht bedacht, dass Sie auch ein Privatleben haben. Kommt nicht wieder vor.«

Noch während er den Raum verließ, hätte er am liebsten den Kopf geschüttelt. »Über alles geliebte Muse«, und das schrieb jemand seiner Frau Maus! Sollte da etwas in ihr stecken, das er bis jetzt nicht bemerkt hatte? Hoffentlich hatte die Arbeit, und damit er, nicht darunter zu leiden, dass sie verliebt war.

Das Sprechgerät summte. »Chef, Frau Rosetti ist am Apparat«, Marie-Luises Stimme klang wieder ruhig und geschäftsmäßig. Er war nicht ganz konzentriert, als er sich verbinden ließ.

Marie-Luise saß hinter ihrem Schreibtisch und starrte die beiden Ölgemälde an, die sie an die Wand gelehnt hatte. Hoffentlich war der Chef nicht ärgerlich. Er hatte eben am Sprechgerät so komisch geklungen. Noch nie in den eineinhalb Jahren, die sie jetzt für Herrn Lindemann arbeitete, hatte sie gewagt zu sagen, das geht Sie nichts an. Was war in sie gefahren?

Kurz darauf rief Lindemann sie in sein Zimmer. Er hatte schon den Mantel in der Hand.

»Chef«, hielt sie ihn auf. »ich wollte mich für eben entschuldigen. Ich war etwas grob. Das war nur, weil…weil, ich war etwas verlegen.« Sie geriet ins Stottern.

»Herr Kaiser ist Maler - moderner Maler - und ich habe ihn kennen gelernt, als ich mich für Häkinnen mit moderner Kunst befasste. Unsere Freundschaft ist ganz harmlos. Wirklich!«

»Es ist ganz harmlos«.

Werner Lindemann hielt einen Moment still, dann

räusperte er sich. Sicher, wie hätte er auch bei Frau Maus an etwas anderes denken können. Aber beruhigt hatten ihn ihre Worte doch, das musste er sich eingestehen.

»Ich habe Sie hereingerufen, weil ich Ihnen vorschlagen wollte, die Bilder an der Flurwand vor dem Sekretariat aufzuhängen. Farblich sind sie ja ganz nett. Sie können ja Kaisers Namen darunter setzen, dann ist Ihr Freund auch zufrieden«, meinte er friedlich.

»Im Übrigen, ich muss jetzt weg. Es ist sowieso gleich Schluss. Sollte noch etwas Dringendes kommen, ich bin in einer Besprechung.«

Marie-Luise hängte mit Hilfe des Hausmeisters die beiden Bilder im Flur auf.

Auf der weißen Wand wirkten sie wie bunte Schmetterlinge. Und das schrieb sie auch auf die Kärtchen darunter. Schmetterlingsimpressionen von Kaiser.

Dann las sie noch einmal die paar Zeilen.

»Meine über alles geliebte Muse.«

Die Worte schmolzen auf ihrer Zunge. Wer wurde denn schon Muse genannt. Sie würde sich den Brief aufheben und wenn sie mal einen depressiven Tag hatte, würde sie sich an diesen Zeilen aufrichten.

»Hallo, Marie-Luise, so warte doch«, rief jemand hinter ihr her, als sie nach Hause gehen wollte.

»Hedwig?«, erstaunt drehte sich Marie-Luise um.

»Wie geht´s denn so«, fragte sie kühl.

Das schlechte Gewissen stand in Hedwigs Gesichtszügen geschrieben.

»Man sieht sich ja kaum noch. Außerdem hatte ich wenig Zeit. Aber jetzt, wo meine Beziehung mit Bert aus ist, habe ich wieder mehr frei. Sollen wir nicht mal wieder`ne Pizza essen zu gehen? So wie früher? Ich hab noch keine Lust nach Hause zu gehen.«

Verschiedene Empfindungen überschwemmten Marie-Luise. Enttäuschung, Ärger, Ungeduld. Dann aber überlegte sie, handelt so die Muse eines Künstlers?

Der Tag musste gefeiert werden, und wenn sie ehrlich war, hatte sie auch noch keine Lust nach Hause zu gehen. So sagte sie zu.

Es war fast wie in alten Zeiten, sie kicherten und alberten herum.

»Du hast dich kaum verändert in dieser Zeit«, meinte Hedwig großzügig. »Vielleicht ein bisschen ernster und selbstbewusster. Aber sonst bist du die Gleiche. Ich dachte, du würdest so'ne eingebildete Zicke.«

»Warum ist das mit Bert ausgegangen? Erzähl mal«, forderte Marie-Luise sie auf. Hedwigs Gesicht umwölkte sich. »Du, der ist einfach abgehauen. Und ich hab dann festgestellt, dass er auf meine Kosten Schulden gemacht hat, die ich jetzt bezahlen muss. Ich weiß kaum noch, wo mir der Kopf steht«, sie starrte vor sich hin. Dann seufzte sie.

»Aber reden wir von dir«, lenkte sie ab, als Marie-Luise sie betroffen ansah.

»Was machst du? Bist du auf deinem Thron nicht sehr einsam?«

»Oh nein«, Marie-Luise lächelte verträumt. »Ich spiele Bridge mit der Mutter vom Chef, verabrede mich im Tennisclub mit der ehemaligen Freundin von Herrn Lindemann oder jogge mit ihr und treffe mich zwei bis dreimal in der Woche mit einem Künstler, einem Maler.«

Hedwigs Augen wurden groß. »Wie aufregend!«

Es wurde ein kurzweiliger Abend, wie früher. Dennoch war es nicht wie früher.

Hedwig dachte, ihre Freundin wirkte sehr viel reifer. Marie-Luise erzählte von Dingen, die sie nur dem Namen nach kannte. Sie saß nicht nur da und hörte zu. Sie erzählte selbst, und das sehr interessant.

Marie-Luise schoss es durch den Kopf: »Hedwig muss man helfen. Sie ist so unbedarft. Komisch, früher erschien sie mir so erfahren.«

Kaiser winkte ab, als Marie-Luise sich bei ihm bedankte. »Du bist wirklich meine Muse. Du gibst mir die Zeit, mich nur um meine Kunst zu kümmern. Du gibst mir Ideen und du erzeugst romantische Gefühle in mir.« Wieder versuchte er sie zu küssen. Unangenehm berührt, drehte Marie-Luise das Gesicht zur Seite. So intim wollte sie eigentlich nicht mit ihm werden. Er war ganz und gar nicht ihr Typ.

»Du wolltest doch eine Ausstellung deiner Gemälde vorbereiten. Hast du denn genug Bilder dafür?«

Er war sofort abgelenkt. »Ich denke schon. Ich brauche dafür mehr Geld, einen Raum und die Namen aller wichtigen Leute Münchens, die ich einladen möchte. Aber das werde ich alles bekommen, dank meiner Muse.«

Zuversichtlich drückte er sie an sich und dieses Mal fand er ihren Mund. Es war nicht sehr berauschend für Marie-Luise. Er war nicht rasiert und sein Kinnbart kratzte. Da hatte er ihr ja etwas aufgebrummt. Eine Ausstellung sollte sie organisieren. Sie konnte nein sagen, oder sie konnte so tun, als hätte sie es überhört.

Aber es half nichts. Kaiser hatte sich in seine Idee verrannt. Als sie abends abrechnete, gab er ihr die Hälfte der Einnahmen zurück. »Versteck das Geld irgendwo, wo ich es nicht finden kann. Das ist der Grundstock für die Ausstellung.«

Marie-Luise seufzte und fügte sich dann in das Unabänderliche. Sie machte sich eine Liste.

Wie viel Geld brauchte man für eine Ausstellung? Wo bekam man günstig einen großen Raum? Mussten nur Getränke oder auch Häppchen gereicht werden?

Das Ambiente des Raumes musste stimmen, aber dafür war eigentlich Kaiser verantwortlich.

Einladungen mussten geschrieben werden. Welche Leute lud man ein?

Sie besprach das Problem mit Birgit Bauer beim Joggen. Die hatte eine Freundin, die wiederum eine Freundin kannte, die in einer der ersten Galerien der Stadt arbeitete und sie versprach ihr zu helfen.

Vierzehn Tage später hatte sie die ungefähren Kosten der letzten Vernissage der Galerie und ein paar Namen der Leute, die man unbedingt einladen musste.

Sie wurde bleich, als sie die Summe sah.

»Das kann man alles von der Einkommensteuer absetzen«, meinte Birgit tröstend.

Einkommensteuer! Kaiser war bestimmt von jeglicher Steuer befreit, bei seinem Einkommen! Sie musste sich etwas überlegen. Vielleicht fiel ihr sogar etwas Originelles ein. Bier und Wein bekamen sie zum Einkaufspreis.

Gott sei Dank hatte sie noch Zeit, um in Ruhe alles zu planen.

Kaiser malte von früh bis spät. Er hatte seine schöpferische Phase, wie er es nannte, und durfte nicht gestört werden. Gleich hinter seinem Atelier fand sie eine leerstehende Fabrikhalle. Gewiss, die rechte und die linke Wand des Raumes bestand aus Fenstern, aber dazwischen konnte man Bilder aufhängen. Und wenn der Tag hell genug war, konnte man sogar an der Installation von Strahlern sparen. Also musste das Ganze tagsüber stattfinden, 11 Uhr. Samstags oder sonntags.

Aber zuerst musste sie den Besitzer des Gebäudes ausfindig machen. Das war gar nicht so einfach.

Beim Einwohnermeldeamt bekam sie so ohne weiteres keine Auskunft. Sie erkundigte sich bei den Müllmännern. Das einzige, was die wussten, war, dass dort schon lange kein Müll mehr abgeholt wurde, weil die Halle schon ewig leer stand. Schließlich wurde der Bierfahrer fündig. Für ein freundliches Lächeln bekam sie die Adresse. Der alte Besitzer war mittlerweile verstorben und ein Neffe hatte die Halle geerbt.

Er empfing Marie-Luise sehr freundlich. »So, Sie wollen die Halle mieten. Wofür?«

»Für eine Ausstellung.«

»Für eine Ausstellung? Heißt das etwa nur für einen Tag?« Er klang gar nicht mehr so freundlich.

»Nein, drei Tage.«

Die Miene des Neffen wurde immer länger. »Ich vermiete die Halle nur für längere Zeit.«

»Haben Sie denn schon einen Interessenten«, fragte Marie-Luise enttäuscht. »Nun«, er zögerte, das ließ Marie-Luise hoffen, »es ist da etwas im Gespräch.«

»Aber noch nicht fest«, hakte sie nach. »Vielleicht ziehen sich die Verhandlungen noch hin. Wir würden Ihnen für die drei Tage 500 Euro bieten. Und wir würden Ihnen auch die Halle innen und außen auf Vordermann bringen.Wir laden sehr interessante Gäste ein, vielleicht ist sogar jemand darunter, der die Halle gebrauchen könnte. Außerdem haben Sie doch sicher einen besseren Verhandlungsspielraum, wenn der neue Interessent sieht, dass sie auch noch andere Alternativen für ihre Halle haben.«

»Hm«, eigentlich wollte der Neffe nicht so schnell nachgeben, aber Marie-Luises Gründe leuchteten ihm ein.

»Na, gut, geben Sie mir das Datum der Ausstellung durch, wenn ich bis dahin niemanden habe, stelle ich die Halle Herrn Kaiser zur Verfügung.«

»Wunderbar.« Marie-Luise war erleichtert. Wenn die Fabrikhalle so lange leer gestanden hatte, warum sollte sie in den nächsten vier Wochen vermietet werden?

Zwei Wochen später hatte sie die Kosten für die Miete und sogar noch etwas mehr für unvorhergesehene Ereignisse von den Einnahmen zurückgelegt.

Alles schien gut zu gehen, da passierte das, woran sie nie im Leben gedacht hatte: Kaiser flippte aus. »Mir geht es schlecht, mir fällt nichts mehr ein, ich fühle mich gehetzt, ich bin künstlerisch ausgebrannt!«

Marie-Luise kochte ihm Tee, sprach ihm gut zu, tröstete ihn, umarmte ihn, steckte ihn ins Bett, versprach ihm, während der Nacht dazubleiben, und schließlich schlief er ein. Das wiederholte sich ein paar Mal, doch dann nahm sie diese Anfälle nicht mehr ernst, und sie hatte auch keine Zeit mehr, ihn ernst zu nehmen.

Er war tief getroffen und fühlte sich alleingelassen!

Nun, damit musste er selbst fertig werden.

Sie beschloss eine Trilogie von drei verschiedenen Suppen anzubieten, dazu Baguettes.

Das war mal was anderes. Sie konnte es gut vorbereiten und es war nicht zu teuer. Drei Töpfe waren gut warm zu halten, und jeder konnte sich selbst bedienen. Aber sie brauchte Hilfe. Vielleicht konnte Hedwig einspringen. Die brauchte sowieso dringend Geld. In der Mittagspause erstellte sie eine Liste der möglichen Gäste.

»Was machen Sie denn da, Mäuschen«, fragte der Chef. Er war früher gekommen als sonst.

»Haben Sie etwas zu feiern?«

»Nein«, sie wurde verlegen. »Der Künstler, der die Bilder im Flur gemalt hat, plant eine Ausstellung, und ich organisiere alles. Das hier sind die Leute, die eingeladen werden sollen.«

»Ach, der Typ, dessen Muse Sie sind?« Er strich ein imaginäres Stäubchen von seinem Pullover, und so sah sie nicht sein amüsiertes Grinsen.

»Dann lassen Sie mal sehen. Der Bürgermeister, der Kulturdezernent, drei Direktoren von Gymnasien«, er sah auf. »Mäuschen, Sie müssen auch Leute wie mich auf die Liste setzen. Potentielle Käufer. Das ist wichtig.«

»Ich war ja noch nicht fertig«, verteidigte sie sich. »Selbstverständlich hätten Sie auch eine Einladung bekommen. Sind Sie denn ein »Potentieller Käufer?«, wagte sie zu fragen.

»Hmm, eigentlich bin ich nicht von seiner Malweise begeistert. Es würde auch nicht zu der Einrichtung meiner Wohnung passen. Aber wenn niemand was kauft, dann werde ich schon einspringen. Ich kann es ja in den Flur vor ihrem Büro zu den beiden anderen Bildern hängen. Geben Sie mir mal die Einladungsliste mit. Wenn ich etwas Zeit habe, werde ich sie vervollständigen.«

Am nächsten Morgen lag das Blatt wieder auf ihrem Schreibtisch. Weitere zwanzig Namen waren dazugekommen.

Hedwig half ihr, die Fabrikhalle zu säubern.

Da hatten sie sich etwas aufgeladen! Allein die Fenster! Marie-Luise musste einen Teil des Geldes für einen Fensterputzer ausgeben. Das hätten sie alleine nicht geschafft. Sie waren gerade dabei auszukehren, als der Besitzer mit ein paar Leuten die Halle betrat.

»Hier wird ja schon saubergemacht«, bemerkte einer der beiden älteren Herren, als sie gewichtigen Schrittes über den Plattenboden gingen. »Bitte zeigen Sie uns das

Büro«, sie verschwanden in dem Raum, den Marie-Luise als Proviant und Garderobenraum vorgesehen hatte. Dann erschienen sie kurz im Flur und gingen hinüber zum Sozialraum mit den Toilettenanlagen. Fünf Minuten später kamen sie wieder heraus und würdigten die beiden jungen Frauen mit keinem Blick. »Also Platz genug haben wir ja, und das Büro geht auch, aber die Toiletten! Da muss was geschehen.« Die große Hallentür schloss sich. Marie-Luise und Hedwig starrten hinter den Männern in den grauen Anzügen her.

Irgendwie hatte Marie-Luise das unangenehme Gefühl, dass die beiden Herren an dem Gebäude interessiert waren. Hoffentlich vergaß Herr Braun nicht ihre Terminabsprache für die Ausstellung. Schließlich hatten sie den Termin mit ihm persönlich abgemacht.

»Mündlich!«, fiel Marie-Luise plötzlich ein. Sie hatte vergessen, einen schriftlichen Vertrag zu verlangen. Wie der dümmste Anfänger hatte sie sich benommen. Ob sie bei einer mündlichen Zusage auch einen Rechtsanspruch geltend machen konnte? Sie musste den Chef fragen.

Die Halle würde nicht vor dem Datum der Ausstellung vermietet! Dafür würde sie schon sorgen. Sonst würde es den Besitzer Etliches kosten. Das Säubern der Halle, den Fensterputzer, und alles was sonst noch an Kosten angefallen war, schwor sie sich, würden sie sich von ihm bezahlen lassen.

Sie sah die Silhouetten der drei wie Scherenschnitte an den Fenstern entlanggehen. Sie schritten das Gebäude von außen ab. Schnell rannte sie ins Büro, dort war das Fenster gekippt, und so konnte sie möglicherweise ein paar Gesprächsfetzen aufschnappen.

Sekunden später drückte sie sich an die Fensterwand. Die Herren näherten sich bereits.

»Also, Herr Schwarz, von mir aus können Sie die Halle ab nächste Woche mieten. Sie sehen, ich habe bereits die Putzfrauen geordert.« Das war die Stimme von Herrn Braun, dem Neffen, diesem Mistkerl!

»Na, so sehr eilt es uns auch wieder nicht, ab ersten würde uns reichen.«

»Setzen wir uns irgendwo hin und regeln die Miete«, schlug der Besitzer vor.

»Ich muss fort, habe noch einen wichtigen Termin«, das war die Stimme desjenigen, der mit Herr Schwarz angeredet wurde. »Mein Mitarbeiter, Herr Benz, wird das diese Woche noch für uns erledigen. Er ist Leiter der juristischen Abteilung unserer Firma.

Herr Benz, verabreden Sie bitte einen Termin, um mit Herrn Braun alles Wichtige zu besprechen. Legen Sie es mir dann bitte vor. Schließlich entscheidet man ja so etwas nicht sofort.

Ich darf mich verabschieden.«

Mein Gott, sie brauchten noch vier Wochen Zeit, um sich nicht abhetzen zu müssen, das hatten sie sich ausgerechnet, ehe sie die Ausstellung eröffnen konnten, und jetzt vermietete dieser Braun die Halle schon in zwei Wochen.

Panik überfiel Marie -Luise. Was soll sie jetzt tun? Oh Gott, was konnte sie jetzt noch ändern?

Sicher, man konnte das ganze vorverlegen, aber nicht vier Wochen. Kaiser konnte sie nicht fragen, der spielte ja jetzt schon verrückt, da fiel ihr Werner Lindemann ein. Sie wollte ihn sowieso fragen, ob sie in diesem Fall einen Rechtsanwalt einschalten konnte. Vielleicht war ihm Herr Benz bekannt, außerdem war Lindemann ein ausgezeichneter Geschäftsmann, er kannte eine Menge Tricks, auch wenn ihm das Image eines Playboys anhing. Der Chef musste ihr helfen! Bei der nächsten Postbesprechung schüttete sie ihm ihr Herz aus.

»Nun setzen Sie sich mal, Mäuschen, und beruhigen Sie sich. Es geht nie alles so glatt, wie man es sich wünscht.

Aber Vieles lässt sich ausbügeln. Haben Sie schon die Einladungskarten drucken lassen?«

»Nein, die wollte ich mit Kaisers Logo auf meinem Computer zu Hause drucken und ich bin noch nicht dazu gekommen. Es steht nur der Entwurf.«

»Also schnellstens ausdrucken und fortschicken mit dem Zusatz: Dank unseres großzügigen Sponsors, Herrn Braun, haben wir die Gelegenheit, unsere Bilder in seiner Halle, die die besten Voraussetzungen für eine Ausstellung bietet, einem eingeladenen Publikum zu präsentieren.«

»Aber das stimmt doch nicht«, unterbrach Marie-Luise ihn, wir zahlen ihm 500 Euro für drei Tage.«

Werner Lindemann sah sie mitleidig an. »Haben Sie noch nie etwas von Psychologie gehört? Mit diesem Schreiben schmeicheln wir seinem Ego und zwingen ihn, den Mietvertrag hinauszuschieben, besonders wenn er die Liste aller eingeladenen Personen in den Umschlag eingelegt bekommt. Dann wagt er bestimmt nicht, die Ausstellung zu torpedieren. Außerdem werde ich mich nach einem Juristen namens Benz erkundigen und mit ihm sprechen. Vielleicht haben Sie noch zwei Einladungen für ihn und seinen Chef übrig?«

Marie-Luise war immer noch nervös.

»Ich verspreche Ihnen, die Ausstellung wird ein Erfolg.«

Der große Tag war da. Marie-Luise hatte sich zwei Tage Urlaub genommen. Und Lindemann hatte ihn großzügig gewährt. Die Halle wurde erst in einer Woche von der neuen Firma bezogen. Wie Werner Lindemann das geschafft hatte, wusste sie nicht, aber es war ihm gelungen, das Problem aus dem Weg zu räumen.

Das Eingangstor war mit weißen Fantasieblumen umkränzt. Das gab der Halle einen südlichen Touch, der noch verstärkt wurde durch einige Palmen in großen Tontöpfen, die sich Marie- Luise in einer Gärtnerei geliehen hatte. Das klobige Metalltor fiel gar nicht mehr auf. Innen, quer unter die Decke, hatten sie Streifen aus weißem und schwarzem Krepp-Papier gehängt. Es war eine Heidenarbeit gewesen, sah aber sehr gut aus.

Kaiser hatte sich ins Büro zurückgezogen. Ihm war schlecht und außerdem würde die Ausstellung sowieso ein großer Reinfall, jammerte er. Warum er sich nur von Marie-Luise zu diesem Vorhaben hatte überreden lassen, verstand er selbst nicht mehr. Und nun hatte er ihr auch noch versprochen, die Gäste zu begrüßen. Am liebsten würde er sich im Büro einschließen, damit er seinen eigenen Misserfolg nicht miterleben musste.

Die Suppen dampften, die frisch gelieferten Baguettes waren in Scheiben geschnitten und in Körbchen verteilt. Marie-Luise hatte sogar Käsegebäck selbst gebacken.

Ein Bierfass war angezapft und weißer und roter Landwein aus Spanien in Flaschen wartete auf den Bistrotischen, die ihr von der Bierbrauerei geliefert worden waren.

Jetzt war es kurz vor elf und noch kein Mensch da. Marie-Luise hatte feuchte kalte Hände. Ihr Herz klopfte vor Angst. Sie hatte zwar noch Reklame in der Firma und im Atelier für die Ausstellung gemacht, auch Hedwig hatte bei ihren Freunden von dem wunderbaren und kostenlosen Fest geschwärmt, aber ob das etwas nutzen würde, war nicht sicher.

Hedwig, Nora und ein Kellner standen in den Startlöchern, um Wein und Bier auszuschenken.

Marie-Luise schritt nervös noch einmal die Bilder ab. Hing alles gerade? War alles wirkungsvoll präsentiert?

An zwei Bildern, die Kaiser nicht in den Handel geben wollte, weil er mit allen Fasern seines Herzens daran hing, hatte sie Schilder "Verkauft" angebracht.

Das war noch ein Tipp vom Chef gewesen.

»Das macht Eindruck und reizt die Leute zum Kaufen«, hatte er gesagt. Geknatter von Mopeds und das Röhren von Motorrädern störte die ängstliche Stille.

Gott sei Dank, wenigstens die Stammgäste des Ateliers erschienen, schließlich gab es Etliches zu sehen und umsonst zu essen und zu trinken. Die Suppen würde sie gut bewachen müssen.

Dreißig Leute stürmten den Eingang. Sofort war die Halle ausgefüllt mit Lachen und Gesprächen. Jetzt wirkte sie nicht mehr so leer und riesig.

Ein paar der Stammgäste hatten sich abenteuerlich herausgeputzt, aber das würde Farbe ins Bild bringen.

Auch Herr Braun war da, korrekt gekleidet, und seine Augen suchten in dem bunten Völkchen nach bekannten Gesichtern.

»Nora, lenk ihn ab«, zischte Marie-Luise, als sie seinen verärgerten Gesichtsausdruck bemerkte.

Sie blickte auf ihre Armbanduhr. Es wurde Zeit, den Künstler aus seiner Motzecke herauszuholen. Sie musste ihn fast aus dem Büro herauszerren.

Als erstes stellte sie ihn Herrn Braun vor. Und siehe da, plötzlich taute Kaiser auf, er dachte wohl, Braun wäre einer der Stadtprominenten. Er versprühte seinen ganzen Charme und ließ es sich nicht nehmen, sein Lieblingsbild selbst zu kommentieren.

Herr Braun war sichtlich erfreut und sehr beeindruckt, als er das Schild "Verkauft" daneben entdeckte.

»Schade, dass es verkauft ist«, meinte er.

Kaiser stockte kurz, dann sah er das Schildchen, schluckte, blickte zu Marie-Luise, und meinte dann leise, als würde er Herrn Braun ein großes Geheimnis mitteilen. »Die echten Kenner sind schon vor einer Ausstellung da, um sich ihr favorisiertes Bild zu sichern.«

Herr Braun sah ihn ehrfurchtsvoll an und entschloss sich, eines der kleineren Bilder schnellstens zu kaufen, schließlich konnte man ja nie wissen, ob aus Kaiser nicht irgendwann einmal so etwas wie ein Picasso werden würde und dann wäre sein Ölgemälde sehr wertvoll.

Die nächste halbe Stunde sah Marie-Luise mehrmals unbehaglich auf die Uhr.

Ab 11.30 tröpfelten die geladenen Gäste. Als Gag hatten sie einen arbeitslosen Schauspieler als Ausrufer engagiert. Er hatte die Liste der Eingeladenen vor sich liegen, fragte dann nach dem Namen und rief wie ein bekannter Sportreporter, der die großen Boxkämpfe ansagte, die Namen der Gäste in den Raum.

»Herr Burgeid, Stadtdezernent für Kultur.«

Außerdem lernten sich dadurch die Leute besser und schneller kennen, und Marie- Luise konnte sie dann in Empfang nehmen und zu Kaiser weiterleiten.

Endlich - eine viertel Stunde später - erschien eine ganze Gruppe Besucher. Vorneweg Werner Lindemann im dunklen Anzug, an seinem Arm hing Viola Rosetti.

Marie-Luise sah sie zum ersten Mal von Angesicht zu Angesicht. Halblanges blauschwarzes Haar, olivfarbene Haut, lange künstliche Wimpern. Und die höchsten Absätze, die sie je gesehen hatte. Was für eine Frau! Sie starrte die neue Freundin ihres Chefs sekundenlang an, und nicht nur sie, alle drehten sich nach ihr um, sogar Hedwig.

Marie-Luise riss sich zusammen und ging auf das auffallende Paar zu.

»Herr Lindemann?« Sie hatte völlig vergessen, dass er sie ja so, wie sie angezogen war, kaum erkennen konnte. Außerdem klang ihre Stimme vor Aufregung rau, wie grobes Sandpapier.

Fragend zog er die Stirn kraus. »Mäuschen?«

Kaiser hatte sich und seine drei weiblichen Helferinnen sie, Hedwig und Nora, in silberne Overalls gesteckt. Noras streichholzkurze Haare leuchteten frischgetönt und hennafarben.

Hedwig hatte die Haare zu einem Pferdeschwanz gebunden

und nur Marie- Luise hatte eine Kunstperücke mit Silberfäden übergezogen. Das machte sie unkenntlich, und diese Anonymität gab ihr den Mut, den sie brauchte, um die Gäste zu empfangen, den Ablauf des Tages zu beobachten und zu beaufsichtigen und den Künstler im Auge zu behalten.

»Ja, Chef, ich bin es.«

»Ich hätte Sie kaum wieder erkannt, besonders mit diesem Ding da auf der Nase.«

»Sie meinen bestimmt meine Brille.« Marie-Luise nahm sie herunter und betrachtete sie genauer. »Das war nur so eine Idee von mir. Ich habe mit Fimo das Logo Kaisers auf dem Gestell befestigt, in Schwarz und Silber.« In den gleichen Farben lief der Namenszug Kaisers über ihre Brust.

»Kommen Sie bitte mit, ich stelle Sie dem Künstler vor.« Sie drehte sich um, und Werner Lindemann stellte schmunzelnd fest, dass sich der Name Kaiser auch über ihre Porundung wölbte. Ein hübscher Po, dachte er unwillkürlich.

Violas Stimme, nah an seinem Ohr, lenkte ihn ab.

»Wer ist die Kleine?«

»Meine Sekretärin, Frau Maus.«

Viola war beruhigt. »Daher also Mäuschen. Ich wollte dir schon die Augen auskratzen«, in ihrer Stimme klang ein warnender Unterton mit.

Marie-Luise hatte die beiden mittlerweile durch die Menge geschleust, die sich um Kaiser geschart hatte.

»Darf ich vorstellen. Werner Lindemann, mein Chef, und Frau Viola Rosetti, die bekannte Schauspielerin, das hier ist Kaiser, unser Künstler.«

Lindemann nickte nur kurz, auch Kaiser blieb höflich und kühl.

Mit Erstaunen stellte sie fest, dass die Männer sich misstrauisch beäugten. Wenn es sich nicht um sie selbst gehandelt hätte, dachte Marie-Luise verwirrt, dann hätte sie geglaubt, die beiden wären eifersüchtig.

Kaisers Blick glitt über Viola, doch uninteressiert wandte er sich ab.

»Nora«, rief er, »führe doch die Dame und den Herrn durch die Ausstellung. Ich muss dringend mit Marie-Luise über den Verkauf eines Bildes sprechen.« Besitzergreifend legte er den Arm um ihre Taille und führte sie ins Büro.

Lindemann sah den beiden nach. Wirklich ein hübscher Po, dachte er, als sich das silberne Tuch über Marie Luises Rundung spannte, nur der Name Kaiser darauf störte ihn sehr. Als ob Mäuschen zu Kaiser gehören würde. Schließlich war sie seine Sekretärin.

Leicht verärgert schob er Violas Hand von seinem Arm.

»Dieser Lackaffe ist dein Chef?«, meinte Kaiser in der Zwischenzeit. »Ich mag ihn nicht. Lass dich nur ja nicht von ihm ausnützen.«

»Dieser "Lackaffe" ist für deine Karriere wichtig. Du bist unhöflich und undankbar.« Marie-Luise war wütend. »Was ist nur in dich gefahren?« Als sie sein verstocktes Gesicht sah, wusste sie sofort, dass alle Vorwürfe bei ihm vergebens sein würden.

»Was sagst du zu seiner Freundin?« lenkte sie ab.

»Sie ist Schauspielerin und eine tolle Frau.« Ehrliche Bewunderung glomm in Marie-Luises Augen auf.

»Mag sein! Auf alle Fälle ist sie nicht mehr die Jüngste. Außerdem beanspruchen diese Art von Frauen alle Aufmerksamkeit eines Mannes. Ein sensibler Künstler, so wie ich, würde bei ihr eingehen wie eine Primel.«

Marie-Luises Stimmung hob sich merklich. Scheinbar kam Viola nicht bei jedem Mann an. Gott sei Dank!

Die Suppen waren sehr beliebt. Im Nu waren die Töpfe leer, als die Honoratioren gegangen waren, zog sich alles ins Atelier zurück und feierte weiter, jetzt aber gegen Bezahlung. Erst abends spät kehrte Ruhe ein. Kaiser wurde immer anhänglicher, und auch bei Marie Luise zeigte sich die Wirkung des Alkohols. Sie kicherte nur, als Kaiser sie in seinen Schlaftrakt zog. Er schwankte, als er sie küssen wollte und musste sich setzen. Ihm war ein bisschen schwindelig, er wollte sich nur kurz auf dem Bett ausstrecken, bevor er mit ihr...

Sekunden später war er eingeschlafen und schnarchte laut vor sich hin. Schlagartig ernüchtert, und auch etwas enttäuscht, schaute Marie-Luise auf den verhinderten Casanova hinunter. Sie beschloss, mit dem Taxi heimzufahren.

Der Erfolg der Ausstellung war nicht umwerfend. Immerhin, vier Bilder waren verkauft; aber die Kneipe - das Atelier - wurde ein Renner! Ein In-Lokal, und sie konnten sich in der Folgezeit kaum vor Gästen retten.

Kaiser war mal wieder in einer produktiven Schaffensphase, deshalb musste Marie- Luise sich wie oft selbst um den Einkauf, die Abrechnungen und die Bedienung für das Lokal kümmern.

Nora hatte einen neuen Freund, bei dem sie lebte, also teilte sie Marie-Luise mit, im Moment wäre ihr Leben gesichert, sie bräuchte nicht zu arbeiten.

Marie-Luise rief den Studentendienst an und stellte zwei junge Männer als Bedienung und ein Mädchen zum Zapfen an. So fanden auch Studenten den Weg ins Atelier.

Kaiser liebte es, zwischen all seinen Gästen auf einem Podium zu sitzen und sich bewundern zu lassen. Wurde es ihm zuviel, zog er sich in seine "Kreativklause" – sprich Bett - zurück; das wusste aber nur Marie- Luise.

Im Laufe der nächsten Wochen häufte sich die Arbeit so sehr, dass es ihr wirklich zu viel wurde.

Sie überlegte verzweifelt, wie sie sich aus der Affäre ziehen konnte. Unerwartet kam ihr ein Geistesblitz: »Hedwig!« Hedwig brauchte Geld und jemanden, den sie umsorgen und anbeten konnte; Kaiser brauchte ein regelmäßiges Einkommen, ohne sich darum kümmern zu müssen. Die beiden ergänzten sich vortrefflich! Sie überredete Kaiser, ihr das Atelier gegen Umsatzbeteiligung zu verpachten und setzte Hedwig zu sehr guten Bedingungen als Geschäftsführerin ein. So gut wie der Laden im Moment lief, konnte die Freundin das Doppelte ihres jetzigen Gehalts verdienen, und für Marie-Luise blieb auch noch etwas übrig. Schließlich stammte die Idee ja von ihr. Kaiser war begeistert, »Jetzt kannst du dich mehr um mich kümmern.« Oh Gott, genau das hatte sie nicht gewollt. So blieb ihr nichts anderes übrig, als sich langsam von ihm zurück zu ziehen. Ausreden fielen ihr genügend ein. Sie nutzte jede Absage, um Hedwig, ihre Vertretung, in den höchsten Tönen zu loben. Bald hatte sie immer weniger und Hedwig immer mehr Zeit.

Als sie sich vierzehn Tage nicht sehen ließ, schickte ihr Kaiser einen dunkelroten Rosenstrauß ins Büro. »Was ist los? Ich brauche dich. Verlass mich nicht, meine Muse!« Sie stellte die Rosen auf den Schreibtisch und rief Hedwig an. Die dringende Frage, die sie ihr stellen wollte, versteckte sie zwischen belanglosen Sätzen.

»Wie findest du eigentlich Kaiser?«, fragte sie so nebenbei. »Oh«, Hedwig schwärmte. »Er ist wunderbar. So klug und so fantasievoll, so einfallsreich, einfach zum Anbeten.« Marie-Luise war erleichtert. »Du, ich wollte dich um einen Gefallen bitten. Kaiser braucht Zuwendung. Wir haben in der Firma im Moment so viel zu tun, dass ich kaum Zeit für ihn habe. Kannst du dich ein bisschen um ihn kümmern? Er findet dich übrigens sehr nett, hat er mir gesagt.« Hedwig sog hörbar die Luft ein.

»Bitte tröste ihn, er fühlt sich einsam. Als Künstler braucht er viel Wärme.«

Werner Lindemann zog seine linke Braue fragend hoch, als er die Rosen sah. »Von unserem Maler?«

Sie nickte.

Er überlegte, ob er seine Vermutung aussprechen sollte?

Es ging ihn eigentlich nichts an. Aber die Antwort war sehr wichtig für ihn. Schließlich war sie seine Sekretärin, beruhigte er sich.

»Als letzter Gruß?«, fragte er. Es klang erwartungsvoll.

Sie sah ihn erstaunt an, dann verstand sie.

»Als letzter Gruß?« Sie zog den Satz vorwurfsvoll in die Länge. Dann aber lächelte sie. »Bei mir doch nicht, Chef. I c h will nicht mehr.« Sie sah ihn herausfordernd an.

»Hat er sie betrogen?« Mitleidig musterte er sie. »Sollen wir seine Bilder an die leere Wand zwischen den Schildern Damen und Herren verbannen?«

Sie lachte. Zum ersten Mal sah er sie lachen. Sie kugelte sich vor Lachen.

»Chef, Sie haben ja Humor! Aber das ist nicht nötig. Soviel ich weiß, gibt es keine Nachfolgerin für mich. Kaiser will mich nicht loslassen. Wie soll ich Ihnen das erklären?«

Nach einer kurzen Pause fuhr sie fort: »Kaiser ist wie eine Schlingpflanze, zwar nett, aber er erdrückt mich. Ständig braucht er Bewunderung und Hingabe. Er besitzt keinerlei Geschäftssinn und ist dazu auch noch sehr, sehr sensibel. Manchmal kommt er mir vor wie ein verwöhntes Kind und nicht wie ein Mann.

Es wird mir zu viel, einfach zu viel«, wiederholte sie.

»Aber ich habe vorgesorgt«, sie lächelte verschmitzt.

»Ohne dass ich es will, habe ich das Gefühl, ich hätte Verantwortung für ihn, Ich kann ihn ja nicht sich selbst überlassen. Ich habe da eine Freundin; bodenständig, sehr mütterlich und sehr einsam. Kaiser wird nicht lange trauern. Musen sind austauschbar.«

Werner Lindemann ging nachdenklich zurück in sein Büro. Wie eine Schlingpflanze, saugt alles in sich auf, und gibt nichts zurück. Er kannte auch so jemanden!

Häkinnen meldete sich an. Er wollte nur einen Zwischenstop in München machen, für einen Tag und eine Nacht.

Werner Lindemann bot ihm seine Begleitung an, aber zu seinem Erstaunen lehnte er ab.

»Ich wollte Sie bitten, Frau Maus den Nachmittag freizugeben. Die Staatsgalerie für Moderne hat neue Bilder aus einer Privatsammlung erworben, und die wollte sie mir zeigen.«

»Weiß Frau Maus denn Bescheid, dass Sie kommen?«

»Nein, noch nicht. Sie hat mir nur von den Neuerwerbungen geschrieben. Bitte sprechen Sie mit ihr.«

Befremdet legte Lindemann auf. Seine Frau Maus hatte Briefkontakt mit seinem Geschäftsfreund. Das passte ihm überhaupt nicht. Er stürmte ins Vorzimmer.

»Frau Maus!«

Sie hob den Kopf. Wenn der Chef sie so förmlich ansprach, war ein Gewitter im Anzug.

»Wie kommen Sie dazu, mit Herrn Häkinnen privaten Briefkontakt zu pflegen?« Seine Stirn war gerunzelt, der Mund verkniffen.

»Aber, ich habe doch nicht...« Sie nahm allen Mut zusammen. Sie konnte eine Kneipe führen, also konnte sie sich auch gegen ihren Chef wehren.

Sie straffte sich und hob das Kinn. »Ich habe ihm nur eine Karte geschrieben und mitgeteilt, dass die Galerie für Modernes ihre Bilderabteilung erweitert hat. Er hatte mich gebeten, ihm alle Neuerwerbungen des Museums mitzuteilen. Außerdem, Sie selbst haben mir doch gesagt, ich solle auf Häkinnens Interesse an moderner Kunst eingehen.« Sie sah ihm trotzig in diese unwahrscheinlich blauen Augen.

»Das war alles?« Seine Stirn glättete sich, der Mund entspannte sich, als sie nickte.

»Nun gut, da ist nichts gegen einzuwenden. Übrigens, Häkinnen kommt Mittwoch für einen Tag nach München. Auf seinen Wunsch gebe ich Ihnen nachmittags frei, dann können Sie sich um ihn kümmern.«

An der Türe blieb er noch einmal stehen. »Das zählt als Urlaub«, knurrte er, »denn das ist nicht geschäftlich.«

Was war nur an Mäuschen dran, überlegte er, als er seinen Computer einschaltete. Ein finnischer Geschäftsmann wünschte ihre Begleitung; ein Maler bezeichnete sie als seine Muse; mit seiner Exfreundin joggte sie und selbst seine Mutter fand sie nett. War ihm da etwas entgangen?

Er schüttelte den Kopf und musste sich dann aber eingestehen, dass ihn das eigentlich nichts anging.

Häkinnen kam mit dem Taxi direkt in die Firma. Er hatte Marie-Luise eine große Schachtel Süßigkeiten mitgebracht, und beide lutschten noch an ihren Pralinen, als Lindemann seinen Geschäftsfreund begrüßte.

Es wurde ein harmonischer Nachmittag. Zuerst besuchten sie die Galerie, dann tranken sie in der Cafeteria einen Kaffee. Nachdem sie noch einmal die Bilder, die ihnen gefielen, durchgesprochen hatten, erzählte Häkinnen von seinen Kindern, und wie schwierig halberwachsene Söhne und Töchter wären. Dann schwärmte er von einem Angelurlaub, den er im eigenen Häuschen an einem der vielen finnischen Seen verbracht hatte. »Haben Sie Ahnung vom Angeln?«, fragte er zwischendurch. Natürlich hatte sie keine Ahnung, aber sie merkte sich als nächstes Wort in ihrem Heft "Angeln" vor.

Sie aßen beim Italiener zu Abend und dann schlug Marie-Luise das Atelier zu einem Schlummertrunk vor.

Kaiser entdeckte sie sofort und kam freudestrahlend auf sie zu. Wurde aber merklich kühler, als er erkannte, dass sie einen Begleiter mitgebracht hatte.

Häkinnen schien es nicht zu bemerken. Gott sei Dank. Bald waren die beiden Männer in ein Gespräch über moderne Kunst und Kaisers neueste Maltechnik verwickelt. Unauffällig ließ Marie-Luise ihre Blicke hinüber zu Hedwig schweifen, die hinter der Theke stand und den Maler nicht aus den Augen ließ. In Hedwig setzte sie volles Vertrauen, sie würde es schon schaffen, Kaiser für sich zu interessieren. Sie war beruhigt.

Häkinnen wollte am nächsten Morgen sehr früh zurückfliegen, und so wurde es kein langer Abend.

Im Taxi, auf dem Weg zurück ins Hotel, meinte er plötzlich: »Ich hatte so das Gefühl, dass unser Künstler etwas eifersüchtig ist.«

»Nicht mehr lange.« Sie lachte. »Meine Freundin Hedwig ist sehr an ihm interessiert.«

Und sie erzählte ihm, wie sie sich selbst, Hedwig und Kaiser aus der Zwickmühle geholfen hatte.

Häkinnen drohte mit dem Finger. »Meine liebe junge Dame, Sie kennen und manipulieren die Menschen zu gut. Vor Ihnen muss man sich in Acht nehmen.«

Später im Bett dachte sie, dass Häkinnen sehr nett war. Er verlangte nicht viel von ihr, sie konnte sich geben wie sie wollte, und er nahm ihr ihre Schüchternheit, die sie manches Mal immer noch heimsuchte, nicht übel, sondern fand sie sogar "entzückend" wie er sich ausgedrückt hatte.

Sie beschloss, ihm eine Freude zu machen, sich über Finnland zu informieren und sich ein Buch über "Die Kunst des Angelns" zu kaufen, es war ihr bereits in einer Buchhandlung aufgefallen.

Das Thema Finnland kam sehr schnell auf sie zu. Häkinnen schickte ihr als Dankeschön für ihre reizende Betreuung einen wunderschönen Bildband über sein Land.

Ganz plötzlich häuften sich die Anrufe von Viola Rosetti.

Das war ungewöhnlich. Werner Lindemann begann, unwillig zu reagieren. Marie-Luise hoffte, dass die Schauspielerin das nicht bemerkte, aber wenn sie verbinden wollte, ließ er seine Ungeduld und schlechte Laune an ihr aus.

Eines Morgens, sie hatte es längst geahnt, platzte er mit grimmigem Gesicht in ihr Büro.

»Sollte Frau Rosetti anrufen, Frau Maus, ich bin in einer geschäftlichen Besprechung und weiß nicht, wann ich zurück bin.«

Marie-Luise seufzte – Frau Maus, anstatt Mäuschen und Frau Rosetti anstatt Viola, da zog ein Unwetter herauf.

Einige Zeit später läutete das Telefon. »Viola Rosetti«, die Stimme klang herablassend. »Ich hätte gerne Herrn Lindemann gesprochen.«

»Oh, Frau Rosetti, das tut mir aber leid. Er ist in einer Geschäftsbesprechung mit einem finnischen Kunden. Ich darf ihn nicht stören.«

»Gut, wann ist die Besprechung zu Ende?«

»Das kann ich Ihnen nicht sagen.«

Eine Stunde später das gleiche Gespräch. Jetzt wurde die Rosetti ärgerlich. »Dann gehen Sie rein und fragen ihn, wann er fertig ist.«

Das hatte Marie-Luise befürchtet und sie musste weiter lügen. »Es geht um einen sehr lukrativen Auftrag und da kann und darf ich ihn nicht stören.«

Die Rosetti legte einfach auf.

Marie-Luise hatte ein ungutes Gefühl, und so läutete sie ins Nachbarzimmer durch.

»Chef. Frau Rosetti hat bereits zweimal angerufen. Ich denke, sie wird hier auftauchen.«

»Haben Sie sie abgewimmelt? Gut. Und jetzt möchte ich nicht mehr gestört werden, auch von Ihnen nicht.«

Kurz vor Mittag wurde die Türe zu ihrem Büro aufgerissen. Eine Wolke von Parfüm wehte herein. Viola Rosetti beherrschte sofort den Raum.

Geistesgegenwärtig drückte sie den Knopf des Sprechgerätes, damit Lindemann, falls er noch arbeitete, ihr Gespräch mit Frau Rosetti mithören konnte und gewarnt war.

»Ah«, sagte Viola ohne sich vorzustellen. »So sehen Sie in Wirklichkeit aus. Bei diesem, diesem so genannten Künstler«, sagte sie geringschätzig, »wie hieß er doch gleich?«, sie wartete gar keine Antwort ab, »habe ich sie ja nur in dieser komischen Verkleidung gesehen. Ich muss sagen, der Name Maus, passt zu Ihnen.

Ist Herr Lindemann noch da?«

»Die Besprechung ist, soviel ich weiß, noch nicht...«

»Das ist mir egal, dort die Türe führt sicher in sein Allerheiligstes.«

Ohne dass sie den Chef noch erreichen konnte, flog die Türe in sein Büro auf.

»Liebling, endlich kann ich mit dir sprechen. Diese dumme Person, deine Sekretärin, meinte du wärest in einer Besprechung.«

Marie-Luise starrte mit offenem Mund hinter dem Wirbelwind her.

Wieso war Lindemann nicht geflohen? Dann entdeckte sie, dass sie in der Eile den falschen Knopf gedrückt hatte.

Mit kaum unterdrückter Wut kam es kurz darauf aus der Sprechanlage:

»Bin beim Mittagessen. Wenn was Wichtiges ist, es muss warten.«

Am Spätnachmittag ertönte das Rufzeichen. Schon der aggressiv gedrückte Ton sagte ihr, was ihr bevorstand.

Richtig, der Chef wanderte wie ein Tiger hinter Gittern, auf und ab. Der große Raum war fast zu klein für seine weit ausholenden Schritte. Es roch immer noch nach Violas Parfüm. »Ein gutes Parfüm«, dachte sie. »Sie könnte Viola ja mal fragen, wie es hieß«, dachte sie, um sich abzulenken.

»Frau Maus«, er drehte sich zu ihr um. Seine Augen blitzten vor Wut. »Ich hatte Ihnen gesagt ich bin nicht da. Wie kommen Sie dazu Frau Rosetti in mein Büro zu schicken?«

»Ich habe nicht...«

»Schweigen Sie!«, schrie er plötzlich. »Sie hat mich mit zuckersüßer Stimme gefragt, wo denn mein finnischer Geschäftsfreund sei. Wenn Sie schon Lügen erzählen, dann müssen Sie mich auch vorwarnen. Ich bin natürlich gleich in ihre Falle getappt und habe gesagt in Helsinki. Wenn Sie nicht fähig sind, meine Anweisungen zu befolgen, dann sind Sie für diesen Posten hier nicht geeignet.«

Marie-Luise schluckte. »Chef, es tut mir leid, aber ich kam gar nicht dazu, irgendetwas zu unternehmen.«

»Wenn Sie nicht genug Selbstbewusstsein haben, mit solchen Zwischenfällen fertig zu werden, dann tun Sie was dagegen«, schrie er wieder.

Marie-Luise verkrampfte ihre Hände unter dem Notizblock und verließ, ohne einen Ton zu sagen, das Zimmer. Wieder allein, knallte sie den Block auf den Schreibtisch, der Kugelschreiber hopste über die Tischplatte und fiel auf den Boden.

Verdammt, verdammt, verdammt! Und während sie sich bückte, um den Stift aufzuheben, schossen ihr die Tränen in die Augen. In Gedanken hörte sie wieder seine wutbebende Stimme – »dann sind Sie für den Posten hier nicht geeignet.« Sie konnte sich nicht beherrschen, sie heulte wie ein Schlosshund wegen dieser Ungerechtigkeit.

Werner Lindemann stand am Fenster und kühlte sich langsam ab. Was konnte eigentlich Frau Maus dafür, dass Viola bei ihm hereingeplatzt war? Er konnte sich mittlerweile ohne Schwierigkeiten bildlich vorstellen, wie sie die kleine blasse Maus überrannt hatte.

Was machte er, wenn Mäuschen kündigte? Er hatte sie ja quasi hinausgeworfen. Das wäre ja entsetzlich! Was er jetzt brauchte, war ein Kaffee.

Er drückte den Knopf. »Bringen Sie mir bitte einen Kaffee.« Er hörte ein kurzes Schnaufen, dann eine tränenschwere Stimme. »Ja, Chef.«

Mit zwei Schritten war er in ihrem Büro. Mit rotgeweinten Augen sah sie zu ihm auf, die Brille in der Hand. Sie schluchzte noch einmal tief auf.

»Mäuschen, ich wollte gar nicht so wütend werden.« Er kam um den Schreibtisch herum.

»Ich fühle mich nur so, wie soll ich es sagen...«

Eine neue Flut von Tränen rann ihre Wangen hinunter. Er konnte nicht anders, er nahm sie in die Arme und drückte ihren Kopf an seine Brust. »Es tut mir so leid, Mäuschen. Es war ungerecht.«

Aber jetzt schluchzte sie noch mehr.

»Ich kann doch nichts dafür, wenn Sie ihre Freundinnen leid sind.« Sie zog die Nase hoch.

Er ließ sie los und suchte in seiner Hosentasche nach einem frischen Taschentuch und reichte es ihr. Sie nahm es, es roch ganz zart nach seinem After shave. Dann putzte sie sich die Nase.

»Geht es wieder besser?«, erkundigte er sich reumütig.

»Ich habe das alles nicht so gemeint.«

»Viola drängt mich, sie zu heiraten«, platzte er heraus, »ich bin in Panik geraten und dann schlage ich um mich.« Er setzte sich erschöpft auf eine Kante ihres Schreibtisches. Er wirkte so niedergeschlagen, dass Marie-Luise ihren eigenen Kummer vergaß. »Wissen Sie, Mäuschen, Sie haben mir mal von Ihrem Künstler erzählt, der alles nimmt, was Sie ihm geben konnten und fast nichts dafür zurückgibt. So ähnlich ist es bei Viola.«

»Sie ist eine so schöne Frau«, meinte Marie-Luise versonnen, »aber Kaiser mochte sie nicht.«

»Er hat sich selbst in ihr erkannt«, sagte Werner Lindemann. »Olivia braucht einen Mann, für den es nur sie gibt. Einen formbaren Mann, am besten einen jungen, keinen ausgewachsenen, selbstbewussten Mann wie mich.

Sind Sie eigentlich Ihren Künstler losgeworden?«

»Ooch«, sie war aufgestanden und hantierte an der Kaffeemaschine herum. »Das war recht einfach.«

Sie hatte wieder ihre Brille aufgezogen und lächelte ihn jetzt durch die dicken, geschliffenen Gläser an. »Ich habe ihm einen guten Ersatz besorgt. Sie erinnern sich an Hedwig? Meine Freundin? Sie wird ihm eine gute Muse sein.«

»Mäuschen, Sie sind ja ein richtiger Psychologe«, sagte er anerkennend.

Der Kaffee war fertig. Sie reichte ihm eine Tasse. Beide schwiegen gedankenverloren.

Plötzlich sah er auf. »Mäuschen, helfen Sie mir bitte, die Schwierigkeiten mit Viola zu lösen. Ich will nicht heiraten. Ich war schon einmal verheiratet. Mit Hochzeitskutsche, Flitterwochen in der Karibik und allem Pi Pa Po, und das ging schief! Außerdem hasse ich Szenen. Und Viola...«

Er trank in großen Schlucken den Kaffee leer. Dann stellte er die Tasse entschlossen vor sie hin. »Ja, ich glaube, bei Ihnen ist das Problem Viola in bester Hand. Sie werden sich schon eine Lösung einfallen lassen und mein Vertrauen nicht enttäuschen.«

Dann sprang er auf und mit elastischen, forschen Schritten ging er hinüber in seinen Raum, als wären seine Schwierigkeiten mit Frau Rosetti bereits Vergangenheit.

Verwirrt sah Marie-Luise ihm nach. Sie schüttelte den Kopf, um klarer denken zu können. War das möglich? Innerhalb einer halben Stunde war sie vom Versager zum Retter in der Not aufgestiegen.Sie füllte sich die

Tasse ein zweites Mal. Sie seufzte, wie immer machte der Chef es sich sehr, sehr einfach. Das Dilemma Viola hatte s i e jetzt am Hals, und das war ein riesiges Problem.

Werner Lindemann beschloss, in aller Eile eine dringende Geschäftsreise anzutreten. Marie-Luise musste den Flug buchen: ein Ticket und ein Einzelzimmer!

Ob er vernünftiger wurde?

Viola rief an und tauchte dann unangemeldet auf. Enttäuscht ließ sie sich von Marie-Luise das leere, aufgeräumte Büro zeigen.

Marie-Luise beschloss, diese Gelegenheit zu nutzen, näher als jetzt würde sie an Viola Rosetti nie mehr herankommen. Vielleicht fiel ihr bei einem gemeinsamen Essen etwas ein, um Werner Lindemann aus seiner großen Not herauszuhelfen.

»Haben Sie Lust, mit mir etwas essen zu gehen?«, fragte sie die Schauspielerin.

»Es ist nicht soviel zu tun, wenn der Chef nicht da ist. Zur Not kann ich auch das Telefon auf ein anderes Sekretariat umstellen.«

Viola sah sie erstaunt an und lehnte unwirsch ab.

»Bitte«, unterbrach Marie-Luise sie, »ich weiß nicht, ob Sie viele Komplimente von Frauen bekommen, aber für mich sind Sie die schönste Frau, die ich kenne. Ich wäre wirklich stolz, wenn Sie meine Einladung annehmen würden.«

Viola zögerte. Die Bewunderung von Frau Maus tat ihr gut, auch wenn sie so ein farbloser Mensch war. Außerdem wusste eine Sekretärin sehr viel von ihrem Chef. Vielleicht ließe sich etwas in Erfahrung bringen, was ihr in ihrer derzeitigen Situation weiterhelfen würde.

»Gut, schlagen Sie ein Lokal vor.«

Marie-Luise rief bei ihrem Lieblingsitaliener an und bestellte einen Tisch.

Sie fuhren mit Violas schnittigem kleinem Sportwagen.

Sie wären besser zu Fuß gegangen, es war nicht weit und sie hätten kein Parkplatzproblem gehabt, aber Viola hielt nichts vom "zu Fuß gehen". Sie brauchte Zuschauer und deren Bewunderung, deswegen fuhr sie rasant vor dem Lokal vor und parkte genau vor dem Eingang.

Als sie durch die Gäste zu ihrem Tisch in der Mitte des Lokals gingen, genoss Marie-Luise die Aufmerksamkeit, die sie erregten, auch wenn sie nicht ihr galt.

Gespräche endeten abrupt, Männer starrten Viola an und Frauen verzogen eifersüchtig das Gesicht.

Sie setzten sich. Raffaelo, der Kellner, war sofort an ihrem Tisch und breitete eilfertig die Speisekarte vor Viola aus. »Was für ein Unterschied«, dachte Marie-Luise. Ihr winkte er kameradschaftlich zu, die Karte musste sie sich von einem leeren Nebentisch nehmen und die Bestellung Raffaelo zurufen. Er selber ließ sich nur sehen, wenn er die bestellten Gerichte brachte.

»Ich werde mir einen Salat nehmen«, meinte Viola seufzend. »Als Schauspielerin muss man ja leider auf die Linie achten. Nicht, dass ich mich zu dick finde, es ist einfach vorbeugend, wissen Sie. Sie sind etwas zu dünn«, setzte sie mit leichtem Neid in der Stimme hinzu.

Auf ihre Essgewohnheiten brauchte Marie-Luise nicht aufzupassen. Sie konnte essen was sie wollte, ohne zuzunehmen. Keiner in ihrer Familie war dick. Wenigstens ein Pluspunkt für sie.

Während die Schauspielerin in ihrem Salat stocherte, und Marie-Luise mit Appetit ihre Pasta verschlang, versuchte Viola sie über Werner Lindemann auszufragen.

»Die Lindemann und Partner GmbH ist sicher eine florierende Firma?«, fragte sie recht beiläufig und schob einen Zwiebelring an den Tellerrand.

Innerlich musste Marie-Luise grinsen, hatte sie das alles nicht schon einmal bei Birgit erlebt?

Energisch spießte sie ein Stück Schinken auf ihre Gabel.

»Ich bin zwar kein Wirtschaftsexperte, aber wenn ich an die Aufträge denke, die mein Chef in der letzten Zeit hereingeholt hat, steht die Firma erstklassig da.«

»Gehört sie Werner alleine oder mehreren Leuten? Sie heißt ja ‚und Partner‘.« Lauernd sah sie Marie-Luise an.

Das ärgerte die Sekretärin. Es hörte sich ja fast an, als wollte sie wissen »gehört das Geld Werner alleine, oder sind mehrere daran beteiligt.«

Jetzt war es an der Zeit etwas Negatives ins Gespräch zu bringen.

»Ihm und seiner Mutter. Partner bedeutet seine Mutter.«

»Seine Mutter?«

»Ja, sie hat fast die Hälfte der Firmenanteile von ihrem Mann geerbt. Trotz ihres Alters ist sie sehr, sehr fit.«

Ein Schatten legte sich über Violas schönes Gesicht.

»Aber später wird Werner sicher alles erben?«

Beinahe hätte Marie-Luise sich an ihrer Gabel verschluckt.

»Hat er Geschwister?«

»Nein, er ist ein Einzelkind.« Sie spürte förmlich, wie die Anspannung von Viola abfiel.

»Hatte er viele Freundinnen? Ich meine vor mir?«

Marie-Luise schluckte ihren Bissen hinunter. »Ich kenne nur Sie und eine Vorgängerin.«

»Wie war sie?« Viola rutschte auf dem Stuhl vor. Ihre Anspannung nahm wieder zu.

»Hm, nett, jung, blond, sportlich. Ganz anders als Sie.«

Viola war erleichtert. Nicht, dass sie dachte, sie könne einen Mann nicht jahrelang fesseln. Sicher konnte sie das. Aber so jung war sie nun auch nicht mehr.

»Darf ich Sie etwas fragen?« Jetzt war Marie-Luise an der Reihe. Viola sah von ihrem Salat auf. Ihr Magen knurrte. Oh, sie hatte es so satt, zu hungern.

»Was haben Sie für Pläne, wenn die Spielzeit der Komödie, in der sie die weibliche Hauptrolle spielen, beendet ist?«

»Nun«, Viola ließ sich Zeit und malträtierte das letzte Stückchen Salat mit ihrer Gabel. »Man soll nicht von Plänen sprechen. Ich bin da ein wenig abergläubisch. Aber es gibt Verhandlungen mit einem Regisseur. Ich möchte vielleicht einen Film machen.«

»Geht das denn so leicht? Gibt es denn keine Schwierigkeiten mit ihrem Vertrag mit dem Theater?«

»Nun, die Zeit, bis der Vertrag ausläuft, kann ich noch abwarten. Aber wozu ich mich letztendlich entschließe, hängt noch von anderen Dingen ab, die noch nicht spruchreif sind.«

Marie-Luise häufte den Rest der Pasta auf ihren Löffel. Sie sah Viola nicht an. Sie hatte das mulmige Gefühl, dass da einiges noch nicht spruchreif war. Vielleicht sogar der neue Vertrag?

Die jammervolle Miene ihres Chefs stieg vor ihren Augen auf. »Ich will nicht heiraten. Ich hasse Szenen.«

Wie sollte ausgerechnet sie ihn davor bewahren?

Viola schob endlich das zerfledderte letzte Blatt ihres Salates angewidert an den Tellerrand.

Dieser miserable Koch dieses miserablen Lokals hatte die Salatsoße noch nicht einmal umgerührt und das letzte Blatt schmeckte wie Gras.

Oh Gott, wie sie es hasste, jede Kalorie zu zählen. Wie sie es hasste, mit ängstlichem Herzklopfen auf die Verlängerung ihres Vertrages zu hoffen. Sie war jetzt siebenunddreißig und sie hatte alles satt, satt, satt.

Werner Lindemann war der Traummann, auf den sie so lange gewartet hatte. Gutaussehend und reich. Er würde ihr endlich Sicherheit bieten, wenn sie ihn heiratete.

Sicherheit und Wohlstand! Dann konnte dieser Kretin von einem Theaterdirektor machen, was er wollte. Sie wäre unabhängig und könnte beruhigt die Schultern zucken, selbst wenn er sich gegen sie entscheiden würde.

Sicher, es war dumm gewesen, sich mit dem Impressario anzulegen. Aber es war nun mal passiert. Sie würde stattdessen Frau Lindemann werden, die Gattin eines Fabrikbesitzers. Sie würde Partys geben, Wohltätigkeitsbälle besuchen und den Theaterdirektor konnte sie dann geflissentlich übersehen. Ihre Stimmung hob sich.

Marie-Luise beobachtete still die dunklen Wolken im Gesicht der schönen Frau ihr gegenüber, die plötzlich wie weggewischt waren.

»Herr Lindemanns Mutter ist etwas schwierig«, bemerkte sie. »Können Sie Bridge spielen?«

»Bridge? Ich hasse Kartenspiele, das ist etwas für alte Leute.«

»Die Mutter vom Chef erwartet es von künftigen Familienmitgliedern. Selbst ich musste es lernen. Und wenn eine der alten Tanten, die mit ihr spielen, krank ist, dann muss ich einspringen. Samstags.« Setzte sie noch hinzu.

Viola kniff die Augen zu. »Und sie hat natürlich etwas gegen Schauspielerinnen?«

»Das weiß ich nicht, könnte aber sein.«

»Und Werner macht alles, was sie sagt?«

»Das stimmt nicht ganz«, Marie-Luise dehnte den Satz. »Man kann nicht sagen, er hätte einen Ödipuskomplex. Seine Arbeit kommt bei ihm an erster Stelle. Wenn viel zu tun ist, bleibt er bis nachts im Büro, aber nur manchmal«, setzte sie so schnell hinzu, dass Viola das »manchmal« in Zweifel ziehen musste.

»Geht er auf Bälle?«

»Das weiß ich nicht, ich bin ja nur seine Sekretärin. Haben Sie ihn schon mal auf einem Ball gesehen? Nein? Aber er treibt Sport. viel Sport«, setzte Marie-Luise mit Bedacht hinzu, als sie den abwehrenden Ausdruck auf Violas Gesicht bemerkte.

»Tennis, Segeln, Squash und Skilaufen, um nur Einiges zu nennen.«

»Oh, das wusste ich gar nicht. Er hat nie viel über Sport

erzählt, wenn wir ausgegangen sind.«

Marie-Luise konnte sich gut vorstellen, worüber er mit Viola gesprochen hatte.

Viola winkte Raffaelo, der um den Tisch herumlungerte, heran um zu bezahlen. »Ich muss gehen.« Sie hatte es plötzlich sehr eilig.

»Nein, nein«, wehrte Marie-Luise ab. »Ich habe Sie eingeladen. Lassen Sie mir bitte die Freude, zu bezahlen.«

Vor der Türe verabschiedete sich Viola, sichtlich verärgert. Ihr Traummann zeigte Seiten, die sie an ihm nicht vermutet hatte. Aber sie musste damit fertig werden. Und schuld war diese kleine fade Maus, die ihr das alles untergejubelt hatte.

»Sie müssen sich mal mehr mit Gesichtspflege beschäftigen«, sagte sie von oben herab. »Sie sind völlig ungeschminkt und dann noch diese furchtbaren dicken Brillengläser, man kann die Farbe ihrer Augen noch nicht einmal erahnen.«

Sie blickte in das betroffene Gesicht Marie-Luises und ganz gegen ihre Gewohnheit bekam sie leichte Gewissensbisse. Mit der Sekretärin des künftigen Ehemannes hielt man sich besser gut. Vielleicht konnte sie ja Frau Maus bitten, weiter mit Frau Lindemann Bridge zu spielen, dann brauchte sie das nicht, und so schwächte sie ihre Beleidigung ab.

»Ich kann Ihnen, wenn sie interessiert sind, die Adresse meiner Maskenbildnerin geben.« Dann setzte sie sich in ihren Wagen und brauste davon.

Mutter, Ödipuskomplex, Arbeitswut, Sport, oh sie musste sich sehr umstellen, wenn diese Ehe, die sie geplant hatte, gut gehen sollte. Ihn zu ändern, das war wohl nicht drin, gestand sie sich ein, denn eines hatte sie sehr wohl bemerkt, während ihrer Zeit als Liebespaar, Werner wusste genau, was er wollte.

Sie drückte auf die Hupe, um einen langsameren Fah-

rer zu mehr Schnelligkeit zu zwingen. Mist! Mist! Mist!
Wütend hieb sie mit der Hand auf das Lenkrad.

Als sie ihre Wohnung erreichte und auf ihren Parkplatz
einbog, hatte sie sich soweit beruhigt, dass sie sich vor-
nahm, alle Widrigkeiten zu ignorieren, und gleich ging
es ihr besser. Sie würde das Kind schon schaukeln. Sie
war nicht umsonst Schauspielerin.

Marie-Luise überlegte die nächsten zwei Tage verzweifelt, wie sie das Problem des Chefs, das jetzt ihr Problem war, lösen sollte. Noch nicht einmal die gezielten
Bemerkungen über Lindemanns Mutter hatten Viola
abschrecken können.

Sie selbst hätte keiner Fliege etwas zu leide tun können,
sie wollte auch Viola nicht verletzen. Aber es musste sich
doch etwas finden lassen, diese Frau von ihrem Vorhaben abzubringen, Werner Lindemann zu heiraten.

In Gedanken ging sie noch einmal das Gespräch durch.
»Fremder Regisseur - Filmprojekt - in zwei Monaten lief
Violas Vertrag mit dem Theater aus.« Da hatte Viola wohl
etwas preisgegeben, das sie sonst sorgsam geheim hielt.
Und sehr jung war Frau Rosetti auch nicht mehr. Sie
spielte immer noch die jungendliche Liebhaberin. Aber
einmal war damit Schluss.

Und ob die Schauspielerin das Talent hatte, auf das Cha-
rakterfach umzusteigen?

Am besten wäre es, wenn es ihr gelänge – wie bei Kaiser
– Erfolg und Ersatz in einem zu finden.

Sie verbrachte den nächsten Abend im Atelier. Gerade
hier trafen sich alle möglichen Typen, und wenn sie
Glück hatte, dann fand sie hier sogar ihre Lösung –
sie hoffte es sehr! Hedwig strahlte sie an. Auch Kaiser
lächelte, aber längst nicht mehr so interessiert, wie noch
vor ein paar Wochen. Befriedigt sah sie zu, wie Hedwig
langsam ihren Platz einnahm.

»Hedwig hier, Hedwig da, Hedwig bring mir mal.« Und

Hedwig war stolz!

Ein junger Mann saß neben ihr und trank sein Bier. Bald waren sie in ein Gespräch über Kunst und ganz besonders über moderne Kunst vertieft.

»Malen Sie?«, fragte ihn Marie-Luise.

Er nickte. »Aber es ist schwer, bekannt zu werden. Man braucht einen Sponsor.«

Marie-Luise nahm einen großen Schluck Bier. Eine Idee nahm Gestalt an.

»Wie finden Sie das Programm unseres Theaters?«

»Ach, ich weiß nicht. Eigentlich interessiert mich am Theater nur das Bühnenbild.«

»Kennen Sie denn wenigstens die Schauspieler?«

»Nein. Doch, die Rosetti, das ist eine phantastische Frau. Aber an so jemanden kommt einer wie ich nicht ran.«

Das Gespräch erstarb, und Marie-Luise überlegte fieberhaft. Sie betrachtete den jungen Mann, als er aufstand, um nach Hause zu gehen. Er war groß und schlank und ein anziehendes Gesicht hatte er auch. Sie musste ihn nur mit der Rosetti bekannt machen. Außerdem brauchte Viola einen Karrierepusch, das hatte sie herausgefunden. Ihre Vertragsverlängerung hing nämlich an einem seidenen Faden. Ein um Jahre jüngerer Mann wäre ein Fressen für die Presse und gleichzeitig Reklame für die Schauspielerin. Vielleicht käme sogar der Beginn einer Karriere als Bühnenbildner für den jungen Mann dabei heraus.

Zufrieden schaltete sie zehn Minuten später im Gang zu den Toiletten – hier war es am ruhigsten – ihr Handy ein. Die Telefonnummer des Reporters, der über Kaisers Ausstellung berichtet hatte, wusste sie noch auswendig. Sie hatte Glück, er hob nach zweimaligem Läuten den Hörer ab und er war sehr interessiert an gewissen Neuigkeiten über Viola Rosetti.

Wenn ihr Vorhaben Erfolg hatte, überlegte Marie-Luise,

dann konnte sie vier Fliegen mit einer Klappe schlagen. Der Reporter war ihr in Zukunft etwas schuldig; der junge Mann hatte jemanden, der ihn sponserte; Viola machte einen Karrieresprung und hatte – vielleicht - einen jungen Liebhaber; und ihr Chef hatte einen Grund, die Verbindung mit Frau Rosetti zu lösen.

Zwei Tage später erschien ein großes Foto von Viola in der Zeitung, gekrönt von einem Bericht über ihre bisherige Karriere. Darin war zu lesen, dass sich hartnäckig das Gerücht hielte, dass Frau Rosetti von einem bekannten Regisseur für einen Film unter Vertrag genommen würde.

»Auf die Frage unseres Reporters hielt sich Frau Rosetti sehr bedeckt. Auch auf seine Frage nach einem jugendlichen Liebhaber ging sie nicht ein. Sie meinte nur, sie fühle sich dem Theater immer noch mehr verbunden als dem Film«. Auf jeden Fall wird es sehr spannend sein, was sich demnächst als Wahrheit herausstellt.

Sie schnitt den Artikel aus und legte ihn zusammen mit dem Entwurf eines Briefes an Frau Rosetti auf Werner Lindemanns Schreibtisch.

Ende der Woche wollte er zurück sein, dann konnte er den Brief verbessern und unterschreiben. Sie hatte ihm solche Sätze wie »Karriere nicht im Wege stehen« – »er hätte eingesehen, dass er sie nicht mit dem Theater teilen könnte« – »wie sehr er das alles bedauern würde« vorgeschlagen.

Beim Juwelier suchte sie eine Brillantbrosche in Form einer Rose aus, als Abschiedsgeschenk für Viola. Und außerdem würde sie ihm empfehlen einen Strauß weißer Orchideen beim Floristikladen zu bestellen. Frau Rosetti war halt eine teure Frau!

Werner Lindemann überflog flüchtig den Briefentwurf, als er zurückkam, schluckte kurz, als er die Rechnung für das Schmuckstück sah, und gab sein Einverständnis.

Er wirkte unkonzentriert und abwesend.

Marie-Luise hatte ihn in den drei Jahren, die sie jetzt bei ihm arbeitete, sehr gut kennen gelernt. Da war wieder etwas im Busch!

»Sehr gut Mäuschen. Sie haben meine Gedanken einfühlsam zu Papier gebracht. Ich bin ein ausgewachsener Mann und nicht mehr zu ändern. Ein junger Mann, der sie anbetet, das wäre das Richtige für Viola.«

Er legte den Zeitungsartikel, den er gerade gelesen hatte auf Seite. »Haben Sie das Ganze eingefädelt?« Er erwartete keine Antwort darauf. Es interessierte ihn nicht mehr. Er war nur erleichtert, dass er sich mit Anstand von der Schauspielerin trennen konnte.

An der Türe drehte er sich noch einmal um. »Ich bin nun mal kein Mann für eine einzige Frau. Finden Sie mich deswegen schlimm?«

Auch hier erwartete er keine Antwort, so fuhr er erstaunt herum, als er Marie -Luises Stimme hörte.

»Wenn Sie für mich ein Mann wären, und nicht nur mein Chef, dann fände ich es schon schlimm.«

Er schloss kopfschüttelnd die Türe. Frauen hielten doch immer zusammen. Erst später ging ihm die besondere Bedeutung des Wortes Mann auf. Für sie war er sicherlich nicht d e r Mann. Aber das ungute Gefühl blieb, sie hatte es anders gemeint. Die Betonung hatte auf Mann gelegen. Wie kam sie dazu, an seiner Männlichkeit zu zweifeln? Das würde er nicht im Raum stehen lassen. Er stürmte hinaus.

»Frau Maus, was meinten Sie damit, dass ich für Sie kein Mann wäre!«

Marie-Luise sah ihn verdutzt an. Er stand vor ihrem Schreibtisch, breitbeinig und wippte auf den Fußspitzen, die Empörung war ihm ins Gesicht geschrieben.

Oh Gott, was hatte sie da gesagt. Sie spürte, wie ihr mal wieder die Verlegenheitsröte vom Hals in die Wangen

stieg. »Ich wollte Sie nicht beleidigen. Ich meine nur...«
Jetzt war grad alles egal. »Sie sind für mich kein Mann.«
Sie hörte ein beunruhigendes Knurren, und wagte nicht
aufzusehen. »Sie sind für mich der Chef; ein sächliches
Wesen.« Trotzig sah sie hoch.

Die ganze Skala seiner Empfindungen spiegelte sich in
seinen Zügen wieder: Ungläubigkeit, Erstaunen, Erleichterung und zuletzt Heiterkeit. Und dann lachte er los. Er
warf den Kopf zurück und lachte und lachte. Plötzlich
brach er abrupt ab. »Sie sind ein Unikum, Mäuschen.«

Als er wieder in seinem Zimmer war, war seine Heiterkeit
verflogen. Wie konnte seine unauffällige, schüchterne
kleine Maus behaupten, er wäre für sie ein sächliches
Wesen?

Den Rest des Tages ärgerte er sich über ihre Bemerkungen. Erst als er nach Hause fuhr, hatte er sich damit
getröstet, dass er heilfroh sein konnte, dass Marie-Luise
Maus ihn nicht anhimmelte.

Marie-Luise war deprimiert. Lindemanns Lachanfall
hatte so unvermittelt aufgehört, und den Rest des Tages
hatte er ihr nur zwei unfreundliche Anweisungen gegeben und sich sonst eingeigelt.

Sie hatte ihn doch hoffentlich nicht zu sehr verletzt?

Um auf andere Gedanken zu kommen, fuhr sie nach
Dienstschluss ins Atelier. Dort traf sie auf ihren
Gesprächspartner von neulich. Jürgen hieß er.

»Nun, mittlerweile die Bekanntschaft von Frau Rosetti
gemacht?«, frotzelte sie.

»Wie denn, so ein Nichts wie ich, kommt nie in ihre
Nähe«, sagte er resigniert.

»I c h kenne Frau Rosetti persönlich. Ich könnte Ihnen
die Möglichkeit bieten, ihre Bekanntschaft zu machen«,
schlug sie eifrig vor.

»Sie?« Sein Blick maß sie von oben bis unten.

»Ja, ich!« Sie unterdrückte ihren aufsteigenden Ärger.

»Sie müssen nur tun, was ich Ihnen sage, und dann kommt es auf ihren Charme an, ob sie bei ihr Erfolg haben. Um in Ihrer Fachsprache zu reden, ich biete Ihnen den Rahmen für Ihr Bild, ausmalen müssen Sie es selbst. Eine Verbindung von Ihnen mit Frau Rosetti wäre für Ihre eigene Karriere mehr wert als jeder Sponsor, denken Sie daran. Außerdem ist Viola eine tolle Frau, da macht der Altersunterschied überhaupt nichts aus.« Sie sah ihn abwartend an.

Er seufzte sehnsüchtig. »Ich wäre der glücklichste Mann der Welt. Aber das wird nichts, ich weiß es. Sie ist mit irgend so einem reichen Industriemenschen zusammen.«

»Sie war«, verbesserte Marie-Luise. Er schien nicht zu begreifen. »Sie war«, wiederholte sie.

Erst dann verstand er.

»Es ist noch ein großes Geheimnis. Aber ich weiß es. Deshalb ist der Zeitpunkt für Sie so günstig.«

Sie überlegte, Montag müssten Brief und Päckchen bei Viola sein.

»Dienstag ist der richtige Tag zum Trösten, Jürgen«, beschloss sie. »Ich gebe Ihnen ein Schreiben von mir an Frau Rosetti mit. Überreichen sie das Briefchen persönlich und warten sie auf Antwort. Alles andere müssen sie selber machen. Erzählen sie ihr, dass sie viele Ideen für Bühnenbilder hätten oder so irgendetwas, das überlasse ich ihrem Geschick.«

Sie tranken noch ein Bier zusammen und duzten sich nach dem dritten Glas.

Jürgen hatte vor Aufregung rote Flecken im Gesicht.

»Mach dir so etwas wie einen Plan«, schlug Marie-Luise vor. Er nickte. Marie-Luise konnte ihm fast ansehen, wie es in seinem Kopf rumorte.

Sie schrieb eine kurze Notiz für Viola. Es handelte sich um die Bitte, dem jungen Mann die Adresse von Violas Visagistin mitzugeben, die sie ihr neulich freundlicherweise angeboten hatte.

Jürgen steckte den Umschlag ungelesen in seine Jeanstasche.

»Überleg dir irgendetwas Originelles, wenn du sie siehst. Bewundere sie, schmeichele ihr, becirce sie mit deiner Jugend. Das braucht sie jetzt unbedingt. Toi, Toi, Toi! Aber warte bis Dienstag!«, rief sie ihm noch nach, als er davonstürmte.

Von Jürgen hörte sie nichts mehr. Aber irgendwann in der nächsten Zeit las sie einen Bericht in der Zeitung über die Schauspielerin. Viola Rosetti hatte einen weiteren Zweijahresvertrag mit dem Theater abgeschlossen. Der Grund für ihr Bleiben schien wohl ein junger aufstrebender Künstler zu sein, der das neue Bühnenbild für die Komödie, in der sie die Hauptrolle spielte, entworfen hatte.

Marie-Luise lächelte still, als sie den Artikel las und legte ihn zur Seite.

Es war ein viel versprechender Frühlingstag. Die ersten Osterglocken in der Rabatte vor dem Eingang zum Bürogebäude öffneten ihre Blüten. Eine Amsel zwitscherte versteckt in den Zweigen einer Kastanie in der Nähe der Portierloge, als Marie-Luise den Kiesweg zum Bürogebäude entlang ging. Sie blieb kurz stehen und hörte dem Gesang zu, dann sog sie tief die warme Luft ein.

Sie hätte Bäume ausreißen können; zumindest wollte sie etwas unternehmen. Aber sie hatte keine Gelegenheit dazu. Frau Lindemann machte eine sechswöchige Kur. Werner Lindemann hatte eine neue Freundin, eine Stewardess. Hedwig hatte nur noch Zeit für Kaiser, und Birgit Bauer wechselte gerade ihre Stellung. Sie seufzte. So schönes Wetter und sie fühlte sich einsam. Der Portier in seiner Loge beobachtete sie grinsend. Sie riss sich zusammen und grüßte freundlich, als sie an ihm vorbei energisch zum Eingang strebte.

In der Mittagspause kaufte sie sich aus Frust eine neue Pflanze für ihre Fensterbank, eine Libonie. Die Blüten leuchteten halb rot halb gelb. Sie wird nicht mehr lange blühen, hatte die Verkäuferin sie vorgewarnt, deshalb hatte sie sie billiger bekommen. Sie freute sich an den Blüten, die aus den Blattachsen herauswuchsen.

Aber ein richtiger Trost war das nicht. Sie war jetzt fünfundzwanzig und sie wollte einen Mann! Irgendwie genügte es ihr nicht mehr, sich mit Lindemann über Tennis, Golf und Segeln zu unterhalten. Im Grunde hatte sie sich die ganzen Jahre immer nur um das Wohlergehen anderer gekümmert. Sie wollte sich selbst glücklich sehen. Sie nahm ihren ganzen Mut zusammen, als sie Lindemann die Post vorlegte.

»Chef, ich brauche Ihren Rat.«

»Sie, Mäuschen?« Er zog seine linke Augenbraue hoch.
Sie drückte ihren Block nervös an ihre Brust und
räusperte sich. »Herr Lindemann, Sie sind ein sehr erfah-
rener Mann. Ich wüsste niemand besseres als Sie, mir zu
sagen was Männer an Frauen mögen.«
»Donnerwetter Mäuschen, ein Kompliment«, er grinste
belustigt.
Sie holte tief Luft. »Chef, was muss ich tun, um einen
Mann zu erobern?«
Da, jetzt war es heraus, und sie horchte erschrocken
ihrem letzten Satz nach. Sie hielt unwillkürlich die Luft
an und wartete.
Er schwieg. Es schien ihr ewig lang, bis er plötzlich
sagte: »Sind Sie nicht zufrieden mit Ihrer Stelle?«
»Oh doch. Sicher. Ich bin sehr zufrieden«, beeilte sie sich
zu sagen. »Es ist nur.... Ich fühle mich einsam.«
»Ach so«, er schien beruhigt. Dann ließ er seinen Blick
an ihr von oben nach unten gleiten. »Bei Ihnen«, überlegte er laut »würde ich sagen, geht die Liebe durch den
Magen. Lernen Sie doch Kochen.«
Und so kam das Wort »Kochen« auf Marie-Luises Liste.
Sie hatte Vieles, was sie lernen wollte schon erreicht
und gestrichen, aber immer noch standen Angeln, Tanzen und Selbstbewusstsein auf dem Blatt. Das alles hatte
Zeit, sie würde sich aufs Kochen konzentrieren.
Die Volkshochschule bot Kochkurse an. Leichte Küche,
vegetarische Küche, Kochen für Singles; das brachte alles
nichts. Dann entdeckte sie eine Anzeige eines der großen Hotels der Stadt. Feine Soßenküche. Sie meldete sich
an. Der Kurs begann aber erst zwei Wochen später, und
so beschloss sie, sich das Angelbuch hervorzuholen und
darin zu lernen.Sie wusste bald alles über Fliegenfischen,
über verschiedene Arten von Köder, künstlich oder natürlich, die Lebensgewohnheiten der Forelle, wo die Lachse
laichten und einiges über die Hochseefischerei.

»Nanu Mäuschen, wieder am Lesen?«, fragte Werner Lindemann, als er früher aus der Mittagspause kam. »Zeigen Sie mal her.« Er nahm ihr das Buch aus der Hand. »Die Kunst des Angelns. Sie haben ein neues Hobby? Sie überraschen mich immer wieder. Ich dachte, Sie wollen kochen lernen?«

Sie schluckte den letzten Bissen ihres Brötchens herunter, das sie als Mittagessen vorgesehen hatte.

»Nein, kein Hobby. Sondern Notwendigkeit. Herr Häkinnen hat mich nach Finnland eingeladen und er angelt. Außerdem fängt der Kochkursus später an.«

»Hmm«, Lindemann schien nachdenklich. »Er hat auch mich schon ein paar Mal eingeladen. Wir sollten gemeinsam hinfliegen«, warf er leicht hin. Er gab ihr das Buch zurück und sah ihr dabei misstrauisch ins Gesicht. »Haben Sie schon einen festen Termin mit ihm abgemacht?«

»Oh nein, es war nur so eine vage Einladung. Wir haben nicht weiter darüber gesprochen. Aber ich wollte die Zeit bis zum Beginn des Kochkurses sinnvoll nutzen.«

Er grinste irgendwie erleichtert. »Übrigens, Mäuschen«, er drehte sich noch einmal an seiner Türe um, »wenn Sie wirklich Langeweile haben, könnten Sie mir ja ein paar von diesen Käseplätzchen backen, die Sie mir damals bei Kaisers Ausstellung angeboten haben. Sie waren köstlich.« Genießerisch schloss er die Augen.

Der Kurs begann, und wie immer, dachte Marie-Luise enttäuscht, waren die Frauen in der Überzahl. Zwei Ehepaare, zwei einzelne Herren und die restlichen neun, alles Damen in mittleren Jahren. Sie war das Küken. Und wie ein Küken wurde sie auch vom Kursleiter behandelt. Oh, sie würde es ihm schon zeigen, wie gut sie kochen konnte, und auch den anderen Teilnehmern, die sie so herablassend behandelten.

Die Zutaten stellte das Hotel zur Verfügung. Es war

alles im Preis inbegriffen. Mit Erstaunen stellte sie fest, dass sie nicht nur am Backen, sondern auch am Kochen Freude hatte. Sie lernte vieles über Ernährung, Zusammenstellung von Menüs, Gewürze und welche Soße zu welchen Speisen gehörten. Bald waren sie eine eingeschworene Gemeinschaft und hatten viel Spaß, besonders als Dicky, wie ihn die anderen Kursteilnehmer nannten, Zucker anstatt Salz in die Soße rührte. Sie lachten Tränen, obwohl sie wussten, dass sie hinterher die süße Soße aufessen mussten. Der Kursleiter sparte nicht mit Kritik, aber er lobte auch. Schließlich kam die Abschlussprüfung. Jeder konnte einen Gast mitbringen. Marie-Luise hatte Hedwig eingeladen, aber Hedwig konnte nicht kommen. Kaiser hatte gerade eine künstlerische Tiefphase und wollte nicht alleine sein, und so wurde sie Tischnachbarin eines Freundes von Dicky. Er hieß Bernhard, war Anfang dreißig und Bankangestellter. Sie kamen schnell ins Gespräch. Bernhard rühmte das Süppchen an Krebsschwänzen, das sie gekocht hatte. Sie errötete vor Freude.

Eigentlich sah er ganz nett aus, in seinem grauen Anzug und der dezenten Krawatte. Vielleicht ein bisschen zu dezent, aber das war ihr heute egal. Eventuell war er sogar der Mann, der ihr fehlte, der ihr Zärtlichkeit und Fürsorge schenkte. Sie wünschte sich doch so sehr Fürsorge; eine breite Schulter, an der sie sich selber mal anlehnen konnte. Sie betrachtete Bernhard neben sich genauer. Na, ja, breit musste die Schulter ja nicht sein. Sie war ja auch keine Schönheit. Bernhard war der netteste Mann, den sie in der letzten Zeit kennen gelernt hatte. Sie verdrängte die Tatsache, dass sie in den letzten Wochen einfach keine Zeit gehabt hatte, jemanden kennen zu lernen. Sie hatte sich um andere gekümmert, anstatt um sich selbst.

Nach dem Essen tranken alle noch Sekt, und dann fand

sie sich mit ein paar Teilnehmern, die auch noch nicht nach Hause wollten, in einer kleinen Bar wieder.

Sie hatte einen ordentlichen Schwips und saß kichernd zwischen Dicky und Bernhard. Auf einmal spürte sie eine Hand auf ihrem Oberschenkel, gar nicht unangenehm; aber als sie entdeckte, dass die Hand Dicky und nicht Bernhard gehörte, wurde sie schlagartig nüchtern. Jetzt bemerkte sie auch Bernhards missbilligenden Blick, der auf ihr ruhte. Oh Gott, da lief etwas schief.

»Ich glaube, ich muss nach Hause«, murmelte sie verlegen und schob Dickys Hand weg.

»Wir müssten uns eigentlich zum Rundumkochen treffen«, schlug eine der Damen beim Abschied vor. »Es wäre zu schade, wenn unsere nette Gemeinschaft auseinander fallen würde.«

Telefonnummern wurden ausgetauscht. Irgendwie hatte Bernhard auch ihre Telefonnummer erhalten und zwei Tage später rief er an und lud sie zu einem Bier ein.

Die Gaststätte, die er als Treffpunkt ausgesucht hatte, lag nicht weit von ihrer Wohnung entfernt. Sie war sauber, nicht gerade gemütlich, aber das Bier lief ständig und schmeckte wunderbar frisch. Bernhard, in seiner Arbeitskleidung, Anzug und Krawatte, wirkte etwas deplaziert in dieser Umgebung Aber es störte sie nur am Anfang. Sie unterhielten sich zu Beginn nur über das Wetter, aber bald waren sie beim Kochen angelangt.

»Wenn ich es so bedenke«, meinte Bernhard, »dann ist immer noch das meiste Geld mit Essen und Trinken zu verdienen. Es wäre glatt eine Überlegung wert, mal in ein Restaurant zu investieren.«

Er bestellte zwei neue Biere und schlürfte genüsslich und geräuschvoll den Schaum vom Bier.

Irritiert sah sie ihm zu. Dieses Geräusch mochte sie gar nicht. Nun wollte er wissen, wo sie arbeite, was sie beruflich mache und wie viel sie verdiene.

»Ich weiß nicht«, sagte sie ärgerlich, »ob ich meine Geldangelegenheiten mit dir besprechen sollte.«

»Entschuldige«, er legte seine Hand auf die ihre. »Ich glaube, ich bin übers Ziel hinausgeschossen. Es ist halt mein Beruf, und ich vergesse manchmal, dass ich nicht bei der Arbeit bin.«

Vor der Haustüre zog er sie kurz an sich und drückte ihr einen schnellen Kuss auf die Lippen.

Nichts Aufregendes, aber doch ein Fortschritt. Marie-Luise war sehr zufrieden mit der Entwicklung ihrer Beziehung. Sie trafen sich zweimal in der Woche. Jeder bezahlte für sich selbst. Am Wochenende fuhr Bernhard immer nach Hause. Er stammte aus einem kleinen Dorf und die Eltern warteten immer sehnsüchtig auf ihren Sohn aus der großen Stadt. Er fuhr aber nicht nur deshalb regelmäßig zu seiner Familie, sondern er sparte Geld, weil seine Mutter seine Wäsche wusch und bügelte. Außerdem füllte sie seine Taschen mit Vorräten auf und kümmerte sich um seine Schuhe und jeden abgerissenen Knopf. Später würde er mal das Haus seiner Eltern erben. Er würde dann seine Schwester ausbezahlen. Seiner kleinen Schwester gab er Nachhilfe im Rechnen. Zahlen waren sein einziges Hobby.

So viel hatte Marie-Luise nicht zu erzählen. Sie hatte eine fünfzehn Jahre ältere Schwester, mit der sie sich nicht besonders verstand. Die Eltern waren tot. Bald wusste er, wie hoch ihr Bausparvertrag war, was sie sonst noch angespart hatte und welche Lebensversicherung sie besaß. Er rechnete ihr aus, wie viel sie sparen konnte, wie viel Zinsen sie bekäme, auch wenn es im Moment sehr wenig wäre, aber das könnte sich ja ändern, und wie die Zinsentwicklung des laufenden Jahres wäre. Außerdem zählte er ihr die Geschäfte in München auf, bei denen er den meisten Rabatt bekommen konnte.

Immer häufiger unterdrückte sie ein Gähnen, gab sich

aber dann doppelt Mühe, ihn für all diese Rechenkünste zu bewundern. Er genoss ihre Bewunderung und legte seine Hand auf die ihre. Jedes Mal, wenn er sie abends nach Hause brachte, wagte er sich beim Küssen weiter vor. Aber mit hinauf in ihre Wohnung wollte er nicht. »Ich bin ein bisschen schüchtern«, entschuldigte er sich. Marie-Luise beschloss einen Großangriff auf ihn zu starten und lud ihn zum Essen ein.

Sie stellte ein wunderbares Menü zusammen. Spargelcremesuppe, Salat an Leberstreifen, ein Zitronensorbet, Lachsfilet mit Pfifferlingen und einen Nachtisch mit Grand Marnier übergossen.

Sie nahm ihren ganzen Mut zusammen und lud Bernhard für den nächsten Samstag ein.

Er sagte zu! Nur musste sie vierzehn Tage warten, denn dann waren seine Eltern nämlich verreist.

Aufgeregt ging sie immer wieder ihre Liste durch. Was nun, wenn die Suppe nicht schmeckte, oder wenn das Sorbet misslang? Wo doch das Ergebnis so wichtig für sie war! Ein Probeessen! Das war's! Sie würde jemanden einladen zum Probeessen. Hedwig? Hedwig hatte wenig Ahnung von der Gourmetküche. Am meisten würde ihr Chef darüber wissen und er wäre auch ehrlich genug, ihr zu sagen, wenn es nicht gut schmecken würde. Aber sie traute sich nicht, ihn zu fragen.

Da kam ihr der Zufall zu Hilfe.

Eines Morgens, während sie die Unterschriftenmappe auf seinem Schreibtisch ausbreitete, rief seine neue Freundin, eine Stewardess, an und sagte eine Verabredung ab, da sie einen Flug in die USA für eine erkrankte Kollegin übernehmen musste. Sie blieb ein paar Tage fort. Der Chef hatte frei.

Jetzt musste sie handeln. »Chef, haben Sie einen Augenblick Zeit für mich?«

Werner Lindemann hatte den Hörer gerade aufgelegt und

die Enttäuschung stand ihm noch ins Gesicht geschrieben. Er sah sie fragend an.

»Sie haben mir doch zu einem Kochkurs geraten. Ich habe ihn vor einiger Zeit beendet und jetzt habe ich jemanden Wichtiges zum Essen eingeladen. Leider habe ich Angst, dass es nicht schmeckt. Könnten Sie nicht....« Sie holte tief Luft: »Dürfte ich Sie bitten, bei mir Probe zu essen?« Es war heraus. Sie hielt den Atem an.

Er runzelte die Stirn: »Bei Ihnen Probeessen? Drücken Sie sich bitte deutlicher aus.«

Sie räusperte sich und straffte den Rücken. »Ich möchte Sie hiermit zum Essen einladen.«

Ein ungläubiges Grinsen zog über sein Gesicht. »Sie wollen mich zum Essen einladen? Erstens lade ich höchstens selber zum Essen ein«, sagte er gedehnt, »und zweitens: Ich habe keine Zeit.«

Marie-Luise schluckte. »Chef, lassen Sie sich doch erklären warum ich Sie einladen möchte. Erstens: Sie sind der einzige Mensch, den ich kenne, der mir eine ehrliche Kritik geben würde. Zweitens:« ahmte Sie ihn nach, »waren Sie schon in so vielen erstklassigen Restaurants, dass Sie meine Kocherei bestens beurteilen und mir vielleicht noch einen Verbesserungstipp geben können. Bitte, Herr Lindemann.«

»Ich lasse mich grundsätzlich nicht von Angestellten einladen, das könnte falsch gedeutet werden«, winkte er ab.

»Aber bei uns doch nicht«, beschwichtigte Marie-Luise. »Wir sind doch gar nicht aneinander interessiert. Sie nicht an mir, und ich nicht an Ihnen. Wie wär's am Freitagabend?«

»Kann ich nicht!«

»Samstagabend? Ihre Freundin ist doch nicht da.«

»Kann ich auch nicht«, er wurde ungeduldig.

»Sonntagabend?«

»Nein.«

Oh nein, sie würde nicht klein beigeben. Marie-Luise

fing an, sich zu ärgern, nahm sich aber zusammen.
»Sonntagnachmittag?«
»Nein, Nein, Nein!«
Sie ballte ihre Hände zu Fäusten. Sie wollte, dass er kam. Auch wenn Sie ihn erpressen musste. Was bildete er sich eigentlich ein? Sie konnte ihm immer die Kohlen aus dem Feuer holen, das war scheinbar selbstverständlich für ihn.

Fast schon wieder an der Tür, drehte sie sich noch einmal um, in ihrer Stimme klang die Enttäuschung und der Ärger nach.

»Das Problem Frau Rosetti habe ich doch gut gelöst, sagten Sie. Das gehört bestimmt nicht zur Arbeit einer Sekretärin. Das nächste Mal lasse ich Sie schmoren, dann können sie selber sehen, wie Sie ihre abgelegten Freundinnen loswerden.«

Kurz vor Arbeitsschluss kam Lindemann ins Vorzimmer. Er legte ihr einen Ordner auf den Schreibtisch. »Versorgen Sie ihn bitte.«

»Hmm«. Sie sah kaum auf. Sie war immer noch wütend.

»Mäuschen«, sagte er besänftigend, »seien Sie doch nicht so böse mit mir.«

Sie gab keine Antwort.

»Also gut«, er seufzte. »Sonntagmittag hätte ich Zeit. Geben Sie mir nachher Ihre Adresse. Aber den Wein bringe ich mit.«

Sie strahlte. »Danke. Ich werde mir sehr viel Mühe geben.«

Samstagmorgen kaufte sie ein. Dann polierte sie die Wohnung auf Hochglanz. Zwei blühende Topfpflanzen, die sie mitgebracht hatte, stellte sie vor das Küchenfenster, das hinaus in einen Hinterhof blickte. Der alte Couchtisch verschwand unter einer blütenweißen Tischdecke. Sie legte Efeu um die Teller und faltete die Servietten so, wie sie es in einem Lehrbuch gesehen hatte.

Von den sechzehn Vorschlägen des Buches konnte sie nur einen nachmachen, aber das reichte aus. Vor die scheußlichen Heizungsrohre stellte sie eine hohe Vase mit grünen Zweigen. Die Vase hatte sie sich von der alten Dame von gegenüber geliehen. Alles, was ihr im Weg stand, schob sie in das winzige Schlafzimmer. Die helle freundliche Decke, die sonst über ihrem Bett lag, breitete sie über die alte Couch aus und deckte damit den hässlichen Hustensaftfleck ab, der von ihrer letzten Grippe übrig geblieben war, ab. Sie ließ noch einmal ihren Blick über ihr kleines Reich schweifen. Es sah viel geräumiger aus, einladend und freundlich.

Richtig gemütlich.

Auch wenn Werner Lindemann Großzügigeres gewohnt war, so war sie doch auf ihr Zuhause sehr stolz.

Das Schlafzimmer würde sie wohl besser abschließen, beschloss sie abends, als sie über mehrere Sachen hinüberklettern musste, um ins Bett zu gelangen.

Viel zu früh war sie wach. Zum Frühstücken war sie zu nervös. Sie entschloss sich, zum Essen ein klassisches Kostüm anzuziehen, das würde Lindemann gleich darauf hinweisen, dass es sich nur um ein Arbeitsessen handelte.

Den ganzen Morgen rumorte ihr Magen vor Aufregung. Sie hätte besser etwas vorher essen sollen. Zum Kochen hatte sie eine große Schürze als Schutz vor Fettflecken angezogen. Zwei Stunden später war sie fertig. Zufrieden stellte sie das Essen warm und zog die Schürze aus. Leider konnte sie den Hauseingang von keinem ihrer Fenster einsehen und so lief sie nervös auf und ab.

Und dann – endlich – läutete die Türglocke. Werner Lindemann stand in der Türe. Sie sah ihn zum ersten Mal im legeren Pullover. Er hatte keinen Anzug angezogen, während sie etwas sehr konservativ aussah. Was hatte sie sich eigentlich vorgestellt? Es war ein Pflichtbesuch!

Außer dem Wein brachte Lindemann eine Schachtel Pralinen als Gastgeschenk mit.

»Haben Sie die Einladung vergessen?«, fragte er hoffnungsfroh, als sie ihn viel zu lange anstarrte.

»Nein, nein. Entschuldigen Sie bitte«, meinte sie verlegen. »Kommen Sie doch herein.«

Sie führte ihn durch die winzige Diele in den Wohnraum.

»Nett haben Sie es hier«, sagte er höflich und sein Blick glitt über die Drucke an der Wand, die blühenden Pflanzen, den hübsch gedeckten Tisch. »Ein bisschen klein, aber für Sie sicher Arbeit genug.«

»Bitte setzen Sie sich aufs Sofa. Einen richtigen Tisch bekomme ich in mein Wohnzimmer nicht hinein. Ich esse sonst in der Küche oder auswärts.

Danke für den Wein. Ich bringe ihn schnell noch in die Küche.«

Er setzte sich. »Möchten Sie einen Cognac?« Sie kannte seine Marke und füllte ihn in einen Schwenker.

Entspannt streckte er die Beine aus und ließ genießerisch die braune Flüssigkeit kreisen.

Was redete man privat mit seinem Chef, überlegte sie fieberhaft, als sie die Weinflaschen auf dem Küchentisch abstellte. Am besten unterhielt sie sich über seine Hobbys, das war sie ja gewöhnt.

Sein leeres Kognakglas brachte er selbst in die Küche und entkorkte ungefragt die erste Flasche, so, als wäre er hier zu Hause. Und dann trug Marie-Luise das Essen auf.

»Hmm, sieht das lecker aus«, lobte Werner Lindemann. Eigentlich wollte er sich nur dieses Essen, das da so verlockend vor ihm stand, munden lassen, aber dann fiel ihm ein, er war ja Testesser! Testesser hatten immer etwas zu reklamieren. Aber er entdeckte kaum etwas zu nörgeln. »Vielleicht kann man die Krabben früher in die Spargelsuppe tun, damit sie sich etwas besser erwärmen«, schlug er vor. Ansonsten war die Suppe ausgezeichnet. Auch alles andere fand seine Anerkennung. Nur die Mengen müsste sie reduzieren. »Das war`s«, dachte er erleichtert. Er könnte ihr natürlich noch erklären, welchen Wein sie für welches Gericht nehmen sollte und in welchem Geschäft sie die beste Weinberatung bekäme. Das tat er.

Marie-Luise schmunzelte. Er würde sich noch wundern. Ein paar Bemerkungen von Häkinnen über den Wein, den er, wenn sie essen gingen, bestellte, hatte sie sich gemerkt.

Sie kostete seinen mitgebrachten Wein, ließ ihn auf der Zunge ruhen und schluckte ihn erst dann hinunter.

»Hmm, fruchtig und vollmundig«, sie schmeckte noch einmal nach. Er sah sie überrascht an. »Sie sind ja ein Weinkenner, Mäuschen!«

Zum Abschluss brachte sie Mokka und selbstgebackene Plätzchen. Lindemann saß gemütlich in seiner Couchecke und ließ die butterweichen Kekse genüsslich auf der Zunge zergehen. »Wenn Sie nicht so eine gute Sekretärin wären, würde ich Sie glatt als Köchin engagieren. Vielleicht könnten Sie mir ein Tütchen von diesen Plätzchen ins Büro mitbringen«, schlug er vor.

Viel zu schnell war es Zeit, sich zu verabschieden. Lindemann bedauerte es. Mäuschen, sonst so blass, hatte rote Wangen vor Aufregung. Er lächelte in sich hinein.

»Sie sollten sich etwas Make up zulegen«, meinte er großzügig. »Etwas Farbe steht Ihnen gut. Danke nochmals für die Einladung und das Essen war vorzüglich.«

Als er seinen Wagen durch den sonntäglichen Ausflugsverkehr lenkte, fühlte er sich restlos zufrieden. Ein netter Nachmittag, gutes Essen, Frieden und interessante Gespräche. Eigentlich fühlte er sich immer wohl, wenn er sich mit Mäuschen unterhalten konnte. Vielleicht lag es daran, dass sie zuhören konnte, dass sie die gleichen Interessen hatte wie er und dass sie nichts von ihm wollte. Er drückte eine gespeicherte Handynummer. Elvira müsste zwischenzeitlich aus den USA zurücksein. Was er jetzt noch brauchte, um rundherum glücklich zu sein, war Sex.

Marie-Luise war hochzufrieden. Es hatte ihrem Chef geschmeckt und das war ein gutes Zeichen. Ihr neuer Freund würde so einen Abend ebenfalls genießen, da war sie sich sicher.

»Liebe geht durch den Magen«, hatte ihr der Chef empfohlen. Und wenn das stimmte, würde sie für sich und Bernhard nach dem Essen eine Flasche von einem schweren Wein öffnen und dann, dann würde man sehen.

Der nette Verkäufer in der Weinabteilung von Käfer hatte sie gut beraten. »Wollen Sie jemanden verführen?«, hatte er gesagt und ihr dabei mit einem Auge zugekniept. »Bei dem Menü, das Sie eben aufgezählt haben, können Sie glatt auf mich zurückgreifen, falls Ihr Gast ausfallen sollte.«

Sie fand sein Kompliment sehr nett, auch wenn es nicht ernst gemeint war.

Endlich war Samstagabend. Bernhard hielt die Blumen für sie wie ein Schild vor seine Brust.

Er betrat vorsichtig und leicht verlegen ihr Wohnzimmer, setzte sich vorne auf die Kante des Sessels und ließ seine Blicke wandern. Den Cognac nahm er dankend an. »Hmm«, meinte er genießerisch. »Nobel. Diese Marke habe ich neulich in der Spirituosenabteilung meines Supermarkts für 21,80 Euro gesehen. Ich erkundige mich aber noch, ob man ihn nicht irgendwo billiger kaufen kann.«

Bei der Suppe meinte er: »Spargel und Krabben habe ich noch nie zusammen gegessen. Ich hoffe, du hast die Krabben nicht im Delikatessenladen gekauft. Das ist viel zu teuer. Im Aldi gibt es sie viel billiger.«

Den gegrillten Lachs mit den Pilzen schlang er so eilig

hinunter, als ob jemand hinter ihm stände und ihm alles wegessen wollte. Sie selbst hatte noch die Hälfte auf dem Teller und schob ihr Stück zu ihm hinüber, weil er kaum die Augen davon lösen konnte. Mit vollem Mund bedankte er sich. »Tolle Kombination. Du hast aber zu viele Pfifferlinge gebraucht. Misch doch Champignons darunter, dann kannst du Geld sparen.«

Beim Nachtisch hielt er seinen Mund – Gott sei Dank. Er leckte nur geräusch- und genussvoll seinen Löffel ab. Er hatte einen ordentlichen Schwips, weil er viel zu schnell und zu gierig getrunken hatte und nun rückte er näher an Marie-Luise heran. Alles lief wie geplant, doch dann stellte sie erstaunt fest, dass sie gereizt auf seine Annäherungsversuche reagierte. Sie hatte vorgehabt, ihn zu bitten, nicht mehr nach Hause zu fahren und über Nacht bei ihr zu bleiben, aber plötzlich wollte sie ihn nur noch loswerden. Je eher, desto besser. Er stolperte, als er ihr helfen wollte, den Tisch abzuräumen und konnte sich gerade noch fangen. In der Küche stellte er befriedigt fest: »Keine Spülmaschine. Sehr klug von dir. Jeder Spülvorgang kostet alleine 22 Cent Energie. Nimmt man noch das Spülmittel, das Wasser und die Abnutzung der Maschine dazu, dann sind das. Sind das...« Er konnte es nicht mehr zusammenrechnen. »Na, ist ja jetzt egal. Und dann die Anschaffungskosten...«

Marie-Luise starrte ihn an, und ohne Vorwarnung formten sich ihre Gedanken in Worte.

»Du musst jetzt gehen...«

Er sah sie erstaunt an. »Aber der Abend hat gerade erst angefangen.« Er gähnte ungeniert.

»Ich hatte gedacht...«

Ja, sie hatte auch gedacht...!

Wenn sie nicht sofort diese Rechenmaschine in Menschengestalt loswürde, würde sie schreien.

»Aber ich habe zuviel getrunken«, meinte er vorwurfsvoll.

»Ich habe auch zuviel getrunken«, konterte sie. »Gleich am Ende unseres Häuserblocks ist eine Bushaltestelle. Wenn du dich beeilst, bekommst du noch den letzten Bus.«

Immer noch zögerte er. »Busfahren ist billiger, als ein Protokoll der Polizei«, überredete ihn Marie-Luise.

Das leuchtete ihm ein. Sie riss ihren Mantel vom Garderobenhaken, warf ihm seinen zu und zog ihn in den Hausflur.

»Ich bringe dich zum Bus.« Schließlich wollte sie sich selber davon überzeugen, dass Bernhard auch wirklich abfuhr. Brav trottete er neben ihr her. Als sie die Haltestelle erreichten, bremste der Bus gerade ab, sodass Bernhard sofort einsteigen musste und die Verabschiedung sehr flüchtig ausfiel.

Gott sei Dank!

Sie winkte seinem erhellten Schattenriss im Wagen zu, und als der Bus aus ihrem Sichtfeld um die Ecke bog, atmete sie langsam und erleichtert aus.

»Na«, Lindemann sah sie montags fragend an. »Alles zur Zufriedenheit abgelaufen?«

»Das Essen kam gut an. Aber nachdem mir Bernhard ausgerechnet hatte, was alles kostete und wo ich es hätte billiger kaufen können, hab ich ihn vor die Türe gesetzt. Jetzt muss ich mir nur noch überlegen, wie ich ihm klar mache, dass er viel Geld sparen kann, wenn er mich nicht mehr trifft, dann bin ich ihn mit Anstand los.«

»Mäuschen, Mäuschen, Sie sind mir eine.« Der Chef grinste amüsiert und während er hinüber in sein Büro ging, stellte er sich vor, wie unangenehm es gewesen wäre, wenn Mäuschen vielleicht auf die Idee gekommen wäre, zu heiraten und bei ihm zu kündigen.

Als Marie-Luise beim nächsten Treffen die Gaststätte betrat, war ihr eingefallen, wie sie Bernhard schockieren konnte. Sie erzählte ihm, dass sie ihr Konto auflösen

wollte. Warum sparen? Sie hätte beschlossen, alles aus-
zugeben, was sie besaß. Sie wollte das Leben genießen
und zwar jetzt, solange sie noch jung wäre.
Bernhard war entsetzt. »Das ist nicht sehr klug«, begann
er vorsichtig. »Du siehst da etwas falsch.« Er zog einen
Bierdeckel heran und kramte nach einem Kugelschreiber.
»Schau mal«, beschwor er sie. »20 000 Euro hast du angespart«, er begann aufzuschreiben.
Unangenehm berührt, bemerkte Marie-Luise, dass er
sich die Höhe ihrer Ersparnisse genau behalten hatte.
Sie hatte Mühe, ihren aufsteigenden Ärger zu unterdrücken.
Er wies auf eine Zahl. »So viel Zinsen bekommst du
dafür. In fünf Jahren hast du schon einige Euro mehr.«
Er krauste nachdenklich seine Stirn und weil es so schön
war, rechnete er ihr auch noch den Zins von zehn, fünfzehn und zwanzig Jahren aus. »Das verlierst du alles,
wenn du beschließt, dein Konto aufzulösen.«
»Das ist mir egal«, meinte sie eigensinnig, »außerdem ist
es zu spät, daran etwas zu ändern, ich habe das Geld
schon abgehoben und will demnächst eine tolle Reise
machen.«
Er sah sie befremdet an. »Das passt doch gar nicht zu
dir, Marie-Luise. Du siehst so, so solide aus«, stotterte er.
»Das Aussehen sagt überhaupt nichts über einen Menschen«, meinte sie gönnerhaft und tätschelte seine Hand.
»Aber, aber ich dachte, wir zwei könnten vielleicht in ein
paar Jahren ein Restaurant aufmachen. Wir haben dann
dein Sparkonto, ich könnte auch etwas dazutun, und du
würdest kochen und ich die Buchführung machen.«
»Du kennst mich halt nicht richtig. Ich hätte nie Spaß an
einem eigenen Lokal«, konterte Marie-Luise.
»Nein?« Er sah sie grenzenlos enttäuscht an, »ich glaube,
ich kenne dich wirklich nicht, - nicht so - .«
Als Marie-Luise ihr Bier bezahlte, tat sie das in der Vor-
freude, Bernhard bald los zu sein.

Ein paar Tage später rief Frau Lindemann an. »Frau Maus, ich wollte Ihnen einen Vorschlag machen.«

Ach Gott, sie sollte wohl wieder beim Bridge einspringen. Innerlich seufzend beschloss sie zuzusagen. Wenn sie ehrlich zu sich selbst war, dann machte es ihr ja auch Spaß. Es war keine Einladung zum Bridge, sondern Frau Lindemann wollte mit einer Freundin nach Südfrankreich fahren.

»Sie hat dort ein Häuschen, wissen Sie, und niemand von ihrer Familie kann mitfahren, also hat sie mich gebeten, sie zu begleiten. Wir haben vor, vier Wochen dort zu bleiben. Kind, solange kann ich mich nicht auf meinen Sohn verlassen, der ist ja immer unterwegs. Wären Sie so nett und würden nach dem Haus sehen? Dreimal die Woche reicht, denke ich.«

Marie-Luise schluckte. »Ja, aber...«

»Ja?« Frau Lindemann ließ ihr keine Zeit zum Luftholen. »Das ist aber nett von Ihnen. Mir fällt da gerade etwas ein. Am besten wohnen Sie für diese Zeit in meinem Haus. Das ist einfacher für Sie. Ich bezahle Sie natürlich für ihre Arbeit.«

»Ja, aber..«

»Ich weiß, ich weiß, Sie wollen nichts dafür. Aber ich denke, dass Sie das Geld gut gebrauchen können. Und dass mir die Blumen im Wintergarten nicht vertrocknen, ist mir die Sache wert.«

Sie wusste genau, dass Marie-Luise ihren Wintergarten bewunderte, deswegen würde sie ihr Angebot gar nicht ablehnen. »Und außerdem«, Frau Lindemann zögerte kaum merklich. Marie-Luise bemerkte es. Was kam denn noch? Frau Lindemann gab sich einen Ruck. Ihre Stimme klang forciert fröhlich durch das Telefon.

»Es muss sich ja auch jemand um meinen Titus kümmern.«

»Wer oder Was ist Titus?«, fragte Marie-Luise verstört. Sie meinte doch hoffentlich nicht ihren Sohn.

»Nun, ich habe mir vor drei Wochen einen Pudel gekauft. Der teilt wenigstens mit mir meine Einsamkeit«, setzte sie mit trotziger Stimme hinzu. »Ich bin ja immerfort alleine!« Marie-Luise atmete erleichtert auf. Titus war nur ein Hund.

»Als ich meiner Freundin versprach mitzufahren, da konnte ich noch nichts von Titus ahnen.

Wissen Sie, eine Bekannte hat mir den Wurf ihrer Hündin gezeigt, ein guter Stammbaum, mit Papieren und allem Drum und Dran. Und Titus war so klein und hilflos, ich m u s s t e ihn mit nach Hause nehmen.

Also noch einmal Dankeschön, Frau Maus. Ich wusste, dass Sie mir helfen würden. Mein Sohn gibt Ihnen die Schlüssel. Auf Wiedersehen.«

Die Leitung war tot. Eigentlich wollte Marie-Luise gar nicht einspringen, aber Werner Lindemanns Mutter konnte man gar nicht absagen. Sie ließ es nicht zu. Vier Wochen allein im Haus, und dann noch ein kleiner Pudel, oh Gott! Vielleicht war er noch gar nicht stubenrein. Auf was hatte sie sich da eingelassen. Jetzt war sie Tag und Nacht an die alte Villa gebunden.

Andererseits konnte Bernhard sie nicht erreichen. Er würde sogar den langen teuren Urlaub, den sie angeblich geplant hatte, glauben.

Sie beschloss schließlich, mit dem gesparten und zusätzlich verdienten Geld die letzten Raten ihres Autos abzubezahlen. Oder vielleicht eine neue Couchgarnitur?

Drei Tage später legte der Chef einen Schlüsselbund auf ihren Schreibtisch. »Mutter fährt schon morgen los, ich soll Ihnen die Schlüssel geben. Packen Sie alles, was sie brauchen, in ihr Auto, dann treffen wir uns morgen Mittag vor dem Haus meiner Mutter. Ich werde Ihnen dort alles zeigen. Sie haben natürlich morgen Mittag frei und können sich dann in Ruhe einrichten.«

Sie nickte ergeben. Am nächsten Mittag hatte der Chef dann doch keine Zeit, sich um sie zu kümmern. Eilig erklärte er ihr im Büro, was sie wissen musste und überließ ihr alleine den Umzug.

Am frühen Nachmittag stellte sie ihren Koffer und eine Reisetasche in die Diele und besichtigte dann in aller Ruhe ihr neues Zuhause auf Zeit. Das Haus war größer, als sie gedacht hatte.

Trotz einiger Antiquitäten wirkte es gemütlich und nicht wie ein Museum. Ach die Teppiche! Die Teppiche waren fantastisch. Weich und glänzend wie Seide. Mit den Händen strich sie darüber. Wunderbar. Schließlich zog sie

Schuhe und Strümpfe aus, um dieses herrliche Gefühl auch an den Füßen zu spüren.

»Hallo, ich konnte mich doch freimachen.« Ausgerechnet jetzt erschien Werner Lindemann in der Türöffnung. Sie hatte ihn gar nicht gehört. Erstaunt sah er auf ihre nackten Füße. »Was machen Sie denn da?« Sie wurde puterrot.

»Sie können ruhig mit den Schuhen über den Teppich gehen. Das verträgt er schon. Nur keine Stöckelschuhe. Aber das brauche ich Ihnen nicht zu sagen, Sie tragen sowieso keine hohen Absätze.«

»Ich«, verlegen sah sie nach unten. »Ich wollte nur dieses seidenweiche Gefühl hautnah genießen.«

»Aha«, meinte er nur, »auf diese Idee bin ich noch gar nicht gekommen«, er starrte auf ihre Füße. Schmal und feingliederig mit kleinen wohlgeformten Zehen. Selbst die Form der Zehennägel war schön. Kein Nagellack. »Perfekt«, dachte er.

Er schüttelte den Kopf über seine eigenen dummen Gedanken. Was gingen ihn die Füße seiner Sekretärin an?

»Wenn Sie eine Teppichliebhaberin sind, hier in dem großen Bücherschrank finden Sie einige Bücher darüber.« Er wies auf eine antike Schrankwand voller Bücher. »Ich zeige Ihnen jetzt das Gästezimmer. Das wird die nächste Zeit ihr Zuhause sein. Sie können sich später dort einrichten, denn ich möchte Titus von Frau Zimmer, unserer Haushilfe, abholen. Sie hat nämlich ab heute auch Urlaub.«

Das Gästezimmer befand sich im oberen Stock und hatte einen wunderschönen Blick hinunter in den Garten. Ein kleines Duschbad gehörte dazu. Es war geräumig, und die gelben Vorhänge an den Fenstern erinnerten an den Sommer und Sonnenschein.

Eilig hängte sie ihre Kleider in einen leeren Schrank, verteilte ihre Waschutensilien im Bad und kam gerade wieder die Treppe hinunter, als Herr Lindemann mit dem Hund auf dem Arm erschien.

Ein kleines, schwarzes Wollknäuel mit großen schwarzen Knopfaugen. »Ist der süß!«

Sie streckte die Arme aus.

Lindemann wollte ihn gerade herüberreichen, da fühlte er es warm über seinen Hemdsärmel rinnen. Igitt! Der Hund hatte ihn nass gemacht. Er hätte ihn beinahe fallengelassen, stellte ihn aber dann doch vorsichtig auf den Boden. Er betrachtete verdutzt seine feuchte Hemdbrust und seinen tropfenden Ärmel. Er selbst sah auch aus wie ein Pudel, wie ein begossener Pudel!

Marie-Luise ließ die Arme herunterfallen. Ihr Kichern konnte sie kaum unterdrücken.

Es wuchs sich zu einem Lachen aus und dann prustete sie los, dass ihr die Tränen die Wangen herunterkullerten. Sie musste sogar die Brille ausziehen und säubern. Erst als sie sie wieder aufsetzte, konnte sie seine Empfindungen erkennen, die über sein Gesicht huschten.

Er war verlegen, angeekelt und wütend. Anklagend streckte er Marie-Luise seinen tropfnassen Ärmel hin. »Sie sollten mir lieber helfen, anstatt mich auszulachen«, meinte er säuerlich.

Sie wischte sich immer noch glucksend die Tränen unter der Brille ab, dann wurde sie ernst.

»Chef, das müssen Sie selber machen. Woher soll ich wissen, ob oder wo sie hier im Haus frische Hemden haben. In der Zwischenzeit werde ich unser kleines Ferkelchen hier in die Küche bringen, dort habe ich sein Schlafkörbchen entdeckt. Warten Sie, ich bringe Ihnen ein Küchenhandtuch mit, dann können Sie die Tropfen von Ihrem Hemd abtupfen.«

Während sie Titus in seinen Korb setzte, schimpfte sie mit ihm. Dann riss sie ein Handtuch vom Haken neben dem Spülbecken und kehrte zurück in die Diele.

Werner Lindemann stand immer noch so da, wie sie ihn

verlassen hatte, die Arme angeekelt abgewinkelt. Grinsend tupfte sie das Schlimmste ab.

Immer noch bewegte er sich nicht. »Bitte Mäuschen, knöpfen Sie mir das nasse Hemd auf, ich mag das nicht anfassen.« Er sah sie bittend an.

Sie seufzte. »Ich mag Sie auch nicht anfassen, so nass, wie sie sind, aber wenn Sie mich so mit Ihren blauen Augen ansehen, kann ich gar nicht nein sagen.« Sie trat zwischen seine ausgestreckten Arme und öffnete die Knöpfe, dabei streckte sie ihre kleine Zunge vor Anstrengung heraus. Er hatte das schon öfter bei ihr bemerkt, wenn sie konzentriert etwas machte, aber so nah hatte sie noch nie vor ihm gestanden. Und trotz der peinlichen Situation, in der er sich befand, fand er es ganz entzückend. Sein Herz klopfte schneller. Verrückt war das. Er beschloss umgehend Elvira anzurufen. Ein knappes »Danke«, dann eilte er immer zwei Stufen auf einmal nehmend mit flatterndem Hemd nach oben.

Werner Lindemann ließ sich am nächsten Abend nicht blicken. Marie-Luise wusste, dass seine Stewardess Elvira Lauscher hieß und ein paar Tage frei hatte, da war er sicher sehr beschäftigt.

Sorgfältig schloss sie jede Tür ab, ging abends noch zweimal durchs Haus und wenn sie schlafen wollte, nahm sie Titus Körbchen mit in ihr Zimmer. Als ob der kleine Hund ihr helfen könnte und würde, wenn Gefahr bestand.

Einmal meinte Lindemann: »Keine Angst so alleine im Haus?«

Sie schluckte. Die alte Dame schien keine Angst zu kennen. Aber sie schon. »Ein bisschen«, gab sie kleienlaut zu. »Wir können ja mal zusammen essen«, schlug er großzügig vor. »Elvira hat am Wochenende sowieso Dienst.«

»Aber was mache ich mit dem Hund? Ich kann ihn nicht lange alleine lassen. Er ist immer noch nicht stubenrein«, gestand sie verlegen. »Wenn ich im Büro bin, ist er ja bei der Nachbarin. Sie möchte ihn aber abends nicht im Haus haben.«

Erstaunt sah Werner Lindemann sie an: »Ich hatte nicht an ausgehen gedacht. Ich wollte eigentlich nur mal nach der Post meiner Mutter sehen, und da hatte ich mir gedacht, Sie kochen uns etwas Gutes.«

»Auch gut«, sagte sie gepresst und drehte sich abrupt um, damit er nicht ihr enttäuschtes Gesicht sehen konnte.

Nicht zum ersten Mal in ihrem Leben als Lindemanns Privatsekretärin ärgerte sie sich kriminell über ihn. Er hatte sie angesehen, als wäre sie ein lästiges Insekt. War das denn wirklich so schlimm, mit ihr auszugehen? Sozusagen als Dankeschön, dass sie ihm den Rücken freihielt von seinen abgelegten Freundinnen.

Noch am nächsten Morgen war sie sauer und sie hämmerte wütend auf die Tasten ihres Computers, der einen gequälten schrillen Ton von sich gab.

Eine halbe Stunde konzentriertes Arbeiten und der Entschluss, Werner Lindemann abends beim Kochen ganz schön einzuspannen, beruhigte sie. Sie würde ein Menü zaubern, an das er noch lange denken würde.

In der Mittagspause kaufte sie mit Feuereifer ein. Vorspeise, Suppe, Hauptgericht und Nachspeise. Er sollte es bedauern, dass er sie nicht in ein Restaurant eingeladen hatte.

»Kommen Sie nicht zu spät, Chef«, mahnte sie, als sie sich verabschiedete, »wir wollten doch zusammen Essen.«

Er sah sie kurz über seine neue Lesebrille an, die er seit vierzehn Tagen trug, und nickte.

Im Hause angekommen, stellte sie die Zutaten für das Menü auf den Küchentisch und schob alles, was zusammen gehörte, auf einen bestimmten Platz. Für Lindemann schrieb sie einen Zettel, was er zu helfen hatte, dann deckte sie hübsch den Tisch und begann ihre Arbeit.

Die Suppe würde sie zubereiten, er konnte sie dann mit Sahne und Cognac abschmecken. Die Vorspeise bestand aus diversen Fischfilets, dazu gab es Sahnemerettich; den Merettich durfte er mit Sahne verfeinern, das würde er wohl fertig bringen. Als Hauptgericht gab es »Filet im Kräutermantel«. Die Kräuter warteten auf ihn, um zerkleinert zu werden. Den Nachtisch würde sie großzügiger Weise selber machen.

Und dann läutete die Haustürklingel. Kurz drauf öffnete sie die Türe. Ihre Schadenfreude ließ sie sich nicht anmerken.

»Na, Mäuschen«, begrüßte er sie gutgelaunt. »Fertig?«

Er schnupperte, als er seine Schritte Richtung Küche lenkte. »Es duftet ja noch gar nicht. Hmm, hübsch gedeckt«, meinte er zufrieden, als er einen Blick ins Esszimmer warf. Er wollte gerade am Tisch vorübergehen, da runzelte er die Stirn. »Suppentassen, Vorspeisenteller, Donnerwetter, ein Menü. Das können Sie doch in dieser kurzen Zeit nicht geschafft haben?«

»Habe ich auch nicht«, sagte sie zuckersüß. »Sie müssen mir schon ein bisschen helfen.«

»Aber ich habe doch keine Ahnung vom Kochen«, wehrte er ab.

»Brauchen Sie auch nicht. Es sind nur Hilfsarbeiten, die ich Ihnen zugedacht habe. Hier!« Sie band ihm eine Schürze um.

»Wäre doch schade, wenn Sie ihre dunkelblaue Hose voller Flecken hätten.«

»Aber das ist doch lächerlich«, sperrte er sich, »wenn ich das geahnt hätte, dann wären wir besser aus essen gegangen.«

»Und die Krawatte brauchen wir auch nicht.« Ohne ihn zu fragen lockerte sie den Knoten und zog sie ihm aus. »Haben Sie schon mal einen Hilfskoch mit Krawatte gesehen? Sie hängt Ihnen doch nur im Essen.«

Sie musste zugeben, selbst in der Schürze sah er gut aus.
»Frau Maus, was soll das«, beklagte er sich. »Ich dachte an ein Butterbrot oder so.«

»Und ich dachte an ein Menü«, konterte sie. »Jetzt sind Sie bitte nicht unfair und überlassen mir die ganze Arbeit. Ich habe auch einen Arbeitstag hinter mir.«

Er sah sie missbilligend an. »Sie waren einmal ein schüchternes liebes Mädchen.«

»Das kann sein«, sagte sie, während sie ihn in die Küche schob, »aber das war, bevor Sie mir sagten, ich solle etwas selbstbewusster werden.«

Hatte er das wirklich zu ihr gesagt? Wie dumm von ihm. Er seufzte und ergab sich in sein Schicksal.

Im Laufe der nächsten halben Stunde musste sich Marie-Luise ein paar Mal auf die Lippen beißen, damit sie nicht wütend herausplatzte. Schließlich war er ihr Chef. Aber er zeigte sich von seiner ekligsten Seite. Zumindest kannte sie ihn so nicht. Nichts fand er. Ständig fragte er nach oder seufzte tief auf. Wenn er meinte, sie würde ihm aus Mitleid seine Arbeit abnehmen, dann hatte er sich verrechnet. Gott sei Dank konnte sie es auch nicht, denn sonst wäre sie zu spät fertig geworden. Erst als er die Suppe und die Soße abschmecken konnte, besserte sich seine Laune.

»Sie können die Gewürze kombinieren, wie sie wollen«, erlaubte sie ihm großzügig und wies auf die Dosen und Döschen, die sie ihm hingestellt hatte.

Mit Feuereifer war er dabei. »Hier Mäuschen, probieren Sie mal. Gut so?«, und er schob ihr den Löffel mit der Soße in den Mund.

Er war richtig stolz, als sie zufrieden nickte.

Das Abendessen verging mit viel Lachen und »Hmms«, weil es so gut schmeckte. Natürlich heimste Werner Lindemann das Hauptlob ein. Er hatte einen alten Rotwein aus dem Keller seiner Mutter heraufgeholt. Während er prüfte, ob die Temperatur des Weines stimmte, erzählte er, wie er als Kind einmal heimlich eine Flasche Rotwein stibitzt und ausgetrunken hatte.

Es war spät, als Marie-Luise die Teller in die Küche räumte. Er half dabei, ohne dass sie ihn dazu auffordern musste.

»Abtrocknen brauche ich ja hoffentlich nicht«, fragte er mit gerunzelter Stirn. Sie kicherte. Sie hatte entschieden zu viel Wein getrunken.

»Sie haben Glück, morgen kommt die Haushilfe Ihrer Mutter zurück und will dann die Abwesendheit von Frau Lindemann ausnutzen und Hausputz machen.«

»Ich hätte mich auch geweigert«, meinte er entschlossen.

»Finden Sie alleine nach oben in Ihr Schlafzimmer, oder soll ich Sie begleiten?«

Abrupt hob Marie-Luise ihren Kopf. Was hatte er vor? Sie sah ihm misstrauisch ins Gesicht.

Aber sie hatte sich geirrt, sie entdeckte nichts als unpersönliche Freundlichkeit in seinen Zügen.

»Sie haben ein bisschen viel Wein getrunken«, seine Stimme klang harmlos. »Schließen Sie ordentlich hinter mir ab.«

Mit leichtem Magengrummeln wartete sie am nächsten Tag auf die morgendliche Postbesprechung. Sie hatte Kopfschmerzen. Hoffentlich war sie abends nicht zu albern gewesen. Aber ihre Nervosität war unbegründet. Seine Stimmung war wie immer, geschäftlich distanziert.

Zwei Tage später kaufte sie ein neues Kochbuch und während sie in ihrer Pause herzhaft in einen Apfel biss, blätterte sie begeistert darin herum. Ah, das sah alles lecker aus.

»Frau Maus, ich gehe jetzt.« Lindemann war ein bisschen später als sonst. »Bitte faxen Sie mir noch das Schreiben hier durch. Oder haben Sie schon Pause? Sein Blick streifte kurz seine Armbanduhr. Sie legte das Buch auf Seite. »Selbstverständlich mache ich das noch.«

»Schreiben Sie noch drüber "eilig".«

Sie nahm ihm das Blatt aus der Hand, schrieb handschriftlich "eilig" darüber und legte es ins Faxgerät.

»Ah, ein neues Kochbuch?« Er blätterte die Seiten mit den bunten Fotos durch. »Sieht sehr appetitlich aus. Übrigens das Kochen neulich hat mir Spaß gemacht. Man könnte es glatt wiederholen.«

So trafen sie sich an einem der nächsten Abende wieder zum Kochen in der Villa. Marie-Luise hatte es geahnt, die unangenehmen Arbeiten blieben selbstverständlich an ihr hängen. Sie schälte Kartoffel, putzte Gemüse und er übernahm das Feine: würzte, schmeckte ab, rührte mal in diesem Topf, mal in jenem. Aber wenigstens räumte er ab und stellte die Teller zusammen.

Mehr konnte sie wohl nicht erwarten und sie beschwerte sich auch nicht. Amüsiert entdeckte sie, dass er unwahrscheinlich viel Spaß an der ganzen Sache hatte. Ihr Chef war manchmal wie ein kleiner Junge. »Mammis Liebling«, dachte sie schmunzelnd, als er stolz sagte: »Ich wäre ein guter Koch geworden. Oder?«

Das Wetter wurde schön. Es war warm und die Sonne lachte vom Himmel.

Frau Lindemann rief an und teilte ihr mit, sie bliebe noch etwas länger bei ihrer Freundin und Marie-Luise hätte sicher nichts dagegen. Sie kam gar nicht dazu, Nein zu sagen, da war der Hörer schon aufgelegt.

Na, ja, ob sie nun hier oder zu Hause ihre Blusen bügelte, war auch egal. Hier wartete wenigstens Titus auf sie, wenn sie nach der Arbeit nach "Hause" kam.

Während der Woche konnte sie den Sonnenschein nicht ausnutzen, da kam sie einfach zu spät von der Arbeit, aber am Wochenende aalte sie sich in einem der Liegestühle auf der Terrasse. Der Garten war rundherum zugewachsen, sie hätte nackt hier liegen können, keiner hätte sie gesehen. Trotzdem zog sie ihren Bikini an,

gönnte sich ein Glas Sekt mit Orangensaft und las ein Buch. Sie hätte sich einbilden können, sie würde Urlaub machen. Es gab nur sie, die wärmenden Sonnenstrahlen und den Duft der Blumen. Eine Meise hatte sich auf einem abgeblühten Fliederstrauch niedergelassen und sang. Es wäre wie im Paradies gewesen, wenn nicht Titus ständig an ihr herumgezupft hätte, weil er spielen wollte. Endlich wurde er müde, kuschelte sich in ihren Schoß und schlief ein. Auch ihr fielen die Augen zu.
Als Werner Lindemann die Diele betrat, lag das Innere des Hauses wie verlassen da.
»Frau Maus«, rief er.
Niemand meldete sich. Er ging durch das Wohnzimmer hinaus auf die Terrasse und entdeckte den Liegestuhl. Da lag Mäuschen und schlief. Die Brille war auf die Terrazzoplatten unter ihr gerutscht. Ein leeres Glas stand auf einem Beistelltischchen. Er grinste. Wenn sie um 11 Uhr morgens schon Sekt trank, musste sie sich nicht wundern, wenn sie den schönsten Teil des Tages verschlief.
Er wollte sie gerade wecken, doch dann zögerte er. Sie trug einen Bikini, nicht zu aufreizend, aber was er sah, gefiel ihm. Beine, Beine, Beine, lang und wohlgeformt. Sie hatte sich zur Seite gekuschelt. Titus lag in ihrem Schoß.
Vom Pudel streiften seine Blicke hinauf zu ihren Brüsten, die verdeckt unter ihren Armen lagen, weiter zum schlanken Hals. Sie hatte eine kleine gerade Nase, lange gebogenen Wimpern und kleine Ohren. All das war ihm noch nie aufgefallen. Wenn sie geschäftig in sein Büro eilte, bestand ihr Gesicht nur aus ihrer Brille mit diesem unmöglichen Horngestell.
Leise trat er den Rückzug an. Er hatte das Gefühl, er sollte sie nicht so anstarren. Sie wirkte so unschuldig und wehrlos. Er drehte sich um und ging zurück ins

Wohnzimmer. Er suchte ein Blatt Papier heraus und warf ein paar Zeilen darauf.

»War hier, kleine Schlafmütze. Habe eine Pizza in das Tiefkühlfach gelegt. Liebe Grüße, Werner Lindemann.«

Noch im Auto ärgerte er sich über das Herzklopfen, das er bei sich bemerkte, als er sie so betrachtet hatte. Was gingen ihn die Beine von Frau Maus an.

Anfang der Woche bekam Marie-Luise den Auftrag, mit dem Reisebüro Fröhlich Kontakt aufzunehmen, bei dem Werner Lindemann immer seine Reisen buchte.

»Elvira sitzt ein paar Tage in Mauritius fest. Ich fliege hin und wir hängen noch eine Woche Urlaub dran. Bitte buchen Sie alles.«

»Oh, wie herrlich.« Marie-Luise war ganz hingerissen. »Wollen Sie Hochseeangeln? Vielleicht sogar einen Merlin? Sie müssen mir davon erzählen, wenn Sie wieder zurück sind.«

Zum Abschied schenkte sie ihm ein Buch von Hemingway, "Der alte Mann und das Meer" als Reiselektüre.

Wie immer hatte sie Urlaub, wenn der Chef Urlaub machte.

»Hoffentlich wird es Ihnen nicht so einsam im Haus meiner Mutter, wenn noch nicht einmal ich da bin«, meinte er, als er sich verabschiedete. »Wenn Sie wollen, können Sie ruhig mal eine Freundin einladen.«

In Gedanken war er schon weit weg bei Elvira.

Marie-Luise fühlte sich wirklich einsam. Er war zwar nicht sehr oft gekommen, aber sie wusste, dass er erreichbar war, wenn sie irgendetwas fragen wollte. Und ein ganzes Haus war sehr viel stiller als eine kleine Wohnung.

Sie rief Hedwig an. Hedwig kam einmal zum Kaffee, aus purer Neugierde, gab sie zu, denn anschließend hatte sie keine Zeit mehr; Kaiser beanspruchte sie zu sehr.

Titus war mittlerweile stubenrein, und so konnte sie ihn auch mal eine Zeitlang alleine lassen. Sie machte einen

Einkaufsbummel, kaufte sich etwas zum Lesen und fand sich plötzlich im Büro wieder.

Frau Wirth, die während ihres Urlaubs ihre Arbeit mit übernommen hatte, sah erleichtert auf, als sie an ihre Türe klopfte. »Gut, dass sie da sind. Da hat gestern ein Herr dreimal hier angerufen. Ein Finne oder so was. Häkinnen heißt er. Er wollte Sie dringend sprechen, er hat mir seine Telefonnummer in Düsseldorf dagelassen. Sie möchten ihn bitte zurückrufen. Ich habe bei Ihnen zu Hause angerufen, aber da war niemand. Ich dachte, Sie wären vielleicht verreist.«

»Nein, nein. Ich hüte nur das Haus einer, äh, Bekannten.« Sie wollte den Namen Lindemann nicht nennen, vielleicht käme Frau Wirth noch auf dumme Gedanken. »Haben Sie Herrn Häkinnen nicht gesagt, dass Herr Lindemann in Urlaub ist?«

»Er wollte nicht Herrn Lindemann, sondern Sie sprechen.«

»Nanu«, wunderte sich Marie-Luise.

»Er will noch einmal anrufen.«

»Sie können ihm die Telefonnummer geben, unter der ich zurzeit erreichbar bin. Dort kann er mich die nächsten zehn Tage anrufen.«

Titus winselte vor Freude, als sie ins Auto zurückkam. Was hatte Häkinnen denn so Dringendes? Vielleicht wieder ein Problem mit seinen Kindern. Er hatte sie schon ein paar Mal um Rat gefragt. »Sie sind jünger als ich, sie verstehen vielleicht meine Tochter oder meinen Sohn besser.« Trotzdem war es schwierig in verfahrenen Familiensituationen einen Rat zu erteilen.

»Rot«, sie bremste. Sofort fühlte sie eine feuchte Zunge an ihrem Bein. Sie löste eine Hand von Lenkrad und kraulte den kleinen Pudel am Kopf. Die Ampel schaltete auf Grün. Sie zog die Hand zurück.

Titus jaulte. »Ich kann dich jetzt nicht streicheln, ich muss mich konzentrieren«, beruhigte sie den Hund, dann schaltete sie in den zweiten Gang.

Häkinnen rief am nächsten Tag an. »Frau Maus, endlich erreiche ich Sie.« Seine Stimme klang aufgeregt.

»Ich sitze in Düsseldorf und wollte einen Abstecher nach München machen. Ich möchte mir in einer Galerie einen Miro ansehen. Er stammt aus einer Erbschaft. Eine Dame will ihn verkaufen, und ich könnte ihn einigermaßen günstig erwerben. Ich komme heute mit der Maschine um 19 Uhr. Gehen Sie mit mir essen?«

Oh, verdammt. Marie-Luise schluckte. Abends das Haus alleine zu lassen wagte sie nicht, ganz besonders jetzt nicht, wo beide Nachbarinnen auch verreist waren. Das konnte sie schlecht.

Sie runzelte die Stirn. Was hatte der Chef gesagt?

»Sie können sich ruhig jemanden einladen.«

»Frau Maus, sind Sie noch da?«

»Sicher«, antwortete sie eilig. »Wie wäre es, wenn ich Sie zum Abendessen einlade. Wissen Sie, ich beaufsichtige Frau Lindemanns Hund und Haus, während sie Ferien macht, und ich lasse den Hund nicht gern allein.«

Sie hörte, dass Häkinnen tief einatmete.

»Ist Ihnen das unangenehm?«, fragte sie unsicher.

»Nein, Nein«, es klang zu schnell. »Ich dachte, ich meinte nur« - plötzlich platzte er heraus. »Sie sind doch nicht etwa die Freundin von Werner?«

Marie-Luise fühlte, wie sie rot wurde. »Nein. Oh nein. Was denken Sie von mir?«

»Dann bin ich erleichtert. Sie sind mir nicht böse? Ich meine nur, ich wäre nicht gerne in eine intime Verbindung hineingeraten.«

»Mein Fehler ist«, beeilte sie sich zu erklären, »dass ich zu gutmütig bin. Ich wagte nicht, der alten Dame abzusagen. Ich bringe es nicht fertig, nein zu sagen. Ich nehme mir das immer wieder vor, aber es klappt nicht. Der Chef ist übrigens mit seiner Freundin in Mauritius.«

»Oh, das ist gut.« Häkinnen lachte und irgendwie klang er befreit.

Verwirrt legte sie den Hörer auf. Was ging es Häkinnen an, ob sie die Freundin des Chefs war? Ausgerechnet sie. Das konnte sie fast als Kompliment ansehen. Ungläubig schüttelte sie über sich selbst den Kopf. So ein Unsinn! Irgendetwas musste sie wohl falsch verstanden haben. Jetzt sollte sie sich erst überlegen, was sie Häkinnen zum Essen anbieten würde.

Kurz vor acht läutete die Türglocke. Sie hörte ein Taxi abfahren, während sie die Tür öffnete.

Ein dicker bunter Blumenstrauß kam ihr entgegen.

»Sind die schön!« Sie nahm ihm die Blumen ab und strahlte ihn an. Häkinnen war wirklich ein sehr, sehr netter Mann.

Später beobachtete sie, mit welcher Freude und sichtbarem Appetit er zulangte. Zwischen den einzelnen Gängen erzählte er von dem Miro, den er sich ansehen wollte. Sie hörte aufmerksam zu, besonders weil er so viel von dem beruflichen und privaten Leben des Malers erzählte. Wenn man all dieses Hintergrundwissen hatte, dann betrachtete man ein Bild ganz anders. Man wusste, mit welcher Farbe der Künstler seine Stimmungen ausdrückte, welche Formen den Inhalt beschrieben und man entdeckte den Menschen hinter dem Künstler. Den Espresso nach dem Essen nahmen sie auf der Terrasse ein.

Es war ein schöner, friedvoller Abend. Die Sonne ging wie ein roter Ball zwischen den Edeltannen, die den Garten auf einer Seite abgrenzten, unter. Der laue Wind wehte den Duft der Lilien davor zu ihnen hinüber. Sie genossen entspannt die Ruhe.

Häkinnen erzählte von seinen Kindern. Die Tochter hatte einen neuen Freund, der einen guten Eindruck auf ihn machte. Der Sohn drehte in der Schule eine Ehrenrunde. Die Zeit verrann. Vom Gartenteich zog kühle Luft zur

Terrasse. Marie-Luise fröstelte.

Häkinnen bemerkte es und schob den Stuhl zurück. »Ich habe Sie für heute lange genug aufgehalten, Frau Maus, oder darf ich Marie-Luise zu Ihnen sagen?« Er sah sie bittend an. »Ich heiße Lars.« Sie konnte es ihm nicht abschlagen. Obwohl es ihr schwer fiel, ihn mit seinem Vornamen anzusprechen.

»Was soll's«, dachte sie, als er ihr half, die Tassen hineinzutragen, »es gab viele Firmen, da duzte man den Chef. Nun ja, es war der Umgangston einer jungen Mannschaft, und wahrscheinlich kaum ein mittelalterlicher Geschäftspartner darunter. Sie würde sich schon daran gewöhnen.«

»Wissen Sie«, Häkinnen stellte das Porzellan in das Spülbecken, »es ist wunderbar für mich, jemanden wie Sie zu kennen, der die gleichen Interessen hat wie ich, und der so geduldig zuhört, wenn ich von meinen familiären Schwierigkeiten berichte. Ich möchte mich nochmals bei Ihnen bedanken, Marie-Luise, es ist fast wie ein Nachhausekommen, wenn ich mich mit Ihnen treffe.«

»Sie machen mich ganz verlegen«, wehrte sie ab. Peinlich wechselte sie schnell das Thema. »Rufen Sie mich morgen an, ob die Verkaufsverhandlungen für den Miro erfolgreich waren?«

»Selbstverständlich.« Zum Abschied hob er ihre Hand an die Lippen und deutete einen Handkuss an.

»Wie altmodisch«, aber doch nett, dachte sie, als das Taxi, das sie bestellt hatte, anfuhr. Sie winkte noch einmal und schloss dann sorgfältig die Haustüre ab.

Sie war gerade dabei das Geschirr in die Spülmaschine zu räumen, als das Telefon läutete.

Häkinnen – nein Lars – war dran. »Marie-Luise, Sie sind meine Glücksfee.« Seine Stimme klang überschwänglich. »Ich habe das Bild! Und zu einem Preis, der kaum über meinem Limit liegt, das ich mir gesetzt hatte. Nur leider hat die Verhandlung länger gedauert, als ich dachte. Ich hätte Sie so gerne noch zum Essen eingeladen, aber die Maschine geht gleich. Nochmals danke für alles, und wenn ich das nächste Mal in München bin, gehen wir beide Tango tanzen.«

Nachdenklich legte Marie-Luise auf. Tango! Sie musste sich jetzt doch mal in einer Tanzschule anmelden. Vielleicht lernte sie dort sogar den Mann ihres Lebens kennen. Es wäre einen Versuch wert.

Telefonisch meldete Frau Lindemann ihre Rückkehr an. Marie-Luise ließ es sich nicht nehmen und holte sie mit Titus am Bahnhof ab. Das erwies sich als keine gute Idee. Sie hatte den Hund wegen der vielen Reisenden getragen, aber er zappelte auf ihrem Arm, bis sie ihn herunterließ und an die Leine nahm. Auf dem Bahnsteig zerrte er sie einmal nach links, dann wieder nach rechts. Es war alles sehr aufregend für ihn; es gab so viel zu schnuppern. Als der Zug einlief und sie den Ersteklassewagen entdeckte, wollte er nicht mit und hinterließ schließlich auch noch eine Pfütze.

Als Frau Lindemann ausstieg, winkte Marie-Luise ihr zu. Der Schaffner stellte gerade ihren Koffer auf den Bahnsteig ab, und sie bedankte sich höflich bei ihm. Dann erkannte sie Marie-Luise.

»Das ist aber nett von Ihnen, Frau Maus.« Sie sah sich um, »aber mein Sohn?« sie schien enttäuscht.

»Der ist auf Mauritius.«

»Mit einer Freundin! Natürlich. Hätte ich mir denken können.« Ihre Stimme klang bitter. »Die Sekretärin kann sich ja um die Mutter kümmern. Da ist ja mein Titus«, sie bückte sich und streichelte den kleinen Pudel.

Marie-Luise war sich zwar sicher, dass der Hund sie nicht mehr erkannte, aber jede Person, die ihn streichelte, war sein Freund, und er wedelte heftig mit seinem kurzen Stummelschwanz.

Sie betrachtete mitleidig diese Szene. Dass Frau Lindemann von ihr abgeholt wurde, war ihr eigener Entschluss gewesen. Der Chef hatte nicht einen Gedanken an die Rückkehr seiner Mutter verschwendet.

Zu Hause setzte sie Kaffee auf; deckte den Tisch und hörte dann aufmerksam zu, als die alte Dame über ihre Urlaubserlebnisse berichtete. Frau Lindemann hatte ihr sogar ein Geschenk mitgebracht.

»Sie glauben gar nicht, welche Erleichterung es für mich war, dass ein so zuverlässiger Mensch wie Sie mir alle Sorgen mit Haus und Hund abgenommen hat und deswegen möchte ich Ihnen danken«, meinte sie, als Marie-Luise abwehrte. Sie hielt ihr ein rechteckiges Päckchen hin. »Nun zieren Sie sich nicht, packen Sie es aus, wir wollen sehen, ob es Ihnen auch passt.«

Zum Vorschein kam ein sehr hübscher Ring. Matt schimmerten dunkelrote Granaten, eingefasst mit einem Kreis winziger Flussperlen. Er saß wie angegossen.

»Aber das sollten Sie doch nicht.«

»Schluss jetzt«, Frau Lindemann wurde energisch. »Sie haben ihn sich verdient. Es ist übrigens ein altes Stück. Ende 19. Jahrhundert, denke ich. Flussperlen findet man ja fast gar nicht mehr.«

Marie-Luise hatte bereits den Koffer fertig gepackt im Flur stehen und trug ihn in ihr Auto. Ein letztes Winken, dann hatte das Alltagsleben sie wieder.

Es dauerte ein paar Tage, bis die Wände in ihrem Appartement sie nicht mehr einengten und die billigen Möbel nicht mehr ihre Augen beleidigten. Auch die Terrasse und der Garten fehlten ihr. Die grüne Landschaft an ihren Fenstern war kein Ersatz. Sie beschloss sich als Trost eine neue Topfpflanze zu kaufen.

Dienstags war auch der Chef wieder da; braungebrannt, aber nicht sprühend vor Leben, wie sie es sich vorgestellt hatte.

Sie musste wohl aufpassen, was sie fragte. Da gab es nur ein unverfängliches Thema.

»Sie sehen blendend aus, Chef. Was haben Sie geangelt?«

»Oh, da gibt es Etliches zu erzählen.« Er wurde lebhaft. »Ich sehe erst einmal alles Wichtige, was sich angesammelt hat, durch, machen Sie uns in der Zwischenzeit einen guten Kaffee und dann berichte ich. Haben Sie noch von Ihren leckeren selbstgebackenen Plätzchen?«

»Sicher«, sie grinste. »Gestern Nachmittag gebacken.«

»Sie sind ein Engel, Mäuschen.«

Später trank er den Kaffee in ihrem Büro. Er machte es sich auf ihrem Schreibtisch bequem.

»Ich habe mir für zwei Tage ein Hochseeangelboot gemietet, mit Mannschaft. Das Boot hatte zwei Angelplätze im Heck. Die Sitze sind beweglich, die Angelschnur ellenlang und auf großen Rollen am Boot befestigt. Man hat sogar so etwas wie einen Sicherheitsgurt, den man benutzen muss, damit man nicht aus dem Boot gezogen wird, wenn man einen Merlin oder einen Hai am Haken hat.« Er nahm einen Schluck Kaffee.

Morgens sind wir schon um fünf raus. Die Sonnenaufgänge sind unbeschreiblich, Mäuschen. Ich bin kein Romantiker, aber selbst ich war beeindruckt.«

»Wunderbar«, seufzte Marie-Luise sehnsüchtig. Ob sie das auch einmal erleben würde?

»Dann sind wir den Möwen nachgefahren, wo sie sich sammelten, gab es kleinere Fischschwärme.«

»Sie brauchten ja Köderfische«, warf Marie-Luise ein.

»Ja«.

Von Thunfischen und Kingfischen erzählte er ganz aufgeregt. »Leider nur mittelgroß, alle um die dreißig bis fünfzig Pfund schwer. Aber kein Merlin war mir an die Angel gegangen, natürlich nicht!« Er musste lachen. Aber gesehen hatte er ein tonnenschweres Exemplar, das der Besitzer der Jachtfirma vor dem Eingang seines Geschäf-

tes ausgestopft an zwei Stahltauen befestigt hatte.
Trotzdem war die Fahrt aufregend gewesen. Und
Marie-Luise hörte ihm gespannt zu.

Er würde noch einmal dorthin fahren, und vielleicht
hatte er dann mehr Glück und kam mit einem Foto von
einem großen Merlin zurück, den er selbst gefangen
hatte.

In sein Büro zurückgekehrt, gestand er sich ein, dass er
sich den ganzen Flug über gefreut hatte, Mäuschen von
seinem Angelausflug zu erzählen. Sie würde begreifen,
wie aufwühlend so eine Fahrt auf dem Meer war. Wie die
Spannung sich in seinem Körper aufbaute, wie konzentriert er jede ungewöhnliche Bewegung des tiefblauen,
manchmal tintenblauen Wassers beobachtete. Wie er
den Atem anhielt, wenn der Köderfisch angenommen
wurde, und die Enttäuschung, wenn das Opfer entkam.
Sie würde den Kampf mit dem gefangenen Fisch miterleben, das Straffen der Schnur, das Gehen lassen, um
gleich darauf wieder anzuziehen. Sie würde die Raffi-
nesse des tödlichen Wettbewerbs zwischen Mensch und
Tier begreifen und auch seinen Stolz verstehen, wenn
er nach langem Kampf zwischen dem Fisch und ihm als
Sieger im Boot stand.

Im Gegensatz zu Verena, die seine Berichte zum Gähnen
langweilig fand. Sie aalte sich den ganzen Tag in der
Sonne. Sicher mochte er es, ihren streifenlos gebräunten
Körper abends in den Armen zu halten, aber Verständnis hatte sie nicht für ihn und zuhören konnte sie auch
nicht.

Apropos zuhören! Er musste Mäuschen im Gegenzug
auch mal fragen, wie es ihr als Aufpasser im Haus seiner
Mutter ergangen war. Das hatte sie verdient. So tauchte
er ein zweites Mal bei Marie-Luise im Büro auf.

Um einen Grund zu haben, ließ er sich noch eine Tasse
Kaffee einschenken.

Sie stellte die Tasse vor ihn hin. Sein Blick fiel auf ihre rechte Hand. Irgendetwas Ungewohntes irritierte ihn. Ein Ring. Mäuschen hatte noch nie einen Ring getragen. Sehr geschmackvoll, Granaten und Perlen. Er betonte ihre langen schmalen Finger mit den kurz geschnittenen Nägeln. Praktisch, wie alles an ihr. Sie hatte schöne Hände, einfühlsame Hände, registrierte er.

»Nanu, ein Ring? Sehr hübsch.« Plötzlich durchzuckte ihn ein Gedanke. »Sie werden mir doch nicht einen neuen Freund haben?« fragte er unangenehm berührt.

»Oh, nein«, Marie-Luise wurde verlegen. »Ihre Mutter hat ihn mir geschenkt. Als Dankeschön, weil ich auf ihr Haus aufgepasst habe«, setzte sie schnell hinzu, als sie seine erstaunte Miene sah.

»Ach ja?« Irgendwie war er erleichtert. Er erinnerte sich wieder, warum er gekommen war.

»Haben Sie die Tage im Haus meiner Mutter gut verbracht?«

»Das habe ich«, sie lächelte.

»War es nicht zu einsam?« er erwartete eigentlich keine Antwort.

»Nein, nein. L--- Herr Häkinnen hat mich besucht. Sie hatten mir ja erlaubt, mal jemanden einzuladen.«

Er hielt die Luft an. »Häkinnen? Was suchte der denn in München?« Seine Frage klang spitz.

Ohne Grund wurde sie verlegen und dann ärgerte sie sich über sich selbst.

»Er war gekommen, um ein Gemälde zu kaufen und verbrachte den Abend mit mir. Ich hatte ihn zum Essen eingeladen.«

Erst klang es trotzig, dann aber erzählte sie begeistert. »Stellen Sie sich vor, man hat ihm einen Miro angeboten und er hat ihn gekauft. Er wollte den Kauf noch mit mir feiern, aber die Verhandlungen haben so lange gedauert, dass vor seinem Abflug keine Zeit mehr blieb.«

Werner Lindemann trank den letzten Schluck Kaffee aus und stellte die Tasse zurück. »So, so, ein Bild war der Grund für Häkinnens Besuch in München?« Er wusste zwar nicht warum, aber nach ihrer Erklärung fühlte er sich viel besser als vorher.

Eine Woche später kam ein Brief von seinem finnischen Geschäftspartner. Häkinnen lud ihn nach Finnland ein. Ihn und Frau Maus. Es lag ein extra Briefumschlag für seine Sekretärin dabei. Verschlossen.

Eigentlich wollte er die Einladung erst ablehnen. Er hatte überhaupt keine Lust, nach Helsinki zu fliegen. Sicher, er hatte es schon ein paar Mal versprochen, Lars Häkinnen zu besuchen, seine Firma zu besichtigen und Angeln zu fahren. Aber ihn zog im Moment nichts nach Finnland. Frau Maus musste sich halt bis zum nächsten Mal gedulden.

Er drehte den schmalen Briefumschlag, auf dem »Frau Maus persönlich« stand mit der Hand hin und her, hielt ihn ans Licht. Er war zwar schmal, aber dicker als der Brief an ihn. Er hätte zu gerne gewusst, was darin stand. Es half nichts, er musste ihn ihr geben.

Zögerlich stand er auf und ging hinüber ins Vorzimmer. Er reichte Marie-Luise den Umschlag.

»Für mich?«

Er nickte, »von Häkinnen.«

»Nanu«, sie nahm ihn entgegen und wollte ihn gerade mit dem Brieföffner aufschlitzen, da hielt sie kurz inne. Der Chef stand immer noch vor ihr und beobachtete sie genau. Irritiert sah sie zu ihm auf, dann zuckte sie die Schultern und öffnete ihn. Ein Foto fiel heraus. »Oh, das ist der Miro.« Aufmerksam betrachtete sie das Bild und gab es dann an Lindemann weiter.

»Hmm, von moderner Kunst verstehe ich nicht viel«, brummte er, »das dürfte mittlerweile Ihr spezielles Gebiet sein.«

Inzwischen zog sie einen gefalteten Papierbogen heraus und darin eingeschlagen fand sie ein Flugticket. »Hin – und Rückflug von München nach Frankfurt mit Anschlussflug von Frankfurt nach Helsinki«, entzifferte sie ehrfürchtig. »Schauen Sie mal, Chef, Häkinnen hat mich...«, mittlerweile las sie den dazugehörigen Brief, »uns eingeladen, ihn für ein verlängertes Wochenende zu besuchen.«

»Sie wollen doch wohl den Flug nicht annehmen? Das können Sie sich doch nicht schenken lassen. Es sei denn...«, diesen Gedanken schob er sofort von sich, aber er blickte sie empört an.

»Warum denn nicht? Ich habe mich immer um ihn gekümmert, wenn er hier war. Natürlich auf Ihren Wunsch«, setzte sie betont hinzu. »Aber es hat sich so etwas wie eine Freundschaft entwickelt. Jetzt will er mir halt mal seine Heimat vorstellen.«

»Sie haben gerade erst Urlaub gehabt!«, verdarb Lindemann ihr die Freude. »Das geht jetzt nicht.«

Sie blitzte ihn hinter ihren dicken Brillengläsern ärgerlich an. »Chef, wenn ich all meinen Urlaub nehmen würde, der mir in den fünf Jahren, die ich jetzt für Sie arbeite, zusteht, dann wäre ich drei Monate weg. Und außerdem fliegen Sie ja mit«, meinte sie versöhnlich.

Aber sein Gesicht blickte weiter mürrisch.

»Sie werden doch wohl nicht absagen. Dann werde ich nämlich alleine fliegen. Wenn das Wetter schön trocken ist, will er mit uns Angeln gehen. Er hat ein Wochenendhaus am See mit eigener Sauna. Stellen Sie sich vor, Angeln!« Ihr Gesicht glühte vor Begeisterung.

»Sie haben doch gar keine Ahnung vom Angeln.«

»Na und, ich werde es lernen. Theoretisch weiß ich schon sehr viel darüber. Es ist zwar kein Hochseeangeln, aber dürfte auch spannend sein.«

Sie wollte also unbedingt fliegen, registrierte er unwillig.

In diesem Moment wusste er ganz sicher, sie würde es auch tun.

»Ich würde natürlich lieber mit Ihnen zusammen fliegen. Bitte, Chef.« Sie sah zu ihm auf.

Ihre ganze Körperhaltung drückte ihre Bitte aus. Ihre Augen konnte er kaum durch die geschliffenen Gläser erkennen, denn das unvorteilhafte Gestell erdrückte fast ihr schmales Gesicht. Was mochte sie wohl für eine Augenfarbe haben?

»Mal sehen«, grummelte er und zog sich zurück.

»Er wird schon zustimmen«, dachte Marie-Luise zuversichtlich und las noch einmal die beiden eng beschriebenen Briefseiten, die Häkinnen – Lars – ihr mitgeschickt hatte, durch. Sie musste sich immer noch an seinen Vornamen gewöhnen.

Lindemann saß an seinem Schreibtisch. Er hatte immer noch keine Lust, die Einladung anzunehmen. Wenn er aber zu Hause blieb, würde Mäuschen alleine zu Häkinnen fliegen und das passte ihm irgendwie nicht. Es blieb ihm nichts anderes übrig, als mitzufliegen.

»Also gut«, er hatte den Knopf der Sprechanlage gedrückt. »Schauen Sie in unserem Terminkalender nach und machen sie ein Datum mit Häkinnen ab.«

Es ertönte ein kleiner Freudenschrei und er grinste. Es war ein schadenfrohes Grinsen. Ja, sie würden angeln gehen, aber er würde sich rächen, das schwor er sich und wie, das wusste er schon. So schnell würde sie nicht mehr auf einen Angelausflug nach Finnland bestehen. Kurz überflog er noch einmal die Ratschläge seines Geschäftsfreundes, die er eigentlich an sie weiterleiten sollte. Lange Hosen, Stiefel, lange Ärmel, Moskitoschutz! »Bitte unterrichten Sie doch Frau Maus über die Besonderheiten eines sommerlichen Angelns an einem finnischen See.«

Und genau das würde er nicht tun!

Er zerriss den Briefbogen in kleine Schnipsel und warf

sie in den Papierkorb.

Lange bevor die Maschine abfliegen sollte, war Marie-Luise schon am Flughafen. Sie hatte sich dem Rat der Verkäuferin gebeugt und in einem kleinen, etwas teureren Laden ein dunkelrotes Kostüm gekauft, mit kurzem engen Rock. Schick, wie sie fand, und doch solide genug, dass sie es auch im Büro tragen konnte. Im Schuhgeschäft hatte sie einen eleganten Stöckelschuh nach dem anderen sehnsuchtsvoll in die Hand genommen und hatte dann doch das Geschäft ohne Schuhe verlassen. Wenn sie Helsinki besichtigen wollte, musste sie wahrscheinlich viel laufen und zum Angeln waren Pumps sicher nicht das Richtige, also taten es auch ihre flachen Slipper.

Nervös wippte sie mit den Füßen in der Abflughalle. Unaufhaltsam rückte der Zeiger der Uhr weiter. Wo blieb der Chef?

Natürlich musste er sich wieder Zeit lassen! Nun, dann würde sie halt alleine fliegen. Entschlossen drehte sie sich um und wollte gerade zum Gate 8 gehen, da erschien er.

Er grinste. »Na, Mäuschen, ich wette Sie haben schon länger gewartet.«

Selbst im offenen, grauen Regenmantel sah er umwerfend gut aus. Ein paar weibliche Reisende warfen ihm interessierte Blicke zu.

Zu ihrer eigenen Überraschung stellte sie fest, dass ihr Ärger rasch verflogen war, ja, dass sie sogar stolz darauf war, einen so blendend aussehenden Chef zu haben.

Im Flugzeug trennten sich ihre Wege. Werner Lindemann saß in der ersten Klasse, und sie suchte ihren Platz in der Touristenklasse auf.

Häkinnen hatte ihr einen Fensterplatz reservieren lassen. Das war sehr fürsorglich von ihm gewesen, und sie ließ sich dankbar in den Sitz fallen, nachdem sie ihren

Trenchcoat im Stauraum untergebracht hatte.

Neben ihr nahm ein junger Mann Platz, schnallte sich sofort an, legte den Kopf an die Rücklehne des Sitzes und schloss die Augen. Erst als sie in der Luft waren, und die Stewardess eine kleine Erfrischung anbot, riss er die Augen auf und winkte ab. Stocksteif blieb er neben ihr sitzen.

Als sie ihren bestellten Orangensaft serviert bekam, kniff er die Augen zu, als habe er Schmerzen.

Erstaunt sah Marie-Luise zu ihm hinüber. Sie nahm ihren ganzen Mut zusammen und sprach ihn an. »Haben Sie Flugangst?« Sie musste ihre Frage ein zweites Mal wiederholen, bevor er reagierte. Krampfhaft nickte er.

»Sie müssen sich ablenken«, meinte sie beruhigend. »Unterhalten Sie sich doch mit mir, dann überstehen Sie den Flug besser.«

»Meinen Sie?« Er lächelte hoffnungsvoll.

»Wir könnten es zumindest versuchen«, ermunterte sie ihn. »Was machen Sie beruflich?«

Es stellte sich heraus, dass er Holzfachmann war und für seine Firma nach Finnland flog.

»Ich bin normalerweise für die Büroarbeit zuständig«, sagte er, »aber der Kollege, der sonst die Auslandsaufträge erledigt, ist erkrankt. Ich kann wirklich nichts dafür, dass mir immer schlecht wird.«

Das Flugzeug sackte etwas ab. »Oh Gott«, er erstarrte.

Marie-Luise legte beruhigend ihre Hand auf seinen Arm. »Ganz ruhig. Erzählen Sie mir etwas über ihren Beruf. Ich kann mir gar nichts darunter vorstellen.«

Er erzählte erst stockend, dann flüssiger: von Holz, den verschiedenen Holzarten und was man alles daraus herstellen konnte. Es gab sogar eine Holzfachschule, an der er seine Diplomarbeit gemacht hatte. Mit sehr gutem Abschluss. Er war sehr froh, dass er sofort eine Stelle bei seiner Firma bekommen hatte. Er beantwortete ihre

Fragen und fand es wunderbar, eine so interessierte Zuhörerin zu haben. Er vergaß das Fliegen und vergaß die Zeit. Zu seiner Überraschung aß er sogar eine Kleinigkeit, und es wurde ihm gar nicht schlecht.

Was für eine nette Nachbarin.

Marie-Luise hörte höchst interessiert zu. Holz war Nr. 1 im Export Finnlands, das wusste sie, aber der junge Mann ließ sein Wissen wie einen Film vor ihr abrollen. Nach welchen Kriterien die Bäume ausgesucht wurden, wie sie geschlagen wurden; maschinell, fast ohne menschliches Zutun. Dann wurde es in vorgeschriebene Längen zersägt, auch maschinell, und dann in Containern nach Deutschland verschickt.

Die Stewardess räumte ab. Marie-Luise spürte plötzlich die Druckstellen ihrer Brille auf der Nase. Sie setzte sie ab und rieb mit den Fingern über die seitlichen Einkerbungen. Vielleicht sollte sie einen Moment mal die Brille auslassen. Es machte ja nichts, wenn sie den jungen Mann neben ihr nur verschwommen sah.

»Ohne Brille sind sie viel hübscher«, sagte ihr Nachbar, und sie konnte sogar erkennen, dass er lächelte.

Werner Lindemann saß in der ersten Klasse. Er hatte die Beine bequem ausgestreckt, seine Zeitung bereits gelesen, mit der Stewardess geflirtet und fühlte sich ausgeruht und wohl.

»Darf ich Ihnen noch etwas bringen? Haben Sie auf irgendetwas Lust?«, die Stewardess berührte fast sein Gesicht, so weit beugte sie sich vor. Am liebsten hätte er gesagt »auf Sie!« Aber er schenkte ihr nur sein verführerisches Lächeln. Sie war dunkelhaarig und sah ihn mit feuchten braunen Augen an. Aber warum sollte er keine Andeutung machen? Ein fast unverschämtes Grinsen huschte über sein Gesicht. »Da ich Sie wohl nicht haben kann, bringen Sie mir bitte noch einen Cognac.«

»Wer weiß?«, sie lächelte zurück und blickte ihm ungeniert in die fragenden Augen. »Ich bleibe die Nacht über in Helsinki. Mein nächster Flug geht erst morgen Mittag«, erzählte sie.

Kurz darauf brachte sie ihm den Cognac, und diskret unter das Glas geschoben, entdeckte er eine Notiz mit dem Namen der jungen Dame und der Adresse des Hotels.

Er schwenkte die hellbraune Flüssigkeit in dem bauchigen Glas, sog genießerisch den besonderen Geruch eines guten Cognacs in seine Nase und dachte an das Angebot der hübschen Stewardess. Das wäre ein aufregender Zeitvertreib.

Er könnte Frau Maus Häkinnen zuschieben und dann einen Abend zu zweit, vielleicht sogar eine Nacht einplanen. Er lächelte zufrieden.

Aber der Gedanke, Lars Häkinnen und Mäuschen alleine zu lassen, der gefiel ihm auch nicht. Er ließ den letzten Schluck die Kehle hinunterrinnen und beschloss, mal nachzusehen, was Mäuschen so machte.

Eigentlich hatte er erwartet, dass sie ihn besuchen würde, um sich die Erste Klasse anzusehen. Sie war noch nie in der ersten Klasse geflogen, das wusste er, und das wäre doch einen Gang nach vorne wert gewesen.

Er seufzte, stand auf und ging nach hinten. Als er die Economy Class erreichte, ließ ein Luftloch die Maschine leicht absacken. Er hielt sich an einer Sessellehne fest.

»Oh Gott«, ein junger Mann in der Sitzreihe fast vor ihm stöhnte auf.

»Ganz ruhig, Sie haben es doch bis jetzt gut durchgestanden.«

Er erkannte die Stimme seiner Sekretärin. Gleich in der zweiten Reihe saß sie, an einem Fensterplatz. Er hätte sie beinahe nicht erkannt. Sie hatte ihre Brille, die sonst ihr Gesicht verdeckte, abgelegt und ihre Hand lag auf dem Arm eines jungen Mannes.

»Frau Maus«, er war schockiert.

Sie sah hoch. Augen, so graugrün wie das Gletscherwasser eines Bergsees blickten zu ihm hoch.

Er starrte sie fasziniert an.

Jetzt kniff sie die Augen etwas zusammen, scheinbar um ihn besser erkennen zu können; das gab ihr einen leichten Silberblick. Donnerwetter, bei jeder anderen Frau hätte er das sexy gefunden, durchzuckte es ihn.

Marie-Luise runzelte die Stirn, nahm die Hand vom Arm des jungen Mannes, suchte ihre Brille und setzte sie hastig auf.

»Ach, Sie sind's, Chef. Ich habe Sie nicht erkannt«, entschuldigte sie sich.

»Das sehe ich«, meinte er mit einem säuerlichen Seitenblick auf den Sitz neben ihr. »Sie scheinen sich gut zu unterhalten.«

»Oh ja«, sie strahlte. »Sehr gut. Herr Naumann ist Holzfachmann.«

»Kann ich mal vorbei?« Ein korpulenter Fluggast aus dem hinteren Teil des Flugzeuges wollte nach vorne. Werner Lindemann wurde an die Seite gequetscht. Kaum stand er wieder normal, wurde er schon wieder angerempelt. Das Essen war abgeräumt, das Rennen zu den Toiletten ging los.

Er würde sich besser zurück an seinen Platz begeben. Plötzlich war er sehr ärgerlich. Warum, das konnte er nicht sagen. Als er seinen Sessel erreichte, legte er den Hebel in die Liegeposition und schloss die Augen. Aber schlafen konnte er nicht.

Wenig später ertönte der Gong »Meine Damen und Herren, in Kürze landen wir in Helsinki. Dürfen wir Sie bitten, die Tische hochzuklappen und sich anzuschnallen. Wir danken Ihnen, dass Sie mit Lufthansa geflogen sind und hoffen, Sie wieder bei uns begrüßen zu dürfen.«

Die erste Klasse stieg zuerst aus. Werner Lindemann zog

seinen Regenmantel an. Das Wetter auf dem Flughafen sah nicht sehr gut aus. Er bedankte sich charmant bei der Stewardess und steckte unauffällig das verheißungsvolle Zettelchen mit der Adresse ihres Hotels in die Manteltasche.

Unten an der Treppe wartete er ungeduldig. Verdammt, wo blieb Frau Maus. Sie hatte doch vorne in der zweiten Reihe gesessen. Sie musste längst draußen sein.

Endlich sah er sie. Sie hatte wieder ihre Brille auf und den taubengrauen Trenchcoat an. Wieso hatte er bloß gedacht, sie wäre hübsch? Das musste der Cognac gewesen sein!

Ihr Sitznachbar begleitete sie, redete auf sie ein und trug ihre Tasche. Ungläubig beobachtete er die beiden. Jetzt steckte der junge Mann Marie-Luise etwas zu. Sorgfältig verstaute sie es in ihrer Handtasche, blickte sich suchend um und erkannte ihn. »Da ist mein Chef«, hörte er sie sagen. Sie wollte sich ihm zuwenden, aber der junge Mann hielt sie noch einmal zurück. Wieder sprach er auf sie ein und nahm ihre Hand in die seine. Schließlich eilte sie auf Lindemann zu.

»Sie lassen mich hier herumstehen wie bestellt und nicht abgeholt, während Sie schäkern«, fuhr er sie wütend an. Sie holte tief Luft, um ihm eine passende Erwiderung zu geben, aber er drehte sich beleidigt um, und ihr blieb nichts anderes übrig, als ihm hinterher zu laufen.

Schweigend warteten sie am Kofferband. Marie-Luise ließ ihn ausmuffen. Sie war sich keiner Schuld bewusst. Vielleicht hatte er schlecht geschlafen, dachte sie und lächelte ihren Flugnachbarn an, der gerade seinen Koffer vom Band wuchtete.

Gleich in der Vorhalle stand ein Mann mit einer Chauffeursuniform. Er hielt ein Schild hoch.

"Herr Lindemann" stand darauf.

»Für uns«, sagte der Chef kurz angebunden.

Ein paar Worte finnisch konnte er. Er begrüßte den Mann und stellte sich und Marie-Luise vor.

Der Fahrer lüftete kurz seine Mütze und schnappte sich dann die beiden Koffer.

Als sie nebeneinander im Fond des Wagens saßen, erklärte ihr der Chef den weiteren Verlauf des Tages. »Das ist Häkinnens Firmenwagen. Wir fahren ins Hotel, dort können Sie etwas ausruhen. Um fünf Uhr treffen wir uns mit ihm in der Bar. Übrigens«, seine Stimme klang ganz unbeteiligt. »Was hat Ihnen ihr Flugnachbar denn in die Hand gedrückt?«

»Ooch«, sie merkte, wie diese lästige Röte wieder ihr Gesicht überzog. Dabei hatte sie keinerlei Grund dazu. »Er, er fliegt morgen weiter hoch in den Norden und er kennt sich hier in Helsinki nicht aus. Er hat mir den Namen seines Hotels aufgeschrieben und will sich mit mir treffen.« Sie sah trotzig zu ihm auf; schließlich ging ihn das ja überhaupt nichts an.

Als ob er ihre Gedanken gelesen hätte, meinte er: »Es geht mich ja nichts an, was Sie in Ihrer Freizeit tun.« Eine steile Falte erschien zwischen seinen Augenbrauen. »Aber wir verbringen nun mal hier keine Ferien. Wir sind Gäste von Häkinnen, und das hat auch etwas mit unseren Geschäften zu tun. Wir können nicht selbst über unsere Zeit verfügen, das wäre unhöflich. Sagen Sie ab und halten Sie sich lieber für Ihren Gastgeber zur Verfügung.«

Das klang so onkelhaft. Erst ärgerte sie sich, doch dann musste sie zugeben, er hatte ja Recht. Häkinnen zahlte ja alles. Trotzdem musste sie ihm noch eins auswischen. »Jawohl, Onkel«, sagte sie betont munter.

Ihr Ausrutscher tat ihr sofort wieder leid, als sie sein betroffenes Gesicht sah, beleidigen wollte sie ihn eigentlich nicht. Eisige Kälte breitete sich zwischen ihnen aus. Dann holte Lindemann tief Luft. »Freche, kleine Göre«, presste er zwischen seinen Zähnen hervor.

Um ihn freundlicher zu stimmen, holte sie die Visitenkarte Herrn Naumanns hervor, zerriss sie und stopfte die Papierstückchen in den Aschenbecher.

Er war beruhigt. Auf der Fahrt durch die Stadt grübelte Lindemann darüber nach, was der junge Mann denn an Marie-Luise gefunden hatte, schließlich machte er einen netten adretten Eindruck. Ihr freundlicher Charakter konnte es nicht gewesen sein, der ihm gefallen hatte, schließlich kannte er sie doch gar nicht. Sein Blick streifte kurz über seine Sekretärin, und er wunderte sich immer noch, als er sein Hotelzimmer bezog.

Es war ein riesiges Zimmer, fast eine Suite. Häkinnen hatte sich sehr großzügig gezeigt. Seine Laune besserte sich zusehends. Er griff in seine Manteltasche und spürte ein Knistern. Ach ja, die Adresse der Stewardess. Er könnte Mäuschen vielleicht doch mit Häkinnen..., nein, lieber nicht. Was er ihr nicht erlaubte, wollte er auch nicht für sich beanspruchen, das wäre unfair gewesen. Er knüllte den Zettel zusammen und warf ihn in den Papierkorb.

Punkt fünf trafen sie sich in der Bar. Marie-Luise hatte immer noch ihr Kostüm an. Sie saß auf einem Hocker und zupfte bereits das zweite Mal ihren hochgerutschten Rock zu Recht.

»Ob sie wirklich nicht merkte, dass er dann ganz besonders auf ihre langen Beine starrte«, dachte Lindemann ärgerlich.

»Nein, sie wusste es nicht«, bemerkte er, und seufzte.

Marie-Luise fühlte sich unwohl. Sie hatte seidigglänzende Strümpfe übergestreift und eigentlich fand sie, dass sie ihre Beine gut zur Geltung brachten. Nur ihr Chef hatte ihr die Freude an ihrer Erscheinung genommen, indem er tadelnd bemerkte:

»Finden Sie nicht auch Frau Maus, dass ihr Rock für einen Geschäftsbesuch zu kurz geraten ist?«

Meine Güte, war Lindemann schlecht gelaunt. Sie schaute ihm direkt in seine unwahrscheinlich blauen Augen, und sagte dann spitz: »Mir gefällt es.« Dann nahm sie einen zu großen Schluck von ihrem Campari, verschluckte sich und musste husten.

Er klopfte ihr auf den Rücken. »Tut mir leid«, meinte er zerknirrscht. »Ich weiß auch nicht, was mit mir los ist.«

»Ich hätte vielleicht doch die Einladung der Stewardess annehmen sollen«, dachte er. Stattdessen störte ihn der kurze Rock seiner Sekretärin. Er stellte sich vor, was ihm wohl mit seiner neuen Eroberung entgangen war, und das besserte seine Laune bestimmt nicht.

Die Tür schwang auf. Häkinnen eilte herein. Er strahlte über sein rundliches Gesicht. Einen Blumenstrauß trug er wie eine Trophäe vor sich her. »Für meine Glücksfee«, er hielt ihr die Blumen hin. »Ich freue mich so, Marie-Luise, dass Sie gekommen sind. Eine kleine Aufmerksamkeit für Sie und herzlich Willkommen.«

»Oh, sind die schön.« Mäuschen vergrub ihre Nase, nein, ihre Brille mit Nase in den Blüten.

»Dankeschön.« Erst dann wandte sich Häkinnen an Werner Lindemann und drückte ihm die Hand. »Wir trinken ein Glas Sekt auf ihre Ankunft, und dann lade ich Sie zum Essen ein.«

Marie-Luise wollte protestieren. Im Flugzeug hatte sie Weißwein zum Essen bestellt, hier einen Campari, dann noch einen Sekt. Das war sie nicht gewohnt. Aber Häkinnen ließ keine Widerrede zu. So nippte sie nur am Glas, als er ihnen zu prostete.

»Ach, ich freue mich wirklich«, sagte er noch einmal, als sie ins Auto stiegen. »Marie-Luise«, er drehte sich zu ihr um, »Sie sehen sehr chic aus.«

Marie-Luise und chic? Lindemann ließ überrascht seinen Blick über seine Sekretärin wandern. Das Kostüm war doch nicht viel anders als alles, was sie sonst trug, nur anstatt schwarz oder grau hatte es die Farbe von altem Rotwein. Na, ja und der Rock war zu kurz!

Häkinnen wollte wohl höflich sein. Und seit wann nannte er sie Marie-Luise? Ob ihm da etwas entgangen war? Gott sei Dank duzten sie sich noch nicht, erinnerte er sich und das beruhigte ihn.

Das Essen zu dritt war sehr unterhaltsam.

Marie-Luise hatte sich etwas bestellt, was sie noch nie gegessen hatte, und Häkinnen machte es Spaß, es ihr zu erklären.

Werner Lindemann grinste. Der Abend war für ihn eine neue Erfahrung, er hatte seinen Geschäftsfreund noch nie so gelöst und charmant – wirklich charmant, erlebt.

Es gab einen Aperitif, einen Weißwein und danach einen Rotwein. Marie-Luise fühlte sich, als schwebe sie auf Wolken. Sie hörte den beiden Männern zu und lächelte sie an. »Ein Espresso als Abschluss wird Ihnen gut tun«, meinte Häkinnen fürsorglich. Und dann zu Lindemann gewandt, »Ich glaube, unser Mädchen hat einen kleinen Schwips und muss ins Bett.«

Es war wohl der Schwips, dass Marie-Luise sich einbildete, in seiner Stimme hätte noch etwas anderes als Fürsorglichkeit mitgeklungen.

Er bezahlte. »Ich schlage vor«, sagte er, als er die Kreditkarte wieder in die Brieftasche zurücksteckte, »ich hole Sie morgen um zehn ab. Ich zeige Ihnen kurz die Firma, mache mit Ihnen eine kleine Stadtrundfahrt, und dann fahren wir hinaus zu meiner Angelhütte, wo wir den Rest des Wochenendes verbringen werden.«

Marie-Luise freute sich riesig darauf. Sie hatte eine Menge über Fliegenangeln gelesen und sie wollte ihre Kenntnisse auch anwenden. Sie konnte sich zwar im Moment an Einzelheiten nicht mehr erinnern, da sie kaum einen zusammenfassenden Gedanken zustande brachte. Alles war in Watte gepackt. Das war lustig und sie kicherte.

Häkinnen nahm ihren Arm und führte sie zur Garderobe und als er ihr in den Mantel half, meinte er leise: »Süß sind Sie, wenn Sie einen Schwips haben.«

Sie fühlte sich verwöhnt, und das war ein wundervolles Gefühl.

Wie schnell aber wurde sie wieder nüchtern, als der Chef neben ihr im Auto nörgelte. »Sie sollten nicht soviel trinken, das steht Ihnen nicht.«

Rumms, willkommen in der Wirklichkeit! Mit einem Mal bemerkte sie den übellaunigen Mann an ihrer Seite und den Regen, der auf die Scheiben und das Pflaster klatschte. Keine rosa Wolke mehr, nur noch graue Wirklichkeit. Sie seufzte abgrundtief und zog sich in ihre Sitzecke zurück.

Die Firma Häkinnens lag nah am Ufer, gleich gegenüber einer der Schären. Ein gradliniger Bau mit großen lichten Fenstern, die auf das jetzt graue Meer hinausblickten. Sie besichtigten die Uspenski Kathedrale, ein Überbleibsel der russischen Zarenzeit; leider nur von außen, denn sie war geschlossen. Sie fuhren am bescheidenen Parlament vorbei und besichtigten den Teil des Hafens, wo die Fähren anlegten. Häkinnen überredete sie, sich auf eine der großen Steinschildkröten, die am Rande des Marktes aufgestellt waren, zu setzen und fotografierte sie ausgiebig. Anschließend aßen sie auf dem großen Platz am Hafen frischen Fisch.

Marie-Luise trug Jeans und eine langärmlige Bluse. Es war plötzlich warm geworden, und so war sie froh, dass sie in ihre Tasche noch ein T-Shirt und eine kurze Hose eingepackt hatte. Schließlich fuhren sie hinaus aus der Stadt.

»Meine Hütte liegt etwas weiter im Norden«, erklärte Häkinnen. »Ich bin Hobbypilot. Wir werden fliegen, dann sind wir schneller dort.«

Tatsächlich, wie Schwäne ankerten etwa ein Dutzend weißer Wasserflugzeuge an Stegen in einer Bucht.

Lindemann ließ Marie-Luise hinten einsteigen, während er vorne neben Häkinnen Platz nahm. Die Seitentüren schlossen sich, Häkinnen startete den Motor, hielt auf das Meer zu und zog die Maschine nach einiger Zeit hoch. Dann flog er an der Küste entlang nach Norden, überflog die Schären, um nach einiger Zeit nach Westen abzudrehen. Tausende kleine Inselchen huschten unter ihnen vorbei. Manche unbewohnt, auf vielen lagen wie bunte Murmeln verstreut Ferienhäuser.

Das Meer verschwand aus ihrem Sichtfeld, und Marie-Luise konnte das Festland sehen, das sich unter ihnen ausbreitete. Hin und wieder erkannte sie eine kleine Stadt oder ein Dorf; Felder, Buschwerk, und dann flogen sie über die dichten Dächer endloser Wälder. Hier und da blitzte die Wasserfläche eines Sees durch das Grün auf. Sie war fasziniert. In diesem kleinen Flugzeug fühlte sie sich einem Vogel viel näher als in einer großen Verkehrsmaschine.

Vorne im Cockpit unterhielten sich Häkinnen und ihr Chef. Sie hörte gar nicht zu. Eine Luftböe erfasste das Wasserflugzeug, hob es kurz hoch und ließ es wieder los. Sie sackten ein paar Zentimeter nach unten. Marie-Luise spürte ein komisches Flattern im Bauch, aber sie mochte das Gefühl. Als Häkinnen verkündete: »Wir landen gleich«, war die Zeit im wahrsten Sinne des Wortes wie im Flug vergangen. »Schnallen Sie sich bitte wieder an.«

Das war nicht nötig, vor lauter Aufregung hatte Marie-Luise sowieso vergessen, den Sicherheitsgurt zu öffnen. Häkinnen drehte sich kurz um. »Geht es Ihnen gut?«

»Oh, ja«, sie strahlte.

»Ich fliege zuerst eine Ehrenrunde über das Haus.« Er zog plötzlich eine scharfe Rechtskurve und ging dann etwas herunter. Marie-Luise presste die Nase an die Scheibe. Wald! Bäume, Bäume, Bäume und dann Wasser und eine Lichtung. Sie überflogen ein Dach mit roten Schindeln,

sie gehörten zu einem kleinen Haus mit Nebengebäu-
den.

Und wieder der See. Die Maschine flog eine große
Schleife, fast bis ans Ende des Sees. Als Häkinnen das
kleine Flugzeug in die richtige Position gedreht hatte,
drosselte er den Motor. »Achtung.« Sie sah auf den See
hinunter. Das Wasser kam näher, die Kufen berührten
es. Ein leichter Ruck ging durch die Maschine. Fontä-
nen bespritzten die Scheiben, sie konnte hinten nicht
mehr viel sehen. Der Motor brummte mit halber Stärke
und pflügte noch eine Weile die Wellen auf, dann drehte
Häkinnen bei, und schließlich erstarb jedes Geräusch.
Sie waren da. Marie-Luise löste ihren Gurt. Die Maschine
schaukelte jetzt sanft auf dem Wasser.

Als Häkinnen ausstieg, empfahl er ihnen, sich ruhig zu
verhalten, bis er das Wasserflugzeug an einem Poller mit
einem Seil festgezurrt hatte. Es gab einen Ruck, als er
auf den Steg sprang. Die Maschine bewegte sich vom
Ankerplatz fort, aber dann merkte sie, dass sie zurück-
gezerrt wurden. Jetzt erst öffnete Lindemann seine Tür
und stieg aus, dann half Häkinnen Marie-Luise auf die
stabilen Planken des Steges.

Er blieb bei ihr stehen, breitete seine Arme aus und
schaute sie an. »Nun, wie gefällt Ihnen mein kleines
Paradies?«

Marie-Luise schaute nach vorne. Vor ihr erhob sich ein
solides Holzhaus. Es war dunkelrot gestrichen. Das Dach
war tief heruntergezogen. Eine Veranda lief ringsherum.
Klappläden schützten die Fenster. Zwei kleinere Häuser
verteilten sich auf dem Grundstück.

»Das eine Häuschen, direkt am Wasser, ist meine Sauna«,
erklärte Häkinnen stolz. »Kommt, ihr Beiden, ich zeige
Euch alles.«

»Wunderschön ist es hier«, schwärmte Marie-Luise; und
das kam aus vollem Herzen. Sie sog tief die würzige Luft

ein. Sie duftete nach Wald, nasser Erde und Wasser.

Häkinnen rundes Gesicht strahlte vor Stolz. »Na, dann wollen wir mal.« Aus der Tasche zog er einen langen groben Schlüssel und schloss die blaue Holztüre auf.

»Wir haben einen großen Wohnraum, die Küche ist abgetrennt, sechs Schlafzimmer und zwei Bäder.« Es roch muffig.

»Ich war lange nicht mehr hier«, erklärte er ihnen.

Erst als er die Fensterläden aufstieß, konnten seine Gäste sich umsehen. Im Wohnraum, der die ganze untere Etage einnahm und in den man direkt von außen hineintrat, entdeckte Marie-Luise einen großen gemauerten Kamin, der die ganze Seitenwand beherrschte.

»Der Kamin ersetzt die Heizung«, sagte Häkinnen. »Auch im Sommer. Abends kann es schon mal recht kühl werden.«

Mehrere Sofas und tiefe Sessel gruppierten sich um den Kamin, überall gab es Kissen.

»Wir brauchen Gemütlichkeit, wenn es draußen kalt ist«, erläuterte Häkinnen. »Früher bin ich mit der ganzen Familie oft hierher geflogen.« Seine Stimme klang wehmütig. »Aber seit die Kinder groß sind, und ich Witwer bin…Na, ja, zum Angeln benutze ich das Haus immer noch.«

Er legte seine Hand auf Marie-Luises Arm, »kommen Sie, ich zeige Ihnen Ihr Zimmer.«

Der Raum war nicht sehr groß, dafür aber gemütlich eingerichtet. Ein warmes Federbett auf der Liegecouch lud zum Kuscheln ein. Das kleine Fenster sah hinaus auf den See. Ein Gasheizofen stand darunter.

»Die Wärme des Kamins reicht nicht aus, das ganze Haus zu heizen«, entschuldigte sich ihr Gastgeber »Ich zeige Ihnen, wie der Ofen angeschlossen wird. Heute Abend können Sie ihren Raum durchwärmen, bevor Sie schlafen gehen. Unten den Kamin heizen wir mit Holz, davon haben wir ja mehr als genug.« Er öffnete das Fenster und frische, klare Seeluft strömte herein.

»Genießen Sie die Aussicht«, lud er sie ein und trat zurück.

Marie-Luise streckte den Kopf hinaus. Auf dem glatten Wasser brachen sich golden die Sonnenstrahlen. Sie schloss die Augen und ließ sich das Gesicht wärmen. »Herrlich!«

Es gab einen kleinen Imbiss in der Küche, dann machten sie sich zum Angeln fertig.

An ihren Jeans entdeckte Marie-Luise einige Schlammflecken.

Ihr fiel wieder ein, dass sie während der Besichtigung von Häkinnens Firma in eine der schlammigen Pfützen gepatscht war. Am besten zog sie ihre Shorts an. Die waren sauber und warm genug waren sie auch.

»Ich leihe Ihnen Stiefel«, schlug Häkinnen vor, als er ihre flachen, dünnen Schnürschuhe, die sie mit hinunter gebracht hatte, entdeckte.

Nachdenklich sah er auf ihre schmalen kleinen Füße. »Ich habe schon sehr kleine Füße für einen Mann, aber Sie haben noch kleinere. Ich gebe Ihnen noch ein paar Stricksocken dazu.«

Die Stiefel reichten ihr fast bis zu den Kniekehlen, stellte sie unangenehm berührt fest. Sie hätte besser die Jeans angezogen, aber die hatte sie ausgewaschen und zum Trocknen ins offene Fenster gelegt.

Vorsichtig schlappte sie den Uferweg hinter den beiden Männern her, bis Häkinnen stehen blieb. »Hier ist eine gute Angelstelle. Der See läuft an dieser Stelle flach aus, wir können sogar etwas ins Wasser gehen, wenn wir die Angel auswerfen. Der Boden ist fest dort, nicht so matschig wie an anderen Stellen. Außerdem sind wir dann ein bisschen vor den Mücken geschützt«, sagte er mit einem Seitenblick auf sie.

»So reizend Sie auch in kurzen Hosen aussehen, Marie-Luise, Sie hätten besser eine lange angezogen. Es ist zwar noch nicht so schlimm wie im Hochsommer mit der Mückenplage, man kann dann nur mit einem Hut, an dem ein Mückenschutz angebracht ist, angeln, aber eine Bluse mit langen Armen und eine lange Hose hätten besser zu einem Angelausflug gepasst. Hier, nimm meinen Pullover. Ich darf doch Du sagen, Angelfreunde sagen Du.«

Marie-Luise merkte, wie sie rot wurde. Warum hatte sie sich auch nicht kundig gemacht, wie man am See angelte. Außerdem wäre der Schlammfleck auf ihren Jeans doch völlig egal gewesen. Jetzt hatte sie sich lächerlich gemacht.

Verlegen nahm sie die Angel in Empfang, die ihr Gastgeber ihr reichte.

»Es ist eine Kinderangel. Für den Anfang einfach zu bedienen. Mein Sohn benutzte sie, als er noch mit uns hierher fuhr.

Schau mir gut zu, so wirft man sie aus und lässt gleichzeitig die Rolle ein Stück los.«

Sie übten ein paar Mal, dann hatte sie verstanden welchen Schwung sie beim Werfen einsetzen musste.

Alle drei Hobbyangler bezogen ihre Plätze, die Häkinnen für sich und sie ausgesucht hatte. Marie-Luise stand zwischen den beiden Männern. Sie warf die Angelschnur, an die Häkinnen vorher sorgfältig Würmer befestigt hatte, soweit es ging auf den See hinaus. Dann wartete sie geduldig darauf, dass der Schwimmer nach unten gezogen wurde.

Häkinnen hatte bereits den ersten Fisch gefangen, einen kleineren Barsch. Zufrieden sah er zu ihnen hinüber.

Werner Lindemann war unkonzentriert. Marie-Luise war etwas weiter in den See hineingewatet und suchte nach sicherem Grund, wo sie gut stehen konnte. Damit rückte sie automatisch näher an seinen Angelplatz. Sie stand im Sonnenlicht, leicht vorgebeugt. Den kleinen Po in seine Richtung gestreckt. Die nackten Oberschenkel zeichneten sich hell über den dunkelgrünen Rändern der Stiefel ab. Immer wieder schweiften seine Blicke hinüber zu ihr. Ärgerlich riss er sich schließlich zusammen. Was gingen ihn die Beine seiner Sekretärin an! Sicher, sie waren schlank und wohlgeformt und mit diesen kurzen Hosen schien sie nur aus Beinen zu bestehen.

Sein Schwimmer wurde unter Wasser gezogen, er hatte es aus den Augenwinkeln entdeckt.

Endlich konzentrierte er sich auf die neue Situation und zog die Schnur leicht an, um die Aufmerksamkeit des Fisches, der daran genuckelt hatte, erneut auf den Köder zu lenken.

Ein neuer Ruck, der Fisch hatte angebissen. Er spürte den Widerstand. Angelfieber packte ihn.

Vorsichtig rollte er die Schnur ein wenig auf. Der Zug blieb. Wunderbar, er hatte den Fisch fest.

Jetzt zog er die Schnur ganz ein. Der Fisch erschien an der Oberfläche, wand sich wie ein Aal und schlug mit der Schwanzflosse aufs Wasser. Aber es nütze ihm nichts, er hatte zu gierig zugebissen, und der Haken saß fest. Lindemann hatte die Rolle jetzt ganz aufgewickelt. Er hielt die Angel hoch, und der Fisch zappelte in der Luft. Eine große kräftige Lachsforelle schnappte nach Luft.

»Toller Fang«, rief er stolz den beiden anderen zu, während er vorsichtig den Fisch vom Haken befreite und ihn in einen Eimer mit Seewasser legte.

Jetzt spürte auch Marie-Luise einen kräftigen Ruck an ihrer Angelschnur, sie hatte gar nicht bemerkt, dass auch ihr Schwimmer von der Wasseroberfläche verschwunden und unten geblieben war. Es musste ein starker Fisch sein, von dem Zug wurde sie weiter ins Wasser gezogen. Oh Gott, was machte sie denn jetzt, all ihr angelesenes

Wissen war verschwunden.

»Hilfe, Hilfe,« rief sie, »bei mir hat irgendetwas Großes angebissen.«

»Festhalten«, schrieen die Männer rechts und links von ihr. »Ich kann nicht«, rief sie verzweifelt. Jetzt bemerkte sie erst, wie sehr sie durch die zu großen Stiefel behindert wurde. Lindemann hätte ihr zu Hause auch wirklich sagen können, was sie alles zum Angeln brauchte, dachte sie noch ärgerlich, dann wurde sie blitzartig einen Schritt nach vorne ins tiefere Wasser gezogen.

Lindemann warf seine Angel auf den Boden. »Ich komme sofort«. Häkinnen ließ seine Schnur durchlaufen. »Leine aufrollen«, schrie er und stakste so schnell er konnte an Land, um ihr zu Hilfe zu kommen. Das Wasser platschte wie wild, als beide Männer zu ihr liefen.

Lindemann war zuerst bei ihr. Ohne Ankündigung griff er von hinten nach der Angel, als sie gerade wieder nach vorne gezogen wurde. Ihrer Angel beraubt, verlor sie den Halt und stürzte »Platsch« mit dem Gesicht nach vorne in den See. Das Wasser schlug über ihr zusammen. Es war eisigkalt. Sie versuchte, sich instinktiv irgendwo festzuhalten, aber da war nichts. Sie holte tief Luft, als sie wieder an die Oberfläche kam, dann versank sie wieder. Sehen konnte sie nichts, sie hatte zuviel Schlamm aufgewirbelt. Vor Schreck schluckte sie Wasser und tauchte wieder unter.

Hände griffen nach ihr. Sie wurde nach oben gezogen. Prustend und hustend erreichte sie die Oberfläche. Irgendjemand nahm sie auf die Arme und trug sie ans Ufer. Dort wurde sie hingestellt. Wasser lief aus ihren Kleidern. Auch die Stiefel hingen schwer an ihren Füßen. Sie hustete noch einmal und sog erleichtert tief den Sauerstoff ein.

Jetzt erst erkannte sie die besorgten Gesichter der beiden Männer.

Oh Gott, wie peinlich!

»Mir geht es gut«, beruhigte sie die beiden und dann musste sie doch noch einmal husten. »Es tut mir leid.«

»Warum sind Sie denn so weit ins Wasser gegangen«, fragte der Chef vorwurfsvoll.

»Weil, weil die Mücken so gestochen haben, und ich im Wasser sicherer war. Außerdem zog der Fisch so stark, dass ich den Halt verloren habe.«

Lindemann schaute sie mit einem seltsamen Gesichtsausdruck an. Er wirkte irgendwie schuldbewusst, dachte sie. Aber wieso?

Sie fror plötzlich und versuchte ein Schnattern zu unterdrücken. Auch beide Männer waren nass geworden, als sie ihr zu Hilfe kamen.

Lindemann fischte ihr Angelzeug aus dem See. Der Fisch hatte in der Zwischenzeit das Weite gesucht. Häkinnen legte fürsorglich den Arm um ihre Schultern. »Komm. Am besten ziehst du dir etwas Trockenes an und wärmst dich auf. Lindemann wird sich schon um unsere Sachen kümmern.«

Im Haus bekam sie ein flauschiges Badetuch zum Trockenreiben. »Ich komme alleine zurecht. Bitte geh zu meinem Chef zurück. Ich will euch doch nicht den Angeltag verderben. Sonst habe ich ein schlechtes Gewissen. Es geht mir ehrlich gut«, versicherte sie.

»Wirklich?«, er zögerte, dann aber entschloss er sich, wieder hinunter zum See zu gehen.

Er hatte vor, Lindemann zu fragen, ob er seine Empfehlungen über Stiefel, Mückenschutz und Ähnliches an Frau Maus weitergegeben hatte.

»Wahrscheinlich habe ich das Blatt mit dem Umschlag weggeworfen«, Lindemann entschuldigte sich verlegen.

Dann angelten sie weiter, aber es machte ihnen nicht mehr viel Freude. Marie-Luise zog sich aus und rieb sich mit dem Handtuch trocken, bis ihre Haut sich rötete.

Zahlreiche Mückenstiche begannen zu jucken. Auch ihre Haare rubbelte sie sich trocken. Immer noch zitternd vor Kälte, breitete sie eine Decke von der Couch über sich aus, stopfte ihren Rücken mit Kissen aus und kuschelte sich in einen der Sessel.

Sie musste eingeschlafen sein. Geräusche, Scharren von Füßen, Rufen! Sie wachte ruckartig auf. Die Männer waren zurückgekommen.

Hastig stand sie auf, wickelte die Decke fest um sich und ging hinüber in die Küche, wo die beiden Angler mittlerweile ihren Fang abgelegt hatten. Zwei Barsche, ein kleiner Hecht und zwei Lachsforellen. Stolz berichteten sie, wie schwierig es gewesen war, den Hecht und die Barsche an Land zu ziehen. Wie kleine Jungen, amüsierte sich Marie-Luise und bewunderte gebührend ihren Erfolg.

Mittlerweile war die Jeanshose fast wieder trocken, dazu trug sie ihre langärmlige Bluse. Das hieß, sie konnte den Rest des Tages voll auskosten.

Im Kamin entfachte Häkinnen ein prasselndes Feuer, ließ es dann herunterbrennen und schob einen Rost ein, auf dem sie die Fische, nachdem sie ausgenommen waren, brieten. Dazu gab es Brot und Bier. Richtige Pfadfinderromantik, die alle drei genossen. Dann gingen sie zu Wein über. Neue Holzscheite wurden aufgelegt, wohlige Wärme breitete sich aus.

Häkinnen bestand trotz ihrer Weigerung darauf, dass sie sich wieder in die Decke einwickelte. Es tat ihr zur Abwechslung mal gut, dass sich jemand um sie kümmerte, und nicht umgekehrt. Auch wenn es nur aus Gastfreundschaft geschah. Zwei bis dreimal fing sie Lindemanns wachsamen Blick auf. Ob er wohl Angst hatte, sie könne am Montag nicht arbeiten?

In dieser Nacht schlief sie wunderbar, tief und traumlos. Bis auf die juckenden Mückenstiche schien ihr der

Unfall am See nichts ausgemacht zu haben, dachte sie beruhigt und sog den Kaffeeduft ein, der am Morgen durch die Räume zog.

Das Frühstück zog sich hin. Marie-Luise und Häkinnen unterhielten sich über Dali und die vielen Fälschungen, die gerade von seinen späten Bildern im Umlauf waren. Lindemann langweilte sich, als sie aber überwechselten zum Segeln, war er nicht mehr zu bremsen.

Dann wurde es Zeit zurückzufliegen. Schade. Sehnsüchtig ließ Marie-Luise noch einmal den Blick über den graublauen See schweifen, in dessen ruhigem Wasser sich vereinzelte Wolken spiegelten und atmete noch einmal tief die würzige Luft ein.

Häkinnen neben ihr fragte, »Kannst du jetzt verstehen, dass ich dieses Fleckchen Erde liebe? Nur, seit ich alleine bin, ist es nicht mehr dasselbe wie früher. Ich möchte es wieder mit einem verständnisvollen Menschen teilen.« Seine Stimme klang leise und so verloren.

»Oh ja, es ist wunderschön.« Marie-Luise legte die Hand auf seinen Arm. »Und eines Tages findest du auch die Frau, die es genauso genießt wie du.«

In Helsinki angekommen, hieß es schnellstens packen, sich bei ihrem Gastgeber bedanken und verabschieden und dann saßen sie wieder auf ihren getrennten Sitzen. Lindemann in der ersten Klasse schäkerte mit der Stewardess, und Marie- Luise in der Touristenklasse hatte einen Vater mit Töchterchen neben sich. Sie lehnte sich gemütlich zurück und schloss die Augen.

Nach dem Essen wurde es der Kleinen schlecht. Das passierte so plötzlich, dass Marie-Luise nicht schnell genug zur Tüte greifen konnte, auch der Vater reagierte nicht sofort, sodass ein Teil anstatt in der Tüte auf ihrem Rock landete. Dem Vater war es sehr peinlich. »Das tut mir aber leid«, beteuerte er immer wieder und sah seine Tochter böse an. Die weinte, und Marie-Luise musste sie trösten. Die Stewardess verteilte Tücher und sprühte Eau de Toilette. Es war gar nicht so leicht, die Flecken aus dem Stoff des Rockes heraus zu wischen. Sie brauchte einige Zeit, und als sie erleichtert beschloss, die Rückenlehne nach hinten zu kippen und die Augen zu schließen, wurden sie bereits wieder gebeten sich anzuschnallen.

Im Gang zwischen Flugzeug und Gebäude vergaß sie gar nach Lindemann Ausschau zu halten. Die Kleine trippelte vor ihr her, der Vater neben ihr kramte in seiner Jackentasche nach einer Visitenkarte.

»Bitte«, er reichte sie ihr. »Geben Sie den Rock in die Reinigung und schicken Sie mir die Rechnung.«

»Aber das ist doch nicht nötig.«

»Doch, doch«, er klang energisch. Er hob ihre Hand hoch und schloss ihre Finger um die Karte. »Das ist das Wenigste, was ich tun kann.« Dann eilte er mit der verstörten Kleinen davon.

So entdeckte sie Lindemann. Sie wirkte aufgelöst, ein paar Strähnen hingen ihr ins Gesicht, die Wangen brannten rot vor Verlegenheit. Der Mantel war nicht zugeknöpft und sie starrte hinter einem Mann her.

Lindemann wusste zwar nicht, was ihm missfiel, aber es missfiel ihm irgendetwas.

»Da sind Sie ja endlich. Sie scheinen nie aus dem Flugzeug herauszufinden«, sagte er ungeduldig. »Wieder eine Eroberung gemacht? Nun kommen Sie schon!«

Marie-Luise sah ihn verwirrt an. Erst wollte sie ihm erzählen, was ihr passiert war, dann aber beschloss sie, diese Peinlichkeit für sich zu behalten. Hastig schloss sie den Mantel, damit er den Fleck nicht sah, der trotz der energischen Reinigungsversuche leider immer noch auf ihrem Rock prangte und folgte ihm.

Im Auto herrschte unangenehme Stille. Hoffentlich war das neue Kostüm nicht verdorben, dachte Marie-Luise und beschloss, es noch schnell vor Geschäftsschluss in der Reinigung abzugeben. Auch Lindemann sprach nur das Nötigste. Die Lippen zusammengepresst, saß er am Steuer seines Wagens und ärgerte sich weiter.

Mit einem kurzen Gruß ließ er sie aussteigen und brauste davon. Kopfschüttelnd sah sie ihm hinterher. Sie hatte geglaubt, ihn in- und auswendig zu kennen. Aber aus welchem Grund er so übellaunig reagierte, das war ihr unverständlich.

Schließlich kam sie zum Schluss, dass er vielleicht während des Fluges eine Abfuhr von einem weiblichen Mitpassagier bekommen hatte, und das ließ sie schadenfroh lächeln.

Der nächste Tag war Arbeitstag, der Chef hatte sich beruhigt und alles lief seinen normalen Gang.

Ein paar Tage später schickte Häkinnen an jeden von ihnen Fotos und dazu hatte er ein paar Zeilen geschrieben.

Bei einer Tasse Kaffee tauschten sie die Fotos aus und freuten sich noch einmal über das schöne Wochenende.

»Ich bin froh«, meinte Lindemann, »dass Sie nicht krank geworden sind. Das haben Sie mir zu verdanken, weil ich Sie gerettet und sofort an Land getragen habe.« Und er weidete sich an ihrem feuerroten Kopf.

Aus Dankbarkeit für Häkinnens Großzügigkeit meldete sich Marie-Luise in einer Tanzschule an, damit sie ihn bei seinem nächsten Besuch in München mit ihren neuerworbenen Tanzkenntnissen überraschen konnte.

Die Tanzstunde begann. Es war ein kleiner Kreis. Mehr Damen als Herren. Wie immer, dachte Marie-Luise enttäuscht. Der Tanzlehrer versprach, für genügend männliche Partner zu sorgen. Und er hielt Wort. Jede Dame bekam einen Herrn zugeteilt. Marie-Luises Partner war klein und dick, aber sehr beweglich.

Er zeigte ein wunderbares Taktgefühl und unterwies sie geduldig in die ersten Tanzschritte, während er ihr erzählte, dass dies sein zehnter Tanzkursus war, und dass er, obwohl er auch umsonst getanzt hätte, weil er gerne tanzte, Geld von der Tanzschule bekam, wenn er einsprang. Er wurde immer angerufen, wenn Not an Männern wäre. Außerdem hätte es den Vorteil, dass er jede Menge Frauen kennen lernen würde. Nun, ja, sie waren nicht immer nach seinem Geschmack. Manchmal würde er halt auch bei Mauerblümchen eingesetzt.

Marie-Luise kam aus dem Takt.

»Ich meine Sie doch nicht«, beruhigte er sie großzügig. »Es gibt Schlimmeres. Sie sind ja ganz passabel«, und er schwenkte sie plötzlich im Kreis, so dass sie ihm erschrocken auf die Füße trat. Er lächelte gequält. »Na, ja, wir werden das Kind schon schaukeln! Haben Sie Lust, hinterher mit mir ein Bierchen zu trinken?«

Marie-Luise vergaß erneut ihre Schrittfolge, und dieses Mal trat ihr Partner auf ihre Zehen, und das tat weh bei seinem Gewicht.

»Übrigens, ich heiße Paul.« Und wieder schob er sie in eine andere Richtung.

Marie-Luise stöhnte leise. Ihre Füße taten weh, ihre Beine, ihre Arme, der Rücken. Ob sie überhaupt je tanzen lernen würde?

Sie wollte nur noch nach Hause, ihre Füße baden und sich ausruhen.

»Nein danke«, brachte sie mühsam hervor, »ich muss noch arbeiten.«

Er versuchte, durch die dicken Brillengläser in ihre Augen zu schauen. »Kann ich ja verstehen«, er sah sie gönnerhaft an. »Aber nächstes Mal ist es schon nicht mehr so schlimm. Es sei denn, Sie stellen sich weiter so blöd an.«

Marie-Luise schluckte eine Antwort hinunter. Vielleicht hatte er ja Recht.

Nach dem letzten Tanz floh sie regelrecht zur Garderobe.

»Was staksen Sie denn hier herum?«, meinte der Chef am nächsten Tag und zog eine Augenbraue fragend hoch.

»Ich stakse nicht, ich habe Muskelkater.« Sie war empört.

»Was für eine Sportart treiben Sie denn im Moment, dass sie so mitgenommen aussehen«, sein Mund zuckte amüsiert.

»Ich tanze.«

»Tanzen?«, er sah sie ungläubig an. »Sie?«

»Ja, ich.« Jetzt wurde sie ärgerlich.

»Und mit wem wollen Sie tanzen, wenn der Kurs zu Ende ist?«

»Mit Häkinnen. Ich habe ihm versprochen, wenn er das nächste Mal in München ist, kann ich Tango tanzen. Außer seinem Interesse für moderne Kunst und Angeln liebt er den Tango.«

Abrupt drehte sie sich um. Aua, das tat weh. Sie verließ sich vorsichtig bewegend das Büro, sodass sie den missvergnügten Gesichtsausdruck ihres Chefs nicht mehr bemerkte.

Lindemann blieb sinnend am Schreibtisch sitzen. Tango!

Ein geschmeidiger, ja fast erotischer Tanz. Und dann stellte er sich Marie-Luise und Häkinnen beim Tango vor; steif und unbeholfen. Er fing an zu grinsen; das Grinsen wurde breiter und erweiterte sich zum Lachen und dann lachte er, dass ihm die Tränen die Wangen herunterliefen.

Wie Paul vorausgesagt hatte, ging es beim nächsten Mal schon besser. Nur noch hier und da trat Marie-Luise ihm auf die Füße.

Aber auch diesen Abend wollte sie nur noch nach Hause. In der dritten Unterrichtsstunde löste sich der Knoten. Sie begann zu begreifen, dass sie sich nicht zu genieren brauchte, wenn sie aus dem Takt kam. Paul bekam Geld dafür, sich von ihr auf die Zehen treten zu lassen. Also brauchte sie nicht krampfhaft zu versuchen, seinen Füßen auszuweichen. Wenn er durch ihre Ungeschicklichkeit Hühneraugen bekam, waren das bezahlte Hühneraugen und das war etwas ganz Anderes. Sie schraubte ihren Ehrgeiz zurück, freute sich an der Musik und überließ Paul die Führung. Und siehe da, es klappte. Paul sah sie überrascht an. »Endlich.« Plötzlich bemerkte er, dass sie schlank und biegsam war, dass sie lange wohlgeformte Beine besaß und dass sie anschmiegsam in seinen Armen lag. Wenn nur diese grässliche Brille nicht wäre.

»Aber, er würde das Kind schon schaukeln!«

An diesem Abend lud er sie nicht nur ein, weil er das bei einem neuen Gesicht immer so machte und um seiner eigenen Langeweile im Moment zu entfliehen, sondern aus ehrlichem Interesse.

Es wurde ein ganz netter Abend. Für ihn sogar sehr nett. Er erzählte von sich, vom Tanzen, von seiner Vorliebe fürs Essen, von seiner Schuhmarke, von seinen Erfahrungen als Dickerchen in der Schule und von seinem Selbstbewusstsein, dass er sich ertanzt hatte, denn beim

Tanzen, da war er wirklich erfolgreich.

Es war ein wundervoller Abend gewesen, stellte er fest, als sie das Lokal verließen. Marie-Luise hatte zugehört, genickt und an den richtigen Stellen »Ja« gesagt. Paul fiel gar nicht auf, dass sie selber kaum etwas erzählt hatte. Sie hätte auch nicht gekonnt, denn er fand ja selber kaum Zeit zwischen seinen Erzählungen Luft zu holen. Zufrieden, brachte er sie bis zu ihrem Auto.

Beim vierten Tanztreff fiel sie anfangs zurück in ihren unmusikalischen Rhythmus. Als Paul sie in den Arm für einen Wiener Walzer nahm, trat sie ihm prompt auf die Füße. Er zog enttäuscht die Luft ein. War ihre Geschmeidigkeit beim letzten Abend eine Eintagsfliege gewesen? Aber bald fand sie wieder ihren Takt. Sie summte sogar die Musik des nächsten Tanzes mit, das fand er sehr nett. Paul entdeckte, dass sie seine Vorliebe für den Tango teilte. Wie herrlich! Er hatte gleich gemerkt, dass in ihr mehr als ein Mauerblümchen steckte, wenn sie diesen erotischen Tanz so liebte. Vielleicht konnte er sie sogar dazu bewegen, gemeinsam mit ihm speziell mit diesem Tanz an Wettbewerben teilzunehmen. Er rechnete sich bei seinem Temperament etliche Chancen aus.

Eins zwei, drei, er riss sie herum, und Wiegeschritt und weiter. Er fühlte sich als ganzer Mann, und Wiegeschritt! Hoppla! Ganz so gut klappte es noch nicht, aber er würde das Kind schon schaukeln!

Marie-Luise fand es gar nicht erotisch, wenn Paul sie an seinen Bauch drückte, sie herumriss und dann wie ein Gockel den Kopf nach oben warf, als hätte er eine wilde Lockenpracht zu verteilen, aber das gehörte wohl zu den Eigenarten des Tangos dazu. Sie musste zugeben, es sah sehr professionell bei ihm aus.

Außerdem hatte sie Häkinnen den Tanz versprochen und dann würde sie sich auch Mühe geben, ihn richtig zu erlernen. Das Tanzen unterbrach ihr tägliches Allerlei.

Sie lernte ja nicht nur Tango und Wiener Walzer, sondern auch Rhythmen, die sie gerne mochte. Foxtrott, Cha Cha Cha und Rock n'roll tanzte sie leidenschaftlich gerne. Mit Genugtuung entdeckte sie, dass Paul nicht alle Tänze gleich gut tanzen konnte. Er gab es sogar leichten Herzens zu, schließlich war er der Tangostar der Schule.

Marie-Luise beschloss, Paul zum Essen einzuladen. Er hatte ihr oft genug gesagt, er wäre ein Gourmet.

Wie hatte der Chef vor einiger Zeit zu ihr gesagt. »Bei Ihnen, Frau Maus, würde ich sagen, geht die Liebe durch den Magen. Eine gute Köchin kann manche attraktive Frau ausstechen.«

Paul war immerhin besser als niemand.

»Herr Lindemann«, begrüßte sie am nächsten Morgen ihren Chef. »Ich habe meinen Tanzpartner zum Essen eingeladen. Ist an meiner Menüfolge etwas auszusetzen? Ich dachte an ein Kresseschaumsüppchen, Gemüsepastete mit Shrimps, Filet Wellington und Champagnerparfait.«

»Hmm«, Lindemann lief das Wasser im Mund zusammen. »Das klingt himmlisch. Sie könnten das auch noch mal für mich kochen. Vielleicht als Generalprobe, so wie letztes Mal?«

Sie lächelte ihn an: »Das ist die Idee. Wann haben Sie Zeit?«

»Warum wollen Sie eigentlich Ihren Tanzpartner einladen?« Seine Stimme klang misstrauisch.

»Nun«, sie zögerte. »Er ist ganz nett, und vielleicht wird mehr daraus.«

»Aber Mäuschen, Sie haben doch einen Superjob. Reicht das nicht mehr?«

»Beruflich schon, Chef, aber das hat doch nichts mit meinem Privatleben zu tun. Zu zweit ist das Leben nun mal schöner. Das wissen doch gerade Sie am besten.«

Lindemann ging nachdenklich zu seinem Schreibtisch

zurück. Irgendwann musste er sich wohl damit abfinden, dass seine Sekretärin heiratete. Und das behagte ihm gar nicht.

Als sie ihm später seine obligatorische Tasse Kaffe mit ihren wunderbaren selbstgebackenen Plätzchen brachte, fragte sie: »Ist Ihnen Donnerstag recht?«

»Wie bitte?«, er sah fragend von Geschäftspapieren auf. »Was ist Donnerstag?«

»Chef, die Generalprobe für das Essen«, meinte sie leicht irritiert.

»Ach ja, aber nicht diese Woche. Sagen wir die nächste.«

Dann nickte er ihr kurz zu und begann, Schriftstücke zu unterschreiben.

Als die Türe ins Schloss fiel, sah er auf. Ein befriedigtes Lächeln glitt über sein Gesicht. Er würde sich schon zu wehren wissen. Er würde das Probeessen so lange herausschieben, bis der Tanzkursus zu Ende war. Und schon ging es ihm besser.

Mit etwas schlechtem Gewissen fragte er sich, warum ihre Versuche, einen Lebenspartner zu finden, ihn ärgerten. Aber es war nun mal so. Wenn ihre Gedanken um einen Freund oder Ehemann kreisten, würde sie sich nicht mehr in ihre Arbeit knien. Und das würde der Firma und auch ihm schaden, denn sie war eine gute Sekretärin. Eine sehr gute sogar, die nicht schnell zu ersetzen war. Das war es sicher auch, was ihn so beunruhigte.

Paul legte noch eine Sonderstunde Tango in der nächsten Woche ein, und Marie-Luise sprach noch einmal die Einladung für ihren Chef aus, doch Lindemann musste für den Donnerstag leider absagen. Er habe irgendetwas sehr Wichtiges zu erledigen, entschuldigte er sich, als Marie-Luise ihn an sein Versprechen erinnerte. Auch die nächste Zeit ging es nicht. Langsam wurde sie ungeduldig. Der Kurs dauerte nur noch sechs Wochen, und dann sah sie Paul vielleicht nie mehr.

Erst als sie Lindemann mitteilte, sie würde das Essen ohne Generalprobe machen, beschloss er, sich montagabends als Versuchskaninchen zur Verfügung zu stellen. Den Wein brachte Werner Lindemann wieder mit.

Sie öffnete ihm in einem duftigen Kleid. »Mäuschen«, meinte er anerkennend, »so habe ich Sie ja noch nie gesehen, das macht Sie etwas weiblicher.

»Hab ich für den Tanzkursus gekauft.« Sie strahlte. »Freut mich, dass es Ihnen gefällt.« Sie drehte sich einmal um sich selbst. Der weiche Stoff schmiegte sich an ihre Beine, und die waren lang, schmal und wohlgeformt, das wusste er, aber diesen Gedanken schob er ganz schnell in eine Schublade.

Er war immer wieder verblüfft über die Grünpflanzen, die in der kleinen Wohnung üppig gediehen. Während Marie-Luise die Suppentassen mit in ihre kleine Küche nahm, um sie zu füllen, entdeckte er eine Neuerwerbung. Einen orangefarbenen Hibiskus. Auf deutsch Roseneibisch. Zwei Blüten waren voll aufgegangen. Wunderbar. Er wusste aus Erfahrung, dass die Blüten ihren Betrachter nur einen Tag erfreuten, aber dieser Topf hier hatte noch acht weitere Knospen. Viel Licht hatte die Pflanze ja, erkannte er zufrieden, und auch die Erde im Topf war leicht feucht, wie es sich gehörte. Bei Pflanzen kannte sich Mäuschen gut aus, genau wie er.

Marie-Luise hatte festlich geschmückt. Kerzenlicht schimmerte in den Gläsern mit Goldrand, und die Stoffservietten passten zur weißen Damasttischdecke. Hübsch gedeckt für ein intimes Abendessen zu zweit. Er entspannte sich wohlig.

Es schmeckte ausgezeichnet. Hinterher bei einem Mocca mit selbstgebackenen Plätzchen unterhielten sie sich über Grünpflanzen, die Segelregatta, die zur Zeit auf dem Starnberger See stattfand, übers Angeln, dachten an Häkinnen, und Lindemann berichtete, wer die Clubmeisterschaft in seinem Tennisclub gewonnen hatte.

»Es war ein Gourmet- und Wohlfühlabend gewesen«, dachte er, als er sich verabschiedete. Er sollte das öfters machen. Aber er behielt seine Gedanken für sich.

Marie-Luise lud Paul zu sich ein.

»Zum Essen? Da sage ich nicht nein«, meinte er erfreut.

»Samstagabend um zwanzig Uhr?«

Er zögerte kurz, dann aber sagte er zu. Eigentlich hatte er vorgehabt, sich im Fernsehen ein Fußballspiel anzuschauen, aber vielleicht konnte er das trotz der Einladung.

Für Marie-Luise begann der Tag, als wäre er verhext. Zuerst bekam sie keine frische Kresse und musste drei Geschäfte danach absuchen. Dann hielt sie noch eine Wohnungsnachbarin mit ihrer Krankengeschichte auf, anschließend suchte sie verzweifelt nach ihrem Schlüssel. Sie hatte ihn im Auto gelassen und die Türe zugeschlagen. Zum Glück half ihr jemand, die Autotüre mit einem Draht zu öffnen. All das kostete Zeit. Keine Zeit für ein Kresseschaumsüppchen. Sie beschloss eine Pilzsuppe aus der Dose anzubieten, das ging schneller. Außerdem stellte sie das Hauptgericht um auf Lachsscheiben mit Pfifferlingen, auch das ging schneller. Trotzdem war sie abgehetzt und zog sich gerade um, als Paul auch noch zehn Minuten zu früh die Türklingel läutete.

Oh Gott, auch das noch! Er kam zu früh. Während sie zur Tür lief, zerrte sie ungeduldig den Reißverschluss ihres Kleides nach oben. Es fehlte nur noch, dass er klemmte, aber es ging alles glatt.

»Hallo, da bist du ja schon, Paul.« Sie klang atemlos und nicht sehr freundlich.

»Bin ein bisschen früh, was?« Er grinste und schien sich gar keine Gedanken zu machen, dass Marie-Luise vielleicht noch nicht fertig war.

»Hier, anstatt Blumen«, er hielt ihr eine Flasche Wein entgegen. »Dachte, ich sorg fürs Getränk, obwohl ich lieber Bier trinke. Wein mag ich süß, und bevor du mir irgendeinen sauren Fusel servierst, nur weil er modern ist, bring ich die Flasche lieber selbst mit.«

Das fing ja gut an. Ein großer Weinkenner schien Paul nun wirklich nicht zu sein. Sehr enttäuscht nahm sie ihm die Flasche, die er ihr entgegenhielt, aus der Hand.

»Ich muss mir noch die Haare kämmen«, entschuldigte sie sich.

»Man sieht's. Aber das macht nichts. Ich hab gedacht, besser zu früh, als nie.« Er lachte über seinen vermeintlichen Witz. Sein Blick glitt anerkennend über ihr schmalgeschnittenes kurzes, schwarzes Kleid für das sie sich nach langer Überlegung entschieden hatte.

»Sieht gut aus, könntest du beim Tangotanzen anziehen.« Ungeniert betrat er das Wohnzimmer. »Wow, hier sieht's ja aus wie im Gewächshaus. Ist ja ganz nett, aber da haste ne ganz schöne Arbeit, wenn du all dieses Grünzeug ordentlich pflegen willst.«

Grünzeug! »Ich komme gleich«, presste sie durch die Zähne und ärgerte sich »Setz dich doch.«

Sie bürstete sich, immer noch wütend, ihre Haare.

»Banause«, flüsterte sie leise vor sich hin.

Als sie durch das Wohnzimmer in die Küche ging, kniete er vor dem Fernseher und probierte sämtliche Knöpfe aus. Der bequemste Sessel war davor gerückt.

»Lass dir Zeit«, meinte er, ohne aufzublicken. »Ich wollte sowieso einen Blick in das Fußballspiel HSV gegen Bayern München werfen.«

Während Marie-Luise die Suppe aufwärmte, rief er ihr zu. » Hab den Sender gefunden, wart noch ein bisschen mit dem Servieren, ich will grad noch ein paar Minuten zuschauen.«

Dieses "Bisschen" dauerte, bis die Halbzeit angepfiffen wurde. Jetzt konnte sie endlich servieren, sie atmete erleichtert auf und erhob sich, aber er winkte ab.

»Bist ja nicht sauer?«, fragte er, nahm aber nicht den Blick vom Bildschirm. »Haste 'n Bier für mich? Fußball und Bier, das gehört einfach zusammen.« Dann war die Halbzeit vorbei, es ging weiter. Er schlürfte genüsslich sein Bier, legte seine Beine über die Sessellehne und machte es sich bequem.

»Tor; Mensch schieß doch; Blödmann; oh wie kann man nur? Flasche!«

Marie-Luise blieb nichts anderes übrig, als sich neben ihn zu setzen, und der Ärger krallte sich in ihrem Magen fest. Zweimal startete sie einen schüchternen Versuch. »Paul, wir müssen essen.« Zweimal meinte er ungeduldig. »Gleich, gleich.«

Erst als der Abschlusspfiff ertönte, konnte sie die Suppe servieren; mittlerweile war sie ganz schön eingedickt. Zum Glück hatte Bayern München gewonnen, und so war er gut gelaunt. Der Tisch strahlte mit seiner weißen Tischdecke und ihrem guten Porzellan. Die Kerzen im Silberleuchter brannten und beleuchteten die Blumenschale mit cremefarbenen Rosen.

»Schön«, sagte er anerkennend, »wie in einem feinen Restaurant.« Er öffnete bereitwillig die Flasche und füllte die zarten Kristallgläser mit Wein.

Sie war wieder etwas versöhnt.

»Auf dein Wohl«, er hob das Glas und trank geziert einen Schluck.

»Was ist das für eine Suppe?«

»Pilzsuppe«, erklärte sie stolz.

Sie beobachtete seine Miene. Bei dem Wort Pilzsuppe verzogen sich seine Mundwinkel nach unten.

Misstrauisch schmeckte er den ersten Löffel und ließ ihn auf der Zunge zergehen. Hmm, zart und doch geschmackvoll, hatte ihr Chef mit verzücktem Gesicht gesagt.

Paul zögerte, nahm einen schnellen zweiten Löffel, hob dann den Kopf und meinte: »Hast du Maggi da? Es fehlt

Gewürz. Etwas fad, sonst aber gut«, bemerkte er großzügig. Marie-Luise zuckte zusammen.

Maggi! Oh Gott, was für ein Feinschmecker! Jetzt bemerkte sie auch, dass er die beiden obersten Knöpfe seines Hemdes geöffnet hatte, dass seine Krawatte schief hing und seine Jacke hatte er gleich zum Anfang über die Stuhllehne gehängt. Er hatte noch nicht einmal bemerkt, dass sie aufgestanden war und sie auf einen Bügel gehängt hatte.

»Dauert das Hauptgericht noch?«, fragte er hoffnungsvoll, »dann könnte ich nämlich in der Zwischenzeit das Spiel Bayer Leverkusen... «, und schon saß er wieder auf dem Sofa und war gefangen vom Spiel.

Sie schloss die Küchentüre hinter sich, damit der Kochdunst nicht ins Wohnzimmer zog und wendete die Lachsscheiben in der Pfanne, erhitzte die vorbereiteten Pilze und legte alles, zart gebräunt, auf eine Platte, die sie mit Zitronenscheiben, Tomatenschnitzel und Petersilie dekoriert hatte. Sie trug sie zum Tisch. Jetzt wurde es aber Zeit, sonst würde das Essen abkühlen, trotz der angewärmten Teller.

»Das Essen ist fertig.« Paul stierte auf den Bildschirm. Sie musste zweimal rufen, bevor er sich seufzend erhob.

»War gerade ein super Angriff. Ooch Fisch.« Wenig begeistert kräuselte er seine kleine dicke Nase. Die hübsche Dekoration schien ihm gar nicht aufzufallen. »Hoffentlich sind keine Gräten drin«, meinte er, während er sich ein Stück Lachs auf den Teller schob, danach schaufelte er sich Kartoffeln nach und goss Buttersoße darüber. »Pilze? Schmeckt das denn zum Fisch?« Er ließ sie lieber liegen. Die Buttersoße schwappte beinahe über den Rand, als er hastig, mit dem Teller zum Fernseher zurückkehrte, weil das Geschrei der Fans am Spielrand anschwoll und auch die Stimme des Reporters lauter wurde.

Irgendetwas Interessantes ging da vor, und das wollte er nicht verpassen. Den Teller auf den Knien starrte er auf das Geschehen auf der Mattscheibe. Er bemerkte nicht, dass Marie-Luises erwartungsfrohes Lächeln gefror und eine enttäuschte Falte auf ihrer Stirn erschien.

Sie setzte sich alleine an den Tisch. Es schmeckte ihr nicht mehr.

»He, komm doch auch her«, wandte sich Paul kurz um, den Mund voller Kartoffeln.

»Ich kann vom Tisch aus genug sehen«, sagte sie ärgerlich. Das Champagnerparfait stellte sie gleich neben seinem Bier ab.

Später verbreitete er sich immer noch über den Spielverlauf, tadelte, lobte und bemerkte gar nicht, dass Marie-Luise kein Wort antwortete. Nur, als er plötzlich rüberlangte und sie an sich ziehen wollte, kam Leben in sie. Sie sprang auf. »Ich muss morgen früh aufstehen«, entschuldigte sie sich. »Meine Tante hat Geburtstag, und ich fahre bereits um sechs Uhr los.«

»Schade«, jetzt war Paul enttäuscht. »Das nächste Mal müssen wir uns mehr Zeit für einander nehmen.«

Wer war denn Schuld, dass sie jegliche Lust am »zärtlichen Beisammensein« verloren hatte, dachte sie unwirsch. Und am liebsten hätte sie es ihm auch gesagt.

»War übrigens ein prima Abend«, sagte er, als er die Türe öffnete. Rechtzeitig merkte Marie-Luise, was er vorhatte, und so landete sein Kuss auf ihren Haaren und nicht auf ihrem Mund.

Erleichtert drückte sie die Türe hinter ihm ins Schloss.

»Banause!« schimpfte sie noch einmal vor sich hin, aber dieses Mal laut. Sie hätte sich die ganze Arbeit sparen können. Schnitzel mit Pommes frites und Salat wären besser gewesen.

Wie anders war der Abend mit ihrem Chef verlaufen.

Enttäuscht machte sie sich an den Abwasch.

Montags waren ihre Erinnerungen schon nicht mehr so schlimm. Und so klang ihre Antwort nicht allzu abwertend, als der Chef fragte, ob der Abend erfolgreich verlaufen wäre. Trotzdem schien er etwas zu merken. »Also nicht ganz so zufrieden stellend«, bemerkte er schmunzelnd und seine Stimme troff vor innerer Zufriedenheit. Übergangslos ging er dann auf geschäftliche Dinge ein, so dass sie gar nicht zum Erzählen kam.

Erst draußen in ihrem Vorzimmer ärgerte sich Marie-Luise. Warum fragte er sie nach dem abendlichen Ablauf, wenn er es dann doch nicht hören wollte? Das nächste Mal würde sie ihm von Paul vorschwärmen, mal sehen, ob er dann auch die Ohren verschloss.

Eins aber schwor sie sich, wenn sie sich noch einmal mit Paul verabreden würde, dann würde sie sich mit ihm in einem Lokal treffen. Sollte wieder ein Fußballspiel sein, konnte sie sich wenigstens verabschieden. Gedacht, getan!

Paul war beim nächsten Treffen bester Laune. Er verpasste dieses Mal kein Fußballspiel, das ihn interessierte und er konnte sich ein Riesenschnitzel bestellen. Befriedigt häufte er Ketsch up über das Fleisch, füllte einen Berg Pommes frites auf den Teller und schob den Salat Marie-Luise zu. »Grünzeug isst du doch gerne. Ich würde mir an deiner Stelle noch was bestellen, mit deinem Süppchen kriegst du nie Fett auf die Knochen«, empfahl er ihr mit vollem Mund. »Und dazu ein Bier.«

Er nahm einen großen Schluck und leckte sich den Schaum von den Lippen. »Hmm, das zischt heute richtig.« Schließlich rülpste er – Gott sei Dank – leise. Irgendetwas störte ihn wohl an den Zähnen. Er versuchte es wegzusaugen, dabei verzog er den Mund nach der linken Seite und schnalzte. Noch einmal, und als das alles nichts half, nahm er ohne zu zögern seinen kleinen Finger mit dem langen Fingernagel und kratzte das hartnäckige Stückchen Fleisch aus der schmalen Lücke zwischen seinen Vorderzähnen heraus.

Endlich hatte er Erfolg und er schmatzte, als er es herunterschluckte.

Fasziniert hatte sie ihm zugesehen, jetzt schaute sie betreten über ihn hinweg. Dann schauderte sie unwillkürlich. Was für fantastische Essmanieren hatte ihr Gegenüber. Sie beschloss, sich nicht mehr mit Paul zu treffen. Heute war das letzte Mal. Sie würde vorgeben, im Moment keine Zeit zu haben. Ihr Chef würde sie zur Betreuung von Geschäftsfreunden brauchen, das war eine gute Ausrede.

Apropos Chef! Hätte sie das Benehmen bei Lindemann gestört? Es war müßig, darüber nachzudenken, denn er wusste, wie man sich benahm.

Paul hatte das Thema Tanzen angeschnitten und dachte, Marie-Luises abwesender Blick bedeute, dass sie ihm aufmerksam zuhörte und das gefiel ihm. Er rückte sich zurecht, als ihr Blick über sein rundes harmloses Gesicht glitt, weiter wanderte zu seinen breiten Schultern und hinunter zu seinem Bauch, den das enge T-Shirt noch betonte.

»War das der Mann ihrer Träume?«, dachte Marie-Luise. »Nein und noch einmal Nein!« Plötzlich musste sie ganz dringend die Toilette aufsuchen und dann würde sie sich, so schnell es ging, verabschieden.

Als sie die Schwingtüre zu den Toilettenräumen aufstieß, prallte sie beinahe mit einer jungen Frau zusammen. »Entschuldigung.« japste sie, und die andere starrte sie an. Kurze dunkle Haare, schmales Gesicht, Jeans, nichts sagend, registrierte sie unbewusst.

Nichts sagend, war sie das nicht auch? Am Becken ließ sie das kühle Wasser über ihre Hände laufen und betrachtete sich dabei im Spiegel. Stellte sie nicht zu viele Ansprüche an einen Mann bei ihrem Aussehen?

Nein! Sagte sie sich, dann bliebe sie doch lieber alleine. Sie kam doch auch so blendend zurecht.

Zwei Tage später läutete es an der Türe ihres Appartements. Das Pling klang zögernd, fast schüchtern. Sie hätte es beinahe überhört. Automatisch sah sie auf ihre Armbanduhr, es war Montag, und halb acht abends, wer klingelte denn um diese Zeit bei ihr? Vielleicht die Nachbarin? Sie ging an die Sprechanlage. »Ja, bitte?«

»Mein Name ist Ilse Stein und ich hätte gerne mit Ihnen gesprochen. Etwas Privates.«

Marie-Luise schaute durch den Sucher. Er verzerrte die Gestalt einer jungen Frau. Sie öffnete.

Schmales, blasses Gesicht, kurze dunkle Haare, Jeans, nichts sagend. Das kam ihr vage bekannt vor, und dann fiel ihr plötzlich die junge Frau auf der Toilette ein, der sie beinahe die Türe an den Kopf geschlagen hatte. Was wollte die denn von ihr?

»Was kann ich für Sie tun?« fragte sie verwirrt.

»Wissen Sie nicht wer ich bin?«

»Doch, ich habe sie im Waschraum der Gaststätte am Samstagabend getroffen. Aber was wollen Sie von mir?«

»Darf ich hereinkommen?«

»Bitte«, Marie-Luise trat zwei Schritte zurück und führte ihre Besucherin ins Wohnzimmer. »Bitte nehmen Sie Platz.«

Ilse Stein nickte und setzte sich vorsichtig auf die Kante des Sessels, dann schluckte sie und begann zu erzählen. »Ich heiße Ilse Stein«, wiederholte sie, als hätte sie das auswendig gelernt. Dabei rutschte sie nervös auf dem Cordstoff des Sessels, der sowieso schon plattgesessen war, hin und her. »Ich, ich bin die Freundin von Paul!«, platzte sie heraus.

Marie-Luise starrte sie an. »Von Paul?«, wiederholte auch sie jetzt, ungläubig.

»Ja. Und ich möchte Sie bitten, Ihre Finger von Paul zu

lassen!« Ihre vorher so dünne Stimme schrillte. Sie starrte Marie-Luise an, auffordernd und ängstlich zugleich.

Marie-Luise schüttelte unbewusst den Kopf, weil Pauls Bild in ihr hochstieg. Da hatte der dicke Paul eine Freundin, die sogar um ihn kämpfen wollte. Nicht zu glauben! Ilse deutete ihre Kopfbewegung falsch. »Wenn Sie Paul nicht in Ruhe lassen, können Sie was erleben.« Ganz deutlich war eine Drohung herauszuhören.

Marie-Luise konnte sich nicht mehr beherrschen. Sie begann zu kichern, dann prustete sie los. Sie lachte und lachte, so dass sie kaum mitbekam, wie der Gesichtsausdruck ihres Gegenübers sich von Überraschung über Verständnislosigkeit bis zur Wut steigerte.

Ilse Stein sprang auf, während sich Marie-Luise die Tränen aus den Augen wischte.

»Was fällt Ihnen ein. Ich lasse mich nicht so behandeln. Ich sage Ihnen, Paul hat immer zu mir zurückgefunden. Egal wie hübsch seine Neue war, oder welchen Beruf sie hatte. Chefsekretärin«, sagte sie abfällig und das Wort stand im Raum, als hätte sie es ausgespuckt.

Marie-Luise war ebenfalls aufgestanden. »Nun setzen Sie sich doch bitte wieder«, meinte sie beruhigend. »Sie verkennen die Situation. Ich darf Ihnen doch eine Tasse Kaffee anbieten, dann erkläre ich Ihnen alles.«

Zögerlich setzte sich Ilse wieder hin. Bei einer Tasse dampfenden Kaffees gelang es Marie-Luise sie zu überzeugen, dass sie überhaupt nicht an Paul interessiert sei. Es wurde spät an diesem Abend, und als Ilse sich nach elf von ihr verabschiedete, waren sie die besten Freundinnen.

Noch kurz vor dem Einschlafen schmunzelte Marie-Luise amüsiert. Sie war sogar stolz auf sich, sie, Marie-Luise Maus, war der Grund für Ilses Eifersucht gewesen. Das tat gut! Kaum zu glauben, aber wer hätte auch gedacht, dass Paul ein solcher Casanova war.

Während des nächsten Tages lag ein selbstgefälliges Lächeln in ihren Mundwinkeln, sie konnte es nicht verhindern. Lindemann beobachtete sie besorgt, als es ihm auffiel. Schließlich fragte er:
»Was ist heute mit Ihnen los Mäuschen?«
»Sollte sie es sagen? Nein, er würde es doch nicht glauben«, dachte sie ernüchtert.
Paul war peinlich berührt, als sie ihm erklärte, sie hätte erfahren, dass er eine feste Freundin hätte und der würde sie nicht im Wege stehen.
»War Ilse bei dir?« brauste er auf.
Marie-Luise sah ihn milde an. »Paul, du bist ein glücklicher Mensch. Wer hat schon einen Partner, der einen so liebt wie Ilse.«
Sein Gesicht wechselte von Wut zur Selbstgefälligkeit über. Er holte tief Luft, schluckte und meinte dann: »Du hast eigentlich recht. Von dieser Warte aus habe ich Ilse noch gar nicht betrachtet.« Wieder schwieg er, dann sagte er schließlich: »Übrigens, ich habe uns beide bei einem Tangowettbewerb angemeldet.« beschwörend fügte er hinzu: »Aber den tanzen wir doch noch zusammen, nicht wahr?«
Marie-Luise nickte. »In aller Freundschaft. Mit Ilse als Zuschauerin.«
»In aller Freundschaft«, wiederholte er erleichtert, dann verabschiedete er sich.
Am nächsten Tanzabend erkannte Marie-Luise Ilses Silhouette durch die Glaseingangstüre der Tanzschule, sie war zufrieden.
Ilse hängte sich gerade bei Paul ein.
»Warum tanzt du eigentlich nicht?«, hatte sie Ilse an dem denkwürdigen Abend gefragt.
»Ich?«, Ilse hatte erstaunt das Wort in die Länge gezogen. Ich mag Tanzen nicht. Am Anfang habe ich versucht, Paul das Tanzen auszureden, aber es war zwecklos.«

»Aber das wäre doch eine gemeinsame Basis für euch beide gewesen.«

Ilse wurde nachdenklich. Dann schüttelte sie den Kopf. »Nein, ich kann das nicht. Dazu bin ich nicht gelenkig genug.«

»Das kann man lernen.«

»Oh nein, ich werde das nicht tun. Damit Paul noch mehr an mir herummeckern kann.«

Marie-Luise hatte Kaffee nachgeschüttet, noch einen Schluck getrunken, dann hatte sie die Tasse vorsichtig auf die Untertasse zurückgesetzt und sich über die Wege der Liebe gewundert. Was fand Ilse nur an dem dicklichen, großspurigen Paul, der auch noch an ihr herummeckerte. Ihr würde so etwas nie passieren, das schwor sie sich.

Schließlich hatte sie Ilse geraten, heimlich einen Kurs bei einer kleinen unbekannten Tanzschule zu besuchen, und Paul mit ihren Kenntnissen zu überraschen. Oder ihn abzuholen, zu bewundern und nicht mehr aus den Augen zu lassen. Für ihren letzten Vorschlag schien sie sich entschieden zu haben.

Der Abend des Tanzwettbewerbs war gekommen. Marie-Luise war äußerst nervös. Zu allem Übel rutschte ihr auch noch ihre Brille aus der Hand und prallte auf die Steinfliesen. Ein langer Riss zog sich über das linke Glas.

Auch Paul war nervös. »Verdammt, verdammt«, er fluchte und hüpfte aufgeregt auf und ab.

»Ohne Brille bin ich blind wie ein Maulwurf«, jammerte Marie-Luise.

»Jetzt hör auf, mich aufzuregen«, fuhr er sie an.

»Arme Ilse«, dachte Marie-Luise flüchtig.

»Sie stand dir sowieso nicht. Du musst ja nichts sehen, nur tanzen«, schnauzte er sie an. Als er aber ihre ängstlichen Augen sah, beschloss er, sie zu beruhigen. »Lass dich von mir führen, dann kannst du nicht stolpern. Wir werden das Kind schon schaukeln.«

Und das tat sie. Es blieb ihr ja nichts anderes übrig. Sie lächelte krampfhaft dahin, wo sie die Umrisse der Preisrichter erkannte und überließ sich, als die Musik erklang, der sicheren Führung ihres Partners. Wie im Traum erlebte sie, dass sie unter die letzten sechs der Vorentscheidung kamen. Schließlich tanzten sie sich in den Endkampf. Als es hieß, das Paar Maus/Schwarz hat den zweiten Platz erreicht, wollte sie es kaum glauben. Beinahe wäre sie noch gestolpert, als Paul ihr einen begeisterten Klaps auf den Rücken gab. Wie in Trance nahm sie den Preis entgegen. Zum ersten Mal in ihrem Leben gewann sie einen Preis, und dann noch beim Tanzen. Sie war ungeheuer stolz auf sich; aber nur kurze Zeit, denn kaum hatte Paul die Urkunde in der Hand, fing er an zu maulen.

»Hättest du nicht zweimal gepatzt, dann hätten wir den ersten Platz gewonnen. Ich war in Hochform, aber du?«

»Arme Ilse«, dachte sie noch einmal.

Stolz nahm sie den Preis mit ins Büro, aber der Chef war unkonzentriert und hörte kaum zu. Schade, sie hätte gerne damit ein bisschen angegeben.

Paul meldete sich kurze Zeit später telefonisch bei ihr. »Marie-Luise, ich habe uns beide zu einem Wettbewerb bei der Konkurrenztanzschule angemeldet. Wir müssen natürlich noch etwas üben, aber ich rechne mir Chancen für einen der ersten Plätze aus. Donnerstag wäre gut.«

Vor Überraschung und Ärger hielt sie kurz die Luft an. »Du hast uns angemeldet?«, stieß sie zwischen den Zähnen hervor, »ohne mich vorher zu fragen? Oh nein Paul, wir haben in der Firma mehrere wichtige Verkaufsverhandlungen und die muss ich vorbereiten, deshalb habe ich Überstunden eingeplant.« Wütend knallte sie den Hörer auf die Gabel.

Eine ganze Weile meldete sich Paul nicht. Marie-Luise hatte plötzlich wieder Zeit. Lindemann registrierte es mit zufriedener Miene, sagte aber nichts.

Zuviel Zeit war nicht das Richtige für sie; Marie-Luise fiel in ein richtiges Loch. Das Tangotanzen hatte während der letzten Wochen ihre Abende ausgefüllt. Jetzt fühlte sie sich leer und einsam. Sie holte ihren Block hervor. Tango konnte sie streichen. Was stand noch darauf? Selbstbewusstsein. Sie lächelte traurig. Das hatte sie dringend nötig. Was hatte sie denn schon vorzuweisen? Sicher, sie war eine gute Sekretärin, das hatte ihr der Chef schon ein paar Mal versichert. Aber Glück hatte sie auch dabei gehabt, denn hätte sich Frau Palm nicht so kindisch benommen, säße sie selbst immer noch als graue Maus im Großraumbüro.

Sie betrachtete sich im Spiegel, ihr Kostüm war ganz passabel; sie trug keine Pullover mehr in der Größe XXL und keine ausgebeulten Jeans. Ihre Haare waren gepflegt, die Fingernägel hell lackiert. Die Schuhe schmal und nicht so plump wie früher. Die ausgelatschten Gesundheitssandalen hatte sie längst in den Mülleimer geworfen. Aber gehörte zum Selbstbewusstsein nicht mehr? Vielleicht attraktives Aussehen?

Aber noch andere Pluspunkte hatte sie sich angelernt: sie konnte gut Kochen und sie hatte einen Preis im Tanzen gewonnen. Es war zwar nur der zweite Platz, aber immerhin. Genügte das? Sie betrachtete eingehend ihre strenge Frisur, die dicke Brille, das blasse Gesicht und ihre weiße Bluse und seufzte; sie war und blieb eine graue Maus.

Aber beim Tangowettbewerb war sie geschminkt worden. Sicher, sie hatte die gleiche strenge Frisur gehabt, die ihr im Spiegel entgegenblickte, aber der Frisör hatte die Haare mit Gel geformt und eine Locke in die Stirn gekämmt. Sie hatte ein enganliegendes Kleid mit Schlitz getragen und ihre Kreolen hatten bei jedem Schritt leise geklirrt. Sie war sich selbst fremd vorgekommen, aber Paul und der Frisör hatten sie toll gefunden.

Vielleicht sollte sie das im Privatleben auch einmal ausprobieren. Den Lippenstift hatte sie doch noch irgendwo in ihrer großen Umhängetasche. Nach einigem Suchen fand sie ihn in einer der kleinen Seitentäschchen und malte sich ausgiebig die Lippen an. »Hmm, zu grell«, dachte sie erschrocken und sie erinnerte sich, dass sie ohne Brille getanzt hatte, also war ihr die kräftige Farbe auch damals nicht aufgefallen. Für die Bühne war dieses knallige Rot sicher richtig gewesen, aber ganz bestimmt nicht für den dezenten Arbeitsplatz einer Sekretärin. Sie zog die Brille aus und betrachtete sich erneut im Spiegel, aber sie sah nur einen verschwommenen Fleck mit einem dunkelroten Mund.

»Was machen Sie denn da?« Lindemann war eingetreten und runzelte die Stirn. Sie fuhr hastig herum, tastete nach ihrer Brille und setzte sie auf; jetzt sah sie ihn klar vor sich stehen. Sein Blick war misstrauisch. »Lippenstift, mal was Neues. Steht Ihnen nicht. Ist viel zu grell. Haben Sie einen neuen Freund, oder sind Sie immer noch auf der Suche? Ich dachte Sie hätten ihren Vorsatz endlich aufgegeben.« Seine Stimme klang ekelhaft belehrend.

»Übrigens, haben Sie nichts zu arbeiten? Dann haben Sie auch Zeit den letzten Materialbericht vom Erprobungsbüro herauszusuchen. Ich habe es schon telefonisch in der Abteilung versucht, es geht aber niemand dran«, meinte er ungeduldig.

Wie eine Woge stieg der Ärger in Marie-Luise hoch. Manchmal war Werner Lindemann äußerst arrogant. Und heute war so ein Tag.

Sie konnte nicht anders, sie musste sich wehren.

»Wenn Sie auf die Uhr geschaut hätten, wäre Ihnen aufgefallen, dass wir zwölf Uhr fünfzehn haben. Seit einer viertel Stunde ist Mittagspause, deswegen geht niemand im Erprobungsbüro ans Telefon«, sagte sie spitz, schnappte sich ihre Tasche und verschwand im Flur. Bums, die Tür fiel ins Schloss.

Lindemann starrte auf das glänzende Holz und dann auf die Uhr. Sicher, sie hatte ja Recht. Warum hatte er sie auch angegriffen? Er schüttelte über sich selbst den Kopf. Trotzdem, der Lippenstift war »zu knallig«, dachte er, als er in sein Büro zurückkehrte.

Schade, er war enttäuscht, hatte er sich doch eigentlich mit ihr über das Boot der Franzosen unterhalten wollen, das gerade für das Volvo Ocean Race neu gebaut wurde, um das die französische Jachtfirma so ein großes Geheimnis veranstaltete. Aber sie war wie ein Pfeil hinausgeschossen.

Schließlich war sie eine der wenigen Menschen und die einzige Frau überhaupt, die er kannte, die sich wirklich für Jachten und Jachtrennen interessierte.

Er würde das nachholen, beschloss er.

Was machte er jetzt? Kantine, Italiener oder seine Mutter? Er entschied sich für seinen Lieblingsitaliener. Mal sehen, ob Elvira frei war, sie gähnte zwar bei der Erwähnung irgendeines Jachtbauplans, aber eine Einladung zum Essen würde sie nicht ablehnen, das wusste er.

Er wählte die Nummer. Niemand ging dran. Nach dem fünften Läuten schaltete sich der Anrufbeantworter an. Enttäuscht sprach er aufs Band. »Hier ist Werner. Hast du Lust, mit mir bei Angelo zu Mittag zu essen? Melde dich!«

Es wurde abgehoben. »Hallo, Liebling, ich war grad im Bad.« Ihre Stimme schnurrte, und das Bild einer leicht bekleideten Elvira stieg vor seinen Augen auf. Er konnte sich an jede Kontur ihres Körpers erinnern und an noch vieles mehr.

»Natürlich komme ich zum Italiener. Ciao«

Angelo, der Kellner, versicherte ihm, er würde ihm einen

Tisch freihalten. Kurze Zeit später saß er in seiner Lieblingsecke, von der aus er das ganze Lokal überblicken konnte. Das kleine Restaurant war wie immer proppevoll. Hoffentlich brauchte Elvira nicht so lange. »Sie war eigentlich nie pünktlich«, dachte er gereizt und sah auf seine Uhr. Eine viertel Stunde saß er schon hier. Wenn er noch den Anruf bei Angelo und seine Fahrt dazurechnete, war fast eine Stunde vergangen, seit er Elvira angerufen hatte. Ungeduldig sah er ein zweites Mal auf seine Uhr.

Elvira wohnte nicht weit weg, und sie brauchte auch keinen Parkplatz zu suchen, weil sie auf Angelos Gelände parken konnte. Er ärgerte sich; er würde nicht mehr warten, er würde jetzt bestellen!

Säuerlich griff er zur Speisenkarte, die der Kellner ihm hingelegt, die er aber bis jetzt unbeachtet gelassen hatte, und begann zu wählen.

Er hatte längst geordert, als sie endlich kam.

Sie bot einen erfreulichen Anblick. Enges T-Shirt, lange schlanke Beine in gutsitzenden Hosen. Seine Stimmung hob sich, als sie erhitzt auf ihn zukam. Zwei junge Männer sahen ihr anerkennend nach. Er beschloss, den Vorwurf wegen ihrer Verspätung hinunterzuschlucken und lieber ihr Parfüm einzuatmen, als sie ihm einen Kuss auf die Wange gab. Es hatte sowieso keinen Zweck, sich über ihre Unpünktlichkeit zu beschweren, sie war halt so. Aber was er von ihr wollte, das konnte sie gut und so lächelte er ihr zu. Über den Volvo Ocean Cup konnte er sich immer noch mit Mäuschen unterhalten, sie konnte ihm ja nicht weglaufen.

Ein paar Tage später hatte sich Marie-Luise entschieden ihr Selbstbewusstsein zu trainieren und suchte in ihrer Lieblingsbuchhandlung nach einer Anleitung. Es war zwar ein kleines Geschäft, aber die Bücherregale breiteten sich auf zwei Etagen aus. Man konnte vieles lernen, das hatte sie beim Tanzen erlebt. Der junge Verkäufer, der sie schon ein paar Mal bedient hatte, eilte herbei und bot ihr seinen Rat an. Sie staunte nicht schlecht, zwei Regalböden voller Fachliteratur warteten auf sie. Es schienen noch viel mehr Menschen an mangelndem Selbstbewusstsein zu leiden, nicht nur sie. Das beruhigte sie. Sie zog nachdenklich die Stirn kraus als sie einige der Bücher herausholte, um sie durchzublättern. Schließlich entschied sie sich für ein Taschenbuch, nicht zu dick, auf dessen Einband einige lustige Karikaturen ins Auge sprangen.

»Sagen Sie mir bitte, ob Sie das Buch gut finden«, bat der junge Mann. »Ich glaube, ich habe so ein Training auch nötig.« Er errötete. Zehn Punkte waren es, die man befolgen sollte. Eine Menge Beispiele sollten beweisen, wie erfolgreich einige der Leser nach dem Studium dieses Lehrbuches geworden waren. Es fing komischerweise mit Atemübungen an. »Sie sind einzigartig, sagen Sie sich das jeden Morgen und dann atmen sie tief ein und aus. Atmen sie sich den Frust von der Seele. Und ein; Brust heraus, Bauch einziehen; und aus. Sie werden fühlen, jawohl, fühlen, wie es ihnen besser geht.«

In der Mittagspause blätterte Marie-Luise in ihrem Ratgeber. Sie hatte sich bequem in ihrem Schreibtischsessel zurückgelehnt und knabberte an einem Apfel. Sie schaute auf ihre Uhr, sie hatte noch fünfzehn Minuten Zeit bis zum Beginn ihrer Arbeitszeit.

Zeit genug, den ersten Ratschlag auszuprobieren.

Sie blätterte zurück. »Öffnen Sie das Fenster, genießen Sie dabei die frische Luft und schließen Sie die Augen.«

Sie konnte ihre Fenster nur kippen, da sie sonst ihre Pflanzen hätte wegräumen müssen, soweit zur genauen Befolgung der Ratschläge. Sie schloss die Augen. Ich bin einzigartig! Brust raus! Ihre Bluse spannte. Und ausatmen. Ich bin... Sicher war sie einzigartig, schließlich gab es sie nur einmal – und ausatmen. Aber sie war nicht hübsch, sie war nicht elegant – und wieder einatmen, und durch diesen Kursus wurde es auch nicht besser. Und einatmen.

»Was machen Sie denn da Mäuschen?« Lindemann war eingetreten. Seine Mutter hatte ihn zum Mittagessen eingeladen, und er hatte sich so früh wie möglich von ihr verabschiedet.

Sie hatte ihm wieder einmal in den Ohren gelegen zu heiraten. Sein Leben in geordnete Bahnen zu bringen. Oh je, wie langweilig. In letzter Zeit langweilte ihn manches. Aber deswegen würde er doch seine kostbare Freiheit nicht aufgeben. Durch den frühen Abschied von seiner Mutter hatte er Zeit gewonnen und die wollte er jetzt mit Mäuschen verbringen. Er hatte noch immer nicht mit ihr über die neue Konstruktion des französischen Bootes gesprochen. Das Volvo Ocean Race würde bald beginnen. Er hatte sich extra eine Fotokopie des Artikels in der Fachzeitschrift besorgt.

Sein Blick ruhte interessiert auf der roten Satinbluse seiner Sekretärin. Sie spannte und zeigte die Form einer kleinen wohlgeformten Brust. Ein nettes Figürchen hatte Marie-Luise ja und sie war immer für eine Überraschung gut.

Sie fuhr herum. »Ach Sie sind, es Chef.«

Er wunderte sich immer noch über die rote Bluse. Sonst trug sie doch nur weiß? »Was machen Sie denn da?«, fragte er sie noch einmal neugierig.

»Ich...«, die Röte stieg wie immer ihren Hals hinauf und färbte ihr Gesicht. »Ich übe selbstbewusst zu sein.«

Lindemann grinste. »Mit Gymnastik?«

»Es stand im ersten Kapitel, ich fange ja erst an.«

Sein Interesse war schnell erloschen. Er wechselte das Thema und entfaltete ein Zeitungsblatt, das er auf den Schreibtisch legte.

Er wies auf einen Artikel in der Jachtzeitung hin.

»Hier ist ein Bericht über das Volvo Ocean Race. Erstmalig werden technische Einzelheiten über die geheimnisvolle Jacht des französischen Teams bekannt gegeben. Lesen Sie ihn genau durch, Mäuschen. Er ist äußerst interessant. Und dann sagen Sie mir, was Sie davon halten. Ich komme nachher noch mal rein, dann können wir darüber diskutieren.«

Später am Nachmittag unterhielten sie sich fast eine halbe Stunde über den Artikel, das heißt Lindemann erklärte Marie-Luise die Vor- und vermeintlichen Nachteile des neuen Bootes und sie hörte interessiert zu, dann berichtete er ihr, was er noch zusätzlich in Erfahrung gebracht hatte.

Erst ein Anruf stoppte seine Begeisterung. Er fühlte sich lebhaft, wach und sehr zufrieden, als er in sein Büro hinüberging, um den Anruf entgegen zu nehmen.

Im Laufe des nächsten Vormittags kam ihm noch einmal diese gutgefüllte Bluse seiner Sekretärin in den Sinn. Ob das Rot schon der Ausdruck ihres neuen Selbstbewusstseins war?

Selbstbewusstsein!

Er merkte, dass die Bedeutung dieses Wortes ihm ein Gefühl des Unbehagens verursachte. Eigentlich war Mäuschen doch genau richtig. Würde es ihre Zusammenarbeit tangieren, wenn sie selbstbewusster würde? Würde sie plötzlich auch gähnen, wenn er ihr von seinen Hobbys erzählte wie Elvira?

Natürlich nicht, beruhigte er sich, schließlich teilten sie beide doch so manche Interessen.

Er würde Mäuschen morgen ein Polaroidphoto seiner Kamelie mitbringen. Drei Jahre hatte sie gekümmert, jetzt blühte sie ununterbrochen, seitdem er ihren Rat befolgt hatte, die Erde mit einem besonderen Dünger zu tränken. Das würde sie sicher freuen.

Aber jetzt zu seinem Vergnügen. Er wählte Elviras Handynummer. Freitag auf Samstag hatte sie einen Tag Pause zwischen zwei Flügen, und das wollte er ausnutzen.

Eine Woche lang machte Marie-Luise Atemübungen, sagte sich immer wieder, dass sie einzigartig sei. Aber sie fühlte sich nicht anders als sonst.

Ilse rief an und bekniete Marie-Luise, doch am nächsten Tanzwettbewerb teilzunehmen. »Mein Paul ist so geknickt, weil Du ihm nicht zugesagt hast. Bitte, bitte, tu es mir zuliebe. Du hast noch etwas gut zu machen.«

Marie-Luise konnte sich zwar nicht erinnern, was sie "gutzumachen" hatte, aber sie sagte zu, schließlich brachte der Tango wieder Abwechslung in ihr Leben.

An einem der nächsten Abende besuchte sie Kaiser und Hedwig. Natürlich wurde sie sofort eingespannt. »Du kommst wie gerufen, kannst du uns helfen?« Wenn sie selbstbewusster gewesen wäre, hätte sie nein gesagt. Aber es waren ihre Freunde und Freunden half man.

Später setzte sich Hedwig auf eine kurze Zigarettenpause zu ihr. »Du, Kaiser hat ein Happening in einem alten stillgelegten Bahnhof vor. Kannst du uns die Einladungen auf deinem Computer entwerfen?«

»Klar, mache ich.«

Mindestens genau so oft wie einzigartig stand auch Nein sagen in ihrem Lehrbuch. Soweit zu ihrem Buch, sie seufzte. Sicher, sie wurde ausgenutzt, wenn sie es nüchtern betrachtete, aber es machte ihr Spaß!

»Habt ihr euch schon ein Motto ausgesucht?«, fragte sie. Kaiser war dazugekommen und legte jetzt dekorativ seine Hand an die Stirn. »Wir wollen nicht nur meine Bilder ausstellen, sondern auch unbekannten Künstlern Gelegenheit geben, ihre eigenen Werke vorzustellen. Natürlich keine Gemälde, das ist mein Metier«, setzte er nachdrücklich hinzu.

Hedwig beugte sich vor. »Wir laden einen avantgardistischen Dichter ein und einen Komponisten, der seine experimentellen Musikstücke selber vorträgt.«

»Hedwig hat gelernt«, dachte Marie-Luise, mit welcher Sicherheit sie "experimentelle Musik" aussprach. Ihre kleine Freundin machte sich.

»Es muss irgendetwas Fetziges noch dazukommen«, meinte Kaiser und lächelte Marie-Luise wohlwollend und auffordernd an.

Sie probierten, zeichneten, suchten Worte und bildeten Sätze. Etwas Fetziges kam leider nicht heraus, schließlich waren alle mit dem Ergebnis zufrieden.

»Farben, Worte und Musik – Neues Leben im alten Bahnhof«, dafür entschieden sie sich.

Sie sprachen den vorgesehenen Ablauf des Abends durch. »Irgendetwas Exotisches müsst ihr eigentlich noch bieten. Etwas, was alle gerne sehen oder hören. Ihr wollt ja nicht nur Künstler ansprechen«, überlegte Marie-Luise, »sondern auch normale Leute, potentielle Käufer. Vielleicht eine Salsa-Band?«

»Es muss billig sein«, warf Hedwig ein. »Sicher, die Kneipe läuft gut. Aber Kaiser hat die letzte Zeit wenig Bilder verkauft und im Moment füttern wir auch noch unseren Poeten durch...«

»Hmm, ich werd mir das durch den Kopf gehen lassen«, versprach Marie-Luise.

»Komm«, Hedwig fasste sie am Arm, »ich stell dir mal unseren Poeten Johann Wolfgang vor. Wenn er grad nicht dichtet, hilft er uns beim Bierzapfen.« Sie zog Marie-Luise mit sich zur Theke wo ein ellenlanger, kräftiger junger Mann zwei Bier zapfte. Rot leuchtete ein Gummiband in seinem langen Pferdeschwanz. »Der Poet sah eher aus wie ein Preisboxer«, dachte Marie-Luise, da half ihm auch sein Künstlername Johann Wolfgang nichts.

»Das ist meine Freundin Marie-Luise«, stellte Hedwig sie vor. »Sie will unsere Einladungen für unsere Ausstellung und deine Lesung drucken. Sie ist Chefsekretärin bei den Lindemann-Werken.« Ihre Stimme klang stolz.

Er hob sein Blick vom Bierschaum hoch und sah sie uninteressiert an.

»Marie-Luise wird schon dafür sorgen, dass wir genügend Zuschauer haben, bei ihren Verbindungen.«

Ein Fünkchen Interesse glomm in seinen großen, dunklen, verträumten Augen auf und wurde zur Flamme. Die Augen passten überhaupt nicht zu seiner Figur.

Ein Gast rief: »Wo bleibt mein Bier?«, und seine Aufmerksamkeit war abgelenkt, Gott sei Dank.

»Was für ein Typ«, Marie-Luise schüttelte den Kopf. »Den vermittelst du besser als Türsteher.«

»Aber er ist sehr feinsinnig«, verteidigte Hedwig ihn.

Irgendwann in der Nacht fiel Marie-Luise die Lösung von Kaisers Geldproblem ein. Nach der Begrüßung der Gäste würde sie mit Paul, natürlich kostenlos und unter dem Künstlernamen Paolo und Luisa, noch einmal ihren Tangowettbewerb vortanzen. Sie würde Paul ein Tauschgeschäft vorschlagen. Nächster Wettbewerb gegen kostenlose Showeinlage. Kaiser könnte vielleicht noch eine Tombola einbauen, erster Preis ein Bild von ihm, das brächte Geld in die Kasse. Der Maler musste nur die Leute daran erinnern, dass Picasso auch klein angefangen hatte und seine Bilder jetzt Millionen wert waren. Man konnte ja nie wissen.

Sie musste schon sehr viel Überredungskunst aufwenden, ehe sie Lindemann davon überzeugt hatte, dass er unbedingt die Ausstellung besuchen musste. Er schob zu viel Arbeit und zu viele Termine vor. »Dann bekommen Sie auch nicht das Buch über die Kap Horn Segler, das ich in einem Trödelladen für Sie gekauft habe«, erpresste sie ihn.

Selbst Viola Rosetti konnte sie als Besucherin gewinnen. Sie redete ihr ein, als Schauspielerin bräuchte sie mal wieder etwas Reklame und ihre großzügige Unterstützung von unbekannten Künstlern würde sich gut in der Presse machen.

Ihr Bekannter, der Journalist, bekam von ihr einen sehr interessanten Lebenslauf von Johann Wolfgang, dem aufstrebenden, feinsinnigen Poeten, der wegen einer Schlägerei mit Körperverletzung mal kurz im Gefängnis gesessen hatte, der jetzt geläutert, sein Leid und seine Erfahrungen in der Enge der Gefängniszelle in Worten und Sätzen verarbeitete. Auch ein höherer Beamter der Stadt sagte zu, nach einem kurzen Hinweis auf die nächste Wahl und dass soziales Engagement immer gut aussehen würde.

Ein paar Abende übte sie mit Paul die Tangofolge und Ilse schaute zu. »Sollten wir diese Show machen«, meinte Paul, »ziehst du diese grässliche Brille aus, oder ich tanze nicht.«

Marie-Luise wehrte sich. Wenn sie nichts sah, fühlte sie sich unsicher, sogar hilflos.

Das letzte Mal wäre sie beim Abgang beinahe ausgerutscht, und das wäre sehr peinlich geworden. Sie besaß noch eine alte Brille, nicht so gut, aber zur Not reichte sie, deren Gestell war schmaler und die Gläser nicht ganz so dick. Vielleicht sollte sie die etwas aufpeppen. Da sie eine rote Rose im falschen Knoten tragen wollte, konnte sie vielleicht versuchen, zwei kleine Rosen in der gleichen Farbe aus Fimo am Gestell zu befestigen.

Paul wollte es erst begutachten, ehe er seine Einwilligung dazu gab, fand aber nichts daran auszusetzen. Immerhin sah dieses Kunstwerk etwas besser aus, als ihre normale Brille.

Lindemann hatte seine Einladung in der Hand, als er mit Freunden den ehemaligen Bahnhof betrat. Elvira hing besitzergreifend an seinem Arm.

Der große Raum war ausgeschmückt mit Kaisers Bildern, und in der Mitte der Halle war eine alte Lok aufgebaut, die Kaiser mit kräftigen Farben verschönt hatte. Eine kleine Bühne war auf dem Tender errichtet. Das war originell!

Elvira wurde langsam lästig, bemerkte Lindemann. Ein Fotograf hatte sich vor dem Eingang postiert, und sie hatte die Gelegenheit wahrgenommen, sich für ein Foto an ihn zu hängen wie ein Klammeraffe und ihn bis jetzt noch nicht losgelassen.

Er blickte über die Menge. Es war proppevoll. »Schnorrer, Künstler und ein paar Prominente«, dachte er gelangweilt. Wenn es nicht Mäuschen gewesen wäre, die ihn eingeladen hatte, wäre er gar nicht erschienen.

Sie hatte ihn ganz schön unter Druck gesetzt. Er hatte das Buch schon angefangen zu lesen. Es war so spannend geschrieben, dass er es nur mit Bedauern zurück auf seinen Nachttisch gelegt hatte, weil die Zeit drängte. Das waren noch Männer, die da gegen die Wellen und die eisigen Stürme gekämpft hatten. Ob sie es auch gelesen hatte? Er musste sich unbedingt mit ihr darüber unterhalten.

Wo war sie eigentlich? Seine Augen schweiften über die Köpfe der Gäste. Er entdeckte Kaiser, der sich durch die Leute wühlte, selbstverständlich im obligatorischen Silberoverall mit Kaiserkrone und seinem Namenszug darunter, seinem Markenzeichen! Er drückte Lindemann fest die Hand, dann tauchte er wieder im Getümmel unter. Irgendjemand versorgte sie beide mit einem Glas Sekt. Endlich musste sich Elvira von ihm lösen, da sie das Glas halten musste. Irgendwo entdeckte er Olivia, Händchen haltend mit einem jungen Mann. Elvira hatte ihre Vorgängerin noch nicht entdeckt, Gott sei Dank, und fand alles noch toll und super. Lindemann blieb an seinem Platz wie ein Fels in der Brandung stehen. Er holte seine persönliche Einladung aus der Jackentasche und überflog die Programmpunkte.

Vor einer halben Stunde sollte die Ausstellung eröffnet werden. Kaiser wollte die Gäste begrüßen, dann würden Paolo und Luisa Tangofolgen tanzen. Gewinner eines Wettbewerbs, stand auf seinem Programm. Darauf freute er sich. Vielleicht würde er sich noch den Poeten anhören. Anschließend gab es eine Tombola. Dann kam die Musikeinlage. Aber von experimenteller Musik hielt er nichts. Wenn der Musiker erschien, würde er sich klammheimlich davonmachen.

Ah, da war ja der Vertreter des Kulturamtes, nun hatte er wenigstens jemanden gefunden, mit dem er sich unterhalten konnte. Er schlängelte sich durch die Menge hindurch bis zur kleinen Bühne, ohne darauf zu achten, ob Elvira mitkam. Endlich, Kaiser begab sich langsam zur Bühne und kletterte die Stufen hinauf.

»Meine Damen und Herren, ich begrüße sie zu diesem Event.«

Der hohe Beamte begrüßte Lindemann etwas abwesend. Er sollte ganz plötzlich ein paar Worte an die Zuhörer richten, und »ganz plötzlich« lag ihm eigentlich gar nicht. Er rief sich ein paar Sätze vergangener Reden ins Gedächtnis und stieg zu Kaiser auf die Bretter.

Er sagte etwas von Freude, dieses einzigartige kulturelle Ereignis zu eröffnen, in dieser Art noch nie da gewesen; es sei ihm ein persönliches Anliegen, junge Künstler zu unterstützen; usw., usw.…

Erleichtert nahm er den Applaus entgegen, stieg die drei Stufen von der provisorischen Bühne wieder hinunter und stellte sich erneut neben Lindemann. Jetzt erst konnte er den Abend genießen.

Lindemann hasste Reden, hoffentlich war das die erste und letzte. Aber es kam noch ein Kunstexperte – Kunstlehrer an einem Gymnasium-, der Kaisers Bilder analysierte, erst dann begann der Tango.

Marie-Luise hatte vor lauter Aufregung Hunger bekommen. Sie hatte zwei Brötchen verdrückt und mit Sekt nachgespült. Leider war der Sekt zu süß und zu warm, die Brötchen alt und der Raum zu laut, aber darüber konnte sie sich keine Gedanken mehr machen. Sie wurden gerade aufgerufen.

Es wurde ruhig. Lindemann schaute interessiert nach oben. Auf dem freigeräumten Platz unterhalb der Lokomotive erschien ein etwas beleibter Paolo im eleganten schwarzen Anzug, hochglanzpolierten Schuhen und streng nach hinten gekämmten Haaren. Luisa dunkel, rassig, mit eng anliegendem roten Kleid und hochhackigen Schuhen. Ein schöner Kontrast schwarz-rot.

Ihr Partner hielt sie an der Hand und führte, nein, zog sie zur Startposition. Sie schien etwas unsicher.

Lindemann seufzte, auch das noch »Laien.« Er faltete noch einmal die Einladung auseinander, »Preisträger« las er. Dann erklangen die ersten Töne eines klassischen Tangos. Lindemann starrte gebannt auf die Bühne. Eine Verwandlung geschah dort. Paolo war nicht mehr länger dick, er war ein stolzer Spanier. Und seine Partnerin warf den Kopf in den Nacken, schmiegte sich an ihn, entfernte sich, lockend, abwehrend. Er war fasziniert. Er entdeckte, dass das kurze Kleid zusätzlich noch einen Schlitz hatte und bei jeder Bewegung ein langes wohlgeformtes Bein enthüllte. Die Tänzerin drehte die Hüften, der schmiegsame Stoff spannte sich über ihren Po. Lindemann war hingerissen. Er hatte den Tango schon immer als sehr erotisch empfunden.

Schneller als erwünscht, war die Musik zu Ende. Applaus brandete auf, die beiden verneigten sich.

»Zugabe, Zugabe«, riefen etliche Gäste, und auch Lindemann bemerkte, dass er mitgerufen hatte. Sollten Patzer bei der Tanzfolge gewesen sein, ihm war es nicht aufgefallen. Für ihn war alles perfekt gelaufen. »Zugabe!!!«

Paolo gab ein Zeichen und die Musik ertönte erneut.

Ein zweites Mal wurde getanzt, und Werner Lindemann genoss genauso fasziniert wie beim ersten Mal die eleganten Bewegungen des Paares.

»Zugabe«, forderte erneut eine hartnäckige Stimme. Aber jetzt erzählte Paolo etwas von anstrengend und wischte sich den Schweiß von der Stirn. Seine Partnerin lächelte nur. Dann bedankte er sich noch einmal bei dem Publikum und Hand in Hand traten sie ab.

Marie-Luise war sehr erleichtert. Alles war gut gegangen, obwohl ihr genau zwei Minuten vor der Vorstellung eine der beiden Fimorosen abgefallen waren und sie ohne Brille tanzen musste.

Derweil beschloss Lindemann, diese Tänzerin näher kennen zu lernen. Geheimnisvoll, rassig, sexy. Leider hatte er Elvira mit dabei. Aber er konnte diskrete Nachforschungen anstellen.

Er fragte den Vertreter des Kulturamtes und dann den Studienrat für Kunsterziehung; Fehlanzeige. Niemand kannte die Tangotänzerin, niemand wusste etwas über das Tanzpaar und an Kaiser kam er nicht heran. Dann fing auch noch der Poet mit seinen Buchstabenreimen an. »Nichts wie weg«, dachte er und griff nach Elviras Arm, die zögerte kurz, eigentlich sah der Poet ganz gut aus, auch wenn er an Lindemann nicht herankam.

Marie-Luise hatte die Haarnadeln aus ihrem falschen Knoten gezogen, das Make up entfernt und war in ihren silbernen Overall geschlüpft. Sie versuchte Lindemann zu finden. Dann sah sie ihn zügig, ja fast eilig zum Ausgang streben. Sie zwängte sich durch die Gäste hindurch und erreichte ihn noch gerade vor der Türe.

»Ah, Mäuschen, da sind Sie ja.«

Er blinzelte. Ihre Haare waren etwas wirr, das Gesicht wirkte verschmiert.

»Sie sehen etwas derangiert aus.«

Entgegen ihrer sonstigen Gewohnheit ging sie gar nicht

auf seine nicht sehr schmeichelhaften Bemerkungen ein. Elvira zog ihn weiter, aber er wollte nicht unhöflich sein, außerdem wollte er unbedingt etwas von Marie-Luise wissen.

Er befreite sich von Elvira. »Ach Mäuschen, wissen Sie, wie die Tänzerin mit richtigem Namen heißt?«

»Klar«, sie lächelte verlegen. »Ich…, ich meine, sie heißt wie ich.«

Elvira zupfte an seiner Jacke. »Ich möchte sofort gehen«, sagte sie bestimmt.

Lindemann hatte sich schon halb zu Elvira umgedreht, da antwortete er, als habe er erst jetzt begriffen, was sie gesagt hatte, »Wie Sie? Das ist unmöglich!«

»So oft gab es ja schließlich diesen komischen Namen nicht«, dachte er.

Betroffen sah er ihr ins Gesicht. Irgendetwas Nettes musste er ihr noch sagen. »Sie haben eine hübsche Brille an, zwar nur ein Röschen am Gestell. Aber sehr apart.«

»Nun komm, Liebling«, drängelte seine Freundin erneut, »die experimentelle Musik fängt gleich an, und das will ich mir nicht antun.«

Er ließ sich nur zu gerne mitziehen.

»Das ist unmöglich«, hatte Lindemann gesagt. Je länger Marie-Luise in der nächsten Stunde darüber nachdachte, desto mehr ärgerte sie sich.

Die Veranstaltung hatte sich für Kaiser gelohnt. Er war in aller Munde, als Sponsor junger Talente, er hatte drei Bilder verkauft und die Zeitung druckte einen halbseitigen Artikel mit Passagen aus der Laudatio des Kunstkenners, erwähnte kurz den Poeten und lästerte verhalten über die experimentelle Musik.

Neben einem Foto von Kaiser prangte ein Bild von Paolo und Luisa, die anerkennend erwähnt wurden. Außerdem war Kaisers Kneipe in aller Munde, die natürlich die Getränke geliefert, und die er unauffällig, auffällig beworben hatte. Sie boomte mal wieder ein paar Wochen lang, bis irgendeine andere Gaststätte neu im Gespräch war.

Marie-Luise schnitt den Artikel aus, um ihn in ihr Fotoalbum zu kleben.

Ein paar Tage später, als Marie-Luise ihm den morgendlichen Kaffee auf den Schreibtisch hinstellte, fragte Werner Lindemann sie nach der Adresse des Tangotanzpaares. Aber Marie-Luise, immer noch ärgerlich, meinte recht knapp, »Ich weiß nichts über die beiden und ich kenne auch keine Adresse.«

»Aber ich hatte auf der Ausstellung den Eindruck, Sie wüssten mehr über Paolo und Luisa. Leider drängelte Elvira, wir sollten gehen, deswegen habe ich Ihnen nicht richtig zugehört.«

»Da haben Sie sich halt geirrt.« Marie-Luise ließ sich nicht erweichen. »Unmöglich« hatte er gesagt, das vergaß sie ihm nicht so schnell.

Häkinnen schickte eine kurze Notiz an Marie-Luise persönlich. Er habe einen frühen Dali angeboten bekommen, wollte aber erst einen Kunstexperten aus München hinzuziehen, bevor er ihn kaufte. Wie sie ja wusste, wurde gerade Dali oft gefälscht. Er würde sich melden, sobald er Zeit bekäme, um sich mit ihr zu treffen. Lindemann ließ er grüßen.

»Warum schreibt er Ihnen und nicht mir?«, fragte ihr Chef kurz angebunden.

Marie-Luise sah ihn erstaunt an. »Weil es um ein Bild geht, oder haben Sie Ahnung von moderner Kunst?« Sie hatte durch die Sprechanlage gesprochen und schaltete ab.

Sicher hatte er keine Ahnung von moderner Kunst, sinnierte Lindemann, und es interessierte ihn auch nicht. Trotzdem passte ihm der Briefwechsel zwischen seiner Sekretärin und Häkinnen nicht. Ob der Mäuschen abwerben wollte? Lächerlich, sie sprach ja kein finnisch.

Trotzdem blieb das komische Gefühl in seinem Bauch.
Der Sommer kam mit lauen Nächten. Marie-Luise schlug
Hedwig vor, Tische und Stühle vor die Türe der Kneipe
zu stellen und einen kleinen Biergarten einzurichten.
Blumentöpfe grenzten die Sitzecke von den übrigen
Grundstücken ab.
Im Moment waren keine Tanzwettbewerbe, den letzten
hatte sie mit Paul sogar gewonnen, so verbrachte sie
mehrere Abende bei Kaiser. Wenn zuviel Betrieb war,
half sie auch schon mal, Gäste zu bedienen. Der Poet
stand immer öfter bei ihr an der Theke, trug ihr neue
Gedichte und Ideen vor, machte ihr Komplimente, die sie
nicht ernst nahm – aber nett war es trotzdem- brachte ihr
einen Wiesenblumenstrauß mit – sie war ganz gerührt
– sprach über Toleranz, Großzügigkeit und Hilfsbereitschaft, und eines Abends küsste er sie im schmalen Flur
zum Vorratsraum der Gaststätte.
Es war nichts Weltbewegendes. Es riss sie nicht mit, aber
es war nett. Sie fühlte sich verwöhnt, begehrt, und das
tat gut.
Eines Tages fragte er, ob er bei ihr einziehen könnte; er
brauche ihre Nähe, ihre Wärme.
Marie-Luise erschrak. Sie stellte sich vor, wie sie müde
nach Hause kam, und dann noch Gedichte anhören
musste. Oh nein!
Zum Glück rief gerade Hedwig, »Marie-Luise, kannst
du mal rüber kommen? Ich hätte es beinahe vergessen,
aber als ich dich bei Johann Wolfgang stehen sah, fiel
es mir Gott sei Dank wieder ein. Johann Wolfgang ist
ja so feinsinnig und wagt dich nicht zu fragen. Er sucht
eine Wohnung. Ein Zimmer mit Dusche reicht, und billig
muss es sein. Hättest du eine Idee, du kennst doch so
viele Leute. Er ist aus seiner Bude rausgeflogen.«
Nach einer kurzen Atempause fügte sie neugierig hinzu:
»Übrigens, läuft da etwas zwischen euch? Er bewundert

dich nämlich, weil du eine Karrierefrau bist. Gutes Einkommen und so weiter, du weißt schon.«

Marie-Luise wurde rot. »Es läuft nichts zwischen uns«, wehrte sie ab.

»Hätte mich auch gewundert, obwohl, so als Luisa, hast du wirklich etwas dargestellt. Ich mach mal die Aschenbecher sauber. Denk dran, wenn du was hörst, melde dich.«

Marie-Luise war sauer. Sie war sauer auf Hedwig, die so gedankenlos sagte »hätte mich auch gewundert« und auf Johann Wolfgang, diesen Schmarotzer, der eine kostenlose Bleibe und eine andächtige Zuhörerin haben wollte. Warum konnte sich denn niemand in sie selber verlieben? Sicher, sie war nicht schön, aber sie hatte doch auch ihre Qualitäten. Sie seufzte tief auf.

Sie sollte sich mal äußerlich verändern. Vielleicht mal zum Optiker gehen, sich wenigstens mal beraten lassen. Gute Idee! Mit der Brille wollte sie anfangen. Paul hatte ihr klipp und klar zu verstehen gegeben, dass sie ihr überhaupt nicht stand. Sie musste eine möglichst unauffällige Brille tragen. Sie würde sich zwei aussuchen, beschloss sie, eine fürs Büro und eine, die sie mit Figuren und Ornamenten aus Fimo schmücken konnte. Wie hatte Lindemann gesagt? »Ihre Brille ist apart.« Apart, das war doch schon etwas!

Elvira feierte ihren dreißigsten Geburtstag. Lindemann war zu ihr nach Hause gefahren, hatte ihr gelbe Rosen und ein Goldarmband geschenkt.

»Wie immer hatte Marie-Luise etwas Geschmackvolles ausgesucht«, dachte er zufrieden, als Elvira es auspackte. Sie hatten sich geliebt; bevor sie in den Bayrischen Hof fuhren, wo er einen Tisch bestellt hatte. Den Abschluss verbrachten sie noch in der Bar des Hotels.

Seine Freundin wirkte heute nicht sehr glücklich. Es war doch hoffentlich nicht der Dreißigste, der sie so bedrückte. Schließlich war er 38 und fühlte sich pudelwohl. Fast zwei Jahre war er jetzt mit Elvira zusammen, er wurde ja richtig solide, aber er hatte die Lust auf die ständigen Wechselspiele verloren. Ob er in das gesetzte Alter kam?

»Das würde Mäuschen freuen«, dachte er unwillkürlich und schmunzelte. Für seine Geflogenheiten war er schon viel zu lange mit Elvira befreundet. Sie würde doch hoffentlich keine Ansprüche auf Grund der langen Freundschaft an ihn stellen. Vielleicht hätte er sich doch etwas näher mit dieser rassigen Tangotänzerin befassen sollen. Sie tanzte immer noch in seinem Kopf herum. Diese Haltung, der Schwung dieser Hüften, und diese Beine! Irgendwann würde er sich mal bei Kaiser nach ihr erkundigen.

Sie hat meinen Namen, hatte Mäuschen gesagt. Unmöglich! Irgendetwas musste sie missverstanden haben. Die Tänzerin hatte eine Attraktivität und Erotik ausgestrahlt, die ihn berührt und ihn nicht ein bisschen an seine Sekretärin erinnert hatte. Außerdem hatte sie keine Brille getragen, Mäuschen dagegen war blind wie ein Maulwurf ohne ihre schreckliche Brille. Wahrscheinlich hatte sie das Tanzpaar vorgeschlagen, oder sogar engagiert. Aber sie hatte das verneint. War sie vielleicht eifersüchtig? Nein, doch nicht Mäuschen, sie sah in ihm noch nicht einmal einen Mann, hatte sie ihm einmal erklärt.

Vielleicht wollte sie nur nicht wieder einen Abschiedsbrief in seinem Namen schreiben. Das konnte er verstehen, das war äußerst unangenehm; deswegen hatte er es ja auch an sie delegiert.

»He, du hörst mir gar nicht zu«, beschwerte sich Elvira. Sie zog einen Schmollmund.

Er riss die Augen auf und kam in die Wirklichkeit zurück. »Entschuldige, ich habe morgen eine sehr wichtige geschäftliche Besprechung, das fiel mir gerade ein.«

Die "geschäftliche Besprechung" vergaß er sofort und war mit allen Sinnen bei ihr, als ein bestrumpfter Fuß seine Wade unter dem Hosenbein berührte. Er griff nach ihrer Hand und zog sie an seine Lippen. Elvira kicherte und kam dann mit ihrem Gesicht ganz nah. »Liebst du mich eigentlich?«

Oh Gott, dachte er genervt, fängt das schon wieder an. Er hatte diese Frage schon mindestens tausendmal beantwortet. Hoffentlich fing sie nicht wieder mit ihrem Lieblingsthema "Heirat" an.

»Aber natürlich«, murmelte er.

»Dann heirate mich«, forderte sie.

Ihm wurde eiskalt. Er ließ ihre Hand los. Hatte er es sich doch gedacht. Warum mussten Frauen immer alles komplizieren? Er holte tief Luft und nahm dann aufs Neue ihre Hand. »Liebling, schau, du weißt doch, dass ich schon einmal verheiratet war. Es ist schief gelaufen, und ich habe mich immer noch nicht von dem Schock erholt. Es läuft doch so gut zwischen uns. Warum willst du das durch eine Ehe zerstören?«

Vor ihm stand immer noch sein Cognac und bei ihr, wie immer, Gin Tonic mit viel Eis.

Er griff nach seinem Glas, schwenkte ein paar Mal die bernsteinfarbene Flüssigkeit unter seiner Nase, sog den Geruch ein – gar nicht so schlecht – und trank genießerisch einen Schluck. Für ihn war das Thema erledigt.

Aber für Elvira nicht. Mit einem Ruck stellte sie ihren Gin Tonic zurück, so dass die Eiswürfel im Glas klirrten. »So kriegst du mich nicht los. Ich will heiraten! Ich will Kinder haben! Ich bin schon vierunddreißig. Meine Zeit läuft ab.« Ihre Stimme klang schrill.

»Du bist erst dreißig«, korrigierte er. »Du hast noch Zeit genug, um eine Familie zu gründen. Heutzutage heiratet man nicht so früh.«

Hatte sie ihn doch über ihr Alter belogen!

»Ich will aber nicht mehr warten.« Sie griff wütend zum Glas. In zwei Schlucken stürzte sie den Inhalt hinunter. Sie hätte sich beinahe verschluckt, ein Eiswürfel kam ihr dabei in den Mund.

Er klopfte ihr auf den Rücken, als sie hustete. Jetzt würde er wohl seine Ruhe haben.

»Noch einmal dasselbe«, bestellte er beim Barkeeper. Langsam beruhigte sich ihr Atem.

»Du liebst mich nicht!« Sie drehte ihren Hocker wieder zu ihm.

Er seufzte.

»Wenn du mich lieben würdest, hättest du mich gefragt, ob ich dich heirate.«

»Natürlich liebe ich dich«, beruhigte er sie, »du weißt das doch.« Er legte seine Hand auf ihren Oberschenkel.

»Lass das«, sie fegte die Hand hinunter. »Ich gehe hier erst weg, wenn du mir einen Antrag gemacht hast.«

»Oh, es war keine gute Idee gewesen, ihr noch einen Gin zu bestellen«, dachte er. Sie hatte zum Essen einen Aperitif und Wein getrunken, vorher hatten sie schon eine Flasche Champagner geöffnet. Sie hatte das Meiste getrunken, da er fahren musste, und jetzt trank sie den dritten Gin tonic. Sie schüttete gerade den Rest des Getränkes in sich hinein.

»Du hast zuviel getrunken«, sagte er, jetzt etwas ungeduldig. Er machte dem Barkeeper ein Zeichen. Er musste Elvira schnell nach Hause bringen, sie wurde oft aggressiv, wenn sie zuviel getrunken hatte.

»Ich bin nicht betrunken«, schrillte sie. »Du willst nur ablenken. Nur weil es einmal schief ging, wagst du nicht mehr zu heiraten, du Feigling.«

Ein paar Leute in ihrer Nähe horchten auf. Er war peinlich berührt. »So beruhige dich doch.«

Er schob dem Kellner einen Schein hin. »Ist gut so.« Dann nahm er ihren Arm. »Wir können zu Hause darüber reden.«

»Nein«, sie schüttelte seinen Arm ab. »Ich bleibe hier sitzen, bis du mich bittest, deine Frau zu werden.«

Oh je. Der Barkeeper sah ihn mitleidig an, ein Gast in der Nähe grinste amüsiert.

»Komm jetzt«, er zog sie grob vom Hocker. »Die Leute schauen schon.«

»Sollen sie, sollen sie doch. Erst mit mir schlafen und dich dann vor einer Heirat drücken.«

Er merkte, dass er rot wurde. »Jetzt komm endlich«, quetschte er zwischen den Zähnen hervor.

Er musste sie hier weg haben, bevor sie eine ihrer berühmten Szenen hinlegte. Am Anfang ihrer Beziehung hatte er das als aufregend empfunden, besonders die Versöhnungen hinterher, aber mittlerweile war es ihm nur widerwärtig. Und wie widerwärtig es ihm war!

»Lass mich los. Du hast es mir versprochen.«

»Ich habe gar nichts«, knurrte er und wieder griff er nach ihrem Arm, um sie vom Barhocker herunterzuzerren.

»Du sollst mich loslassen«, kreischte sie und dann holte sie mit ihrer rechten Hand aus und klatschte ihm eine Ohrfeige ins Gesicht. Patsch!

Plötzliche Stille breitete sich im ganzen Raum aus. Das schadenfrohe Grinsen der Bargäste wich überraschter Bestürzung.

Ungläubig starrte Lindemann Elvira an. Der Barkeeper, peinlich berührt, flüsterte Lindemann zu:

»Ich bestelle ein Taxi.«

Elvira betrachtete erstaunt ihre Hand, dann ließ sie sie herunterfallen, rutschte vom Hocker, warf sich ihm an die Brust, so dass er schwankte und brach in Tränen aus. Jetzt durfte er sie auch noch trösten, ihr den Rücken tätscheln.

Hilflos sah er den Barkeeper an, der knipste ihm tröstend zu, »wird schon wieder. Das Taxi kommt gleich.«

Ein paar Minuten später schob Lindemann Elvira auf den Hintersitz eines grauen Mercedes, gab dem Taxifahrer ihre Adresse und Geld und schaute unendlich erleichtert hinter den Rücklichtern des Wagens her.

Tja, was machte er jetzt? Er war zu aufgekratzt, um nach Hause zu fahren. Er sah auf seine Uhr. Elf Uhr dreißig, viel zu früh, um ins Bett zu gehen. Er hatte sich auf eine lange Nacht eingestellt.

Da war doch in der letzten Woche eine neue Disco eröffnet worden. Die würde er sich anschauen. Dort würden wenigstens keine heiratswilligen Frauen herumhängen.

Der Parkplatz vor der riesigen Halle war rammelvoll. Kleinwagen, Motorräder und sogar ein BMW Cabrio bevölkerten die Einstellplätze. Er stellte seinen Wagen neben den BMW. Da fiel der Porsche nicht so auf.

Irgendwie kam ihm die Gegend bekannt vor, da fiel ihm ein, dass Kaiser in der Nähe sein Atelier und seine Kneipe hatte.

Der Türsteher musterte ihn von oben bis unten. »Wollen Sie wirklich hier rein? Ist doch nur junges Gemüse da drin.« Er trat einen Schritt vor, als wolle er ihn aufhalten.

»Steh´n Sie auf so Junge? Ist der Porsche da von Ihnen?

Na gut, dann kommen Sie rein. Ist noch nicht so viel los. Die meisten kommen erst ab eins.«

Das dunkle Wummern des Basses drang durch die Türe. Als er sie öffnete, umfing ihn Halbdunkel, erleuchtet nur durch bunte Laserstrahlen, die über die Menschen auf der Tanzfläche zuckten und ständig ihre Farbe wechselten. Wenn der Türsteher das hier nicht als voll bezeichnete, wie musste das erst ab ein Uhr nachts sein. Dann war man ja eingekeilt wie in einer Sardinenbüchse, erkannte er, als seine Augen sich an die Lichtverhältnisse gewöhnt hatten.

Die Tanzfläche war gut besetzt. Fast nur Frauen, ach was, Mädchen wanden sich im Takt der Musik. Seine Stimmung hob sich. An der Theke und an die Wand gelehnt lümmelten ein paar junge Männer herum. Bei dem gepiercten Jungen hinter der Theke bestellte er sich, ja was bestellte er sich denn hier? Er schaute sich um. »Ein Bier bitte.« Er stellte zufrieden fest, dass es gezapftes Bier gab und das war schon mal gut. Es zischte richtig, als er durstig trank. Mit dem Glas in der Hand drehte er seinen Hocker so um, dass er über die ruckenden und zuckenden Körper schauen konnte.

»He, Nicole.« Yvonne stupste ihre Freundin an, die mit geschlossenen Augen im Takt der Musik ihren Körper bewegte. »Hast du den da an der Theke gesehen?«

Nicole riss die Augen auf. »Ich seh nichts Besonderes.«

»Etwas weiter rechts, dann siehst du ihn. Der mit dem Bier in der Hand.«

»Meinst du etwa den Ollen, der jetzt zwischen Pit und Mike sitzt. Der ist doch mindestens an die vierzig.«

»Ja, ich find ihn cool. Hat n´Anzug und Krawatte an.«

»Na ja, sieht ja nicht schlecht aus«, meinte Nicole uninteressiert.

»Ich find ihn süß. Meinste, ich sollte ihn mir auf die Tanzfläche holen?«

»Du spinnst wohl. So'n alter Knacker. Was soll'n denn die anderen von dir denken?«

»Das ist mir egal. Mir gefällt er. Schau, er zieht schon seine Krawatte aus, dem wird schon warm. Ich werd ihm noch n bisschen mehr einheizen.«

Sie ließ ihre Freundin stehen und schlängelte sich durch die Tanzenden hindurch.

Werner Lindemann stopfte seine Krawatte derweil in die Anzugtasche. War eine blöde Idee gewesen, hierher zu kommen. Hier war es zu heiß und zu laut. Das Dröhnen des Basses ließ seinen Magen vibrieren. Er würde noch ein Bier bestellen und dann gehen.

Da löste sich eines der Mädchen aus der Menge. In den kurzen blonden Haaren leuchteten rote Streifen. Ihr freier Bauchnabel glitzerte, die Hosen saßen prall an ihren Beinen und das T-Shirt zeigte einen hübschen Busen. Sie kam in seine Richtung und lächelte ihn an.

»He, lass mich raten, du bist neu hier?«

Lindemann lächelte zurück. Die Kleine gefiel ihm.

»He, lass mich raten woran du das siehst?«

Er ging auf ihren Ton ein. Dann sah er grinsend an sich hinunter. »Am Anzug?«

Sie lachte anerkennend. »Du gefällst mir. Kommst du mit auf die Tanzfläche?«

Er ließ seine Jacke über dem Barhocker hängen, krempelte seine Hemdärmel hoch, und schon kam er sich nicht mehr so fremd vor.

Sie hatte die ganze Zeit wippend vor ihm gestanden, jetzt nahm sie ihn an der Hand und zog ihn mitten ins Gedränge.

Er hatte sich schnell an den Rhythmus gewöhnt. Unterhalten war nicht drin. Dafür war es zu laut.

»Ich heiße Yvonne«, schrie sie ihm zu. »Und du?«

Als er antwortete, drehte sie sich gerade mit Schwung um, und er hatte plötzlich einen jungen Mann als Gegenüber, der mit geschlossenen Augen den Kopf nach der Musik hin und her ruckte und dabei so etwas wie leichte Kniebeugen machte. Dann war Yvonne wieder bei ihm. »Cooler Laden«, rief sie. Er nickte. Wieder war sie ein paar Schritte weiter und kippte im Takt mit einer dunkelhaarigen Freundin den Oberkörper vor. Anschließend bewegte sie ihre Hüften aufreizend vor seinen Augen. Aber das lenkte ihn auch nicht von der Musik ab, die er plötzlich öde fand. Der Bass dröhnte in seinen Ohren. Die bunten Lichtbälle über der Tanzfläche zerplatzten in seinem Kopf. Die Kehle war ausgedörrt. Die ersten Schweißtropfen liefen ihm den Rücken hinunter.

Ob er dieses Kind zu einem Bier einladen sollte? Diese Einladung würde ihm die Gelegenheit geben endlich die Tanzfläche zu verlassen.

Yvonne kam ihm zuvor. »Gibst du mir einen aus?« Sie zog ihn von der Tanzfläche.

»Aber klar.« Er musste sich zusammennehmen, dass sie ihm nicht anmerkte, wie froh er war, dem Getümmel entronnen zu sein.

»Was möchtest du?«

»Cola mit Wodka.« Sie schwang ihren Barhocker herum, dass sich ihre Knie berührten, und lächelte ihn aufreizend an. Für ihre schlanke Figur hatte Yvonne einen vollen Busen. Und so jung, wie er gedacht hatte, war sie dann doch nicht. Neunzehn, hatte sie ihm erzählt. Sein Blick blieb immer wieder an ihrem vollen Tshirt hängen. Sie bemerkte es und rutschte näher an ihn heran.

Ihm wurde heiß, aber dieses Mal nicht von der Raumtemperatur.

Die Getränke kamen. Was redete man mit so einem jungen Ding? Er war unsicher.

»Was machst du so?« Sie nahm einen großen Schluck Cola mit Wodka und leckte sich genüsslich über die Lippen. Er bemerkte es. »Im Moment jobbe ich im Kaufhaus.«

Auch er nahm einen großen Schluck. »Macht es dir Spaß?«
»Mal so, mal so.«
»Ist das deine Lieblingsdiskothek?«
»Na ja, sie ist ganz nett. Aber ich gehe noch gerne in die Green Star. Und dann gibt es noch...«
Endlich hatte er etwas gefunden, über das sie reden konnte. Sie zählte ihm die Lokale mit ihren Vor- und Nachteilen auf.
Lindemann hätte sich schrecklich gelangweilt, wenn er nicht ihre Knie und ihre Brüste in Reichweite gehabt hätte.
»Hi.« Ein anderes Mädchen stand neben ihnen und störte Yvonnes Monolog. »Habt ihr für mich was zu trinken?« Sie sah Lindemann auffordernd an. Sie hatte kurzes schwarzes Haar, er hatte sie vorhin auf der Tanzfläche gesehen. Sie war ihm zwar zu üppig, aber er war großzügig.
»Aber klar.«
Yvonne bestellte. »Dasselbe wie ich. Der Herr bezahlt.«
»Das ist meine Freundin Nicole«, stellte sie das Mädchen vor. Nicole legte vertraulich die Hand auf seine Schulter. Schade, er wäre gerne mit Yvonne alleine geblieben. Aber jetzt brauchte er wenigstens nicht mehr zu überlegen, was er mit ihr reden sollte. Andererseits war die fast intime Gemeinsamkeit gestört.
»He, gibt's hier was umsonst? Mir auch dasselbe, und mir auch.« Zwei junge Männer, der eine mit Zopf, der andere mit kahlgeschorenem Kopf umringten die kleine Gruppe. Lindemann kam gar nicht dazu, nein zu sagen. Langsam dämmerte ihm, dass er ausgenommen werden sollte.
»He, was fährst du denn für'n Auto?«, fragte der mit dem Pferdeschwanz.
In dem Moment, als Lindemann die Automarke ausplauderte, hatte er schon das Gefühl einen schweren

Fehler begangen zu haben. Was ging diese Jungen an, was er für ein Auto fuhr? Aber er konnte es nicht mehr zurücknehmen. »Er ist gebraucht gekauft«, setzte er noch abschwächend hinzu. Aber das machte keinen Eindruck. »Wow, ein Porsche.« Yvonne legte die Hand auf seinen Oberschenkel. »Pit und Mike interessieren sich sehr für diese Schlitten, PS usw. Ich sitze lieber drin.« Sie kicherte. »Haste auch`n Motorrad?«, fragte Pit mit dem Pferdeschwanz. Eigentlich interessierte er sich mehr für Motorräder.

Lindemann nahm einen großen Schluck aus dem Bierglas und schüttelte den Kopf.

»Schade, Motorräder sind der Himmel auf Rädern.« Seine Augen glänzten und sein Gesicht verzog sich sehnsüchtig. »So`ne Harley Davidson, das wäre mein Traum.«

»Na, so`n Porsche ist auch nicht schlecht«, meinte Mike großzügig. »Wenn de da so im Sitz liegst, fast auf der Straße, das muss ein irres Gefühl sein.« Sein Ohrring blitzte in allen Regenbogenfarben, als er seinen Kopf bewegte und er in den Lichtstrahl der Tanzfläche kam. Dann fragte er Lindemann nach der PS Stärke des Motors, der Höchstgeschwindigkeit, und wie viel Benzin der Wagen verbrauchte.

»So`ne Spritztour wär gar nicht schlecht«, er sah Werner Lindemann auffordernd an. Aber der ging nicht darauf ein.

Yvonne fing an, sich zu langweilen. Sie zog ihre Hand von seinem Oberschenkel weg.

Schade, trotz der Ablenkung war ihm das erregende Streicheln ihrer Finger nicht entgangen. Er hatte darauf reagiert.

Sie schwang ihren Barhocker herum und stieg ab.

»Ich muss mal irgendwohin.«

Nicole schloss sich an. Die drei Männer blieben zurück.

Lindemann fühlte sich unwohl. Er hatte genug über sein Auto gesprochen und aus dem Motorradalter war er seiner Meinung nach längst heraus. Auch er entschuldigte sich und verschwand Richtung Toilette.

Eine eiserne Wendeltreppe drehte sich in die Kelleretage hinunter. Wenn es hier mal brennen würde, dachte er, wäre es viel zu eng für eine Flucht, und jeder, der sich unglücklicherweise im unteren Gang befand, steckte dann fest, wie in einer Mausefalle.

Stimmen klangen herauf. Er musste an der Damentoilette vorbei. Die Türe zum Vorraum war nicht ganz geschlossen. Er stockte kurz. Yvonnes Stimme.

»Ich find ihn ganz süß.« Er lächelte. »Natürlich ist er ein alter Knacker, aber er hat uns alle eingeladen, und das macht sein Alter wett.«

Lindemanns Mundwinkel fielen herab.

»Aber wir könnten mit seinem Porsche fahren, und er könnte mir auch mal Klamotten kaufen, der stinkt nach Geld. Pit und Mike haben ja nichts drauf.«

»Na, ja«, maulte Nicole. »Meinste, der kauft auch mir was?«

»Ich kann ja sagen es wäre für mich«, schlug Yvonne großzügig vor. Der Wasserhahn wurde abgedreht.

»Aber erst klauen wir ihm den Autoschlüssel und dann machen wir drei ne Spritztour mit'm Porsche«, schlug Nicole vor, »du musst ihn nur ablenken.«

»Und ich? Ich hab ihn ja schließlich angemacht.«

»Du kannst ja später mit ihm nach Hause fahren.«

Lindemann hatte genug gehört. Er vergaß, wo er hin wollte und fast im Laufschritt erklomm er die eisernen Stufen. Wo hatte er bloß seinen Autoschlüssel? Der klimperte in seiner Hosentasche. Gott sei Dank! Und sein Geld? Auch in der Hosentasche. Er war erleichtert.

Aber Führerschein und die Autopapiere waren in der Jacke. Er hastete die letzten Stufen hoch.

Seine Jacke hing noch auf der Lehne seines Barhockers. Etwas schief. Hatte jemand in die Tasche gegriffen? Die Jungen waren nicht zu sehen. Mit einem Griff nahm er die Jacke an sich. »Was kostet der Spaß?« Der Kellner hinter der Theke nannte einen Preis. Lindemann zog die Brauen hoch. »Pit und Mike haben sich noch was bestellt«, sagte er entschuldigend. Lindemann zog einen Schein heraus und legte ihn auf die Theke.

»Stimmt so, ich muss ganz dringend weg, sagen Sie das den anderen.« Dann hastete er zum Ausgang.

Er atmete tief die regenschwere, kühle Luft ein, die ihm ins Gesicht blies, als er draußen seine Ärmel herunterrollte, die Krawatte festband und die Anzugjacke überzog. Der Türsteher beachtete ihn nicht. Wer herauskam, das interessierte ihn nicht, nur wer hineinwollte.

Was nun? Lindemann überlegte. Kaiser hatte seine Kneipe hier irgendwo in der Nähe, und er brauchte jetzt unbedingt Ablenkung.

»Alter Knacker!« An seinen Autoschlüssel wollten sie! Er schüttelte den Kopf. Was für ein schlimmer Tag!

Er drehte sich noch einmal zum Türsteher um und fragte nach Kaisers Gaststätte.

»Der verrückte Maler? Klar weiß ich wo das ist.«

Kurz erklärte er ihm den Weg. »Das Auto würde ich hier nicht stehen lassen«, warnte er. »Vor dem Atelier sind auch Parkplätze, da ist es sicherer aufgehoben.«

»Ob Mäuschen da war?«, dachte er, als er die Treppenstufen zu Kaisers Kneipe hinunterstieg.

Hedwig erkannte ihn sofort. Sie trocknete sich die Hände, die feucht vom Bierzapfen waren, an einem Handtuch ab und kam auf ihn zu. »Das ist aber eine Überraschung.« Sie schaute hinter ihn. »Alleine da?«, fragte sie ungläubig. Das ärgerte ihn. »Wie Sie sehen, bin ich alleine.« Was für eine dumme Frage, dachte er.

Hedwig kannte diesen aggressiven Ton von Kaiser und erkannte sofort, dass sie im Moment auch Lindemann vorsichtig, wie ein rohes Ei, behandeln musste. »Soll ich Ihnen einen Tisch oder einen Platz an der Theke besorgen?«

»An der Theke.« Er ließ sie kaum ausreden. »Und ein Bier und einen Schnaps.«

An der Theke waren zwei Plätze frei. Er setzte sich an den, der am weitesten vom Rummel des Lokals entfernt war.

Hedwig stellte das frisch gezapfte Bier und einen Klaren vor ihn hin »Zum Wohl.«

In dieser Kneipe kümmerte man sich wenigstens um ihn, sogar mit Respekt!

»Alter Knacker«, das ging ihm nicht mehr aus dem Kopf. »Ist er nicht süß, der alte Knacker?« So eine kleine Rotznase!

Übellaunig stürzte er sein Bier herunter. Noch eins. Irgendwann setzte sich jemand neben ihn. »Geben Sie dem Herrn neben mir auch ein Bier.« Seine Zunge bewegte sich nicht wie sonst.

Er riss die Augen auf. Er kannte den Typ neben ihm. Wer war das bloß? Seine Gedanken schwammen. Ach ja, er hatte ihn über Mäuschen kennen gelernt.

»Ich bin Dichter«, stellte sich sein Nachbar vor und zog seinen Hocker näher an Lindemann heran.

Jetzt fiel es ihm wieder ein, das war der Poet mit den Vo – Vo- Vokalübungen. Wie hieß er noch? Goethe, ach Quatsch, Wolfgang oder so etwas.

Das Bier kam, auf seine Rechnung. Uninteressiert wollte er sich abwenden, aber der Mann hielt ihn am Arm fest. »Ich kenne Sie doch von Kaisers Party. Ich habe dort meine Gedichte vorgetragen.«

»Ich weiß, ich habe Sie gehört.«

»Und wie hat es Ihnen gefallen?« Der Poet fragte es, fast wie eine Drohung. Trotzdem konnte sich Lindemann nicht aufraffen »toll«, oder »fantastisch« zu sagen. Er sah dem jungen Mann ins Gesicht. Der gierte förmlich nach Lob. Würde er ihn loben, bekäme er ihn nicht mehr los. Würde er sich negativ äußern, bekäme er ihn auch nicht mehr los. Er war nicht wild darauf zuzuhören, woher der

Dichter seine Ideen hätte und wie viel Mühe und Arbeit er für eine Zeile verwendete. Denn das interessierte ihn einen Scheißdreck.

Schließlich sagte er vage: »Ich erinnere mich nicht mehr genau.« Das Licht in den Augen Johann Wolfgangs erlosch. Er tat ihm leid. Also setzte er hinzu, »Aber soweit ich weiß, fand ich es cool. Cool, ja ich denke, so kann man sagen.« Das Licht in den Augen seines Nachbarn glomm wieder auf.

»Noch ein Bier für uns zwei«, bestellte Lindemann, »und für mich noch einen Schnaps dazu.«

Was für ein Scheißtag! Erst der Krach mit Elvira, dann die Disco mit Yvonne und dann noch ein verkannter Dichter! Entweder er fuhr jetzt nach Hause, oder er ließ sich vollaufen.

Er würde sich vollaufen lassen, beschloss er.

Sein Thekennachbar schob ihm unaufgefordert sein leeres Glas zu. »Noch eins und mir einen Schnaps«, sagte er, sie konnten sich genauso gut zu zweit betrinken.

Er hörte gar nicht hin, als Johann Wolfgang ihm von seinen erfolglosen Versuchen, einen kleinen Band seiner Vokalkompositionen bei einem Verlag unterzubringen, berichtete. Er wüsste, dass er später berühmt werden würde, und alle, die ihn jetzt ablehnten, würden ihm die Füße küssen. Das Einzige, was er bräuchte, wäre ein Sponsor.«

»Du machst das falsch«, meinte Lindemann schließlich. Verdammt, die Zunge wollte nicht so wie er. »Du musst deine Er – Erinnerungen vom Knast aufschreibn.« Er drehte sich zum Lokal um. Es schien voll zu sein. Aber er sah manches verschwommen. Vielleicht brauchte er eine Brille, die hatte er ja, aber nur zum Lesen. Brauchte er sie auch tagsüber?

Jetzt schon! Er war ja auch ein alter Knacker.

Oh, die Welt war schlecht.

Er wischte sich mit der Hand über die Augen.

»Alter Knacker« hatte irgendjemand ssu ihm gesagt. Wer war das noch? War ja auch egal.

»Hedwig, noch´n Bier.«

»Mir auch«, der Dichter schloss sich an. »Und dann hat mir die Wirtin gekündigt. Mir, dem zukünftigen Dichter. Für läppische zwei Monate Mietrückstand.« Er rülpste. Lindemann nickte.

»Ich dachte, ich könnte bei einer wunderbar warmherzigen Frau einziehen. Von wegen warmherzig! Eine kaltschnäuzige Karrierezicke war das. Lehnte es glatt ab. So´ne Chefsekretärin. Zwar mit Brille, aber...«

Chefsekretärin, das drang durch Lindemanns wolkenverhangenes Gehirn hindurch. »Was ist mit ihr?«

»Nichts, leider. Es wäre so schön gewesen. Ich hätte den Hausmann gespielt, hätte mehr Zeit für meine künstlerischen Werke ge- gehabt.«

Auch Johann Wolfgang bekam die Worte kaum noch ausgesprochen.

»Und hätte keine Probleme mehr mit mie- miesen Wirtinnen gehabt. Aber aus der Traum.«

»Hieß sie vielleicht Maus?« Lindemann bemühte sich, das Gesicht seines Nachbarn zu fixieren.

Irritiert sah ihn der andere an. »Wie? Nein! Maus«, und er kicherte abfällig. » Ich meine Luisa, die Tangotänzerin.« Er rülpste erneut.

»Ich glaube ich muss mal.«

Er rutschte vom Stuhl und verschwand. Lindemann fasste nach seinem Glas. Beim ersten Mal griff er daneben, erst beim zweiten Mal erwischte er das glatte kalte Glas. Mäuschen, dachte er sehnsüchtig, sie würde ihn verstehen.

»Noch´n Bier.« Er brachte es kaum heraus.

Irgendetwas drang durch Marie-Luises Träume. Sie warf sich unruhig auf die andere Seite. Es hörte nicht auf. Sie schlug danach. Es war immer noch da. Sie setzte sich ruckartig auf. Die Augen aufgerissen. Es war dunkel. Neben ihr schrillte das Telefon. Sie tastete nach dem Lichtschalter, warf etwas um. Ach Gott, das musste der Wecker sein. Hastig drückte sie den Lichtknopf. Sanftes Licht hüllte das Schlafzimmer ein. Es war nicht der Wecker, sondern das Telefon läutete penetrant. Mittlerweile hell wach, hob sie den Hörer ab. »Maus.«

»Hier ist Hedwig. Marie-Luise…«

Mit der linken Hand hatte Marie-Luise den Wecker hochgehoben und starrte frustriert auf die Uhrzeit. Sie schüttelte den Kopf.

»Hedwig, was willst du denn von mir? Weißt du, wie viel Uhr es ist. Es ist halb drei nachts! Bist du verrückt, um diese Zeit anzurufen!«

Hedwigs Stimme klang zerknirscht.

»Ich weiß, dass es halbdrei ist, aber wir haben hier einen Notfall.«

»Wenn du Krach mit Kaiser hast, dann hat das auch Zeit bis Morgen.« Marie- Luise schimpfte.

»Nein, nein, mit Kaiser und mir ist alles in Ordnung. Ich habe hier an der Theke Werner Lindemann sitzen.«

»Wen?«

»Werner Lindemann, deinen Chef.« Sie betonte es, als ob Marie-Luise begriffsstutzig wäre.

»Na und, was geht mich das an? Mitten in der Nacht.«

»Er ist blau, stinkbesoffen, um es ehrlich zu sagen, wir wollen ihn loswerden.«

»Wenn er nicht mehr fahren kann, dann setz ihn doch ins Taxi nach Hause. Er hat doch bestimmt eine Visitenkarte dabei.«

»Er will aber nicht!« Jetzt wurde Hedwig ungeduldig.

»Ja, ich komme gleich«, rief sie jemandem im Hintergrund zu.

»Er will zu Mäuschen«, drängte sie, »Mäuschen bist ja wohl du!«

»Ja«, wieder rief jemand etwas. »Ich habe doch gesagt, ich komme gleich.« Ein Plumps war zu hören. »Verdammt«, Hedwigs Stimme klang frustriert. »Jetzt ist der Idiot auch noch vom Hocker gefallen.«

»Wer? Lindemann?«

»Nein, unser Poet. Also mir reichts. Ich schick dir deinen Chef mit dem Taxi und fertig.« Sie knallte den Hörer auf die Gabel.

Marie-Luise brauchte einige Zeit, bis sie glauben konnte, dass ihr Chef sich so betrunken hatte, dass selbst Hedwig es zuviel wurde. Lindemann ließ sich hierher fahren. Der spinnt wohl. Was sollte sie denn mit ihm anfangen? Sobald der Taxifahrer kam, würde sie ihn zu Lindemanns Wohnung umleiten.

Sie zog sich den Morgenrock an, machte Licht in der Küche, setzte Kaffee auf und ging ins Bad. Sie sah aus, als hätte sie die ganze Nacht nicht geschlafen. Sie gurgelte, kämmte sich die Haare und kniff sich in die Wangen. Sie sah immer noch nicht viel besser aus. Ach, war doch auch egal!

Im Wohnzimmer räumte sie das Geschirr vom Couchtisch, füllte sich eine Tasse mit Kaffee auf und trank Schluck für Schluck. Langsam wurde sie ruhiger. Lindemann hatte bestimmt nicht ihre Adresse angegeben, Hedwig musste da etwas falsch verstanden haben.

Sie hatte ihre Tasse weggespült, alles weggeräumt, sich noch einmal die Haare gekämmt, als sie endlich, sie war gerade dabei ihre Pflanzen zu gießen, um die Zeit auszufüllen, das Taxi anfahren hörte. Sie schloss leise den Flur auf. Die Nachbarn wollte sie nun wirklich nicht aufwecken, das fehlte noch.

Eine von Lindemanns Visitenkarten hatte sie in der einen das Portemonnaie in der anderen Hand. Sie würde den Fahrer bezahlen und ihn mitsamt seinem Fahrgast gleich zur neuen Adresse schicken.

»Wir sind da.« Der Taxifahrer stützte Lindemann.

»Wie kann man nur so besoffen sein«, schüttelte er den Kopf. »Hab noch Glück gehabt, dass er mir nicht die Polster vollgekotzt hat«, dachte er, »aggressiv war er auch nicht gewesen. Gott sei Dank! Habe ja schon manches erlebt«, er rieb sich die Nase.

Sein Piepser meldete sich, er sprach hinein.

»Ich komme sofort, die Kliniken sind ja nicht weit weg von hier. Bin in fünf Minuten da. Hab noch einen Gast abzuliefern.«

»Beeile dich, es ist wirklich dringend«, lag ihm die Telefonistin in den Ohren. »Die Wehen sind schon alle zehn Minuten, sagt die Frau.«

Er lehnte Lindemann gegen die Wand und zog den Zettel, den ihm die Wirtin zusammen mit dem Geld zugesteckt hatte aus der Hosentasche.

»Maus, fünfter Stock«, las er. Das dauerte ihm zu lange! Er drückte die Klingel. Die Haustüre wurde fast sofort aufgedrückt, ohne dass jemand nach dem Namen fragte. Die Dame war wohl daran gewöhnt, dass ihr Mann oder Lebenspartner betrunken nach Hause gebracht wurde.

Er zog seinen Fahrgast hinüber zum Aufzug. »Wenn ich Ihnen die Fünf drücke, kommen Sie oben alleine heraus?«, fragte er. »Ich hab noch eine dringende Fahrt.«

»Aber klar«, nuschelte Lindemann.

»Ssoo betrunk'n bin ich schließ-schließlich auch nich.«

»Also, dann machen Sie es gut.«

Marie-Luise hörte irgendwelche Stimmen durch den Aufzugsschacht.

Der Fahrstuhl setzte sich quietschend in Bewegung. Schnell klemmte sie ihre Flurtüre fest und huschte im Morgenrock zum Fahrstuhl hinüber.

Den Taxifahrer würde sie gleich hier abfertigen. Die Lampe leuchtete auf. Sanft öffnete sich die Türe. In der hinteren Ecke, an die Fahrstuhlwand gelehnt, sah sie

Lindemann, alleine! Das hatte gerade noch gefehlt.

»Wo ist denn der Taxifahrer?«

»Weggefahren. Hallo Mäuschen?« Er grinste erleichtert, stieß sich von seinem Halt an der Wand ab und schwankte auf sie zu.

Sie verzog das Gesicht. Statt ihren Chef in seine eigene Wohnung abschieben zu können, wie sie es vorgehabt hatte, stand er nun schwankend, allein, wie ein Halm im Wind vor ihr. Hastig stopfte sie Portemonnaie und Visitenkarte in die Tasche ihres Morgenrocks zurück und griff mit beiden Händen zu, als er auf sie zu stolperte. Er war zwar schlank, aber als er sich mit seinem ganzen Gewicht auf ihr abstützte, fing sie doch an zu keuchen. Es dauerte einige Zeit, bis sie ihn in ihre Wohnung bugsiert hatte. Leise fiel die Türe ins Schloss. Erleichtert atmete sie auf, keiner der Nachbarn hatte sich blicken lassen.

»Was haben Sie sich dabei gedacht, bei mir aufzutauchen?«, schimpfte sie verhalten.

»Ich w wollte ssu dir, M Mäuschen und jetzt will ich ins Bett. Mir iss gar nicht gut.«

Sie sah ihm ins Gesicht. Ganz blass sah er aus. Kleine Schweißperlen standen auf seiner Oberlippe. Am besten würde sie ihn so schnell wie möglich ins Bad zerren. Schwer atmend mühte sie sich die wenigen Meter ab, schaffte es gerade noch, den Toilettendeckel zu öffnen, als es auch schon losging.

»Oh, iss mir schlecht«, stöhnte Werner Lindemann zwischen zwei Übelkeitsanfällen.

Marie-Luise musste ihn wieder stützen, so schwach war er. Schließlich setzte sie ihn vorsichtig auf den Badezimmerhocker. »Lehnen Sie sich an die Wand, ich hole ein Handtuch.«

Schlaff, den Kopf an die kühlen Badezimmerplatten gelehnt, saß er da wie ein Häufchen Elend, als Marie-Luise zurückkehrte. Schweißperlen tropften die Wangen hinunter. Die Augen hielt er geschlossen.

Als sie ihn so hilflos dasitzen sah, verflog ihr Ärger, und ein warmes Gefühl des Mitleids stieg in ihr hoch.

Sie hatte Badeöl ins Wasser des Waschbeckens tropfen lassen. Langsam verströmte es seinen Duft. Sie tauchte einen Waschlappen hinein und wusch ihm vorsichtig über das Gesicht.

»Besser?«, fragte sie.

Er nickte und öffnete die Augen. »Ich bin müde«, flüsterte er und schloss sie wieder.

»Nicht einschlafen«, bat sie eindringlich. »Wach bleiben; bitte; noch fünf Minuten, dann haben wir es geschafft.« Sie zog ihn hoch, legte seinen Arm um ihre Schulter.

»Wach bleiben«, murmelte er folgsam. Schritt für Schritt schafften sie es bis zu ihrem Schlafzimmer.

»Vorsichtig setzen«, sie löste seinen Arm von ihrer Schulter. »Noch wach bleiben«, warnte sie erneut.

Aber es war umsonst. Rückwärts fiel er auf das Bett, murmelte noch etwas Unverständliches und fing sofort an zu schnarchen.

»Verdammt, hab ich mirs doch gedacht«, schimpfte sie. Er lag quer über ihrem Bett, vollkommen angezogen.

»Chef«, sie rüttelte ihn. »Herr Lindemann!«

Er grunzte, aber mehr bekam sie nicht von ihm zu hören. Sie zerrte ihn in die richtige Liegeposition, zog ihn vorsichtig aus, bis auf das Unterhemd und die Unterhose. Er war so schwer wie ein nasser Sack.

So hatte sie sich ihre Arbeit als Sekretärin nicht vorgestellt. Kräftig zog und zerrte sie die Decke unter ihm heraus, um ihn zuzudecken. Keinen Pieps gab er von sich, er schnarchte seelenruhig weiter. Endlich konnte sie ihn zudecken.

Lammfromm lag er auf dem Rücken; die dunklen Wimpern flatterten leicht. Die Nasenflügel blähten sich beim

Atmen auf. Er hatte eine klassische gerade Nase, und die Gesichtszüge waren entspannt, bemerkte Marie-Luise. Er schlief selig wie ein kleines Kind.

Trotz all der Widrigkeiten musste sie sich sagen, dass er selbst jetzt noch ein unwiderstehliches Mannsbild war. Nur für sie nicht!

Was nun? Sie sah sich im Wohnzimmer um. Ihr blieb nur die Couch. Eigentlich viel zu schmal und unbequem. Sie schob einen Sessel nah an die Kante des Sofas als Schutz, damit sie nicht herunterfiel, wenn sie sich beim Schlafen umdrehte, holte sich ihre einzige Decke aus dem Schrank, stopfte sich zwei Sofakissen unter den Kopf und schaute auf die Uhr. Es war mittlerweile vier Uhr morgens. Welch ein Glück, dass sie am nächsten Morgen nicht arbeiten musste. Sie gähnte ausgiebig und löschte das Licht. Es dauerte nicht lange, bis auch sie eingeschlafen war.

Das erste Licht des Morgens weckte sie. Verwirrt setzte sie sich auf. Hatte sie vergessen, die Vorhänge zuzuziehen? Ihr Blick glitt verständnislos über den Sessel vor der Couch, und die blühenden Pflanzen am Fenster.

»Ach ja, Lindemann«, fiel ihr wieder ein. Sie streckte sich gähnend. Jetzt erst merkte sie, dass ihr der Rücken schmerzte und auch der Nacken wehtat. Sie drehte den Kopf vorsichtig nach rechts und links. Dann horchte sie. Aus dem Schlafzimmer ertönte regelmäßiges Schnarchen. Sie würde sich schnell anziehen, einen starken Kaffee kochen und ihn dann nach einem ordentlichen Frühstück nach Hause schicken. Weiß der Teufel, wieso ihre Freundin auf die Idee kam, ihr den Chef aufzuhalsen.

Kaffeeduft erfüllte die Wohnung; der Frühstückstisch war gedeckt. Sie hatte alles, was sie im Kühlschrank gefunden hatte, aufgetragen. Im Schlafzimmer rührte sich nichts. Sie öffnete vorsichtig die Türe. Herrje, er schlief immer noch tief und fest. Jetzt lag er auf dem

Bauch und umarmte fest sein Kopfkissen. Sie hatte nun wirklich keine Lust, auch noch ihren Sonntag an ihn zu verschwenden.

Am Nachmittag hatte sie sich mit Birgit Bauer zum Tennis verabredet. Plötzlich musste sie grinsen, Birgit war ja eine abgelegte Freundin ihres Chefs, fiel ihr ein. Wenn die von seinen nächtlichen Eskapaden wüsste, sie würde sicher schadenfroh lachen.

Aber sie war eine gute und loyale Sekretärin, sie würde die gestrigen Vorfälle für sich behalten.

Sie würde jetzt die Vorhänge beiseite ziehen und den Tag hereinlassen, beschloss sie nach einem Blick auf ihre Armbanduhr. Es war bereits halb elf, und Lindemann gehörte nach Hause.

Ein unterdrücktes Stöhnen erklang, als sie am ersten Fenster den Vorhang zur Seite schob, das zu einem Jammerschrei wurde, als nun auch durch das zweite Fenster eine Welle helles Licht in den Raum flutete.

Lindemann war im Bett hochgeschossen; das Gesicht schmerzhaft verzerrt. Die Augen zugepresst. »Oh, nicht so laut, nicht so hell. Was ist denn los?«

»Aufstehen, Chef. Ich habe heute noch was vor«, sagte sie munter.

»Seien Sie nicht so ekelhaft lustig. Mir ist gar nicht danach.« Plötzlich riss er die Augen auf.

»Mäuschen? Wie kommen Sie denn hierher?«

»Das könnte ich Sie besser fragen«, konterte sie.

Sie schaute auf ihn hinunter. Die Haare waren zerzaust. Sein dunkler Bartansatz machte ihn ungeheuer männlich. Sein Unterhemd war zerknittert und er saß in der Unterhose im Bett und hielt sich am Matratzenrahmen fest, da sich alles um ihn drehte.

Nichts schien seine Attraktivität zu schmälern.

Ein schiefes Grinsen zog sich über sein Gesicht.

»Hab wohl ein bisschen viel getrunken?«

Es war eine rein rhetorische Frage. Er erwartete keine Antwort. »Mäuschen, haben Sie ein Aspirin für mich? Vielleicht auch zwei? Auch einen starken Kaffee?« Noch auf der Bettkante schluckte er seine Tabletten und spülte sie mit dem Kaffee, den sie ihm gebracht hatte, hinunter. Dann ließ er sich das Bad zeigen.

Es klatschte und platschte. Marie-Luise horchte auf die Geräusche. Hoffentlich hatte er die Duschtüre zugemacht, sonst konnte sie das Bad, das sie erst gestern geputzt hatte, innerhalb von anderthalb Tagen zweimal saubermachen.

Sie trank bereits ihre zweite Tasse Kaffee, als sich die Badezimmertüre öffnete. Er kam heraus in einer warmen Dunstglocke und duftete nach ihrem Duschgel. Sein Haar war noch feucht. Die obersten Knöpfe seines zerknitterten Hemdes standen offen, der Rest war straff in die hellgraue Anzughose gestopft. Die Krawatte schob er gerade nachlässig in die Hosentasche.

Mit einer Sicherheit, als gehöre er hierher, strebte er dem Frühstückstisch zu.

»Wäre es nicht ihr Chef und würde sie ihn nicht so gut kennen«, dann wäre er ein Mann gewesen, in den auch sie sich verliebt hätte, dachte sie. Sie seufzte unwillkürlich, als sie ihm neuen Kaffee einschenkte.

Lindemann deutete ihr Seufzen falsch. »Ich bin gleich wieder weg, Mäuschen. Es war sehr lieb, dass Sie sich um mich gekümmert haben. Ich hatte gestern einen besch...«, er schluckte das Wort hinunter, dann verbesserte er sich »Einen miserablen Tag. Stellen Sie sich vor, Elvira hat mir einen Heiratsantrag gemacht. Und darüber hat es Krach gegeben. Als meine Sekretärin und Vertraute«, - er schmeichelte ihr bewusst mit diesem Wort, »erinnern Sie sich doch sicher, dass ich eine Heiratsphobie habe.« Er räusperte sich und reichte ihr die Tasse zum erneuten Auffüllen über den Tisch.

Er schlürfte nachdenklich das heiße Getränk.

»Es bleibt mir wohl nichts anderes übrig, als mich von ihr zu trennen. Mäuschen, suchen Sie bitte das übliche Abschiedsgeschenk aus. Und dann werde ich mich wohl nach einer anderen Begleitung umsehen müssen.«

Gedankenverloren drehte er die Tasse in seinen Händen, als sie aufstand, um die Espressomaschine neu zu füllen. Warum war er eigentlich zu ihr gekommen, ausgerechnet zu ihr?

Wenn er ehrlich war, dann wusste er es, aber er konnte es ihr nicht erzählen. Er hätte ihr gerne gesagt, dass er sich ausgebrannt und einsam gefühlt hatte, dass er sich nach ihrer Wärme, ihrem Verständnis und ihrer Hilfsbereitschaft gesehnt hatte. Er hatte es gestern Abend zum ersten Mal bemerkt. Sie war eigentlich der einzige Mensch, der ihn verstand, der ihn tolerierte, wie er war, der ihm half, ohne etwas von ihm zu verlangen.

Nun ja, sie war seine Sekretärin, aber all das gehörte wohl nicht zum allgemeinen Berufsbild einer Sekretärin dazu. Auch ihre beiden Vorgängerinnen hatten diese Charaktereigenschaften nicht vorweisen können.

Er zwang sich dazu, ein Stück Toast herunterzuschlucken. Es schmeckte wie Stroh. Angewidert verzog er das Gesicht.

»Haben Sie ihr Auto bei Kaiser abgestellt?«, fragte Marie-Luise. Er nickte.

»Ich fahre Sie hin.« Sie sah ihn durch ihre dicken Brillengläser aufmerksam an.

Er roch den Kaffee und den Duft ihres Badeschaums plötzlich überdeutlich. Ach, wenn sie doch nur etwas attraktiver wäre, dachte er sehnsüchtig. Und jetzt seufzte er.

Marie-Luise legte sanft die Hand auf seinen Arm.

»Wird schon wieder«, tröstete sie und tätschelte ihm aufmunternd den Handrücken.

Gleich montags suchte sie für Elvira ein wunderschönes

Armband aus und schrieb dazu einen Brief. Er steckte voller Komplimente, sprach von »meiner Heiratsphobie«, und dass er, Werner, nicht ihren Zukunftsplänen von Familie und Kindern im Wege stehen könnte und er bedauerte, dass es so gekommen war, aber es wäre unanständig von ihm zu verlangen, dass sie auf ihn warten sollte, bis er diese Phobie überwunden hätte.

Mittlerweile war Marie-Luise Profi im Abfassen dieser Briefe. Sie druckte ihn aus und bat Lindemann, ihn noch einmal per Hand abzuschreiben.

»Ach Mäuschen, wenn ich Sie nicht hätte!« Er las ihn durch, nickte zufrieden und meinte: »Ich glaube, ich hätte es selbst nicht so gut hinbekommen.«

»Arrogant wie immer«, dachte Marie-Luise, als er das Kästchen mit dem Brief vom Juwelier per Boten an Elvira überbringen ließ.

Lindemann ging auf eine kurze Geschäftsreise, die äußerst wichtig schien.

»Feigling«, dachte Marie-Luise, »verkriecht sich.«

So war sie mal wieder alleine auf sich gestellt, als Elvira ins Vorzimmer gestürzt kam.

»Wo ist dieser Mistkerl. So lass ich mich nicht abservieren.« Sie knallte die Schachtel auf Marie-Luises Schreibtisch. Der Deckel fiel herunter und das schwere Armband rutschte über die glatte Schreibtischplatte. Marie-Luise langte hinüber und bekam es kurz bevor es zu Boden fiel, zu fassen. Sie nahm es in die Hand.

»Ein herrliches Armband«, sagte sie bewundernd.

»Warum wollen Sie es zurückgeben? Sie haben Herrn Lindemann doch zwei wunderschöne Jahre geschenkt.«

»Kommen Sie.« Sie packte alles wieder ein.

»Da der Chef die ganze Woche auf Geschäftsreise ist, kann ich mir auch mal eine freie Stunde gönnen.«

Sie griff nach ihrer Tasche.

»Wir gehen etwas essen und unterhalten uns in Ruhe

über die ganze Situation. Natürlich auf Kosten der Firma.«
Nach einem reichlichen Essen und einem guten Tropfen
Wein, hatte Marie-Luise ihr von der ach so schreckli-
chen Ehe und der noch schrecklicheren Scheidung
ihres Chefs erzählt. Eine wunderbare Herz-Schmerzge-
schichte. Marie-Luise selber konnte kaum die Tränen
zurückhalten. Sie hatte die Einzelheiten natürlich nur im
Vertrauen auf Elviras Schweigen preisgegeben. Wegen
all dieser Vorkommnisse hätte er eine Heiratsphobie. Ob
Elvira wüsste, was eine Phobie wäre?
Elvira wusste es, hatte sie doch hier und da jemanden
betreut, der unter Flugangst litt.
Marie-Luise kannte zwar die erste Frau ihres Chefs nicht
und wusste überhaupt nichts über seine Ehe, aber das
konnte Elvira ja nicht wissen.
Schließlich hatte sie die Stewardess so weit, dass sie
sogar versprach, Lindemann nicht mehr zu belästigen.
Als sie wieder zu ihrer Firma zurückkehrte, schüttelte sie
den Kopf über ihren Chef. Lindemann war wirklich ein
Mistkerl; wenn auch ein charmanter. Welch ein Glück,
dass sie sich nie in ihn verliebt hatte.
Lindemann kam von seiner Dienstreise zurück. Gutgelaunt saß er bei einer Tasse Kaffee an seinem Schreibtisch und probierte verzückt eines von Marie-Luises
selbstgebackenen Plätzchen.
Gott sei Dank konnte er essen, was er wollte, er setzte
keinen Bauch an, dachte er zufrieden.
Sein Privattelefon läutete. Gedankenverloren hob er ab.
»Lindemann.«
Ein Schwall böser Worte ergoss sich über ihn.
»Elvira?« Sein Gesicht verzog sich schmerzlich.
Marie-Luise, die gerade sein Büro betreten wollte und
deshalb den Hörer nicht abgehoben hatte, hielt inne, als
sie seinen Gesichtsausdruck sah. Instinktiv wusste sie,
wer am Telefon sprach.

Lindemann blickte sie eindringlich, wie nach Hilfe suchend, an.

»Ja, aber...«, hörte sie noch, bevor sie leise die Verbindungstür schloss.

Sie wusste, was sein Blick bedeutete. »Rette mich.« Aber sie würde ihn erst mal schmoren lassen. Soviel zu Elviras Versprechen, ihn in Ruhe zu lassen.

Fünf Minuten hielt sie es aus. Der Knopf, der anzeigte, dass er noch telefonierte, leuchtete immer noch rot. Dann erlöste sie ihn.

Sie drückte die Sprechanlage in sein Büro. »Chef, ich habe ein dringendes Gespräch der Firma Flach für Sie. Kann ich es in ihr Büro legen?«

»Ja, danke. Es ist sehr dringend, verbinden Sie mich bitte.«

Es klang erleichtert. »Ich bin gerade fertig.«

Kurz darauf erschien er mit hochrotem Kopf bei ihr. »Warum hat das so lange gedauert? Das war das schlimmste Telefongespräch meines Lebens.« Er wischte sich mit dem Taschentuch über die Stirn.

Als er sein Taschentuch zurück in die Hosentasche stopfte, bemerkte er ein leichtes Lächeln auf ihrem Gesicht.

»Sagen Sie bloß, Mäuschen, Sie sind schadenfroh? So kenne ich Sie ja gar nicht. Ich versteh mich ja selbst nicht mehr, wie ich mich in eine solch eine hysterische Person verlieben konnte.«

Elviras Anrufe häuften sich. Mittlerweile liefen sämtliche Gespräche über das Sekretariat.

Irgendwann hatte Marie-Luise es satt. Sie musste etwas gegen Elvira unternehmen.

Was half gegen eine solche Hartnäckigkeit? Ein neuer Mann! In Gedanken ging sie ihre Bekannten durch. Es blieb nur der Banker oder der Dichter übrig. Sie entschied sich für den Dichter. Johann Wolfgang sah sehr romantisch aus, wenn er seine langen Haare offen trug. Er war genau das Gegenstück von Lindemann. Vielleicht die richtige Heilung von einer verschmähten Liebe?

Sie rief Hedwig an.

Hedwigs Stimme klang süffisant. »Na, hast du deinen Chef wieder beruhigt? Nach seinem Fiasko mit seiner Freundin? Er hat sich ja so nach "Mama Maus" gesehnt.«

Marie-Luise seufzte, »Ihn ja, aber seine Exfreundin nicht. Ich muss mir was einfallen lassen.«

»Holst du schon wieder für ihn die Kohlen aus dem Feuer?«, meinte Hedwig resigniert.

»Ich bin halt so«, entschuldigte sie sich.

»Du machst es bei Kaiser auch nicht anders«, setzte sie verteidigend hinzu.

»Das ist etwas anderes, schließlich liebe ich ihn, und wir sind so etwas wie ein Ehepaar.«

»Sitzt bei dir immer noch der Poet herum?«

»Ja. Sogar in diesem Moment. Willst du Johann Wolfgang sprechen?«

»Nein, nein. Sucht er immer noch eine Wohnung?«

»Ich kann ihn ja fragen.«

»Aber bitte durch die Blume, ich hätte vielleicht jemanden für ihn; nämlich Elvira. Du weißt, sie ist sehr hübsch (was anderes suchte sich ihr Chef nicht aus) und sie fliegt in der Weltgeschichte herum, also hätte er die Wohnung öfter für sich und könnte in Ruhe dichten.«

»Johann Wolfgang dichtet im Moment nicht. Er schreibt ein Buch über einen Mann, der unschuldig im Gefängnis saß«, berichtete Hedwig.

Marie-Luise ging nicht darauf ein »Bitte erzähle ihm von Elvira und lobe sie in den höchsten Tönen. Wenn er bei Elvira erfolgreich sein will, soll er den Romantischen spielen, vielleicht kommt das bei ihr an. Der Chef ist nämlich kein bisschen romantisch. Morgen Abend komme ich mit ihr zu Euch. Vielleicht ist Johann Wolfgang ja auch da. Hämmere ihm ein, dass es um seine Zukunft geht.«

»Also, auf einen Nenner gebracht, Marie-Luise, du willst kuppeln. Na gut, ich versuchs.«

Marie-Luise konnte sich das breite Grinsen vorstellen, das im Moment Hedwigs Gesicht überzog, als sie den Hörer auflegte. Ob Hedwig je gemerkt hat, dass sie selbst auch von ihr verkuppelt worden war?

Elvira ließ sich überreden, mit Marie-Luise eine Kleinigkeit essen zu gehen, und hinterher kehrten sie wie zufällig bei Kaiser zu einem Absacker ein.

Johann Wolfgang sah Marie-Luise und seine Augen strahlten, als er dahinter Elvira entdeckte. Er war also eingeweiht und würde sein Spiel gut spielen, hoffentlich! Elvira war wirklich eine reizende Erscheinung und es war leicht, sich in sie zu verlieben. Bis er sie richtig kennen lernte, verging sicher einige Zeit, und Lindemann und sie selbst waren gerettet.

Am späten Abend fuhr Marie-Luise alleine nach Hause. Elvira sah nur kurz und uninteressiert auf, als sie sich verabschiedete, so vertieft war sie in ein Gespräch mit dem Poeten.

Ein bisschen traurig war Marie-Luise schon. Sie hatte mal wieder zwei Menschen zusammengebracht, und was blieb für sie?

Sie hätte ja auch einen Partner haben können, sagte eine leise Stimme in ihrem Inneren, aber keiner der Männer, die sie bis jetzt kennen gelernt hatte, entsprachen ihren Wünschen. Bei keinem konnte sie sich vorstellen eine feste Verbindung mit ihm einzugehen. Scheinbar war sie zu kritisch. Verlangte sie zu viel von den Männern?

Sie war ja auch nicht ohne Fehler, zudem kam sie sich wie eine graue Maus vor, alle bestätigten das! Noch nicht mal eine große, ernst zunehmende Maus! Eben ein Mäuschen, wie Lindemann zu sagen pflegte. Sollte das wirklich so bleiben?

Ein warmer Tee mit Honig wärmte sie und erleichterte ihr das Einschlafen.

»Übrigens«, bemerkte ein paar Tage später ihr Chef, »Was haben Sie mit Elvira gemacht?«

»Ist jetzt Ruhe an der Front?«

Er nickte.

Sie lächelte zufrieden.

»Ruhe und Rückzug! Ich habe sie mit dem Dichter zusammengebracht, den wir neulich bei Kaisers Ausstellung gehört haben.«

»Mit dem Kerl wie ein Schrank, mit den langen Locken? War der nicht an Ihnen interessiert?«

»Sicher«, sie grinste. »An meiner Wohnung.«

Lindemann kicherte erst und dann lachte er, dass es durch ihr Büro schallte.

»Und Elviras Wohnung ist den halben Monat leer. Mäuschen, Mäuschen! In Ihnen steckt viel mehr, als man ahnt.« Er rieb sich die Tränen aus den Augen und sah sie dann mit einem sehr sonderbaren Blick an, den sie bei ihm noch nie gesehen hatte.

»Nachdenkliches Interesse?«, dachte sie. Was mochte ihm wohl durch den Kopf gehen?

Seit ihrer Tanzvorstellung bei Kaiser wurden Paul und sie häufig zu Betriebsfesten und Veranstaltungen engagiert. Paolo und Luisa waren der Renner der Partys. Das Geld, das sie nebenbei verdiente, investierte sie wieder in Tanzkleider. Feurig rot und schwarz mit Fransen.

Paul strahlte. Ilse begleitete ihn jedes Mal, so wie Marie-Luise ihr geraten hatte, und so hatte sich auch diese Verbindung gefestigt.

Einmal traf sie sogar auf Lindemann. Bei einer Party kam er nach dem Auftritt auf sie zu. Mittlerweile hatte ihm Kaiser bestätigt, dass sich hinter Luisa seine sonst so unauffällige Sekretärin verbarg. »Mäuschen, Sie sind großartig! Das hätte ich Ihnen nie zugetraut. Darf ich ihnen ein Glas Sekt bringen?«

Sie blinzelte ihm mit ihren kurzsichtigen Augen zu.

Er starrte sie an. Das kurze rote Kleid betonte ihre langen, schlanken Beine. Das schwarze gegeelte Haar mit der roten Rose machte sie völlig fremd und exotisch. Die Augen schimmerten, immer noch ohne Brille, grün wie ein Bergsee. Mäuschen war sogar hübsch zu nennen, verdammt, das war ihm noch nie aufgefallen. Er brachte ihr das Glas Sekt.

»Sind Sie alleine da, Chef, fragte sie ungläubig.

»Kommst du«, eine seidige Stimme und eine schlanke Hand legte sich auf seinen Arm. »Ich wollte dich noch jemandem vorstellen.« Damit hatte sich die Frage schon von selbst beantwortet.

Lindemann schien aufzuwachen. Er bemerkte, dass er Mäuschen angestarrt hatte.

»Ich komme gleich.«

»Na, dann ein anderes Mal«, wandte er sich noch einmal Marie-Luise zu. Er räusperte sich und ließ sich von einer schlanken Brünetten wegziehen.

»Beeil dich«, Paul drängte. Sie hatten an diesem Tag noch eine andere Veranstaltung. »Hier ist deine Brille. Ich habe sie in dem Zimmer gefunden, wo wir uns umgezogen haben. Ohne die bist du ja wirklich blind wie ein Maulwurf. Du musst dir mal irgendetwas anderes mit deinen Augen überlegen. Ich hab´s satt hinter deiner Brille herzulaufen. Ein Freund von mir hat etwas über eine Operation gegen Kurzsichtigkeit erzählt. Du bist doch kurzsichtig?«

Sie nickte.

»Mit Laser und so. Hab´s nicht richtig verstanden. Musst dich mal mit ihm unterhalten und dann gehst du zum Augenarzt.«

Bis jetzt hatte Marie-Luise jeden Gedanken an eine neue Brille weit weg geschoben. Die alte Brille gehörte zu ihr wie ihre Nase. Manchmal glaubte sie, dass sie mit ihrer Brille auf die Welt gekommen war.

Sicher, sie war das letzte Mal vor zehn Jahren beim Augenarzt gewesen. In zehn Jahren hatten sich die Behandlungsmethoden ganz bestimmt verbessert.

Sie besah sich im Garderobenspiegel, als sie sich ihren Mantel anzog. Die dunkle Hornfassung ihrer Brille war sehr schwer, das stimmte, aber sie musste ja auch die dicken Gläser halten. Mittlerweile hatte sie eine Einkerbung auf der Nase, weil das Gestell so schwer auf den Nasenrücken drückte.

Na und, schließlich trugen Hunderttausende eine Brille. Trotzdem holte sie sich einen Termin beim Augenarzt.

Der Arzt machte ihr keine Hoffnung. »Diese neue Operation bringt in ihrem Fall keine Besserung. Vielleicht in ein paar Jahren. Aber mittlerweile kann man die Gläser schlanker und gefälliger machen. Dadurch wird das

Gestell nicht so schwer und plump. Ich gebe Ihnen ein Rezept mit, und sie besprechen den Fall mit einem Optiker ihrer Wahl.«

Kaiser empfahl ihr einen neuen Kunden, der zugesagt hatte, seine Schaufenster mit drei Bildern von ihm zu dekorieren. »Die Familie muss zusammenhalten«, meinte er allen Ernstes, »du gehörst ja zur Familie. Sag ihm, dass du von mir geschickt wurdest.«

Marie-Luise zögerte, dann sah sie sich die drei Bilder an, die der Optiker für seinen Laden ausgesucht hatte. Er hatte Geschmack bewiesen und die drei besten von Kaiser, mit kräftigen Farben und schwungvollen Formen ausgesucht. Genau das Richtige für die Dekoration eines langweiligen Brillenfensters.

»Lass dir aber den Chef geben«, riet ihr Kaiser. »Probier alles durch. Die Brille, die du hast, macht dich wirklich nicht schön. Nicht dass mir das bis jetzt aufgefallen wäre. Was zählt, ist der Charakter«, und er legte theatralisch seine Hand auf Herz. Mit einem zufriedenen Seufzer schlang er seinen Arm um Hedwigs Hüfte.

Sie holte sich einen Termin beim empfohlenen Optiker. Nichts gefiel ihr. Sie probierte bestimmt zwanzig Modelle. Sie hatte es längst satt, still auf einem unbequemen Hocker zu sitzen. Wenn es nach ihr gegangen wäre, hätte sie sich die erstbeste Brille geschnappt und wäre bereits auf dem Nachhauseweg.

Aber der Optiker sah es als seine Aufgabe an, das herauszufinden, was am besten zu ihr passte. Das war er Kaiser schuldig, meinte er. Oh Gott, war das langweilig, aber es blieb ihr wohl nichts anderes übrig, und so sagte sie. »Nein, das gefällt mir nicht. Dieses hier ist zu auffällig. Die hier wäre ganz nett, wenn nicht...«

»Am besten überlassen Sie die Vorauswahl mir«, schlug der Optiker leicht genervt vor.

Sie nickte resigniert. Ohne weiter zu maulen setzte sie

alles auf, was er vor sie hinlegte, drehte sich einmal brav nach rechts und links, hielt still, wenn er ihren Kopf zurechtrückte und überlegte dabei, ob er wohl verheiratet sei, welche ihrer Bekannten sie mit ihm zusammenbringen konnte…

Aber er war verheiratet, und wie! Während dieser ermüdenden Prozedur klingelte das Telefon neben ihm.

»Ja, mein Schatz. Nein, ich vergesse es nicht. Natürlich mein Herz. Ganz wie du willst.«

»Oh weija«, dachte sie.

»Meine Frau«, erklärte er, als hätte es noch einer Erklärung bedurft. »Ich habe zum zweiten Mal geheiratet. Sie ist zwanzig Jahre jünger als ich, und wir erwarten unser erstes Baby«, strahlte er.

»So, nun wieder zu Ihrer Brille.«

»Wie wär's denn mit einer dreieckigen oder herzförmigen Brille«, meinte sie schließlich ärgerlich. »Ich hatte mal eine Rose aus Fimo an meinem Brillengestell befestigt. Sie passte genau zu meinem Tangokleid. Mein Partner und ich tanzen nämlich Tango.«

Irritiert sah der Optiker sie an. »Eine Rose aus Fimo, die bricht doch ab.«

»Ist es ja auch, mitsamt dem Brillenbügel.«

Der ältere Mann schüttelte den Kopf.

»Wer hat mein Geschäft empfohlen? Ach ja, Kaiser, der Künstler, das erklärt alles, dann arbeitet man schon mal mit Fimo.« Es klang etwas abfällig.

»Aber wenn man die Brille passend zum Kleid entwerfen würde, das wäre doch mal etwas anderes«, schlug sie hartnäckig vor.

Der Optiker machte eine wegwerfende Bewegung.

»Kommen wir zu ihrer Brille zurück. Ich denke, wir nehmen diese hier mit dem schmalen Goldrand, dann fällt sie nicht so sehr auf. Dazu ganz flache Kunststoffgläser, die besten, die es gibt. So erkennt man wenigstens die

Farbe Ihrer Augen. Sie haben übrigens eine ungewöhnliche Augenfarbe. Außerdem macht das leichte Gestell keinen hässlichen Einschnitt in ihren Nasenrücken, wie ihre alte Brille. Mit diesem dicken Rand und den schweren Glasgläsern muss sie ja wirklich uralt sein, das macht man schon seit Jahren nicht mehr«, angewidert verzog er seinen Mund.

Mittlerweile war Marie-Luise alles recht. Ergeben willigte sie ein.

»In einer Woche können Sie das Gestell mit den Gläsern abholen.«

Drei Tage später rief der Optiker an.

»Frau Maus?«, seine Stimme klang ganz aufgeregt.

»Ich habe meiner Frau von Ihrer Idee mit der Rose aus Fimo erzählt. Sie fand das gar nicht schlecht. Ich zermartere mir nun schon seit Tagen den Kopf, wodurch man das schwere Material ersetzen kann, und da ist mir etwas Leichteres eingefallen, das man besser befestigen kann. Wissen Sie, meine Frau ist Teilhaberin einer Boutique. In sechs Wochen findet eine Modenschau statt, die Mannequins werden Brillen aus meinem Laden tragen.« Er räusperte sich. »Ich habe diese Brillenshow schon einmal arrangiert. Meine Frau hat vor zwei Jahren auch eine Brille von mir bekommen, so habe ich sie damals kennen gelernt«, setzte er stolz hinzu, »mittlerweile ist sie auf Kontaktlinsen umgestiegen, was ja leider bei Ihnen nicht geht.«

»Nun ja, zurück zur Brille. Vielleicht hätten Sie Lust, mir ein paar Entwürfe vorzulegen. Passend zur Garderobe und abgestimmt auf Stil und Farbe des Kleides. Das wäre schließlich ein Gag und würde meinen Namen bekannter machen.«

Marie-Luise zögerte, laut überlegte sie:

»Samstags kann ich nicht, wir haben noch mehrere Tangovorstellungen, aber während der Woche? Gut ich komme.«

Die Besitzerin der Boutique reichte eine Liste und Fotos der Kleider herein. Der Optiker hatte lange getüftelt. Er entwickelte eine Art Clip, mit dem man die entworfenen Objekte an den Gestellen befestigen und wieder abnehmen konnte. Nichts Dauerhaftes, aber außergewöhnlich. Marie-Luise entwarf Rosen, Margeriten, streute winzige Strass-Sterne über die Gestelle, setzte unten in die Ecke oder auf den Bügel gebräuchliche Namen, damit jeder, der wollte, seinen Namen auf der Brille finden konnte; für die Landhausmode formte sie Kühe, Bauernhäuschen, Mond und Sonnen. Das machte ihr einen Heidenspaß.

Nur Lindemann ärgerte sich.

»Frau Maus. Ich habe morgen Abend etwas sehr Wichtiges zu erledigen, könnten sie bitte unseren Kunden aus England am Flughafen abholen?«

»Chef, es geht nicht. Ich bin verabredet. Wir haben noch eine Tangovorführung.« Sie war ganz verlegen, weil sie log. Sein Kopf ruckte hoch. Er sah sie ungläubig an. Sie hatte in all den Jahren noch nie abgesagt, wenn er sie um etwas gebeten hatte. Das war neu.

»Sind Sie schon wieder auf Männerfang?«, meinte er ungeduldig. »Geben Sie es doch auf. Bei mir geht's Ihnen doch gut. Ich bin ein angenehmer Chef. Sie verdienen gut. Das ist doch auch etwas wert! Mit dem anderen Geschlecht gibt es meist Unruhe, Aufregung und oft sogar Kummer.«

Er dachte erwartungsvoll an die "Aufregung", die ihn heute Abend mit der rothaarigen Rechtsanwältin erwartete, die er neulich kennen gelernt hatte.

Marie-Luise wurde ärgerlich. »Ich kann heute nicht!« Sie blieb stur.

»Übrigens sind Sie für mich kein Männerersatz.«

Das klang endgültig. Sie griff nach einem Ordner und blätterte darin herum.

Irritiert sah er zu ihr hin. Mittlerweile hasste er es, wenn sie von ihm wie von einem geschlechtslosen Wesen sprach. Einen Mann sollte sie in ihm sehen!

Er gab der Verbindungstüre zu seinem Büro einen Schubs, so dass sie laut und vernehmlich ins Schloss fiel. Anhimmeln sollte sie ihn! Das wollte er!

Wollte er wirklich, dass seine Sekretärin ihn anhimmelte? Er konnte es kaum glauben, solche Gedanken zu pflegen, aber er musste sich das eingestehen. Das war natürlich ganz harmlos, beruhigte er sich. Schließlich kannte sie ja alle seine Freundinnen und unterstützte ihn bei seinen Beziehungsproblemen. So war es gut, und so sollte es auch bleiben.

Er wünschte Marie-Luise von ganzem Herzen, dass der morgige Abend ein Misserfolg werden würde. Dann entschloss er sich, einen Abteilungsleiter zum Flughafen zu schicken.

Marie-Luises Abend wurde keineswegs ein Misserfolg! Mia, die junge Frau des Optikers, machte ihrem Mann und Marie-Luise einen Kaffee und freundete sich sehr schnell mit Marie-Luise an.

Das war eigentlich ihr Glück, dachte Marie-Luise. Sie selbst war so unauffällig, dass keine ihrer weiblichen Bekannten jemals auf sie eifersüchtig war, bis auf Ilse, fiel ihr ein. Sie probierten die Brillen, veränderten, verbesserten die Entwürfe und lachten viel. Zwei der Brillen standen Marie-Luise sehr gut, sie würde sie behalten dürfen, wenn die Modenschau vorbei war.

Am nächsten Morgen kam Lindemann verspätet zur Arbeit. Er betrat zuerst ihr Büro.

Marie-Luise strahlte. »Guten Morgen.«

Ihr Chef wirkte gar nicht ausgeschlafen. Für ihn war der Abend nicht gut gelaufen. Bei einem erstklassigen Essen bei romantischem Kerzenlicht hatte er drei Stunden lang irgendwelchen Prozessabläufen zuhören müssen, wobei Miranda ihm immer wieder versicherte, was für eine großartige Rechtsanwältin sie sei. Sein Verlangen nach ihr nahm nach jedem neuen Prozess unmerklich ab, dafür hatte ihn eine unbekannte Müdigkeit überfallen, sodass der Abend, anstatt mit leidenschaftlichen Liebesspielen zu enden, in eine lauwarme Verabredung für das nächste Wochenende ausgelaufen war.

»Mäuschen, bitte machen Sie mir einen ganz, ganz starken Kaffee.«

Sie sprang sofort auf. »Geht es Ihnen nicht gut?«

Eigentlich wollte er abwinken, aber plötzlich sehnte er sich nach ihrem Mitgefühl. Es sollte sich jemand um ihn kümmern, nur um ihn. Er verzog leidend sein Gesicht. Sie schaltete eifrig die Espressomaschine an.

»Hier haben Sie meinen Stuhl, setzen Sie sich doch. Warum sind Sie nicht zu Hause geblieben, wenn Sie sich nicht wohl fühlen? Möchten Sie eine Tablette? Soll ich Ihnen etwas von meinem Eau de Toilette geben?«

Sie tat ein paar Tropfen auf ein frisches Taschentuch und tupfte ihm die Stirn ab.

Am liebsten wäre er noch lange hier sitzen geblieben. Aber das Telefon zerstörte seine Zufriedenheit.

Marie-Luise hastete zum Schreibtisch.

»Bleiben Sie hier sitzen, ich komme gleich wieder.«

Trotzdem stand er auf und ging hinüber in sein Büro. Warum kannte er eigentlich nur Frauen, um die e r sich kümmern musste? Frauen, die immer etwas von ihm wollten?

Tief seufzte er. Na ja, ehrlicherweise musste er ja zugeben, dass auch er von ihnen etwas wollte. Außerdem suchte er sich aus bestimmten Gründen keine anschmiegsamen Frauen aus; weil er Angst vor ihnen hatte. Sie hängten sich zu sehr an ihn und wollten schnell geheiratet werden. Alle? Da lobte er sich doch Frau Maus. Sie wollte nichts von ihm, erfasste sofort seine Stimmungen und tat alles, ohne irgendetwas zu fordern.

Marie-Luise brachte den duftenden Espresso mit seinen Lieblingsplätzchen ins Büro und meldete den englischen Geschäftsmann, der angerufen hatte, an.

Die Modenschau rückte näher. Marie-Luise nahm sich einen Tag Urlaub. Lindemann zog seine Augenbrauen hoch. »Das passt mir aber gar nicht. Sonst nehmen Sie doch immer Urlaub mit mir zusammen. Was gibt es denn so Wichtiges?«

Sie zögerte. Sollte sie ihm von ihren Brillenentwürfen erzählen? Nein, es ging ihn nichts an. Vielleicht fände er ihre Ideen geschmacklos, und sie hätte sich der Lächerlichkeit preisgegeben.

»Familienangelegenheiten«, sagte sie knapp. Sie begann zu arbeiten.

Sehr unzufrieden nahm er die Unterschriftenmappe, die sie ihm hingeschoben hatte, und trug sie hinüber zu seinem Schreibtisch.

Eigentlich konnte er ihr den Tag nicht verweigern. Es war ja nur ein Tag, rief er sich beruhigend in Erinnerung. Miranda, die Rechtsanwältin, rief an. Marie-Luise stellte durch. »Hallo«, hauchte sie ins Telefon.

»Wir sind zwar erst am Samstag verabredet, aber ich muss Freitagabend zu einer Modenschau. Ein Mandant von mir stellt seine Brillen auf dieser Modenschau aus. Ich habe ihn bei einer Scheidungssache wunderbar herausgepaukt.«

Sie hielt inne, und er befürchtete, sie würde ihm wieder den ganzen Prozess erzählen, aber sie besann sich noch rechtzeitig. »Also, er macht die Modenschau zusammen mit einer Boutique, die seiner neuen Frau gehört. Ich müsste dringend dorthin, hättest du nicht Lust mich zu begleiten?«

Vor seinen Augen stieg ein verlockendes Bild auf: Verheißungsvoll warf Miranda ihre roten Locken in den Nacken, während sie einen Schmollmund machte und ihn mit ihren dunklen Augen anhimmelte.

»Ich komme.« Er sagte viel zu schnell zu. Vielleicht war sie etwas zugänglicher, wenn sie sich ein Kleid auf der Modenschau aussuchen durfte.

Die Modenschau fand im mittelgroßen Saal eines teuren Hotels statt. Die beiden ausrichtenden Geschäfte hatten es sich etwas kosten lassen.

Bevor die Schau ablief, gab es Sekt und Wein. Leckere Kleinigkeiten wurden herumgereicht. Es gab sogar eine Bühne, von der aus der Laufsteg mitten durch den Saal lief. Lindemann ließ sich ein Glas Sekt geben. Ein älterer Herr in einem dunklen Anzug, der erstklassig saß und unauffällig seinen Bauch kaschierte, kam auf sie zu. Die lila Fliege gab dem ganzen eine persönliche Note.

»Das ist mein Mandant«, zischte Miranda ihm zu.

Er kam mit ausgestreckter Hand strahlend auf Miranda zu. »Frau Rechtsanwältin, dass Sie doch noch kommen konnten, freut mich sehr. Ich habe gleich vorne einen Platz für Sie und Ihre Begleitung reserviert.« Er deutete kurz eine Verbeugung vor Lindemann an. »Moser; Optik«. Ein leicht neidischer Blick traf Lindemanns flachen Bauch. Der nickte kurz als Antwort und folgte den beiden in die erste Reihe, gleich neben dem Laufsteg.

Herrn Moser kam der Name Lindemann irgendwie bekannt vor, aber er war zu aufgeregt, um sich daran zu erinnern, mit wem er diesen Namen in Verbindung bringen sollte. Er setzte seine beiden Gäste vorne hin. Hastig zog er ein Taschentuch heraus, um sich den Schweiß von der Stirn zu wischen. Sein Blick glitt zur Eingangstüre, wo er neue wichtige Persönlichkeiten entdeckte, eilig entschuldigte er sich.

Optiker Moser war froh darüber, dass er die Begrüßung der Gäste übernommen hatte, lenkte es ihn doch von seiner Angst ab, irgendetwas ginge noch in der letzten Minute schief. Gott sei Dank hatte seine Frau Mia alles im Griff, trotz ihrer Schwangerschaft.

Als Teilhaberin des Modegeschäftes, - er hatte ihr erst neulich das Geld dafür gegeben, damit sie sich dort einkaufen konnte, - war sie hinter der Bühne der ruhende Pol. Er bewunderte sie grenzenlos.

Eine Profitruppe; ein Moderator und vier Modells waren engagiert, also sollte er eigentlich ganz ruhig dem Abend entgegensehen.

Wieso gelang ihm das nicht?

Dem Moderator war vor zwei Stunden, bei der Vorprobe, ein wunderbarer Gag eingefallen.

Er wünschte sich sehnlichst, dass diese Programmänderung auch erfolgreich war. Nervös wischte sich Moser die feuchten Hände an der Hose ab.

Werner Lindemann rutschte ungemütlich auf seinem Stuhl hin und her. Hoffentlich fing die Modenschau bald an. Unauffällig blickte er auf seine Armbanduhr, denn Miranda berichtete ihm bereits den Prozessablauf Moser gegen Moser in allen Einzelheiten.

Endlich ertönte ein Tusch. Das Stimmengewirr erstarb, und Herr Moser erschien auf der Bühne.

»Meine Damen und Herren«, er räusperte sich.

»Die Boutique Chic zeigt Ihnen jetzt die aktuelle Herbstgarderobe, vorgeführt von vier hübschen Modells, die natürlich einer professionellen Agentur angehören. Außerdem mit von der Partie ist Optik Moser mit den neuesten Brillenmodellen. Ich heiße sie herzlich willkommen und wünsche Ihnen einen unvergesslichen Augenschmaus. Bühne frei für unseren Moderator und Silvia, Katja, Nicole und Anita.«

Applaus brandete auf, und die Show begann.

Lindemanns Miene erhellte sich. Unter den Mannequins entdeckte er einen blonden Engel, da lohnte sich das Hinschauen.

Marie-Luise hatte Hedwig und Kaiser eingeladen. Kaiser hatte abgewinkt, da keines seiner Bilder die Halle schmückte, war eine Modenschau unter seiner Würde. Aber Hedwig war gekommen. Die Aussicht, eine Modenschau hautnah hinter der Bühne mitzuerleben, hatte sie hergelockt. Jetzt stand sie vor dem Tisch mit den Brillen.

»Die hast du alle selbst entworfen?«

Marie-Luise nickte. Sie war sehr nervös.

»Du, Hedwig, stell dir vor, der Moderator wollte mich auf die Bühne schicken.«

»Das ist auch richtig«, meinte Hedwig neidlos und drehte bewundernd eine silberglänzende Brille im Licht. »Schließlich bist du auch die Designerin der Brillen, du gehörst auf die Bühne.«

»Nein, Hedwig, das meine ich nicht.« Marie-Luises Stimme zitterte leicht. »Er will mich während der Landhausmode...«

»Ach, ist das süß, das sind ja eine richtige Kuh und hier ein winziges Bauernhaus.« Hedwig bewunderte die Kreationen.

Marie-Luise verzog ungeduldig das Gesicht.

»Er will mich mit diesen Brillen auf den Laufsteg schicken. So mit Zopfperücke, als Bauerntrampel. Ich habe abgelehnt. Jetzt ist er sauer.«

Hedwig sah sie erstaunt an. »Aber warum machst du es denn nicht, du hast doch die Perücke auf. Es erkennt dich doch niemand. Ich würde das so richtig ausnützen.« Ihre Stimme klang sehnsuchtsvoll.

Marie-Luise überdachte ihre Entscheidung.

»Meinst du wirklich?« Dann zögerlich, »ich könnte ja mal die Perücke probieren.«

Vorne auf dem Laufsteg präsentierten die Mannequins routiniert ihre Modelle. Ein, zwei Kleider waren dabei, die Lindemann ausnehmend gut gefielen. Zu jedem dritten Kleid wurde eine Brille von Optik Moser vorgeführt und besonders darauf hingewiesen.

Bei Anita, der süßen Blonden, klatschte Lindemann ganz besonders oft. Miranda war das bereits aufgefallen und sie beobachtete ihn misstrauisch von der Seite.

»War wohl doch keine so gute Idee gewesen, ihn zur Modenschau mitzunehmen«, dachte sie.

Die Männer waren aber auch alle gleich!

Anita schwebte vorbei und zurück Richtung Vorhang. Der Moderator wartete, bis sie verschwunden war, dann wandte er sich wieder an sein Publikum.

»Und nun, meine Damen und Herren, kommen wir zur Landhausmode. Die Boutique Chic bietet Ihnen in ihrer zweiten Etage eine große Auswahl von Markenfirmen für Landhausmode, die wir Ihnen jetzt präsentieren werden. Mit der festlichen Kleidung für die elegante junge Dame schließen wir den Abend ab. Es gibt natürlich nur junge Damen hier im Saal«, er kicherte über seine eigene Bemerkung.

»Die Landhausmode zeigt natürlich auch die dazu passenden Brillen von Optik Moser.« Er machte eine Verbeugung vor der kompakten Gestalt Mosers und zog sich in den Schatten des Bühnenvorhangs zurück.

In einem hübschen Dirndl erschien ein junges Mädchen auf dem Laufsteg. Blonde Zöpfe wippten auf und nieder, unter dem Rock lugte ein Stück Spitze des Unterrocks hervor. Dazu trug sie Kniestrümpfe, wovon einer nach unten gerutscht war, und der rechte flache Trachtenschuh war nicht richtig zugebunden. Die Bändel schleiften auf dem Boden. Zur Musik Heidi stolperte sie auf den Laufsteg. Sie konnte sich gerade noch fangen, sonst wäre sie auf der linken Seite den Zuschauern in den Schoß gefallen. Sie drehte sich nach rechts, wankte gefährlich, ruderte mit den Armen und stand dann wieder fest in der Mitte.

Sie schaute um sich, legte die Hand über die Augen, schüttelte den Kopf und begann in beiden Schürzentaschen zu suchen.

Endlich fand sie etwas – eine Brille! Sie setzte sie auf. Auf der Fassung prangten zwei lachende Kühe.

Die Gäste, die erst den Atem angehalten hatten, bemerkten, dass das ganze Schauspielerei war und lachten erleichtert.

»Heidi« betrachtete sich die amüsierten Gesichter, die sich ihr entgegenreckten, um nur ja nichts zu verpassen. Kritisch sah sie an sich hinunter. Vor Schreck fuhr ihre Hand zum Mund. Hastig rückte sie die Strümpfe gerade und band den Schuh fest zu. Nun zog sie noch einmal die Brille ab, zeigte sie in alle Richtungen und ging den Laufsteg bis zum Ende entlang, erst zögerlich, dann immer sicherer, während sie Kusshändchen in das Publikum warf.

Erst als der Moderator das zweite Mal rief:

»Jetzt ist es aber gut, Heidi«, zog sie sich hinter den Vorhang zurück.

Die Zuschauer lachten. Applaus brandete auf. Herr Moser blickte sehr zufrieden drein. Besser hätte seine Brille nicht präsentiert werden können. Das war wirklich eine gute Idee des Moderators gewesen.

Marie-Luise riss sich die Perücke vom Kopf. Sie war heilfroh, dass sie den Auftritt hinter sich gebracht hatte. Erst gegen Ende der Vorführung hatte sich ihr Puls beruhigt, ihre Hände hatten nicht mehr gezittert und das Flattern im Bauch hatte aufgehört. Sie hatte sich Hedwigs Bemerkung

»es erkennt dich doch unter der Perücke niemand«, wie ein Gebet immer wieder vorgesagt, das hatte geholfen. Plötzlich hatte es ihr sogar Spaß gemacht.

Ihre Haare waren feucht und zusammengedrückt.

»Setzen Sie sich«, der Frisör der Mannequins hatte eine kleine Arbeitspause.

»Ich kämme Ihr Haar schnell auf. Sie müssen ja zum Abschlussdefilée auf die Bühne. Ihr langes schwarzes

Abendkleid hängt dort hinten an der Tür.« Sie zog es an. Er platzierte Marie-Luise vor einem Spiegel und bürstete ihre Haare. Sie fielen immer wieder zusammen.

»Du lieber Himmel, bei welchem spießigen Frisör haben Sie sich denn die Haare schneiden lassen. Sie brauchen einen Stufenschnitt. Ich glaube, ich komme nur mit Gel klar. Darf ich?«

Ehe Marie-Luise etwas sagen konnte, hatte er schon begonnen. Dann kämmte er ihre Haare nach links, nach rechts, nach oben. Ein Mannequin kam zurück und schlüpfte in das nächste Kleid. Es war Anita.

Der Frisör ging zu ihr hinüber, ein paar Bürstenstriche und schon saß die Frisur wieder. Er kam zurück und machte bei Marie-Luise weiter. Das Haar bürstete er glatt, doch seufzte er:

»Das sieht nach nichts aus.«

Wieder musste er sich um ein Modell kümmern.

Mari-Luise gähnte, Gott war sie müde. Sie hatte die letzten Nächte durchgearbeitet, damit die Brillenkollektion fertig wurde und Herrn Moser geholfen, die Clips anzubringen. Aber jetzt merkte sie die Erschöpfung. Sie döste vor sich hin und ließ sich auch nicht vom Frisör stören, der sich wieder an ihrem Haar zu schaffen machte.

Erst als lautes, begeistertes Klatschen bis hinter den Vorhang schallte, kam sie ruckartig in die Wirklichkeit zurück. Sie hatte mit offenen Augen geschlafen, stellte sie erschrocken fest.

Der Frisör hatte sein Kunstwerk beendet.

»Frau Maus, Sie müssen gleich auf die Bühne.« Zufrieden steckte er den Kamm in eine Tasche, die er seitlich an seiner Hüfte befestigt hatte.

Ihr Blick fiel in den Spiegel.

»Na?« Das Gesicht des jungen Mannes blickte ihr aus dem Glas entgegen. »Ich kann Sie zwar nicht so schön machen wie Anita, aber ich finde, jetzt sehen sie sehr interessant aus.« Er betrachtete stolz sein Werk.

Sie starrte auf ihr Spiegelbild. Die Haare lagen wie eine Kappe um ihren Kopf. Sie glänzten wie lackiert. Eine Locke war in die Stirn geklebt. Silberne Strähnen auf dem Haar glitzerten geheimnisvoll. Es sah wirklich atemberaubend aus und würde sich von dem langen figurbetonten schwarzen Kleid, das sie für das Finale angezogen hatte, reizvoll abheben.

»Vergessen Sie Ihre Brille nicht«, er hielt ihr eine der silberglänzenden Brillen hin, »die sollten sie noch vorführen. Jetzt aber los!« er scheuchte sie aus dem Raum. Es war keine Minute zu früh.

»Los, los!«, rief Mia nach hinten, »wir müssen raus.«

»Das Modehaus Chic« – Mia betrat die Bühne – »und die Firma Optik Moser« – Herr Moser folgte ihr, Applaus brandete auf – »bedanken sich für ihr Interesse.«

Herr Moser verbeugte sich, dann drehte er sich mit ausgestrecktem Arm zum Vorhang um.

»Meine Damen und Herren, nun möchte ich Ihnen Marie, unsere Brillendesignerin vorstellen.«

Das war das Stichwort, auf das Marie-Luise gewartet hatte, sie schlüpfte durch den Vorhang.

Der Moderator starrte sie an, blinzelte kurz, und auch Herr Moser erstarrte eine Sekunde in seiner Bewegung, dann aber huschte ein erfreutes Lächeln über sein Gesicht. Er griff ihre Hand, führte sie nach vorne.

»Das ist Marie. Sie hat in nächtelanger Arbeit die heute gezeigten Brillenentwürfe kreiert und Optik Moser hat sie realisiert. Die wandelbarste Frau des Abends.« Er schob Marie-Luise auf den Laufsteg. »Wer würde in dieser interessanten Frau unsere Heidi entdecken?« Applaus für Marie alias Heidi.

Marie-Luise ging mit weichen Knien bis nach vorne und verneigte sich unter nicht endenwollendem Klatschen nach allen Seiten. Das enge Kleid und die hohen

Absätze hinderten sie daran, trotz Schlitz im Rock, mit ihren normalen ausgreifenden Schritten zu gehen. Sie war gezwungen zu trippeln. Nur Mut, sagte sie sich, als die Scheinwerfer auf sie gerichtet waren und ein Blitzlichtgewitter auf sie niederprasselte. Es erkennt mich ja niemand. Und so lächelte sie mitten in die Kameras und das schemenhafte Publikum. Sie drehte sich noch einmal um sich selbst, machte eine Verbeugung, trat dann den Rückzug an und verschwand hinter dem Vorhang.

Der Moderator hob das Mikrofon. »Meine Damen, die Modelle, natürlich die Kleidermodelle«, alles lachte, »und auch die Brillenmodelle sind noch zwei Stunden im Nebenraum zu besichtigen. Ich hoffe Sie hatten einen wundervollen Abend. Ich wünsche Ihnen alles Gute und verabschiede mich von Ihnen, Ihr Georg Burg.«

Hinter der Bühne atmete Marie-Luise tief aus. Sie hatte es geschafft. Hedwig kam auf sie zu.

»Toll war das«, sagte sie und so etwas wie Neid zog kurz über ihre Gesichtszüge.

Marie-Luise bemerkte es mit Erstaunen.

Sie legte die Hand auf den Arm der Freundin. »Hedwig, du brauchst kein Gel und keine Silbersträhnen, du bist ohne das alles hübsch. Du weißt doch, Kaiser ist mit fliegenden Fahnen von mir zu dir übergewechselt.«

Hedwigs Gesicht verlor den missmutigen Ausdruck. »Du hast recht«, ihre Stimme klang erleichtert. »Herzlichen Glückwunsch zu deinem Erfolg«, und sie umarmte Marie-Luise.

»Hast du viel für deine Entwürfe bekommen?«

Marie-Luise lachte. »Gar nichts.« Sie zögerte, »doch, viel Freude, viel Aufregung und einen Abend mit Glanzlichtern. Und außerdem zwei Brillen.«

Montags und dienstags brachten die Zeitungen einen Bericht über das Ereignis mit einem Foto von Optiker Moser und ihr. Ein anderes Blatt hatte sie als Heidi fotografiert. Sie hatte die Zeitungen aufgeschlagen auf ihrem Schreibtisch liegen und hantierte gerade mit der Schere, als Lindemann hereinkam. Er schob ihr die Unterschriftenmappe zu.

Er sah nicht sehr zufrieden aus. Freitag hatte er keinen Erfolg mehr bei Miranda gehabt. Er hatte den Verdacht, sie hatte die Müdigkeit nur vorgetäuscht, weil sie sein Interesse an der niedlichen Blonden und dann an Marie, der Designerin, bemerkt hatte. Wirklich eine wandelbare Frau!

Aber Samstag auf Sonntag hatte sie ihn entschädigt. Es war recht nett gewesen.

Sie hatte in seiner Wohnung übernachtet. Das Frühstück hatte er zubereitet. Sie wusste ja nicht, wo sie die Zutaten finden konnte. Nun ja, er hatte schon besseren Sex erlebt. Er konnte sich nicht helfen, er hatte bei ihr immer das Gefühl, sie beobachtete ihn und überlegte ständig, ob er nicht irgendwann ihr Klient werden würde.

Gedankenverloren verschob er mit der Mappe die Zeitung auf dem Schreibtisch. Ein herausgerissenes Blatt fiel auf den Boden.

Er bückte sich und hob es auf. »Heute Morgen haben Sie aber ganz schön Unordnung auf Ihrem Schreibtisch, Frau Maus.«

Eine Unmutsfalte grub sich zwischen seine Brauen. Er wollte ihr die Seite gerade anreichen, da fiel sein Blick auf ein Foto. Er zog es wieder näher an sich heran.

»Modenschau des Salons Chic mit der sensationellen Brillendesignerin Marie«. Nanu, war Mäuschen auch dort gewesen? Sie war ihm gar nicht aufgefallen. Das heißt, sie fiel sowieso nie auf. Zum ersten Mal sah er sich an diesem Morgen seine Sekretärin genauer an.

Sie stand vor ihm, und er ließ seine Blicke über sie schweifen. Was er sah, war wie immer. Ihr obligatorisches dunkles Kostüm. Die Bluse zugeknöpft bis oben.

Ihre unkleidsame Frisur genau wie immer. Ein zarter Hauch von Lippenstift. »Die Brille ist neu«, meinte er plötzlich. »Steht Ihnen gut. Ist nicht so klobig. Da kann man Ihre klassische Nase besser sehen.«

Sie wurde hochrot. Dann reichte er ihr das Blatt hinüber. »Warum schneiden Sie den Artikel über die Modenschau aus? Kennen Sie die Designerin?«, fragte er. Er wandte sich seinem Büro zu.

»N- nein, nein.« Marie-Luise stotterte. »Ich kenne Herrn Moser.« Aber Lindemann hatte schon seine Türe geöffnet und hörte gar nicht mehr richtig zu.

»Eine interessante Frau, diese Designerin«, meinte er noch, dann fiel die Türe leise ins Schloss.

Verwirrt schaute Marie-Luise hinter ihm her. Er hatte sie nicht erkannt, aber ihr gleichzeitig ein Kompliment gemacht. Hmm, was sollte sie davon halten? Wahrscheinlich gar nichts!

Sie sammelte ihre beiden ausgeschnittenen Artikel ein, steckte sie in die Handtasche und warf den Rest der Zeitung in den Papierkorb.

Herr Moser hatte ihr noch ein paar Fotos versprochen, die er selbst fotografiert hatte. Vielleicht war ja wirklich auch eins von ihr dabei, denn meistens hatte er seine schwangere Frau fotografiert. Still lächelte sie vor sich hin.

Frau Lindemann Senior ließ sich im Büro anmelden.

»Fräulein Maus«, sie betonte gerne besonders das Wort Fräulein, »Früher nannte man eine Frau, die nicht verheiratet war, und das sind Sie ja Gott sei Dank nicht, Fräulein«, hatte sie Marie-Luise erklärt.

»Ich war gerade in der Nähe, und da dachte ich, ich könnte meinen Sohn zum Mittagessen überreden. Vielleicht hat er ja mal Zeit für seine arme alte Mutter. Übrigens, nächsten Donnerstag brauchen wir Sie dringend als Ersatz bei unserem Bridgeabend.«

Marie-Luise öffnete gerade den Mund, um abzulehnen,

aber dazu kam sie gar nicht mehr, denn ihr Chef bat seine Mutter herein.

Sie hatte wirklich keine Lust mit den alten Damen Bridge zu spielen. Aber schnell hatte sie sich wieder beruhigt. Im Moment fehlte ihr die Betriebsamkeit der letzten Wochen. Sie fühlte sich leer und einsam, da war der Bridgeabend vielleicht eine ganz nette Abwechslung, tröstete sie sich.

Paul war mit seiner Ilse in Urlaub. Auftritte hatten sie erst wieder in ein paar Wochen.

Lindemann beschloss urplötzlich mit Miranda eine Woche nach Kalifornien zu fliegen.

Wenn ihr Chef Urlaub hatte, dann hatte auch sie frei. Das war eine stillschweigende Übereinkunft zwischen ihnen, trotzdem ärgerte sie sich, wenn er die Urlaubstermine so kurzfristig anberaumte. Dann war es für eine Buchung für sie meist zu spät und sie saß, wie jetzt zum Beispiel, in München im Regen. Sicher, sie konnte ihren Haushalt auf Vordermann bringen – die Bügelwäsche stapelte sich - oder ins Museum gehen. Lesen oder Bummeln. Aber das konnte sie auch sonst. Alles fand sie im Moment langweilig.

Es war Zeit, ein Experiment zu wagen. Von Moser ließ sie sich die Adresse des Frisörs bei der Modenschau geben. Siggi, so nannte er sich, hatte sogar Zeit für sie.

»Schauen Sie sich mal im Spiegel an«, sagte er, als sie es sich auf dem Stuhl bequem gemacht hatte. »Schön sind Sie wirklich nicht, ich glaube, das wissen Sie. Aber man kann etwas daraus machen. Vielleicht nennt man Sie dann interessant, oder attraktiv. Sind Sie bereit für einen Versuch, egal was ich mache?«

Marie-Luise schluckte. Ich bin mutig, sagte sie sich in Gedanken vor und dann lauter: »Heute bin ich mutig. Wenn ich es nur wieder verändern kann. Ich habe eine Woche Zeit, dann ist mein Chef wieder da.«

»Ist er so schlimm?« Siggi sah sie mitleidig an.

»Nein, nein. Er ist ganz nett. Nur hat er gerne eine solide Chefsekretärin.«

Drei Stunden später starrte sie in den Spiegel. Ihre Haare waren hinten kurz und stufig geschnitten und zeigten ihre natürliche Haarfarbe, vorn hatte sie ein paar Strähnen in die Stirn frisiert, in denen rote Streifen kupfern aufleuchteten. Das sollte sie sein?

»Na«, Siggi strahlte. »Ich bewundere Sie, manche Frauen hätten sich nicht zu dieser Veränderung getraut.«

Marie-Luise schluckte.

»Aber bei Ihnen konnte man ja nichts verschlechtern, höchstens verbessern«, meinte er zufrieden.

Marie-Luise schluckte schon wieder.

»Sie müssen immer darauf achten, dass sie auffallen. Sie werden sehen, das ist genau so gut, als ob sie hübsch wären. Den Unterschied merkt fast keiner«, riet er ihr. »Sagen Sie sich nur immer wieder Sie spielen eine Rolle, wie neulich auf dem Laufsteg, keiner kennt Sie und keiner erkennt Sie. Wenn Sie selbstbewusst sind, werden Sie Erfolg haben.«

Siggi hatte gut reden. Zögernd trat Marie-Luise vor das Geschäft. Gott sei Dank regnete es, und sie konnte den Schirm wie ein Schutzschild schräg vor sich halten. Sie schlich an den Schaufenstern vorbei. Es half nichts, dass sie sich immer wieder vorleierte »es kennt mich niemand«. Wie hatte sie nur so verrückt sein können und Siggi freie Hand gelassen?

Verdammt, jetzt musste sie auch noch den Schirm zuklappen, weil es aufgehört hatte zu regnen.

Irgendjemanden rempelte sie dabei an, weil sie auf den Boden anstatt vor sich hin gesehen hatte.

Sie sah erschrocken auf. Es war ein Bauarbeiter, nein zwei. Sie entschuldigte sich. »Macht nix«, sagte der eine, der andere pfiff anerkennend.

»Donnerwetter, schau dir mal unseren kleinen Rotschopf da an.«

Sie wurde puterrot.

»Na, Mädel, gehste mit uns ´n Bierchen trinken?«

Verlegen schüttelte sie den Kopf. Der jüngere der beiden Arbeiter lachte gutmütig, und sie gingen weiter.

Marie-Luise blieb vor den Fenstern einer Drogerie stehen. Der Mann hatte gepfiffen, dann musste sie ihm wohl gefallen haben.

Unauffällig betrachtete sie sich in den spiegelnden Gläsern des Fensters.

Die Sonne suchte sich einen Weg durch die Wolken, wässrig, aber es war die Sonne, und es hob ihre Stimmung. Sie beschloss, eine Tasse Kaffee zu trinken. Im Kaffee starrte der junge Mann am Nachbartisch sie an, und der Kellner lächelte ihr zu. Das war neu, verwirrend und angenehm; nein, wunderbar und aufregend! Die Menschen bemerkten sie, beachteten sie. Sie begann es zu genießen.

Auf dem Heimweg registrierte sie manchen interessierten Blick. Ihr Schritt wurde fester, beschwingter. Herrlich dieses Gefühl! Sie strahlte innerlich, und das musste man auch ihrem Gesicht ablesen können, denn die Kassiererin in der Parfümerie, in der sie sich kräftigen blauen und grünen Lidschatten gekauft hatte, lächelte sie an und begann ein Gespräch mit ihr.

In einer Boutique kaufte sie sich einen kurzen Jeansrock und ein enges T-Shirt und im Schuhgeschäft Sandaletten mit hohen Absätzen.

Während der ganzen Woche streifte sie durch die Geschäfte und führte ihre neue Frisur und ihre neue Brille spazieren. Sie badete in der Aufmerksamkeit, die sie erregte. Nicht immer positiv, es gab auch hier und da jemanden, der sie irritiert oder missbilligend anschaute, aber man schaute sie an und nicht über sie hinweg wie früher.

Samstags erschien sie wieder im Frisörsalon, sie wollte die Strähnen etwas abmildern, denn montags musste sie zur Arbeit, aber Siggi war krank. Was sollte sie nun machen? So wollte sie nicht ins Büro.

»Kann ich mir das nicht selber auswaschen?«, fragte sie.

»Nein, die Strähnen sind gefärbt. Sie müssen neu eingefärbt werden. Haben Sie einen Termin?«

»Nein, aber Siggi...«

»Siggi ist krank«, sagte die Kollegin genervt. »Das habe ich Ihnen doch schon gesagt. Ich komme schon«, rief sie einer Kundin zu und ließ Marie-Luise stehen.

Im Kaufhaus kaufte sie sich dunkle Farbe und versuchte die Haare zu Hause selber zu färben. Erst beim zweiten Mal wurde das Rot dunkler, aber ganz nahm das Haar die Farbe nicht an. Nun ja, sie musste halt damit zufrieden sein.

»Trotzdem würde Lindemann entsetzt sein«, dachte sie. Das dachte aber nur sie! Lindemann war schlecht gelaunt und übermüdet, als er spät am Morgen im Büro ankam. Er litt an Jetlag, und zu allem Übel hatten Miranda und er nach zwei Tagen unbeschwerten Urlaubs einen der erfolgreichen Scheidungsfälle Mirandas in San Franzisko in einem Lokal an der Fishermans wharf getroffen, der ihn mit seiner Anhänglichkeit an seine Rechtsanwältin genervt hatte.

Marie-Luise machte ihm einen besonders starken Kaffee und legte ein paar von ihren frischen, selbstgebackenen Plätzchen, die sie mitgebracht hatte, als Besänftigung dazu. Sie hätte sich all ihre Sorgen und ihr Herzklopfen ersparen können, er bemerkte ihre neue Frisur nicht einmal.

Im Laufe der Woche rief Viola Rosetti an. »Frau Maus, ich habe gehört, dass Sie sich hinter dem Namen Marie verstecken. Sie sind doch die Brillendesignerin, die neulich auf der Modenschau vom Salon Chick die neuesten Brillenkreationen entworfen hat? Darf ich Sie zum Essen einladen, ich habe eine Bitte an Sie.«

Marie-Luise traf sich mit ihr in einem chinesischen Restaurant. Viola kam ins Restaurant gehuscht. Eine übergroße Sonnenbrille auf der Nase, als wollte sie nicht erkannt werden. Ganz ungewöhnlich für eine Frau wie sie, die von der Öffentlichkeit lebte.

»Ich weiß, es sieht dumm aus«, entschuldigte sie sich nach der Begrüßung. Sie setzte sich ganz gegen ihre Gewohnheit mit dem Rücken zum Lokal.

Marie-Luise wunderte sich, sagte aber nichts.

Sie bestellten ihr Essen, und selbst bei der Bestellung behielt Viola ihre Sonnenbrille auf.

»Wissen Sie«, räusperte sie sich. »Mein Lebenspartner ist vier Wochen nicht da, und da habe ich die Gelegenheit genutzt, um meine Tränensäcke – hört sich so schrecklich an - operieren zu lassen. Sie kennen meinen Partner ja, er ist nun mal jünger als ich, und da muss ich etwas tun. Nun war ich kurz danach eingeladen und meine Visagistin hat mir die Augenpartie mit einer deckenden Creme geschminkt und jetzt hat sich irgendetwas entzündet oder ich habe allergisch reagiert, die Hautärztin weiß es nicht genau und Cortison kann ich nicht vertragen. Mein Partner kommt aber schon in zwei Wochen zurück, ich muss irgendetwas tun, damit er den Eingriff nicht bemerkt. Könnten Sie mir eine Brille entwerfen, die den unteren Teil der Augen abdeckt und außerdem durch ihr Design den Blick etwas ablenkt. Es kann ruhig Fensterglas sein, denn eigentlich brauche ich nur eine Brille zum Lesen.«

Marie-Luise zögerte. »Ich bin keine Optikerin. Herr Moser ist dafür zuständig.«

»Nein, nein, nein. Sie sind die Einzige auf deren absolutem Stillschweigen ich vertraue.

Erzählen Sie Moser, was Sie wollen, nur nicht, dass ich die Kundin bin. Das wäre ein Fressen für die Presse.

Ich werde mich auch revanchieren. Soll ich Ihnen einen Termin bei meiner Visagistin machen? Sie bringt Ihnen gerne bei, wie man sich schminkt. Ich denke, Sie haben es nötig.«

Marie-Luise schluckte.

»Die Brille muss bis Ende der Woche fertig sein, egal was es kostet. Wenn sie fertig ist, spreche ich mit meiner Visagistin.« So, das wäre raus, abwartend lehnte sie sich zurück.

»Was macht eigentlich ihr Chef? Immer noch die Mama die Hauptperson und keine Lust zum Heiraten?«, lenkte sie vom Thema ab, das sie offensichtlich für erledigt hielt.

Marie-Luise nickte.

»Der wird sich nie ändern«, fügte Viola befriedigt hinzu. »Ich habe schon das Richtige getan, als ich ihn verlassen habe.«

Marie-Luise musste innerlich lächeln. Von wegen, sie habe ihn verlassen! Aber es war wohl besser, alles im Leben so zu sehen, dass es einem selber gefiel.

Marie-Luise wollte sich doch von Herrn Moser beraten lassen. Sie erzählte irgendetwas von einer Tante. Zum Glück fragte er nicht weiter nach. Da seine Frau leichte Wehen hatte, war er abgelenkt. Er überlegte zusammen mit ihr, wie man das untere Drittel der Gläser dunkler gestalten konnte, ohne das Blickfeld zu sehr zu beeinträchtigen.

Leider konnte man dadurch das Gestell nicht so schmal arbeiten. Aber Marie- Luise bestäubte es mit Glitzerpuder und setzte in die oberen Ecken eine kleine silberne Blume, die sofort alle Blicke auf sich zog.

Viola war begeistert. »Genau so habe ich es mir vorgestellt.«

Sie bezahlte Marie-Luise einen hohen Preis. Fünfzehn Prozent durfte Marie-Luise behalten, der Rest ging an Moser. Zum ersten Mal bekam sie Geld für einen Entwurf, und den Termin bei der Visagistin nahm sie auch an.

Frau Obermeyer, die Visagistin, war eine gepflegte, ältere Frau, sehr selbstsicher und energisch.

»Bitte setzen Sie sich.« Sie griff neben sich, wo ein kleiner einfacher Schreibtisch in die Ecke geschoben war, und holte sich einen Block und einen Kugelschreiber.

»Zuerst wollen wir mal aufstellen, was wir auf der Habenseite finden.«

Sie griff in Marie-Luises Haare.

»Haare sind sehr wichtig. Sie haben dickes Haar, normale Farbe, kesser Schnitt«, zählte sie kurz und abgehackt auf, als hätte sie wenig Zeit. »Warum haben Sie die Strähnen so dunkel gefärbt, heller wäre besser gewesen.«

Marie-Luise wollte etwas sagen, »Stören Sie mich bitte nicht, ich notiere erst mal alles auf, dann können Sie Ihre Meinung dazu äußern. Die Nase ist klassisch, ein klein wenig zu lang, aber das kriegen wir schon hin.

Der Mund zu klein. Lächeln! Die Zähne sind schön und gepflegt. Sie müssen mehr lächeln, damit man sie sieht. Die Brille ist kess.«

Kess war wohl ihr Lieblingswort wie sich schnell herausstellte.

»Die Augen nicht geschminkt. Ein interessantes Grün, das sollte man betonen. So, und jetzt der Rest. Ich bin zwar nur für das Gesicht zuständig, aber eigentlich gehört alles zusammen. Was nützt ein hübsches Gesicht, wenn die Figur nicht stimmt? Bitte aufstehen. Schlanker Hals. kleiner Busen, müssen wir mehr betonen«, zählte sie auf. »Schlanke Taille, schöne lange Beine. Schmale Füße, nicht zu groß.«

Aufmerksam ließ sie noch einmal ihren Blick über Marie-Luise gleiten. Sie sah auf ihren Block.

»Zunächst Farbe ins Haar, dieses stumpfe Braun haben Sie wahrscheinlich selbst verbockt. So schlecht, kann doch kein Frisör sein. Die Augenbrauen sind zu breit und nicht regelmäßig, das zupfe ich nachher zu Recht.

Die Augen müssen unbedingt geschminkt werden, ganz besonders, wenn Sie immer Brille tragen.«

»Aber ich kann...«

»Ich werde es Ihnen beibringen«, schnitt die Visagistin ihren Einwand ab, als hätte sie gewusst, was Marie-Luise sagen wollte. »Die Nase werden wir dunkler schminken, dann wirkt sie etwas kürzer. Den Mund umranden wir mit einem speziellen Farbstift, dann fällt er mehr auf und wirkt größer.

Mit Ihrem Körper können Sie sehr zufrieden sein. Sie müssen nur lernen, ihre Vorzüge noch durch die Kleidung zu betonen. Suchen Sie sich immer etwas Elegantes aus, das zugleich auch ungewöhnlich ist. Das scheint sich auszuschließen, aber ich gebe Ihnen nachher die Adresse eines Geschäftes, wo sie solche Kleidung kaufen können. Lernen Sie, auf hohen Absätzen zu gehen, das macht mehr daher.«

Marie-Luise kam sich vor als wäre sie eine leblose Puppe und keine lebendige Person, die eine Meinung äußern durfte.

Frau Obermeyer schien ihr Unbehagen gar nicht zu bemerken. Sie zupfte Marie- Luise die Brauen, färbte sie dunkel, schminkte ihr das Gesicht, betonte die Augen und dunkelte die Nase ab. Dabei erklärte sie ihr wie man es machte.

Marie-Luise war verblüfft über die Wirkung.

»Also merken Sie sich«, schloss Frau Obermeyer die Sitzung ab. »Mutiger sein; mehr Farbe benutzen, eine ungewöhnliche Frisur und viel Sorgfalt beim Schminken. Sie müssen das natürlich üben. Bitte, mehr Pep für Ihre Kleidung. Wenn man schon nicht schön ist, muss man interessant wirken. Sie wären erstaunt wie viele attraktive Menschen früher so unauffällig wie Sie waren. Dazu viel lächeln und Sie werden merken, die Umwelt hält Sie für hinreißend.

Halten Sie sich an meine Ratschläge und arbeiten Sie an sich.« Sie gab Marie- Luise die Hand. »Die Rechnung können Sie mir gleich bezahlen. Ich komme gerade mit nach vorne.«

Schneller als sie gedacht hatte, stand wieder vor der Türe. Zum Sprechen war sie überhaupt nicht gekommen.

Verwirrt stand Marie-Luise auf der Straße. Die Visagistin hatte gut reden. Was ihr fehlte, war der Mut. Und den konnte ihr keiner beibringen.

Aber das Make up, das konnte sie üben.

In der Volkhochschule meldete sie sich zu einem Schminkkurs an.

Optiker Moser rief bei ihr an. Er wollte an den Erfolg der Modenschau anknüpfen und zum Frühlingsbeginn zusammen mit einem Juwelier unter dem Motto »Schmuck und Schmuckbrillen« eine Show vorführen. Außerdem berichtete er, dass er mittlerweile Vater einer kleinen Tochter und ganz verrückt nach seinem süßen Baby war.

»Ich bin der glücklichste Mann der Welt«, schwärmte er, »ich habe eine schöne junge Frau und eine wunderschöne Tochter. Sie müssen uns mal besuchen...«

Sie kaufte einen großen weißen Teddybären und besuchte Mia Moser. Das Geschenk war viel zu groß für das winzige Wesen, aber Mia lächelte nur milde.

Marie-Luise hatte völlig vergessen wie klein und hilflos so ein Baby war. Sie bewunderte die Fingerchen, die großen blauen Augen. Tief sog sie den Duft des Babys ein.

Die letzte Zeit war sie mit dem Verlauf ihres Lebens recht zufrieden gewesen, aber plötzlich sehnte sie sich nach Wärme, nach Familie. »Verrückt«, dachte sie, »wirklich verrückt. Ihr ging es doch gut.«

Paul meldete sich. Zwei Engagements warteten auf sie, außerdem lud er sie zur standesamtlichen Trauung ein, etwas verlegen; Iris war schwanger.

»Ein Vater gehört zu seinem Kind«, verkündete er mannhaft. Sie freute sich, freute sich ehrlich für die beiden. Sie hoffte, dass Paul jetzt etwas verantwortungsvoller werden würde.

Von Häkinnen kam ein Brief. Seit einem Jahr schrieb er ihr an ihre Privatadresse.

Immer, wenn ihm danach war. Meist hatte er etwas Besonderes erlebt, Kummer oder er fühlte sich einfach einsam. Jetzt kündigte er sein Kommen für den nächsten Monat an.

Es war Oktober, und die ersten Wettfahrten für den America`s Cup standen an. Der Sportsender übertrug die wichtigsten Rennen. Lindemann freute sich bereits auf die Übertragung.

Er hatte sich extra Zeit genommen und lud Miranda zu sich nach Hause ein. Seine Haushälterin würde ein paar leckere Häppchen bereitstellen und hinterher würden sie noch guten Sex haben, so hatte er sich den Abend vorgestellt.

Aber Miranda hatte einen unaufschiebbaren wichtigen Termin. »Weißt du, da will sich jemand vor seinen Zahlungen drücken, und ich muss recherchieren, wie viel ich bei ihm für seine Frau, meine Mandantin, herausholen kann. Außerdem interessiert mich Segeln überhaupt nicht. Lad dir doch einen deiner Freunde ein.«

Sehr enttäuscht legte er den Hörer auf die Gabel.

Mäuschen huschte ins Büro. Sie legte ihm einen Zettel auf den Schreibtisch. »Hier sind die Daten und Sender, in denen das Rennen übertragen wird. Als Erinnerung, damit Sie es nicht verpassen. Ich bin mal gespannt, ob der Titelverteidiger dieses Mal wieder die bessere Crew hat. Wenn ich mir vorstelle, mit welchem raffinierten Manöver sie gleich beim ersten Mal die Konkurrenz ausgetrickst haben.« Ganz schnell schlidderte sie in ein Fachgespräch mit ihrem Chef.

Sie hatte sich sehr gut informiert, noch einmal alles nachgelesen, wie es sich für eine aufmerksame Sekretärin gehört, aber zusätzlich interessierte es sie wirklich. Auch Häkinnen unterhielt sich gerne mit ihr übers Segeln.

Leider war die Übertragung tagsüber und sie musste arbeiten, sonst hätte sie sich gerne vor den Fernseher gesetzt.

Lindemann zögerte. »Lad dir doch einen deiner Freunde ein«, hatte Miranda vorgeschlagen.

Eigentlich war Mäuschen sein bester Freund.

»Sie werden sich sicher die Übertragung im Fernsehen nicht entgehen lassen«, fragte er.

»Ich würde schon gerne, aber ich muss ja arbeiten.«

Lindemann überlegte nur kurz. Ob vielleicht?... »Wissen Sie was, Mäuschen, ich gebe Ihnen den Tag frei und wir schauen uns das Rennen gemeinsam an. Am besten in meiner Wohnung. Ich spendiere einen guten Wein«.

»Ich backe Käsestangen dazu.« Marie-Luise war Feuer und Flamme.

Es wurde ein aufregender und harmonischer Nachmittag. Draußen regnete es. Und auch beim Rennen kämpften die Teams angestrengt gegen Regen, hohe Wellen und Windstärke acht.

Ihr Chef hatte zwei Sessel vor den Bildschirm geschoben. Ein Tischchen stand dazwischen.

Der Wein schimmerte goldgelb in den Gläsern und die Käsestangen waren köstlich.

Lindemann war sehr zufrieden. Mäuschen hatte eine Jeans an und saß mit angezogenen Beinen in den Sessel gekuschelt. Schade, er erinnerte sich, dass sie schöne schlanke Beine hatte, in einem Rock wären sie besser zur Geltung gekommen, er mochte es, wenn der Rock bei bestimmten Bewegungen etwas nach oben rutschte. Er genoss es. Er brauchte sich keine langweiligen Prozessabläufe anzuhören, er konnte fachsimpeln, oder einfach gebannt den Rennverlauf verfolgen, ohne Konversation zu machen. Die einzige Frau, die ihn wirklich verstand, war Mäuschen. Ausgerechnet die Frau, die er nie heiraten würde. Aber er würde sowieso nie heiraten!

Häkinnen telefonierte. »Frau Maus, ich habe mir ein paar Tage für München frei genommen. Kannst du mir bitte ein Zimmer im Bayrischen Hof besorgen. Ich komme Donnerstag gegen 14 Uhr an. Ich denke, dass ich meine geschäftlichen Besprechungen mit Lindemann schnell erledigt habe, darf ich dich dann zum Abendessen einladen? Natürlich nur, wenn du nichts anderes vorhast.« Seine Stimme klang hoffnungsvoll.

»Für dich nehme ich mir immer Zeit.« Marie-Luise lächelte ins Telefon. »Das weist doch, und jetzt stelle ich dich zu meinem Chef durch.«

»Ach, Häkinnen.« Lindemann freute sich. »Nächste Woche? Gut, kann ich einrichten. Aber abends kann ich leider nicht.« Er hatte Miranda versprochen, mit ihr in die Oper zu gehen.

Einer ihrer Klienten hatte ihr seine Karte überlassen. Oper mochte er schon gar nicht. Aber wenn Miranda sich etwas in den Kopf gesetzt hatte, konnte man sie schwerlich davon abbringen.

»Das macht nichts«, meinte Häkinnen gutgelaunt. »Ich bin schon verabredet. Dann bis Donnerstag.« Er legte auf.

Lindemann runzelte die Stirn. Nanu, schon verabredet? Sein Geschäftsfreund hatte scheinbar in München eine Eroberung gemacht. Warum auch nicht, er war seit Jahren Witwer.

Er drückte die Sprechanlage. »Frau Maus, tragen sie bitten Donnerstagnachmittag Herrn Häkinnen in den Terminkalender ein. Halten Sie mir dann eine Stunde frei, und bitte holen Sie meinen Geschäftsfreund vom Flughafen ab.«

»Ich erledige das sofort und außerdem kümmere ich mich sowieso den Rest des Tages um ihn.«

Irritiert schaltete er die Sprechanlage ab. Etwas an ihrer Stimme gefiel ihm nicht, es klang fast, als ob sie sich freute, Häkinnen zu sehen. Was sollte das Wort sowieso? Unsinn, beruhigte er sich, er sah Gespenster.

Marie-Luise überlegte, sollte sie Häkinnen mit ihrem neuen Aussehen überraschen?

»Er wäre die richtige Versuchsperson«, sagte sie sich. Gutmütig und verständnisvoll.

Er würde sie auch ehrlich beraten, ob sie bei ihrem neuen Aussehen bleiben sollte; oder nicht.

Die Verhandlungen zwischen Häkinnen und Lindemann waren schnell abgeschlossen.

Ein bisschen feilschen um Menge und Preis. Jeder wusste um die Taktik des anderen; sie kannten sich halt schon lange. Eigentlich hätte man das alles telefonisch erledigen können, dachte Werner Lindemann. Aber Häkinnen kam halt gerne nach München und die letzte Zeit kam er immer öfter. Nach der Geschäftsbesprechung lehnten beide Männer sich zufrieden in ihren Sesseln zurück. Mäuschen brachte Kaffee und selbstgebackene Plätzchen. Lindemann stand auf und goss ihnen beiden noch einen guten Cognac in die Schwenker. Häkinnen drehte sich zu Mäuschen um. »Sind die Plätzchen von dir?«, fragte er sie mit seinem drolligen finnischen Akzent.

Sie nickte und wurde rot.

»Hmm«, er schloss verzückt die Augen.

»Ich gebe dir eine Tüte voll mit nach Hause«, versprach sie und strahlte ihn an.

»Chef, wenn ich die Verträge ausgedruckt habe, kann ich dann gehen? Ich habe dringend etwas zu erledigen. Sie brauchen mich ja dann nicht mehr!«

»Ja, aber...«

Ehe Lindemann ablehnen konnte, sagte sie »Danke«, und verabschiedete sich eilig.

»Na, so etwas«, Lindemann staunte.

»Sie sind doch sonst so großzügig«, meinte Häkinnen gutgelaunt. »Vielleicht hat Frau Maus eine Verabredung?«, und er blinzelte Lindemann zu.

»Übrigens sieht sie ganz entzückend aus, wenn sie errötet. Ist Ihnen das noch nicht aufgefallen?«

Lindemann sah ihn beunruhigt an. »Nein, oder doch?«

»Das ist so schön altmodisch«, setzte Häkinnen zufrieden hinzu.

Marie-Luise hatte derweil einen Termin bei Siggi. Dieses Mal riet er ihr zu zweifarbigen Strähnen, nur wenige, aber sie lockerten das dunkel gefärbte Haar auf.

»Mehr kann ich im Moment nicht machen«, entschuldigte er sich. »Man kann nicht dauernd umfärben, sonst gehen die Haare kaputt.«

Kurz vor Geschäftsschluss schlüpfte sie noch durch die Türe der Boutique Chic. Mia war anwesend. Gott sei Dank, sie war erleichtert und ließ sich von ihr beraten.

Später trug sie ein figurbetontes schwarzes Kleid nach Hause, außerdem hatte sie sich von Mia zu einem sehr engen schwarzen Rock mit passendem T-Shirt, auf dem "Sexy Girl" in Silber stand, überreden lassen. Dazu Kreolen. Die Boutique bot alles passend zu ihren Kleidern.

Hochhackige Pumps brauchte sie nicht zu kaufen, die hatte sie. Heute würde sie eine ihrer schicken neuen Brillen tragen.

Obwohl sie sich sehr sorgfältig zu Recht gemacht hatte, klopfte und pochte ihr Herz wie wild und die Hände wurden feucht, als Häkinnen sie mit dem Taxi abholte.

Es war trübe, und sie hatte eine Kappe übergezogen, die ihre neue Frisur versteckte, das gab ihr noch etwas Aufschub. Aber im Lokal musste sie Farbe bekennen.

Lars Häkinnen riss die Augen auf. »Marie-Luise, bist du es wirklich? Du hast dich aber verändert!«

Marie-Luise nahm verlegen auf dem Stuhl, den er ihr zurechtgeschoben hatte, Platz.

»Lass mich raten. Die Haare sind anders, du trägst eine neue Brille und hast ein sehr schickes Kleid an.« Seine Stirn runzelte sich leicht. »Ist da ein anderer Mann, oder hast du dich extra für mich so hübsch gemacht? Sicher nicht«, gab er sich selber etwas wehmütig die Antwort.

»Ja und nein«, sie lächelte ihn an. »Eigentlich habe ich es für mich getan, aber bei dir habe ich Kleid und Frisur zum ersten Mal ausprobiert. Du wärst ehrlich genug, mir zu sagen, Marie-Luise, das steht dir nicht, und deswegen war das bei dir eine Premiere.«

Er lachte. »Die Premiere gefällt mir sehr gut«, das »sehr« betonte er besonders.

»Das werden wir mit einer guten Flasche Wein feiern.«

An diesem Abend erzählte er von zu Hause, von seinen Geschäften und vom Angeln. Dabei ließ er einfließen, wie einsam er sich fühlte. Er hatte zwischenzeitlich eine kurze Beziehung zu einer Frau gehabt. Aber sie war eine Stadtpflanze, die keine Freude an seinem Häuschen am See gehabt hatte und beim Angeln gähnte. »Ich habe mich richtig gefreut wieder nach München zu kommen. Wenn ich dich sehe und spreche, geht es mir immer besser.«

»Komm doch einfach öfter«, Marie-Luise lächelte freundlich.

»Wenn ich darf?« Er legte seine Hand wie zufällig auf ihre und je mehr Wein sie tranken, desto öfter wiederholte sich diese Geste.

Marie-Luise fand es gar nicht unangenehm.

Erst spät am Abend bestellte Lars, wie sie ihn jetzt ohne Scheu nannte, ein Taxi.

Der Fahrer fuhr erst sie nach Hause.

»Darf ich auf eine Tasse Kaffee mit nach oben kommen«, fragte Häkinnen hoffnungsvoll.

»Heute nicht, ich bin nicht auf Besuch vorbereitet und außerdem bin ich müde.«

Sie sah sein enttäuschtes Gesicht.

»Aber morgen. Morgen Mittag koche ich für dich, einverstanden?«

»Einverstanden.« Er nahm ihre Hand zwischen seine beiden und drückte sie zärtlich.

Der Taxifahrer wartete bis sie in der Haustüre verschwunden war, dann erst lenkte er den Wagen wieder Richtung Innenstadt.

Während des Morgens beschäftigte Marie-Luise sich damit aufzuräumen, einzukaufen und vorzubereiten. Es war eine Schnapsidee von ihr gewesen, sich soviel Arbeit aufzuhalsen, denn sie hatte auch noch abends eine Tangovorführung mit Paul bei einer Betriebsfeier.

Außerdem brauchte sie Zeit, um auszuprobieren wie sie den falschen Harrknoten, den sie abends tragen wollte, in ihren kurzen Haaren befestigen konnte.

Beim Mittagessen gestand sie sich ein, dass sich die ganze Arbeit doch gelohnt hatte. Häkinnen, der einen herrlichen Blumenstrauß mitgebracht hatte, aß mit solch einem Appetit und Genuss, dass ihr als Köchin das Herz aufging.

»Hast du Lust, heute Abend als Zuschauer sich meine Show anzusehen?«, hörte sie sich fragen. Der Gedanke war ihr ganz plötzlich gekommen.

Er sah sie erstaunt mit seinen grauen Augen an. »Im Theater?«

»Nein«, sie lachte. »Ich trete heute Abend als Tangotänzerin auf.«

»Als Tangotänzerin? Du überrascht mich immer mehr.«

Marie-Luise machte ihn mit Paul, alias Paolo und seiner Frau bekannt, dann wies sie ihm einen Platz neben Ilse seitlich in der Nähe der Türe zu.

Häkinnen war hingerissen, als er Paolo und Luisa bei der Vorführung zusah. Was für ein Tanz!

Er hatte ihn immer geliebt. Er war so geschmeidig, ja sogar erotisch. Je länger er auf Marie-Luises Beine starrte, desto erregter wurde er. »Was für eine Frau!«

Schade, dass er sie nicht den Rest der Nacht für sich alleine hatte, denn sie wollten nachher zu viert noch ausgehen. Aber wahrscheinlich hätte sie ihn auch heute nicht in ihre Wohnung mitgenommen. Er sah ein, dass der Tag für sie sehr anstrengend gewesen war. So ein professioneller Tangoauftritt kostete viel Kraft. Er würde geduldig sein. Vielleicht Morgen?

Er beschloss, seinen Aufenthalt hier in München um zwei Tage zu verlängern. Mit sehnsüchtigem Bedauern starrte er wieder auf diese sensationellen Beine.

Applaus brandete auf. Zwei Zugaben mussten Luisa und Paolo geben, ehe sie sich glücklich und verschwitzt von der Bühne verabschiedeten.

Später landeten sie alle bei Kaiser, Marie-Luise und er verabredeten sich zum Frühstück in Lars Häkinnens Hotel.

Am nächsten Morgen beobachtete er amüsiert, mit welchem Appetit Marie-Luise ihre Brötchen verdrückte.

»Du brauchst sicher nicht auf dein Gewicht zu achten?«, fragte er.

Schräg über eine Hälfte der Brötchens hinweg sah sie ihn an. »Nein, darauf brauche ich nicht zu achten.«

Sie fuhren hinaus zum Ammersee, wanderten von der S-Bahn Haltestelle hinauf zum Kloster Andechs und hielten sich an der Hand, damit sie sich nicht unter all den Besuchern verloren.

Häkinnen hatte die Wirkung des dunklen Bieres bereits früher an sich verspürt und war jetzt vorsichtig. Aber Marie-Luise hatte darin noch keine Erfahrung und nach der ersten »Maß« hatte sie bereits einen ordentlichen Schwips. Sie kicherte und gab sich große Mühe, ihre Worte ordentlich auszusprechen. Er fand das entzückend. Auf dem Rückweg nahm er wieder ihre Hand. Vordergründig, um sie zu führen, in Wirklichkeit aber, um ihre warme Haut zu spüren. In der S-Bahn wurde sie müde und schlief an seiner Schulter ein.

Vorsichtig nahm er ihr die verrutschte Brille ab und steckte sie in seine Tasche.

Er fühlte sich jung. Er wollte sie beschützen. Ja, was wollte er eigentlich? - er wollte mit ihr schlafen.

Vor der Haustüre küsste er sie, zog sie noch enger an sich, als er spürte, dass sie seinen Kuss erwiderte.

Er hob den Kopf. »Marie-Luise, darf ich mit hochkommen?«, seine Stimme wollte ihm kaum gehorchen.

Als sie nickte, hätte er am liebsten einen Luftsprung gemacht, aber er riss sich zusammen.

Schließlich war er ein gesetzter Herr mittleren Alters.

Oben in der Wohnung war die Stimmung etwas abgekühlt, zumindest bei Marie- Luise.

Häkinnen sah seine Felle davonschwimmen und so bat er anstatt um einen Kaffee um ein Glas Wein.

Als sie mit der Weinflasche und den beiden Gläsern ins Wohnzimmer zurückkam, meinte er: »Jetzt setzen Sie sich endlich zu mir. Ganz nah«, drängte er. »Näher«, und endlich lag sie wieder in seinen Armen.

Er vertiefte seinen Kuss, ließ seine Hände über ihren Körper wandern, das enge Kleid schob sich hoch, seine Hände fanden die Innenseite ihrer Schenkel, so warm, so einladend, er atmete schwer, dann waren seine Hände überall.

Marie-Luise wehrte sich. »Nicht so schnell, ich habe... ich habe schon lange keinen Mann mehr geliebt. Als junges Mädchen hatte ich eine Beziehung mit einem gleichaltrigen Freund, die nicht sehr angenehm verlief. Wir hatten wohl beide wenig Ahnung.«

Lars zog sich zurück. Fast eine Jungfrau, er konnte sein Glück kaum fassen.

»Ich werde vorsichtig sein«, versicherte er ihr. »Hab nur Vertrauen.«

Er küsste sie erneut, dieses Mal nicht so stürmisch. Fast war er zu vorsichtig. Immer wieder fragte er, ob es ihr auch gut ging, ob sie seine Liebkosungen mochte. Er nestelte ungeschickt an den kleinen Knöpfen ihrer Bluse. Sie half ihm. Der Rock rutschte ihre Hüften hinunter. Seine Hände umfassten die Rundungen ihres Pos. Er stöhnte. Wieder presste er seine Lippen auf die ihren, während sie sich auf dem Sofa zurücklegte.

Er hob den Kopf. »Ist es gut so; bin ich zu heftig?«

Marie-Luise wurde langsam ungeduldig, und die Ungeduld tötete jede Erregung. Sie sollte Lars abwehren, Aber er konnte ihren innerlichen Rückzug nicht mehr bemerken; er konnte sich nicht mehr beherrschen. Ein Stöhnen drang tief aus seiner Kehle, als der Höhepunkt über ihm zusammenbrach.

Später bettete er ihren Kopf an seine Schulter. »War es schön für dich?«

Sie nickte, obwohl sie selber keine Erlösung gefunden hatte. Es musste wohl an ihr gelegen haben, dass sie selbst keinen Höhepunkt erlebt hatte.

Lars Häkinnen war zufrieden eingeschlafen. Sie betrachtete ihn, er war nicht der Traum eines jeden Mädchens, aber er war ein lieber Kerl, und er hatte eine andere Frau verdient, als eine, die nicht zum Höhepunkt kam. Gleich morgen würde sie ihr Buch über Sex aus dem Schrank holen und darin lesen. Vielleicht konnte sie ihm dadurch mehr Vergnügen bereiten.

Am Montagmorgen drückte Lindemann vergeblich den Rufknopf ins Vorzimmer.

Marie-Luise meldete sich nicht. Beim dritten Mal stürmte er ärgerlich in ihr Büro.

Es war leer. Staubkörner tanzten in der Sonne.

Vielleicht war sie auf der Toilette? Der Schreibtisch glänzte matt. Nichts lag darauf.

Am Garderobenständer hing keine Jacke. Es roch nicht nach ihrem Parfüm. Sie war nicht da! Ohne Entschuldigung!

Er blickte auf seine Armbanduhr; bald halb neun. Das war noch nie vorgekommen. Er dachte nach, seit sechs Jahren war sie immer pünktlich zur Arbeit erschienen. Was fiel ihr ein! Hatte sie einen Verkehrsunfall gehabt? Oh Gott, er stellte sich vor, wie sie bleich, mit einem Verband um den Kopf, von Sanitätern auf einer Bahre ins Krankenhaus getragen wurde.

Er musste unbedingt bei ihr zu Hause nachfragen; er hatte doch irgendwo ihre Nummer gespeichert.

Er stand noch unschlüssig in der Türe, als Marie-Luise hereingestürzt kam. Die Jacke auf dem Arm, die Tasche obendrauf, die Haare durcheinander. Sie blieb erschrocken stehen.

»Oh Chef, guten Morgen. Ich muss mich entschuldigen, ich habe mich verschlafen.«

Werner Lindemann wusste noch nicht, dass der schlimmste Albtraum seines Lebens gerade begonnen hatte, er war einfach nur sauer.

»Ich bin gleich soweit.« Sie warf zielgenau die Jacke auf den Haken, ließ die Tasche auf den Schreibtisch fallen, fuhr sich mit den Fingern durch die Haare und schob ihre Brille zurecht.

Er starrte sie mit offenem Mund an. Was hatte sie mit ihren Haaren gemacht? Rote Strähnen leuchteten in den Sonnenstrahlen, die durchs Fenster fielen. Winzige Silberkörnchen glitzerten auf der herzförmigen Brille und sogar auf der Haut ihres Dekolletes.

Seine Augen weiteten sich. So einen Ausschnitt hatte sie ja noch nie gehabt! Sein Blick kehrte zurück zu ihrem Gesicht. Es sah ganz erhitzt aus. Sie kam ihm plötzlich fremd vor, fremd und irgendwie begehrenswert!

Lächerlich!

»Wie sehen Sie denn aus?«, stieß er hervor. »Sie sehen ja aus, als ob Sie gerade aus dem Bett gekommen wären!«

Ihre Röte vertiefte sich. Verlegenheit zog flüchtig über

ihre Züge, aber sie fasste sich schnell.

»Selbstverständlich komme ich aus dem Bett, wo sollte ich mich denn sonst verschlafen? Möchten Sie einen Kaffee? Ich brauche jetzt einen«, abrupt drehte sie sich zur Espressomaschine um.

»Ich bringe Ihnen ihre Tasse in ihr Büro.«

Damit war er entlassen! Lindemann öffnete den Mund, um noch etwas zu sagen, klappte ihn aber dann verwirrt zu. Wie in Trance ging er hinüber in sein Zimmer. Was war nur mit Mäuschen los? Nachdenklich, die Stirn gekraust, saß er hinter seinem Schreibtisch und versuchte, dieses Rätsel zu lösen. Sie kam zu spät, dann diese unmögliche Brille, diese unmögliche Frisur und dieser unmögliche Ausschnitt.

Nein, eigentlich war nichts unmöglich, musste er zugeben, es stand ihr alles gut, sogar sehr gut. Aber irgendetwas stimmte hier nicht!

Er spürte, wie sich das gewohnte Sodbrennen vom Magen nach oben ausbreitete. Die letzte Zeit hatte er viel damit zu tun, besonders, wenn er sich aufregte.

Er zog die Schreibtischschublade auf und tastete nach der Tablettenschachtel. Er fand sie sofort.

Marie-Luise hatte wie immer ordentlich für Tablettennachschub gesorgt. Er durfte eigentlich jetzt keinen Kaffee trinken. Er drückte den Knopf ins Nebenzimmer.

»Bitte keinen Kaffee, ich brauche Tee. Mein Magen, Sie wissen schon.«

»Oh, das tut mir leid«, ihre Stimme klang mitleidig und das tat ihm gut.

Er fand es sehr befriedigend, als sie um ihn herumeilte und ihm Zucker in den Tee tat.

»Brauchen Sie einen Bauchwärmer? Soll ich alle Termine absagen? Sie müssen mal einen Arzt aufsuchen. Soll ich Ihnen einen Termin zur Untersuchung abmachen?«

»Nein!« Ihm ging es schon viel besser, und mit tapferer

Miene meinte er: »Wird schon gehen.«

Dann trank er brav in kleinen Schlucken seinen Tee.

Um elf Uhr war es mit seiner Zufriedenheit vorbei.

Das Telefon klingelte. Es läutete bei Frau Maus, aber niemand hob ab. Einmal, zweimal, dreimal, viermal, er stand auf und schaute nach nebenan. Sie war nicht da. Schon wieder nicht.

Er nahm das Gespräch in seinem Büro an.

»Ach, Häkinnen, ich dachte, sie wären gestern wieder nach Helsinki zurückgeflogen«, sagte er erstaunt.

»Nein, nein. Ich habe noch ein paar Tage drangehängt, man muss auch mal an sich selber denken.«

Die Stimme seines Geschäftsfreundes klang voller Elan.

»Aha«, Lindemann grinste. »Habe ich Recht, wenn ich behaupte, dass der Grund eine Frau ist?«

Häkinnen zögerte kurz, dann aber brach es aus ihm heraus.

»Sie haben Recht. Eine wundervolle Frau.« Und dann schwärmte er: Sie kann zuhören, sie hat Humor, sie ist hilfsbereit, sie kann fantastisch kochen, sie ist intelligent und teilt meine Hobbys, sogar mein Faible für Tango. Kurzum, eine unglaubliche Frau.«

»Sie hat es aber erwischt«, Lindemann lächelte gönnerhaft. »Das hört sich ja viel zu gut an, um wahr zu sein. Und um mir das zu sagen, rufen Sie bei mir an?«

»Nicht bei Ihnen«, Häkinnen lachte, »ich wollte mit Frau Maus sprechen.« Wieder verharrte er kurz, dann fügte er noch hinzu, »Übrigens ist meine Angebetete auch noch eine sehr einfühlsame Geliebte. Nun verbinden Sie mich bitte mit Frau Maus.«

»Ich will's versuchen. Eben war sie nicht in ihrem Büro, hier kommt sie gerade«, er reichte ihr den Hörer hinüber. »Häkinnen ist dran«, er wollte stehen bleiben.

Mäuschen ging sofort dran, sah ihn aber auffordernd an, den Hörer am Ohr und räusperte sich nur.

Nun ja, er verstand sie, er sollte das Zimmer verlassen. »Ich gehe ja schon«, meinte er unwillig und zog sich in sein eigenes Büro zurück.

Was wollte Häkinnen wohl von Mäuschen? Einen Rat für ein Geschenk für seine Flamme? Er schloss nachdenklich die Türe.Sicher, das war`s; diese Aufgabe löste seine Sekretärin ja hervorragend, das hatte sie oft genug bei ihm selber bewiesen. Eigentlich wäre bald ein Geschenk für Miranda fällig, sie ging ihm ungemein auf die Nerven. Oder sollte er noch etwas warten?

Er schob den Gedanken an Miranda weit weg und vertiefte sich in seine Unterlagen.

Als er am Nachmittag von einer Unterredung mit seinem technischen Direktor zurückkam, bemerkte er, dass das rote Licht an seinem Apparat aufdringlich blinkte. Mäuschen telefonierte.Warum über seine Leitung? Natürlich etwas Geschäftliches. Sie hatte abgenommen, weil er nicht da gewesen war. Neugierig schaltete er sich in das Gespräch ein. Er erkannte Häkinnens Stimme. »Unvergesslich«, sagte er gerade. Seine Stimme klang ganz anders als sonst; drängend, atemlos, dunkler. »Bitte Liebes, lass uns bei einem Glas Wein darüber sprechen.«

Lindemanns Nackenhaare sträubten sich.

Eine kurze Pause, dann antwortete Mäuschen. »Gut, heute um acht Uhr in deinem Hotel.«

»Geht s nicht früher? Ich sehne mich so nach dir.«

»Es geht nicht. Ich bin heute Morgen schon zu spät gekommen und Lindemann war sauer.«

Häkinnen lachte leise, wie es schien, sehr zufrieden »So, so, zu spät gekommen? Na, gut. Die Zeit wird mir aber lang werden.«

Lindemann drückte peinlich berührt den Ausknopf. Er fühlte, wie ihm die Kälte den Nacken hochkletterte.

Das durfte doch nicht wahr sein; er hatte sich in ein Gespräch von Verliebten eingeschaltet.

Wie oft hatte er selber so gesäuselt nach einer befriedigenden Liebesnacht.

Häkinnen und Mäuschen!

War der Mann verrückt?

Was hatte er alles am Telefon geschwärmt: Wundervolle Frau, Humor, hilfsbereit, Kochen, teilt meine Hobbys, kann gut zuhören. Lächerlich, das gab es gar nicht.

Sein Magen zog sich zusammen, doch, das gab es, genau unter seiner Nase. Es passte alles auf Frau Maus! Sein Mäuschen! Nur war ihm das bisher nicht aufgefallen!

War sie verblendet? Häkinnen war doch viel zu alt für sie. Er sprang auf, stürmte ins Nachbarzimmer. Das erste, was ihm auffiel, war ein roter Farbfleck auf dem Schreibtisch, ein wunderbarer roter Rosenstrauß, der mitten auf der Schreibtischplatte prangte.

Er blieb abrupt stehen. Es waren mindestens dreißig Rosen. Eine so schön wie die andere. Baccararosen, noch im durchsichtigen Papier. Ein geöffneter Umschlag lag daneben.

Mäuschen saß auf ihrem Platz, völlig bewegungslos, eine Karte in der Hand.

Verwirrt sah sie ihn an.

»Mäuschen, was ist los?« Seine Stimme gehorchte ihm kaum, er musste sich räuspern.

»Häkinnen«, sagte sie nur.

»Haben Sie die Rosen für ihn gekauft?«

»Für ihn?«

Sie senkte die Karte und sah ihn das erste Mal richtig an.

»Nein«, sie klang erstaunt.

»Er hat sie mir geschickt.« Sie hob die Karte wieder hoch, »und er hat mir einen Heiratsantrag gemacht.«

»Einen was?«

»Einen Heiratsantrag«, sie klang selber ungläubig.

Es war, als hätte er einen Faustschlag in den Magen bekommen. »Aaaber, aber, Sie werden ihn doch nicht annehmen?« Er stotterte. Verdammt, noch nie in seinem Leben hatte er gestottert. Er fuhr sich mit der Hand über die Stirn.

Sie sah hoch, schluckte und dann fragte sie herausfordernd: »Und warum nicht?«

»Aaber, er ist doch viel zu alt für Sie, Mäuschen.«

Er schluckte seine Angst hinunter und fand endlich zu seiner Selbstsicherheit zurück. Sein »Mäuschen« klang fast zärtlich, aber auch herablassend.

»Er ist bestimmt zwanzig Jahre älter als Sie.«

»Neunzehn Jahre.« Ihre Augen blitzten hinter den Gläsern.

»Häkinnen ist ein Mann auf dem absteigenden Ast.«

Er sah in ihr Gesicht, das sich jetzt ärgerlich verzog.

Sie schluckte. »In gar nicht allzu langer Zeit sind Sie auch auf dem absteigenden Ast, Chef.«

Angriffslustig sah sie ihn an.

Oh, da hatte sie ihn voll erwischt. Seit ein paar Monaten machte ihm sein Alter zu schaffen.

Nächstes Jahr würde er vierzig und er durfte gar nicht an das Datum denken.

»Aber er ist doch ein langweiliger Witwer mit zwei Kindern.«

»Unter langweilig verstehen Sie wohl solide. Und solide sollte ein künftiger Ehepartner wohl sein. Er ist Witwer, ich mache also keine Ehe kaputt und die Kinder sind 17 und 18 Jahre alt, also bald aus dem Hause. Außerdem ist er gutsituiert und ein sehr, sehr lieber Mensch.«

»Aha, Geld spielt eine Rolle! Das habe ich auch! Verdienen Sie nicht genug? Und wo Sie gerade »lieber Mensch« sagen«, – es kam ihm kaum über die Lippen –» lieben Sie ihn denn eigentlich?« Ihre Hände, die sie zu Fäusten geballt hatte, öffneten sich und fielen herunter.

»Das ist es eben, ich weiß es nicht. Er ist mir sehr sympathisch. Ich bin unheimlich gerne mit ihm zusammen, aber lieben?«

»Sehen Sie, Mäuschen«, sagte er weich. »Wo bleibt das Herzklopfen? Das Flattern im Bauch? Das Gefühl, man könnte die ganze Welt besiegen?«

Sie hielt den Kopf gesenkt. Dann sah sie ihm geradewegs in die Augen.

»Ist es nicht gerade das, warum Sie ständig ihre Freundinnen wechseln? Immer kürzer halten mittlerweile Ihre Beziehungen, weil der »Kick«, wie Sie sich einmal ausdrückten, so schnell vergeht. Ist da nicht die Sicherheit und Geborgenheit, die Lars Häkinnen mir anbietet, sehr viel erstrebenswerter? Eine Familie, vielleicht sogar noch ein Kind?« Sehnsucht nach Familie und Kind stiegen plötzlich in ihr auf.

Betroffenheit spiegelte sich in seinen Zügen wieder. Dann riss er sich zusammen.

»Machen Sie keine Dummheiten, Mäuschen«, sagte er eindringlich, »Sie können noch nicht einmal die Sprache.«

»Ich habe einen Lehrer gefunden, der mir Finnisch beibringt. Lars hat ihn mir vermittelt.«

»Außerdem ist es in Finnland viel kälter als hier.«

»Häkinnen hat ein Haus auf Mallorca.«

»Er hat ja an alles gedacht«, meinte Lindemann grimmig.

»Soll ich Ihnen einen Tee aufbrühen?«, fragte sie spitz. »Sie sehen leidend aus.«

»Das ist wohl wirklich das, was ich im Moment brauche«, gab er zu.

Trotz Tee und Tabletten ging sein Sodbrennen nicht vorüber. Es wurde ein grauenvoller Tag.

Er konnte sich zu nichts aufraffen, sagte alle Termine ab. Zu allem Übel nervte ihn Miranda, die mit ihm bei einem neuen Klienten, der ein Restaurant besaß, essen wollte.

Er blaffte sie so an, dass sie beleidigt die Telefonverbindung unterbrach..

Den Rest des Tages zwang er sich soviel Arbeit auf, dass er kaum zum Nachdenken kommen konnte.

Kurz vor Büroschluss hörte er Lachen und Gekicher im Vorzimmer. Dann klopfte es, Mäuschen kam herein.

»Chef, darf ich heute etwas früher gehen, Lars Häkinnen ist da, und er muss doch einen Tag früher abreisen, als er geplant hatte. Er fliegt morgen Mittag nach Helsinki zurück. Ich arbeite die Stunde übermorgen nach.«

Er wollte schon übellaunig ablehnen, da trat sein Geschäftsfreund hinter ihr ein.

Er musste sich zwingen, ihn einigermaßen freundlich zu begrüßen. Wenn er schon seine Sekretärin verlor, dann wollte er nicht auch noch einen wichtigen Kunden verprellen.

»Magen verdorben«, entschuldigte er seine säuerliche Miene. Häkinnen strahlte.

Werner Lindemann betrachtete ihn heimlich, während er ihm irgendetwas erzählte.

Mittelgroß, Bauchansatz, beginnende Glatze. Aber er wirkte glücklich und zufrieden.

»Zumindest Häkinnen war verliebt«, dachte er betroffen, als er ihnen hinterher blickte. Und wie!

Er konnte nur hoffen, dass Frau Maus vernünftig genug war und den Heiratsantrag ablehnte. Sie war doch bisher immer vernünftig gewesen. Was hatte Häkinnen, was er nicht hatte?

Verdammt, er führte sich auf wie ein eifersüchtiger Liebhaber. Blitzartig wurde ihm das klar.

Schließlich war sie ja nur seine Sekretärin. Und Häkinnen wollte sie heiraten!

Dagegen konnte er nichts bieten. Heiraten würde er nie wieder, und ganz bestimmt nicht Mäuschen.

Ob er Häkinnen mit Miranda bekannt machen sollte? Dann hätte er zwei Fliegen mit einer Klappe geschlagen. Er würde Mäuschen behalten und Miranda los sein. Aber diesen Gedanken verwarf er sehr schnell wieder. Miranda wollte ihn und nicht Häkinnen und Häkinnen hatte sich leider Mäuschen in den Kopf gesetzt. Am besten verdrängte er all die Gedanken, denn er spürte schon wieder sein Sodbrennen hochsteigen.

Häkinnen wohnte, wie immer wenn er in München war im Bayrischen Hof. Ob die beiden dorthin unterwegs waren? Beunruhigt lutschte er eine seiner Sodbrenntabletten.

Er zögerte, doch dann erleichterte Miranda ihm die Entscheidung. Sie rief an und entschuldigte ihren rüden Abgang nach dem Telefongespräch mit Stress. Das war für ihn die Gelegenheit, seinen verdorbenen Magen als Grund anzuführen, warum er sie angeblafft hatte.

Zur Versöhnung schlug sie ihm ein Essen in irgendeinem Restaurant seiner Wahl vor.

Er hatte zwar gerade seinen Magen als Grund für seine Ungeduld angegeben, aber irgendetwas musste er ja essen. »Vielleicht etwas Leichtes«, gab er nach.

Beim Essen gab sich Lindemann viel Mühe, interessiert und freundlich zu sein, aber seine Gedanken schweiften immer wieder ab. Was machte Mäuschen in diesem Augenblick? Saßen die beiden jetzt auch beim Essen, und das Kerzenlicht beleuchtete romantisch die Szene? Lächerlich! Hielt Häkinnen ihre Hand oder streichelte er sie?Und das in seinem Alter!

»Du hörst mir ja gar nicht zu«, Miranda beschwerte sich. Er riss sich zusammen. Unweigerlich landete Miranda wieder bei einem ihrer Gerichtsfälle.

Dafür dachte er an seine Sekretärin. Was taten die beiden jetzt? Lud Häkinnen sie nach dem Abendessen in eine Bar ein? Er würde es so machen. Er würde ihre Hand berühren. Ihr beim Zuprosten in die Augen schauen. Na, ja, die Brille würde stören, das ernüchterte ihn etwas. Vielleicht würde Häkinnen unter dem Tisch ihr Knie mit dem seinen berühren. Sie hatte so schöne lange Beine, erinnerte er sich. Gewiss würde er sie im Hotelzimmer verführen! Oh, er hielt es nicht mehr aus.

»Ober, zahlen.« Er musste sich Gewissheit verschaffen.

»Warum so eilig?« Miranda war längst nicht mit der Beschreibung ihrer Recherche eines Scheidungsfalles fertig.

»Ich wollte dich in die Bar des Bayrischen Hofes einladen. Sozusagen als Nachtisch.«

»Da sag ich nicht nein.« Sie lächelte ihn an und warf ihre langen roten Haare zurück.

Die Bar war gut besetzt. Es war eine Tagung im Haus, und sie bekamen nur einen Tisch in einer Ecke. Eine Dreimannkapelle spielte. Niemand tanzte.

Er bestellte die Getränke, während Miranda sich ausbreitete und die Blicke der Herren am Nachbartisch genoss. Sie trank einen Campari orange und er einen Gin tonic.

Unauffällig durchsuchte er den halbdunklen Raum. Er sah weder Häkinnen noch Frau Maus.

Sollte Häkinnen so dumm gewesen sein und Mäuschen brav nach Hause gebracht haben?

Freute er sich. Aber nur kurz, denn es fiel ihm wieder ein, was sein Geschäftsfreund mit satter Zufriedenheit gesagt hatte; »– einfühlsame Geliebte – also hatte er sie längst verführt. Diese Erkenntnis ließ ihm den Atem stocken. Der Kellner begrüßte ein neu angekommenes Paar und führte es zu einem reservierten Tisch.

Eine rassige Frau, bemerkte er mit Kennerblick. Das kurze Haar war wie eine Kappe um den schmalen Kopf gelegt. Kreolen blitzten bei jeder Bewegung. Das rote Kleid lag eng an und war hoch geschlitzt. Er erkannte sie sofort: Luisa, vom Tangoduo Paolo und Luisa.

Aber wer ihr gerade den Stuhl zurechtrückte war nicht Paolo sondern Häkinnen!

Verdutzt schaute er genauer hin. Es war wirklich sein Geschäftspartner, ja, aber Mäuschen?

Jetzt zog Luisa eine Brille aus ihrem Täschchen. Sie glitzerte auf. Sofort erkannte er sie: Seine Sekretärin! Ach ja,

Mäuschen tanzte ja unter dem Namen Luisa!

Immer wieder starrte er hinüber zu dem anderen Tisch, er konnte nicht anders.

Miranda unterhielt sich derweil mit einem der Herren in ihrer Nähe. Ihm war es egal.

Der Kellner brachte Häkinnen und Luisa ihre Getränke. Sie prosteten sich zu, sahen sich in die Augen. Häkinnen legte seine Hand über ihre. Sie saßen viel zu eng beieinander! Er spürte das saure Aufstoßen, das er heute aber auch gar nicht vertreiben konnte.

»Ober, bringen Sie mir bitte ein Glas Wasser.«

Vorsorglich hatte er in seine Anzugjacke noch eine Tablette gesteckt. Mäuschen musste morgen neue besorgen. Oh Gott, Mäuschen!

Ein Tango erklang. Die beiden standen auf und tanzten. Mäuschen tanzte wundervoll. Häkinnen? Gar nicht mal so schlecht. Das musste der Neid ihm lassen.

Man überließ ihnen die Tanzfläche. Als der Tango ausklang, applaudierten ein paar Gäste, und Häkinnen wirkte unheimlich stolz. Lächerlich! Die Magentablette half überhaupt nicht. Er spürte Mirandas Hand auf seiner.

»Hast du Lust zu tanzen?«

»Nein.« Es klang schroff, selbst in seinen Ohren.

Sie sog scharf die Luft ein.

»Mein Magen, du weißt ja. Schon den ganzen Tag spielt er verrückt.«

Er musste weg von hier. Sofort! Sonst würde er Häkinnen am Kragen packen oder ihm die Faust in sein widerlich selbstzufriedenes Gesicht schlagen.

»Ich muss Zuhause meine Medikamente nehmen«, entschuldigte er sich. »Die Sorte, die ich dabei habe, hilft nicht.«

»Oh, wie schade.« Sie schmollte. »Ich fand es sehr nett hier.«

»Kannst ja noch bleiben«, sagte er gereizt.

Ganz kurz überlegte Miranda. Sie lächelte den drei Herren am Nebentisch zu. Wenn sie hier blieb, würde es sicher lustig werden. Aber sie wusste, was sie an Lindemann hatte. Charmant, wenigstens meistens, schränkte sie ein. Reich; Junggeselle. Sie zog bedauernd die Schultern hoch, schenkte dem Nachbartisch noch ein betörendes Lächeln und eilte hinter ihm her.

Miranda kam noch mit in seine Wohnung. Eigentlich wollte er sie loswerden, wollte alleine sein. Aber, wenn sie blieb, würde sie ihn ablenken.

Sie lenkte ihn ab. Als er sie liebte, sah er die langen schlanken Beine Luisas vor seinem inneren Auge.

Trotzdem hatte er eine unruhige Nacht. Übellaunig und zu spät kam er im Büro an.

Als er durch das Vorzimmer ging, telefonierte Frau Maus.

»Der Chef ist gerade gekommen. Also guten Flug und du meldest dich, wenn du zu Hause angekommen bist. Tschüß«, sie hauchte einen Kuss in die Hörermuschel.

Ganz sanft legte sie den Hörer auf und drehte sich zu ihm um. »Viele Grüße von Häkinnen.«

Er ging gar nicht auf die Grüße ein.

»Hat die Firma Bertrand sich gemeldet?« fragte er kurz. Seine Stirn war missmutig gerunzelt.

»Nein, noch nicht.«

»Dann stellen Sie bitte sofort durch, wenn der Anruf kommt. Übrigens, Sie sehen miserabel aus, sie würden besser früher zu Bett gehen«, setzte er gehässig hinzu.

Sie starrte ihn an. Dann gab sie sich einen Ruck.

»Übrigens, Chef,«, sie ahmte seinen Tonfall nach, »ich weiß zwar nicht, wann Sie ins Bett gegangen sind, aber Sie sehen noch sehr viel schlechter aus als ich.«

»Touche«, hörte sie noch, bevor seine Tür laut ins Schloss fiel.

Er schüttelte über sich selber den Kopf. Es hatte doch keinen Sinn, sich mit Mäuschen anzulegen.

Im Laufe der Woche wurde Marie-Luise immer nervöser. Lars Häkinnen rief jeden Abend an, ob sie sich schon entschieden hätte ihn zu heiraten. Jeden Einwand, den sie vorbrachte vom Altersunterschied bis – ob wir wohl zusammenpassen - wischte er unerschütterlich vom Tisch. Zusätzlich spielte Lindemann den Kranken und hatte ständig Wünsche an sie.

Sie musste alleine sein. Nachdenken, sich endlich entschließen! Es ging um ihr restliches Leben. Leider konnte sie auch niemanden fragen. Jeder, außer Lindemann natürlich, und der hatte egoistische Interessen an ihrem Nein. Jeder andere würde wahrscheinlich sagen »greif zu.« Sie fand Lars ja auch sehr nett.

Oh Gott, war das eine Situation!

Als sie sich in der Mittagspause eine Pizza holte, fiel ihr Blick auf die Reklame eines Reisebüros. Das war`s! Sie würde eine Woche oder vierzehn Tage verreisen! Weit weg von jedem Betrieb, wo sie in Ruhe ihre Entscheidung fällen konnte. Niemand sollte sie stören.

Sie betrat das Reisebüro und nachdem sie ihre Wünsche geäußert hatte – ruhig, gemütlich, gutes Essen, - entschied sie sich für einen kleinen Ort in Österreich, ein kleines Mittelklassehotel, Zimmer mit Blick auf den Garten. Das Haus hatte sogar ein kleines Schwimmbad. Da die Skisaison schon beendet war und die Sommersaison noch nicht angefangen hatte, konnte sie bereits für das kommende Wochenende ein Zimmer buchen.

Jetzt musste sie es nur noch ihrem Chef beibringen.

Lindemann hatte sich im Laufe der Woche beruhigt. Mäuschen klang wie immer, einen Hochzeitstermin hatte sie ihm noch nicht genannt, das tat ihm und seinem Magen gut.

Er telefonierte gerade, als er sie am Nachmittag vor seinem Schreibtisch stehen sah.

»Ja Miranda. Wenn du möchtest, stell ich Dich vor. Du bist Dir doch klar, dass die Scheidung nur ein Gerücht ist. Sicher, meist ist etwas dran. Wenn es der Wahrheit entspricht, dann nimmt sie sich den Familienanwalt, also keine Chance für Dich. Aber er wird vielleicht einen Rechtsbeistand brauchen. Am besten ruf ich ihn gleich mal an. Ich melde mich.«

Wieder eine Ehe, die schief ging. Ihm würde das nie wieder passieren!

Sichtlich zufrieden wandte er seine Aufmerksamkeit seiner Sekretärin zu.

»Was haben Sie auf dem Herzen, Frau Maus?«

Frau Maus. Das klang gar nicht gut. Aber es half nichts, dachte Marie-Luise.

»Chef, ich möchte Urlaub machen.«

»Urlaub? Schon wieder?« Er sah sie verdutzt an. Damit hatte er nicht gerechnet.

»Sie hatten doch erst Urlaub.«

»Einen Tag und ein paar Stunden. Ich möchte vierzehn Tage Urlaub nehmen.«

»Aber es war doch immer so, dass wir gemeinsam freimachen. Im Moment kann ich nicht weg.«

Sie presste die Lippen zusammen.

Das hatte sie kommen sehen.

»Ich habe schon für Ersatz gesorgt. Frau Baumeister wird meine Arbeit übernehmen, sie ist schon neulich für mich eingesprungen und sie wird es sicher gut machen. Sie werden sehen.«

Lindemanns Gedanken überschlugen sich. Vierzehn Tage wollte sie sich erholen, ohne auf ihn Rücksicht zu nehmen? Das hatte er ja noch nie bei ihr erlebt.

»Nein«, sagte er. »Ich kann Ihnen leider den Wunsch nicht erfüllen, Sie werden gebraucht. Vielleicht ein, zwei

Tage«, schlug er versöhnlicher vor, »aber mehr geht wirklich nicht.«

Marie-Luise kannte diesen sturen Ausdruck auf seinem Gesicht. Normalerweise zog sie sich dann zurück und wartete auf eine bessere Gelegenheit. Aber dieses Mal hatte sie keine Lust, diplomatisch zu sein.

»Der Urlaub steht mir zu.« Sie wurde ungeduldig. »Wenn ich alle Überstunden und den nicht genommenen Urlaub der letzten sechs Jahre zusammenrechne, brauche ich ein dreiviertel Jahr nicht mehr zu arbeiten. Ich brauche diese Auszeit, um mir klar zu werden, ob ich Lars Häkinnens Antrag nun annehme oder nicht. Wenn ich mich dafür entschließe, dann soll es auch für immer sein. Ich mache keine halben Sachen!«

Schmerzhaft verzog Lindemann das Gesicht.

»Ich habe alles mit Herrn Bauer vom Personalbüro besprochen, ab Montag kommt Frau Baumeister. Wenn Sie möchten, werde ich sie Freitag noch einmal in alles einweisen.«

So kannte Lindemann sein Mäuschen gar nicht. Fest und bestimmend.

»Was ist, wenn ich nein sage, weil es wirklich nicht geht?« er sah ihr unnachgiebiges Gesicht und schwächte ab, »oder vielleicht nur eine Woche?«

Sie seufzte tief. »Dann muss ich kündigen!«

Der Satz platzte aus ihr heraus und stand mitten im Raum. Sie war selbst erschrocken.

Stille breitete sich aus. Trotzdem wollte sie die Worte nicht zurücknehmen. Sie war nervös und ungeduldig. Häkinnen hatte schon wieder angerufen. Alles ging ihr auf die Nerven. Sie brauchte dringend Ruhe, Ruhe, Ruhe. Sie würde nichts zurücknehmen!

Sie drehte sich einfach um und strebte in ihr Büro.

Hinter sich hörte sie ein Räuspern. »Frau Maus, selbstverständlich können Sie Ihren Urlaub haben«, kleinlaut fügte er hinzu, »können Sie mir bitte neue Sodbrenntabletten besorgen?«

Auch wenn es ihr schwer fiel, sie würde kein Mitleid mit ihm haben. »Sie sollten sich endlich Ihren Magen spiegeln lassen«, sagte sie patzig, dann ging sie.

Die nächsten Tage hielt sich Lindemann sehr zurück. Am Freitagnachmittag verabschiedete sie sich.

»Wo geht`s denn hin?«, fragte er.

»Das verrate ich nicht. Aber wenn hier etwas schief laufen sollte, dann rufen Sie bitte meine Wohnungsnachbarin an. Sie heißt Schmidt, die Telefonnummer lege ich Ihnen auf den Schreibtisch. Ich werde mich notfalls über Frau Schmidt bei Ihnen melden. Ich brauche meine Ruhe!«

»Also fahren Sie alleine?«

Sie nickte.

»Häkinnen fährt nicht mit«, dachte er erleichtert. Gott sei Dank. »Dann erholen Sie sich gut. Ich werde mit Frau Baumeister schon zu Recht kommen.«

Das wäre doch gelacht, ärgerte er sich. Er machte sich doch nicht von einer Sekretärin abhängig, die egoistisch ihren Willen durchsetzte. Er würde sich nicht von ihr verabschieden!

Als sie am späten Nachmittag in sein Büro kam, um vielleicht noch einiges Wichtiges zu besprechen, war es leer. Sie blickte auf den demonstrativ aufgeräumten Schreibtisch, den abgeschalteten Computer und den leeren Stuhl. Das musste sie sonst immer machen, weil er es meist vergaß. Das grüne Lämpchen der Espressomaschine blinkte nicht, selbst daran hatte er gedacht. Normalerweise hätte sie gelächelt. Instinktiv wusste sie, was er damit ausdrücken wollte, aber heute zuckte sie nur die Schultern. Dann eben nicht. Wenn er den Beleidigten spielen wollte. Es war ihr egal.

Abends packte sie ihren Koffer. Sie brauchte solide Schuhe, Pullover für diese Jahreszeit, außerdem Badesachen für das kleine Schwimmbad des Hotels. Jogging-schuhe und Bücher! Sie freute sich riesig auf einen unbeschwerten Urlaub.

Samstagvormittag lenkte sie ihren kleinen Wagen Rich-tung Autobahn Salzburg.

Stau! Das fing ja gut an. Nach acht Kilometern löste er sich wieder auf. Sie war erleichtert. Jetzt prasselte Regen auf das Autodach. Sie nahm die Geschwindigkeit zurück und starrte durch die nassen Schlieren der Frontscheibe auf die verwaschenen Rücklichter ihres Vordermannes. Wenn ihr Urlaub, so wie er begonnen hatte, weiterlief, na dann gute Nacht.

Es kam ihr wie eine Ewigkeit vor, als sie endlich durch den Regen ihre Abfahrt von der Autobahn erkannte. Es regnete immer noch, als sie das Hotel in einer ruhigen Seitenstraße des übernächsten Ortes fand.

Die warmen Lichter des Hoteleinganges empfingen sie. Die Dame an der Rezeption lächelte freundlich. Sie schickte sofort einen Jungen für ihre Koffer in die Nässe hinaus.

Marie-Luise reichte dem Jungen ihren Autoschüssel, um den Wagen einzuparken, dann brauchte sie nicht mehr in den Regen hinaus.

»Möchten Sie im Restaurant einen Tisch für sich alleine?«, fragte die Dame an der Rezeption. Sie wollte! Ihr Zim-mer war gemütlich im Tiroler Stil eingerichtet. Zufrieden ließ sie sich erst einmal auf ihr Bett fallen.

Am folgenden Nachmittag machte sie einen ausgedehn-ten Spaziergang durch das Dorf.

Behäbig breitete es sich im Tal aus. Der Regen hatte aufge-hört, die schweren Wolken hatten sich hoch in die Berge hinaufgezogen. Sie beschloss, erst in der zweiten Woche ihres Urlaubs an ihre Zukunft zu denken. Die ersten Tage gehörten ihr ganz allein und das wollte sie genießen.

Am Montagmorgen begrüßte Lindemann Frau Baumeis-ter. Er lächelte grimmig.

Er würde wunderbar ohne Frau Maus auskommen.

»Frau Baumeister, machen Sie mir bitte einen Espresso.« Kurz darauf kam sie zurück. »Entschuldigen Sie bitte«, sie war verlegen. »Ich kenne mich mit diesem Ding da nicht aus.« Sie wies auf die glänzende Espressomaschine. »Herr Zwirl, für den ich sonst arbeite, trinkt nur Tee.«

»Hmm ja«, er räusperte sich, »ich kann es Ihnen zeigen.« Aber Frau Baumeister hatte sämtliche Knöpfe durcheinander gebracht. Nichts ging mehr.

»Machen Sie mir einfach einen normalen Kaffee«, er wurde schon leicht ungehalten.

»Ich habe Pulverkaffee da«, sagte Frau Baumeister eilfertig. Sie kam zurück mit einer dampfenden Tasse und Süßstoff. Lindemann bedankte sich, und sie verschwand in Mäuschens Büro. Misstrauisch beäugte er die Tasse. Er hatte seinen Kaffee lieber mit normalem Zucker, zwei Löffelchen voll, und Milch. Vorsichtig probierte er. Scheußlich schmeckte das Gebräu. Außerdem waren keine Plätzchen dabei. Angewidert schüttete er diese undefinierbare Flüssigkeit in den Ausguss.

Im Laufe des Vormittags ärgerte er sich immer mehr. Nichts fand die Vertretung. Wenn er ungeduldig wurde, reagierte sie beleidigt. Frau Maus hätte ihren Ersatz besser einweisen sollen, dachte er unwillig. Aber dummerweise hatte er gerade dieses Angebot abgelehnt. Er tat sich selber leid.

Zusätzlich hatte er bemerkt, dass seine Königin der Nacht eine Knospe geschoben hatte, er hätte ihr Aufblühen gerne mit Mäuschen beobachtet. Jetzt musste er alleine auf das Öffnen der Blüte warten und das machte nicht so viel Freude. Verdammt!

Vielleicht sollte er diesen einzigartigen Augenblick filmen und ihr das Video, wenn sie zurück war, vorführen? Frau Baumeister fragte wieder etwas, jetzt verlor er die Beherrschung. »Herr Gott noch mal, hat Frau Maus

Ihnen das denn nicht gesagt? Sie fragen mich bereits das dritte Mal.«

»D-doch«, stotterte sie und sah ihn an wie ein verschrecktes Kaninchen die Schlange.

Er bekam ein schlechtes Gewissen. »Es ist gut«, beruhigte er sie. »Vielleicht weiß Herr Bauer vom Personalbüro Bescheid.«

Er hatte schon wieder Magenbeschwerden. Er zog die Schreibtischschublade auf und fischte nach der Medikamentenpackung. Auch das noch, sie war leer. Frau Maus hätte sie ihm ja auch auffüllen können.

Der Tag zog sich hin. Nichts klappte. Abends rief auch noch Miranda an, übellaunig, weil sie bei einer Gerichtssache den Kürzeren gezogen hatte. Er hätte längst Schluss mit ihr machen sollen!

Am nächsten Morgen las er in der Tageszeitung, wie es dazu gekommen war, dass Miranda ihren Prozess mit Pauken und Trompeten verloren hatte.

Er konnte sich nicht helfen, er gönnte es ihr. Schade, dass er es nicht Mäuschen erzählen konnte. Außerdem wollte er sein Segelboot aus dem Winterquartier holen. Es wurde höchste Zeit. Die letzten Jahre war Marie-Luise immer mit dabei gewesen und hatte kundig mitgeholfen. Zum Abschluss des Tages hatten sie bei trockenem Wetter auf dem Boot ein Picknick veranstaltet. Immer hatte sie eine leckere Überraschung für ihn dabei. Letztes Jahr hatte sie auf dem Gaskocher Shrimps in Champagnersoße gekocht. Anschließend hatten sie den Rest Champagner getrunken und mit viel Gelächter versucht, den schmalen Steg zum Ufer gerade entlangzugehen.

Da sie nicht da war, rief er mehrere Freunde an, ob sie Lust hätten, ihm zu helfen.

Jeder hatte schon etwas vor. So musste er sich alleine um alles kümmern. Unlustig beschloss er, jemanden zu bezahlen, der das Boot überholte und an seinen Liegeplatz brachte. Auch seine Arbeit machte ihm im Moment keine Freude, stellte er betroffen fest. Er hatte sich bis jetzt immer auf den Augenblick gefreut, wenn er Mäuschen sah.

Sie kam mit dem Kaffee zu ihm, er erzählte ihr, was er erlebt hatte oder was ihn im Moment am meisten interessierte, und sie hörte einfach zu. Oder sie berichtete, wenn sie etwas Neues über seine Hobbys gelesen oder im Fernsehen gesehen hatte. Manchmal schob sie ihm auch einen für ihn interessanten Artikel zu, den sie aus einer Zeitung herausgeschnitten hatte.

Das alles fehlte ihm. Es fehlte ihm ganz schrecklich.

Mäuschen konnte zuhören; nahm Anteil an seinem Leben. Das war eine der Eigenschaften, die Häkinnen an ihr schätzte. Was hatte er noch gesagt? Fantastische Köchin; teilt meine Hobbys. Oh wie Recht er hatte.

Er seufzte tief auf. Er fühlte sich sehr allein, sogar regelrecht einsam.

Er schaute auf seinen Kalender. Sie müsste doch schon bald zurückkommen. Nein, stellte er entsetzt fest. Es war heute erst Donnerstag, und sie blieb fast noch zehn Tage weg. Würde ihn vielleicht sogar ganz verlassen. Er durfte gar nicht daran denken.

Er beschloss, seine Mutter anzurufen.

»Nanu, meldest du dich auch einmal«, fragte sie spitz. »Übrigens, bevor du weiter sprichst, gib mir mal erst Frau Maus an den Apparat. Lina ist erkrankt und ich brauche sie dringend als Ersatz für meinen Bridgeabend.«

»Mutter, das kann ich nicht. Frau Maus ist in Urlaub.«

»Wieso? Sie richtet sich doch sonst immer nach deinen freien Tagen.«

Endlich konnte er jemandem erzählen, was ihn bedrückte. Das erleichterte ihn ungemein.

»Sie wird doch diesen Mann nicht etwa heiraten?«, fragte seine Mutter schließlich erschrocken. »Dann verliere ich ja meine Ersatzkraft beim Bridge. Es war so bequem! Gib ihr eine ordentliche Gehaltserhöhung.«

»Mutter, der Mann, den sie vielleicht heiratet, ist sehr reich.«

»Wirklich?« Ihre Stimme klang sehr überrascht. »Und der will Frau Maus heiraten? Irrst du dich da nicht?«

»Nein, Mutter«, seine Stimme klang mitgenommen. Sie reagierte nicht darauf. Sie war mit sich beschäftigt! Mutterliebe, dachte er resigniert. Seine Mutter gab ihm keinen Trost, nur für ihr Bridge interessierte sie sich.

»Ich kenne den Mann sehr gut«, beantwortete er ihre Frage, »er ist ein Geschäftsfreund von mir. Wenn er etwas erreichen will, dann setzt er alle Hebel in Bewegung, um es auch zu bekommen.«

»Genau wie du«, meinte seine Mutter. »Na, ja«, sie blockte ab. »Auf jeden Fall musst du etwas tun, mein Junge. Unternehme irgendetwas. Es ist für mich nicht leicht, einen Ersatz für sie zu finden. Sympathisch ist sie ja auch.« Unvermittelt legte sie auf.

Tu was! Das war typisch seine Mutter. Ja was denn, Herrgott noch mal?

Er vergrub sich in seine Arbeit. Handelte knallhart ein Geschäft aus. Er war gerade in der Laune, knallhart zu sein. Später am Tag rief Häkinnen an.

»Ah, Lindemann, Sie sind im Büro?« er schien befreit von irgendeinem Druck.

»Warum sollte ich nicht im Büro sein, es ist erst vier Uhr nachmittags?«

»Ich dachte, Sie wären vielleicht in Urlaub.«

»Ich? Nein, Frau Maus ist in Urlaub. Aber das wissen Sie doch.«

»Können Sie mir...«

»Ich habe auch keine Adresse, tut mir leid«, schnitt ihm Lindemann die Frage ab, nicht gerade sehr freundlich.

»Also, dann noch einen schönen Tag.«

Nachdenklich legte Lindemann den Hörer auf die Gabel.

Häkinnen hatte auch keine Adresse von Mäuschen. Das beruhigte ihn ungemein. Erst dann ging ihm auf, was sein Geschäftpartner gedacht hatte. Er hatte befürchtet, er wäre mit Mäuschen verreist. Lächerlich!

Tu etwas, hatte seine Mutter gesagt. Recht hatte sie. Er würde Mäuschen anrufen. Wenigstens ihre Stimme wollte er hören. Vielleicht konnte er ihr ein wenig erzählen.

Aus seinem Adressbuch suchte er sich die Nummer der Nachbarin heraus.

Er wählte. »Lindemann hier«, sagte er bestimmt, als abgehoben wurde und eine Frauenstimme sich meldete.

»Der Chef von Frau Maus. Ich hätte gerne ihre Telefonnummer.«

»Kann ich Ihnen nicht geben.«

»Sagen Sie mir nur, in welchem Ort ihr Hotel liegt und wie es heißt, dann kann ich selbst dort anrufen.«

»Kann ich Ihnen nicht sagen.«

Herrgott, war das eine dumme Person. »Aber es ist sehr wichtig!«

»Tut mir leid. Sagen Sie mir um was es sich handelt, und ich gebe es dann an Frau Maus weiter«, meinte seine Gesprächspartnerin unfreundlich.

Ärgerlich legte er auf. Was bildete diese Person sich eigentlich ein. Wusste sie nicht, wer er war? Aber er hatte es ihr doch klipp und klar gesagt. Was machte er jetzt?

Er würde sie mit seinem Charme einwickeln, beschloss er. Im Blumengeschäft kaufte er eine gelbe Rose und fuhr zu Mäuschens Wohnung.

Im unteren Flur wäre er beinahe über einen Putzeimer gestolpert.

»Vorsicht«, warnte eine Frau in Jeans und Schlabberpullover. »Nicht so stürmisch, junger Mann.«

Er erkannte die Stimme sofort. Gerade noch rechtzeitig bremste er ab.

»Sind Sie die Nachbarin von Frau Maus?« fragte er. »Ich

bin Werner Lindemann. Ich habe vorhin mit Ihnen telefoniert.«

»Sie sind das?«, überrascht sah sie ihn an. »Donnerwetter, so`n gut aussehenden Chef hätte ich auch gerne mal gehabt. Früher natürlich, als ich noch jung war«, setzte sie hinzu und trocknete sich die Hände an den Jeans ab. Er hielt ihr die gelbe Rose hin.

»Frau Maus ist nicht da, das habe ich Ihnen doch schon gesagt.«

»Das weiß ich; und die Rose ist nicht für Frau Maus, sondern für Sie!«

»Oh, das ist aber nett«, verlegen nahm sie die Blume entgegen. »Es ist lange her, seit ich... warum schenken Sie sie mir?«, misstrauisch sah sie ihn an.

»Frau...«

»Schmitt. Gretel Schmitt.«

»Frau Schmitt, wir stehen kurz vor dem Abschluss eines wichtigen Liefervertrages. Frau Maus hat die Daten unter einem Codenamen im Computer abgespeichert und ihre Vertretung findet den Codenamen nicht.« Erklärte er ohne rot zu werden.

»Es ist ganz, ganz wichtig, dass wir die Telefonnummer von Frau Maus bekommen, damit sie uns diesen Geheimnamen sagt, und wir an die Unterlagen herankommen können. Sie verstehen sicher, dass wir dieses Codewort nicht bei Fremden nennen können.«

Frau Schmitt wusste zwar nichts mit Liefervertrag anzufangen, aber Geheimnummer oder Name, das klang nach Kriminalfilm. Wie aufregend, und dass die Sache wichtig war, begriff sie sofort. Außerdem konnte dieser Herr Lindemann so nett bitten. Schließlich war da noch die Rose, sie konnte unmöglich nein sagen.

»Also gut«, sie seufzte theatralisch, »sie hat es mir zwar verboten, aber wenn es so dringend ist, hole ich Ihnen die Nummer.«

Kurz darauf kam sie mit einem Zettel in der Hand zurück. »Ich gebe Ihnen aber nur die Telefonnummer und keine Adresse.«

»Danke Frau Schmitt.«

Im Auto amüsierte er sich. Frau Schmitt hatte, wie versprochen, keine Adresse herausgegeben. Als ob die Nummer nicht ausreichen würde, Mäuschens Aufenthaltsort herauszufinden.

Er fuhr auf den nächsten Parkplatz und wählte auf seinem Handy die Zahlen.

»Hotel zum Hirschen...« Er legte auf.

Jetzt wusste er den Ort und das Hotel, aber er war unschlüssig wie ein Schüler bei seiner ersten Verabredung. Sollte er Mäuschen anrufen? Was sollte er ihr sagen? Dass sie ihm fehlte?

Vielleicht stellte die Rezeptionistin seinen Anruf gar nicht zu ihr durch. Schließlich hatte sie auch Frau Schmitt die Order gegeben, sie in Ruhe zu lassen. Oder Mäuschen legte selber auf, wenn sie seine Stimme erkannte! Er m u s s t e sie sprechen, unbedingt!

Von seiner Wohnung aus rief er seinen Technischen Direktor an.

»Klaus, ich muss dringend ein paar Tage weg. Kümmere dich bitte in der Zwischenzeit auch um meinen Bereich. Wo ich zu erreichen bin, gebe ich dir noch an. Frau Baumeister wird alle Anrufe zu dir durchstellen.

Frau Baumeister sitzt in meinem Vorzimmer, da Frau Maus in Urlaub ist. Ruf meine Mutter an..., ach lass mal, da ruf ich wohl besser selbst an.«

Bei seiner Mutter meldete sich nur der Anrufbeantworter. Gott sei Dank. Er hatte wirklich keine Lust, ihr ausführlich zu erklären wohin und warum er wegfuhr. Erleichtert sprach er ihr ein paar belanglose Worte aufs Band.

Schnell warf er ein paar Kleidungsstücke in den Koffer

und fuhr mit dem Aufzug in die Tiefgarage.

Hinter München kam er in einen dichten Stau. Bei der nächsten Ausfahrt bog er auf die Landstraße ab.

Obwohl der Regen, der zusätzlich die Sicht erschwerte, nach 100 Kilometern abrupt aufhörte, brauchte er sehr lange, bis er seinen Zielort erreichte.

Es war bereits elf Uhr abends, als er vor dem Hoteleingang parkte. Zum Glück wartete an der Rezeption noch jemand auf ihn.

Sein Zimmer lag auf dem gleichen Stockwerk wie das seiner Sekretärin.

Er musste sich zusammenreißen, um nicht gleich an ihrer Türe zu klopfen. Leider war es zu spät dafür. Sie schlief sicher schon.

Die Kissen seines Bauernbettes waren weich, und er versank darin, trotzdem konnte er nicht gut schlafen. Das Schreckgespenst, das sich Marie-Luise für Häkinnen entschieden hätte, geisterte durch seine Träume und erst gegen Morgen fiel er in einen bleiernen Schlaf.

Er wachte viel zu spät auf. Das Frühstück war längst vorbei. Wenn er noch etwas essen wollte, musste er es sich aufs Zimmer bringen lassen.

Unten in der Halle erfuhr er, dass Frau Maus mit einigen anderen Leuten eine Tagestour gebucht hatte und vor einer Stunde aufgebrochen war. Zurück käme die Gruppe erst am späten Nachmittag.

Er fand es nicht sehr erfreulich, dass sie sich amüsierte, obwohl sie doch über ihren weiteren Lebensverlauf nachdenken wollte.

Er las Zeitung, verwickelte die hübsche junge Dame, die an der Rezeption Tagesdienst hatte, in ein Gespräch und schließlich beschloss er, sich den Ort anzusehen.

Es war ein typisches Tiroler Dorf. Die kleine Kirche mit ihrem Zwiebelturm bewachte wie eine Glucke die gemütlich wirkenden Häuser unter ihr. Die Blumenkästen an den Fenstern quollen über und prangten mit frühen Stiefmütterchen und bunten Primeln. Am Marktplatz warteten einige hübsch dekorierte Geschäfte mit Trachtenmode und Souvenirs auf Käufer, in der Mitte des ovalen Platzes plätscherte ein Brunnen.

Eine ländliche Idylle, wie aus dem Bilderbuch.

Alles wirkte sehr beruhigend. Aber ihn beruhigte das alles nicht. Er war nervös. Sein Magen flatterte.

Hatte Mäuschen sich entschieden oder nicht? Was machte er dann, wenn es für ihn negativ ausging? Sie fehlte ihm ja jetzt schon. Er musste sie irgendwie überreden, bei ihm zu bleiben.

Er würde ihr das doppelte Gehalt bieten!

In einem Blumengeschäft kaufte er lachsfarbene Rosen. Er würde sie damit überraschen. Vielleicht würde sie das milder stimmen.

Versteckt hinter einer Illustrierten saß er in der Halle, als der Bus die lärmende Gesellschaft, die den Tagesausflug gebucht hatte, ausspuckte. Unauffällig schielte er hinter den Zeitungsblättern hervor. Er erkannte Mäuschen sofort. Sie hatte einen Anorak an, trug Wanderschuhe und zog gerade eine grüne Strickmütze vom Kopf. Lässig fuhr sie sich mit den Fingern durch die Haare und zupfte sich die roten Strähnen zu Recht. Die Hose saß ganz schön eng. Lindemann sah es mit Kennerblick. Sie zeichnete ihr wohlgeformtes Hinterteil und ihre Beine genau ab. Jetzt kam ein Herr auf sie zu. Sprach mit ihr, nahm ihre Hand zwischen seine beiden und hielt sie fest. Lindemann sah rot. Jedes Mal, wenn er Marie-Luise sah, hatte sie einen anderen Kerl an ihrer Seite. Wie machte sie das bloß?

Schnell zog er sich wieder hinter seiner Zeitung zurück, als er merkte, dass sie in seine Richtung sah. Wütend wie er war, wollte er ihr nicht begegnen.

Marie-Luise löste ihre Hand aus der feuchten Umklammerung des dankbaren Mannes vor ihr. »Herr Brandts, es war doch selbstverständlich, dass ich ihrer Frau mit den Kreislauftabletten ausgeholfen habe. Hauptsache, ihr geht es wieder gut. Aber jetzt muss ich duschen. Bis heute Abend.«

Marie-Luise war rechtschaffen müde. Die Gruppe hatte zwei Barockkirchen besichtigt und eine Brauerei und zudem waren sie auch noch zwei Stunden gewandert. Am liebsten hätte sie sich sofort hingelegt und geschlafen.

Aber es war erst sechs Uhr, viel zu früh zum Schlafen. Das Abendessen wollte sie auch nicht verpassen.

Eine Dusche heiß-kalt tat es auch. Sie würde halt bei Zeiten ins Bett gehen.

So früh wie möglich betrat sie das Restaurant. Der Kellner kam ihr sofort entgegen.

»Frau Maus, Sie haben heute einen anderen Tisch.«

Er führte sie zu einem Tisch am Fenster. Er musste einen lachsfarbenen Rosenstrauß auf Seite schieben, um das Besteck zu Recht zu legen.

»Danke schön«, Marie Luise setzte sich.

Ob die anderen auch einen Blumenstrauß auf dem Tisch stehen hatten?

Verstohlen sah sie sich um. Nein, die anderen Tische hatten ein künstliches Blumengesteck auf der rot-weißen Tischdecke. Ihr Tisch schien der einzige mit echten Rosen zu sein, und dann auch noch so ein großer Strauß. Jetzt entdeckte sie auch, dass für zwei Personen gedeckt war.

Vielleicht hatte der zweite Gast, der an ihrem Tisch saß, Geburtstag?

»Herr Ober«, der Kellner war bereits weiter geeilt und bediente weit vorne im Restaurant. Sie konnte weder fragen noch sich ein Getränk bestellen. Sehr ärgerlich!

Plötzlich stand jemand neben ihr. »Guten Abend. Darf i c h die Bestellung aufnehmen?«

Die Stimme! Dunkel, einschmeichelnd. Sie riss die Augen auf »Chef?«

Er drückte sie zurück auf ihren Stuhl, sie war automatisch aufgesprungen.

»Psst, nicht so laut. Wir wollen doch nicht, dass alle Leute im Lokal erfahren, in welcher Beziehung wir zu einander stehen.«

Er ließ sich auf dem Stuhl ihr gegenüber nieder. »Übrigens, heute sind Sie mein Gast, Mäuschen.«

»Ist etwas passiert? Wie kommen Sie an meine Adresse?«, sprudelte sie heraus.

Ärgerlich presste sie die Lippen zusammen, als sie dachte: »Aha, der Herr kommt im Büro nicht zurecht und will mich überreden, den Urlaub abzubrechen. Aber da würde er keinen Erfolg haben.«

»Bevor Sie etwas sagen«, meinte sie bestimmt, »ich breche meinen Urlaub nicht ab!«

Er schluckte, seine Taktik, sie mit Rosen zu becircen, ging nicht auf. Er musste sich etwas anderes überlegen. Sanft lächelte er. »Eins nach dem anderen, Mäuschen. Jetzt bestellen wir erst einmal einen guten Wein und genießen das Essen. Kein Gespräch über die Firma. Einverstanden?«

»Einverstanden.«

Er winkte den Kellner heran.

Sie beobachtete, wie selbstsicher er bestellte. Der Kellner war äußerst zuvorkommend. Bei ihr war er freundlich, aber bei Lindemann überschlug er sich förmlich vor Diensteifer. Sie sah zu, wie ihr Chef einen Wein aus der Karte aussuchte.

Eigentlich war er für dieses Hotel zu elegant gekleidet, dachte sie, als sie seinen hellen Anzug betrachtete. Dazu trug er eine Seidenkrawatte, die im Kerzenlicht in allen Regenbogenfarben schimmerte. Wie immer wirkte er sehr selbstsicher und sah blendend aus. Als ob er sich besonders bemüht hätte, gut auszusehen. Vielleicht hatte er hier in der Nähe eine Freundin besucht?

Marie-Luise bemerkte die neugierigen Blicke der Gäste. Sie dachten wohl...

Sie lächelte schadenfroh, sollten sie denken was sie wollten. Als der Kellner davoneilte, fasste sie das, was sie amüsierte, in Worte.

»Die Leute hier meinen, wir wären ein Liebespaar. Die intime Ecke, die Blumen! Sie ahnen ja nicht, dass Sie nur mein Chef und ganz und gar nicht gefährlich für mich sind«, sie kicherte.

Verärgert runzelte er die Stirn, diese ewigen Anspielungen, er könne ihr nicht gefährlich werden, hasste er mittlerweile.

Schließlich schluckte er den Kloß in seiner Kehle hinunter. »Lassen wir das«, meinte er schließlich großzügig. »Wie gefallen Ihnen meine Rosen?«

»Oh, die sind für mich? Wunderschön, danke sehr. Aber bestechen lasse ich mich nicht.«

Wieder schluckte er. »Mäuschen, wir wollen heute Abend kein Wort über die Firma verlieren. Ich habe mich hier einquartiert, deshalb haben wir viel Zeit und können alles in Ruhe bereden, aber erst morgen.«

Es wurde ein schöner Abend. Lindemann benahm sich wirklich, als wäre sie sein Gast. So zuvorkommend behandelte er sicher auch seine diversen Freundinnen, am Anfang, schränkte sie ein. Sie genoss es trotzdem. Sollten doch die Leute denken, was sie wollten. Hauptsache, sie selbst wusste, was sie davon zu halten hatte.

Lindemann hatte viel zu erzählen.

Auch sie berichtete von dem Ausflug und beschrieb ein paar der Reisenden so humorvoll, dass er schallend lachte. Sie tranken tiefroten, samtenen Rotwein. Beim zweiten Glas hatte Marie-Luise nach der Anstrengung des Tages einen Schwips, so störte es sie gar nicht, dass sich unter dem Tisch ihre Knie berührten. Sie kicherte und fand alles amüsant. Es war, als wären sie beide wie in einem Kokon eingesponnen. Niemand sonst schien im Restaurant zu sein.

Lindemann schaute ihr tief in die Augen, wahrscheinlich wollte er ihr signalisieren, dass sie genug getrunken habe, aber dann stand doch eine neue Flasche auf dem Tisch. Ein weiteres Gläschen konnte doch nicht schaden! Irgendwann kassierte der Kellner. Sie waren die letzten Gäste.

Marie-Luise schaute auf ihre Armbanduhr. Oh, schon fast zwölf, sie schob ihren Stuhl zurück.

»Hupps«, sie musste sich festhalten. Ihr war etwas schwindlig. Aber Lindemann war bei ihr.

»Alles in Ordnung?« Wie selbstverständlich nahm er ihren Arm und führte sie zum Aufzug.

Wieso hatte er keinen Schwips? Trotzdem fühlte sie sich wunderbar.

»Ich kann alleine gehen«, meinte sie, als die Fahrstuhltür sich schloss, aber er zog seine Hand nicht zurück.

Seine Stimme klang bestimmt, als er sagte: »Ich bringe Sie in Ihr Zimmer.«

Er sah auf den rot-schwarzen Haarschopf herunter. Einfach entzückend sah sie aus. Die Haare durcheinander. Ihre Wangen waren hochrot vom Wein. Und so anschmiegsam war sie!

Seit ihrem Spiel mit den Beinen unter dem Tisch war er erregt. Wenn es nicht ausgerechnet Mäuschen gewesen wäre, er hätte geglaubt, sie wolle ihn verführen. Aber er hatte es genossen. Sie hatte schlanke, aber keine knochigen Knie, das wusste er. Sie hatte überhaupt einen wohlgeformten Körper. Das war ihm immer schon aufgefallen. Das alles sollte Häkinnen gehören? Das tat weh! Das tat richtig weh, bemerkte er zu seinem Erstaunen.

»Pling«, der Aufzug hielt. Sie waren da.

Er ließ sie los. »Mäuschen, geben Sie mir Ihren Schlüssel.«
Sie suchte und suchte. »Ha, da ist er.« Triumphierend
hielt sie den Schlüssel in die Luft.

Er nahm ihn ihr aus der Hand und schloss auf. Er ließ
ihr den Vortritt und schubste die Türe hinter sich zu.

Marie-Luise warf ihre Tasche und die Brille in einen Sessel, hob die Arme hoch und seufzte tief und zufrieden
auf. »Ich fühle mich leicht, als ob ich auf Wolken schwe-
ben würde.«

Dann drehte sie sich um sich selbst. Beinahe hätte sie
das Gleichgewicht verloren, aber es hielt sie jemand fest.
»Oh, Sie sind noch da?«

Lindemann stand vor ihr, wie ein Fels in der Brandung.
Er beobachtete sie. Irgendetwas wollte er doch noch
sagen? Ach ja, es fiel ihm wieder ein.

»Mäuschen«, er schluckte. Verdammt, er stand da wie ein
dummer Schuljunge.

»Sie bleiben mir doch treu«, platzte er heraus und dann
verlegen, »im Büro, meine ich.«

Sie sah ihn schräg von unten an. Was für ein Blick, er
spürte schmerzhaft seine sexuelle Anspannung.

»Ich weiß es noch nicht.« Sie klang nachdenklich.

Er trat ganz nah an sie heran. »Lars Häkinnen ist doch
viel zu alt für Sie.«

»Aber er will mich heiraten und er ist sehr lieb.«

»Dann warten Sie doch wenigstens, bis sie einen jünge-
ren Mann kennen lernen.« Er versuchte verzweifelt, Zeit
zu gewinnen.

»Ich kenne genug junge Männer und wenn ich sie öfter
als einmal treffe, gefallen sie mir alle nicht. Ihnen geht
es ja mit Ihren Eroberungen genauso.«

Nachdenklich legte sie den Finger an ihre Stirn. »Nach
einiger Zeit gefallen sie mir alle nicht mehr«, wiederholte sie. »Hicks. Na, ist ja auch egal.«

Dann wedelte sie mit der Hand durch die Luft. »Nur

Häkinnen gefällt mir immer noch. Ein bisschen wenigstens. Hicks!«

Sie drehte sich von ihm fort und schlüpfte aus ihren Schuhen. Er sah ihr fasziniert zu.

»Häkinnen gibt mir Sicherheit und«, sie dachte angestrengt nach, »und ich fühle mich bei ihm geborgen. Er würde mir auch die Freiheit lassen, mein Leben selbst zu bestimmen.« Sie unterstrich ihren Satz wie eine Lehrerin mit ihrem Zeigefinger. »Jawohl!« Hicks!

»Geborgen können Sie sich auch bei mir fühlen. Im Büro«, fügte Werner Lindemann leise hinzu.

Aber das letzte schien sie nicht gehört zu haben.

»Bei Ihnen geborgen? Ha, Sie wissen, ich kenne Sie sehr gut. Vielleicht besser als ihre Mutter. Außerdem sind Sie für mich kein Mann.« Wie hatte der Büroleiter noch gesagt? »Ein Neutrum! Ja, ein sächliches Wesen, so etwas sind Sie für mich.«

»Jetzt langt`s mir aber«, mit zwei Schritten war er bei ihr, packte sie an den Schultern und drehte sie zu sich herum. »Ich werde Dir zeigen, dass ich kein Neutrum bin, sondern ein Mann. Ein Mann, mit dem man rechnen muss.«

Wild griff er nach ihr, presste sie an sich und eroberte ihren Mund.

Sie stemmte sich gegen seine Brust, doch als seine Zunge ihre Lippen teilte und ihr erotisches Spiel begann, wurde sie ganz weich in seinen Armen.

Sie fühlte seine Hände ihren Rücken streicheln, tiefer gehen und dann umfassten sie ihre Pobacken, zogen sie so nah an sich heran, dass sie seine Erregung spürte.

Plötzlich war Marie-Luise alles egal, wo sie war, wer sie war, und wer er war. Sie öffnete ihm weit ihren Mund, schlang die Arme um ihn und erwiderte seinen leidenschaftlichen Kuss.

Sie hörte ihn aufstöhnen. Noch enger drückte sie sich an

ihn, bewegte ihre Hüften auf und ab.

Seine Hände schlüpften unter ihren Pullover und streiften die Träger ihres zarten BHs herunter.

Wie durch einen Nebel bemerkte er, dass ihr Widerstand erloschen war. Kurz durchzuckte es ihn, was machte er da. Dann schob er alle Bedenken fort. Es war gut so! Es war richtig! Und er hatte es schon so lange gewollt!

»Du hast zuviel an«, murmelte er heiser. Er schob ihr den Pullover über den Kopf.

Sie half ihm dabei. Es war kein BH, sondern ein seidener Body, den sie trug. Er hatte die weiche Glätte gespürt, als er mit den Fingern darüber strich. Sanft schob er die Träger ganz hinunter. Die Haut schimmerte im gedämpften Licht. Oh Gott. Er vergaß alles, er fühlte nur noch.

Marie-Luise hatte die Augen geschlossen, auch sie ließ sich gehen. Tief stöhnte sie auf, als sie seinen Mund, seine Zunge spürte, die erst sanft leckte und dann wild saugte. Plötzlich hob er den Kopf. Sie protestierte heftig. »Ich will mich nur ausziehen.«

Mit zitternden Fingern zogen sie sich gegenseitig aus. Sie öffneten Knöpfe, Reißverschlüsse. Sie ließen alles liegen, wo es hinfiel und dann lagen sie auf dem Bett.

Sie kannte seinen Körper vom Sport. Sie wusste, dass er breite Schultern und einen flachen Bauch hatte, aber das hier, war etwas ganz anderes.

Zart streichelte sie über seine Muskeln. Glatt und hart. Sie strich den Rücken hinunter bis zu seiner Taille, weiter hinunter bis zu seinem strammen Hinterteil. Sie drückte sich eng, ganz eng an ihn.

Er wusste, dass sie ihn wollte, genauso begierig wie er sie. »Nicht so schnell, warte«, protestierte sie.

Er wollte nicht mehr warten. Aber er hatte nicht mit dieser Enge gerechnet und so kam er schneller zum Höhepunkt als er gedacht hatte.

Schwer atmend blieb er auf ihr liegen, dann rollte er

sich zur Seite. Marie-Luise neben ihm versuchte ihren Atem unter Kontrolle zu bekommen. Wie eine Rakete war sie aufgestiegen und kurz vor dem Erreichen des Alls, hatte man sie zurück auf die Erde geholt. Sie war frustriert und enttäuscht.

Sicher, bei Häkinnen war es nicht so leidenschaftlich gewesen. Häkinnen war ja auch nicht mehr der Jüngste. Aber Lindemann? Der große Verführer ließ sie unbefriedigt zurück!

Oder lag es an ihr?

Lindemann war wundervoll erschöpft, zufrieden, stolz! Er musste innerlich über sich selber lächeln. So hatte er sich lange nicht mehr gefühlt. Vielleicht als junger Mann. Peinlich berührt dachte er daran, dass er sich sehr den Vierzigern näherte. Entschlossen schob er den Gedanken zur Seite.

Er beugte sich zu ihr hinüber und küsste sie auf den Hals. Sie rührte sich nicht. Irgendetwas stimmte hier nicht. »Was ist los, Liebes?«

»Du warst zu schnell«, ihre Stimme klang vorwurfsvoll.

Verdammt, verdammt, dachte er. Was war nur mit ihm los? Sonst achtete er doch immer darauf, dass seine Partnerin auch zu ihrem Höhepunkt kam. Heute hatte er sich wirklich wie ein unerfahrener Schüler benommen.

»Komm in meine Arme«, murmelte er. »Ich - ich konnte es kaum erwarten, vielleicht war das der Grund. Das - das nächste Mal führst du mich. Komm, ich will dich spüren.«

Er zog sie an sich, bettete sie in seinen Schoß. Haut an Haut. Marie-Luise fühlte seine heiße Brust an ihrem Rücken, leicht feucht.

Lindemann hatte gestottert, dachte sie. Das hatte sie noch nie bei ihm erlebt und besänftigt schmiegte sie sich in seine Wärme.

»Ich habe das schon so lange gewollt«, flüsterte er ihr ins

Ohr, dann schliefen beide ein.

Plötzlich wurde sie wach. Sie spürte seine Zunge, die ihr Ohr umkreiste, wie sie hineinschlüpfte und sich wieder hinausstahl. Ihre Haut reagierte sofort. Scharf hielt sie die Luft an, ließ sie stöhnend entweichen. Sie wollte sich umdrehen.

»Psst, bleib liegen.« Seine Stimme klang heiser, und er blies ihr seinen Atem in den Nacken.

Dann umfassten sie seine Hände. Streichelten sie zärtlich und erregend und jetzt konnte sie nicht mehr ruhig liegen bleiben. Rhythmisch bewegte sie ihren Po in seinem Schoß und sie bemerkte seine Erektion.

»Das magst du«, stellte er zufrieden fest. »Zeige mir, was ich tun soll. Du brauchst nichts dazu zu sagen.« Es war, als hätte er ihre Verlegenheit bemerkt. »Nimm nur meine Hände und führe sie.«

Unwahrscheinlich schnell erklomm sie den Gipfel, verharrte kurz und ließ sich dann in den Abgrund fallen. Zusammen mit ihm.

Er lag auf ihr, den Kopf auf ihrer Brust. Er stützte sich auf seinen Ellenbogen ab und sah ihr ins gerötete Gesicht; aufmerksam, erwartungsvoll.

Sie lächelte. »Dieses Mal war es wundervoll«, sie fuhr sich genießerisch mit der Zunge über die Lippen.

Er lächelte zufrieden, küsste sie auf die Nasenspitze, und entspannt schliefen sie ein.

Es dämmerte, als Marie-Luise das zweite Mal in dieser Nacht aufwachte. Ihr Geliebter lag auf dem Bauch, sein nackter Rücken unbedeckt. Das Betttuch war um seine Beine gewickelt.

Sie wollte gerade die Hand ausstrecken, um ihm zärtlich über den Rücken zu streichen, da riss sie sich in letzter Minute zusammen. Was tat sie da? Ihr Herz klopfte laut vor Sorge. Sie musste dringend überlegen. Vorsichtig stand sie auf und schlich ins Bad. Nachdenklich setzte sie sich auf den Badezimmerhocker. Sie hatte etwas zugelassen, was sie sich und ihm nie hätte erlauben dürfen. Wie konnte sie so dumm sein. Das geringste Übel war wohl, dass sie selbst ihre Position als Sekretärin untergraben hatte.

War sie verrückt geworden? Sie konnte nicht mehr mit ihm zusammenarbeiten. In ein paar Monaten wollte er sie vielleicht wieder loswerden und würde ihr ein Schmuckstück zuschicken. Mit einem Brief, vielleicht noch mit ihren gespeicherten Vordrucken, ausgesucht von ihrer Nachfolgerin.

Früher hatte sie nur Mitleid mit seinen verflossenen Freundinnen gehabt, jetzt aber betraf es sie selbst. Es würde wehtun, verdammt weh, das wusste sie genau.

Nein, diesen Kummer wollte sie nicht erleiden. Sie musste der Realität ins Auge sehen. Sie musste kündigen. Es ging kein Weg daran vorbei und danach würde sie wegziehen, ganz weit weg von ihm. Vielleicht doch Häkinnen heiraten? Es wäre das Vernünftigste.

Die Türe öffnete sich. »Wo bist du denn?« er stand nackt vor ihr und noch nicht ganz wach.

»Warum sitzt du hier? Komm ins Bett, du fehlst mir.«

»Ich überlege«, sagte sie und riss gewaltsam ihren Blick von seinem nackten Körper.

Mein Gott, was für ein schöner Mann. Nichts wie weg, schoss es ihr durch den Kopf.

»Ich kündige«, platzte sie heraus und schloss dabei die Augen, um ihn nicht ansehen zu müssen.

»Was willst du? Du willst mich verlassen?«

Werner Lindemann starrte auf die Frau vor ihm. Sie hatte die Arme um ihren Oberkörper geschlungen, als ob sie sich vor ihm schützen müsse. Schlagartig war er wach, hellwach.

»Du willst zu Häkinnen?« Er bekam die Worte kaum heraus.

Sie nickte. Immer noch mit geschlossenen Augen.

»War es nicht wunderbar, was wir zusammen erlebt haben?«

»Doch.«

Er packte sie bei den Schultern. »Sieh mich an«, forderte er und seine Finger gruben sich in ihre Schultern.

»Was hat er, was ich nicht habe?«

Sie antwortete nicht.

»Sicherheit?«, schlug er vor, »sieh mich an, wenn ich mit Dir rede«, seine Stimme klang verzweifelt.

»Merkst Du denn nicht, dass ich Dir dieses gerade anbiete?«

Seine Stimme war drängend, heiser. »Liebling«, er ließ sich auf die Knie hinunter. »Schau mir in die Augen. Ich mache dir gerade einen Heiratsantrag. Freust du dich nicht darüber?«

Sie schüttelte den Kopf. »Nein, nein, nein.«

Es war, als hätte er einen Boxhieb genau in den Magen bekommen. Das erste Mal seit seiner Scheidung machte er einer Frau einen Heiratsantrag, und der wurde abgelehnt. Er war verletzt, verwirrt und dann wütend, wie lange in seinem Leben nicht mehr. Diese Frau machte ihn noch wahnsinnig!

Drei Wochen später!

Hedwig öffnete gähnend die Wohnungstüre. Der Briefkastendeckel war vorhin mit einem energischen Klappen zugefallen. Sie sah auf ihre Armbanduhr. Halb elf. Die Post war da. Sie stand meist um zehn Uhr auf, egal wie spät es am Abend geworden war.

Gestern war es spät geworden. Die Gaststätte lief gut. Kaiser schlief noch. Er schlief immer bis mittags. Er wachte erst abends richtig auf. Er war ein Nachtmensch, und Künstler mussten das sein, hatte er ihr erklärt. Er war ja auch ein Künstler, auch wenn er kaum von seinen verkauften Bildern leben konnte. Aber die Kneipe machte das wett. Hedwig bewunderte Kaiser nach wie vor.

Sie band die Kordel ihres Morgenrocks enger und fuhr sich mit den Fingern durch die Haare.

Sie schloss den Postkasten auf und sichtete das Häufchen Briefe in ihrer Hand. Das meiste waren Rechnungen und Reklame. Eine Postkarte von Tante Rosa, sie machte Urlaub in Bayern. Als letztes entdeckte sie einen länglichen eleganten Briefumschlag. Hellgelb und Büttenpapier.

Nanu? Sah eigentlich aus wie eine Einladung. Mit einem ihrer langen Fingernägel schlitzte sie den Umschlag auf. Es war eine Einladung! Lindemann stand als Absender drauf.

»Da meine sehr geschätzte langjährige Sekretärin Frau Marie-Luise Maus gekündigt hat, um sich zu verändern, möchte ich ihr eine Überraschungsparty zum Abschied schenken und alle ihre Freunde herzlich dazu einladen«, las sie erstaunt.

»Am zehnten dieses Monats kommt sie aus ihrem wohlverdienten Urlaub zurück und am elften wollen wir sie alle mit einem Brunch verabschieden. Ich bitte um telefonische Zusage an...« es folgte die Nummer der Firma. Die Überraschungsparty findet im Hotel "Vier Jahreszeiten" statt.

Hedwig holte tief Luft. Donnerwetter, die Party stieg im ersten Haus in der Stadt.

»Marie-Luise hatte gekündigt«, dachte sie. Nichts hatte ihr diese falsche Schlange verraten. Jetzt wusste sie auch, dass Marie-Luise in Urlaub war – hatte sie auch nicht erwähnt – als sie vor ein paar Tagen versucht hatte, ihre Freundin telefonisch zu erreichen. Sie hatte es sogar zweimal versucht. So dringend hätte sie eine Aushilfe gebraucht.

Na, ja, es war auch so gegangen. Johann Wolfgang, der Dichter, hatte ausgeholfen. Aber ihn hatten sie bezahlen müssen.

Plötzlich ging ihr auf, was die Einladung für sie bedeutete. Sie schluckte. Marie- Luise ging weg. Hoffentlich nicht aus München. Immerhin war sie doch seit Jahren ihre Freundin gewesen. Die einzige, die ihre Liebe zu Kaiser verstand. Wehmütig legte sie die Einladung auf den Tisch in der Küche. Hatte Marie-Luise nicht irgendetwas von einem Finnen, der Name fiel ihr nicht mehr ein, erzählt. Sie hatte nicht richtig zugehört.

Oh, das musste sie Kaiser erzählen. Sie würde ihn wecken, und wenn er noch so grantig wäre.

Die Einladung kam zwar etwas kurzfristig, aber hin gehen würden sie bestimmt. Schließlich war sie neugierig und außerdem waren sie es Marie-Luise schuldig.

Sonntag der elfte war sehr schnell da. Hedwig schritt über die teppichbelegte Treppe hinauf zum Festsaal. Sie hatte sich ein langes Kleid gekauft und konnte nur kleine Schritte machen. Sie hatte sich bei Kaiser eingehängt, das gab ihr mehr Sicherheit.

Er hatte sich sogar von ihr bereden lassen, zur Feier das

Tages ein weißes Hemd anzuziehen, darauf aber dann eine ärmellose schwarze Weste, auf die er mit weißer Farbe ein paar Mal "Kaiser" aufgemalt hatte.

»Reklame muss sein«, hatte er gemeint, und sie hatte geseufzt.

Ein Kellner bot ihnen vor den geöffneten Flügeltüren ein Glas Champagner an, dann betraten sie den Raum.

Raum? Es war ein Saal! Festlich schimmerten Kristallleuchter. Die schweren Samtvorhänge waren zugezogen. Eine Art Bühne war aufgebaut mit einer großen Leinwand. Ein Vorführapparat stand bereit. Überall Blumen, Blumen, Blumen.

»Lindemann verabschiedete seine Sekretärin großzügig. Man konnte fast neidisch werden«, dachte Hedwig. Aber schließlich hatte sie ja auch Tag und Nacht für ihn gearbeitet.

Jetzt sah sie ihn auch. Er stand in der Nähe der Bühne wie ein Fels in der Brandung und begrüßte die Gäste.

Sein hellgrauer Anzug mit der seegrünen Seidenkrawatte saß wie angegossen. Ein schöner, eleganter Mann; Hedwig seufzte noch einmal. Dann tippte sie Kaiser auf die Schulter. »Drüben ist unser Gastgeber, wir müssen ihn begrüßen.«

Als sie Lindemann die Hand gab, bemerkte sie, wie nervös er war und trotz der Sonnenbräune schien er blass zu sein. Die Verabschiedung seiner besten Bürokraft schien ihm doch unter die Haut zu gehen, stellte sie befriedigt fest.

Sie bedankte sich für die Einladung und wurde dann von den nachrückenden Gästen weiter geschoben.

Hedwig nahm sich ein volles Glas von einem Tablett, das ihr eine junge Kellnerin anbot.

»Hmm, Champagner«, stellte sie zufrieden fest.

Vier alte Damen wurden von einem Kellner zuvorkommend an einen der vorderen Tische begleitet. Er schob jeder von Ihnen fürsorglich die Stühle zu Recht und versorgte sie mit Getränken.

Hedwig erkannte den Optiker und seine Frau. Sie entdeckte einige Leute, die sie in ihrer Gaststätte schon bedient hatte. Langsam füllte der Saal sich. Sogar die ehemaligen Kolleginnen aus dem großen Schreibbüro der Firma waren eingeladen.

Nur Marie-Luise war nicht zu sehen. Vielleicht genierte sie sich.

Erst kurz vor zwölf schlossen zwei Kellner auf einen Wink von Lindemann die Flügeltüren.

Er betrat die kleine Bühne und hustete erst ein paar Mal in sein Mikrophon, bevor der Gesprächspegel erstarb.

»Meine Damen und Herren. Zuerst einmal möchte ich mich ganz herzlich bei Ihnen für ihr Kommen bedanken, zeigt es mir doch, wie freundschaftlich Sie mit Frau Maus verbunden sind. Ihre Freunde sind auch meine Freunde. Zum Ablauf des heutigen Festes möchte ich Ihnen noch ein paar Tipps geben.

Wenn Sie sich mit einem Getränk versorgt haben, nehmen Sie bitte Platz. Auf den Tischen stehen Ihre Namenskärtchen. Wenn Sie Ihren Platz gefunden haben, möchte ich zuerst ein paar Fotos zum Lebenslauf von Frau Maus zeigen. Wir werden gleich das Licht dimmen.«

Es wurde wieder lauter, Stühle wurden gerückt.

Lindemann ging kurz zu seiner Mutter und ihren Freundinnen hinüber. »Sitzt Du auch gut, Mutter?«

»Ja, ja. Aber musst du so ein Gedöns um den Abschied deiner Sekretärin machen?«, moserte die alte Dame.

»Sicher war sie tüchtig, aber hätte es nicht auch ein Geschenk getan?«

Sie schüttelte ungläubig den Kopf, und die anderen alten Damen gaben ihr Recht.

Ihr Sohn war längst auf die Bühne zurückgekehrt.

Ein junger Mann nahm hinter einem Laptop Platz. Das

Licht erlosch. Das erste Bild erschien.

»Vor sechseinhalb Jahren fing Frau Maus in meinem Büro als Sekretärin an. Sehr jung, sehr unsicher, aber ehrgeizig genug, um sich schnellstens bei uns einzuarbeiten«, kommentierte er.

»Fragen Sie mich nicht, woher ich dieses Bild habe, es war schwierig genug, es zu bekommen.«

Hedwig betrachtete ausgiebig das Foto. Es zeigte Marie-Luise genauso, wie sie sie von damals kannte. Ein graues Mäuschen mit undefinierbaren halblangen Haaren. »Sie selbst hatte sie ihr noch geschnitten, weil sie den Frisör sparen wollte«, dachte sie gerührt. Sie hatte etwas schief geschnitten und man sah es auch.

Sie erkannte die dicke Brille und sie trug irgendeinen entsetzlich unförmigen Pullover. Das Bild musste im Großraumbüro aufgenommen worden sein.

»Herr Bauer, unser Personalleiter hatte sie mir empfohlen, als ihre Vorgängerin kündigte. Herr Bauer ist heute auch da«, er nickte einem älteren Herrn zu, der sich erhob und verbeugte.

»Ich sagte es schon, aber ich will es noch einmal betonen. Als sie sich bei mir vorstellte, stand eine junge Frau vor mir, unsicher, schüchtern, aber mit dem Vorsatz, alles zu meiner Zufriedenheit zu erledigen. Das gelang ihr auch. Nächstes Bild,« er gab dem jungen Mann ein Zeichen.

»Sie lernte Englisch. Hier ein Foto vom Abschiedsessen ihres Konversationskurses. Dieses Bild zeigt sie in ihrem Büro. Man sieht, sie hat sich auch äußerlich zur Chefsekretärin gewandelt.« Marie-Luise saß hinter ihrem Schreibtisch, ernst, korrekt gekleidet im dunklen Kostüm und in weißer Bluse, dazu eine strenge Frisur.

»Sechs Jahre sind eine lange Zeit, und ich lernte immer wieder eine neue Seite an Frau Maus kennen.«

Es wurde ein Foto von ihr mit einem Blumentopf in den Händen auf die Leinwand geworfen.

»Sie liebt jede Art von Pflanzen, genau wie ich. Wir haben lange Gespräche über die Pflege und Eigenarten unserer Pflanzen geführt. Sie betreute den Wintergarten meiner Mutter, wenn sie in Urlaub war.«

Er wies mit der Hand zu dem Tisch der alten Damen.

»Sie entwickelte sich zu einer guten Bridgespielerin, auf die der Bridgeclub meiner Mutter nicht verzichten kann. Frau Maus machte mich mit der Kunst bekannt. Herr Kaiser und seine Lebensgefährtin sind heute auch eingeladen.«

Hedwig betrachtete das Foto. Kaiser und Marie-Luise im silbernen Overall. Er hatte den Arm um sie gelegt.

»Mit ihrem Sinn fürs Geschäftliche überredete sie Herrn Kaiser dazu, seine Kunst mit einer Szenekneipe zu verbinden, damit seine Bilder einem breiteren Publikum zugänglich gemacht wurden. Wenn man heute etwas Originelles unternehmen will, dann geht man zu "Kaiser",

Da Frau Maus jedem Neuen aufgeschlossen war, besuchte sie einen Kochkurs. Hier mit Kochmütze. Und ich war derjenige, der probieren durfte, ob es schmeckte - und es schmeckte! Alles was sie machte, machte sie gut. Heute noch freue ich mich auf ihre leckeren Zimtplätzchen«, fuhr er fort.

»Sie lernte Tennisspielen und joggte mit zwei Freundinnen von mir.

Sie war und ist hilfsbereit und sorgt dafür, dass alle in ihrem Umkreis in Harmonie leben können.

Sie sprang als Hilfsmatrose auf meinem Segelboot ein. Wir fieberten gemeinsam den großen Segelwettbewerben entgegen.«

Man sah Marie-Luise in kurzer weißer Hose und Turnschuhen.

Das Bild wechselte.

»Hier ist sie als Tangotänzerin. Als Paolo und Luisa gewannen sie mehrere Preise. Das Duo besteht noch, ich begrüße Paolo und seine Frau.«

Hedwig starrte das Foto dieser feurigen Tangotänzerin an. Sie war immer wieder überrascht, wie verwandelt ihre Freundin beim Tanzen aussah.

Der junge Mann hinter dem Projektor klickte weiter.

»Hier sehen wir sie als Heidi auf der Modenschau der Modeboutique Chic. Auch diese Freunde von ihr sind heute anwesend.«

Ein neues Bild erschien. »Zuletzt sehen wir sie als "Marie", die Brillendesignerin des Optikerhauses Moser.«

Marie-Luises Bild erschien. Sie trug ein langes schwarzes Kleid, ihre Haare waren silbern gegeelt und dazu zeigte sie eine ihrer passenden Brillenkreationen.

»Licht an. Das war ein kurzer Streifzug durch das Leben von Frau Maus.«

Die Kristalllüster erstrahlten erneut und tauchten Lindemann, der immer noch auf der Bühne stand, in ihr warmes Licht.

»Niemand kann bestreiten, meine Damen und Herren, dass Frau Maus, oder Mäuschen, wie ich sie immer genannt habe, und weiter nennen werde, eine wundervolle, wandelbare und aufregende Frau ist.

Und hier ist sie.« Seine ehemalige Sekretärin kam seitlich hinter dem Vorhang hervor und stieg die erste der drei Stufen zur Bühne hinauf.

Hedwig starrte nach oben. Lindemann reichte Marie-Luise die Hand und zog sie zu sich hinauf. Das Licht ließ die roten Strähnen in ihrem dunklen Haar aufleuchten und betonte einen asymmetrischen Haarschnitt. Lange, ungewöhnliche Ohrringe steckten in ihren Ohrlöchern. Ihre schmale, herzförmige Brille spiegelte das gleiche Grün ihres Seidenkleides wieder. Es war ein Wickelkleid, das ihre schlanke Figur umschmeichelte. Der Rock war kurz genug, um ihre wohlgeformten langen Beine in den schmalen Stöckelschuhen zu zeigen.

Lindemann zog sie etwas näher an sich heran und seine Stimme klang plötzlich feierlich.

»Darf ich Ihnen vorstellen: Marie-Luise Lindemann, geb. Maus, meine Frau!«

Es war einige Sekunden mucksmäuschenstill, dann aber, als er seine Frau strahlend ganz eng an sich zog und ihr einen langen tiefen Kuss gab, brach der Applaus los.

»Bravo, Bravo. Weiter so«, forderten einige Stimmen die beiden auf.

Hedwig spürte einen kleinen Stich der Eifersucht. Marie-Luise war verheiratet und dann auch noch mit einem so super Typen. Diese Marie-Luise, nichts hatte sie verraten. Dabei war sie doch ihre beste Freundin, dachte sie empört. Schließlich kehrten ihre Gedanken zu Kaiser zurück, und sie nahm sich fest vor, Kaiser etwas unter Druck zu setzen, vielleicht konnte sie ja auch Kaiser zu einer Heirat überreden. Schon ging es ihr besser und dann schaute sie schräg hinauf in Kaisers verblüfftes Gesicht.

Wieder blickte sie auf die Bühne. Eines konnte man gar nicht übersehen. Lindemann war unheimlich verliebt. Er konnte kaum die Finger von Marie-Luise lassen.

Sie zwängte sich bis zu ihrer Freundin durch und umarmte sie.

Lindemanns Mutter schluckte zweimal.

»Und du hast wirklich nichts gewusst?«, fragte sie eine der alten Damen bereits das zweite Mal.

»Nun, ja«, sie zögerte. »Eigentlich habe ich den Anstoß dazu gegeben. Frau Maus wollte nämlich einen reichen älteren Industriellen aus Finnland heiraten, und da habe ich gesagt, unternimm doch etwas, aber gleich heiraten?« Sie schwieg beleidigt.

Schließlich reckte sie ihr Kinn hoch, sie musste sich ja damit abfinden. »Wenigstens bleibt uns die Ersatzdame für unseren Bridgeabend erhalten. Sie ist noch jung.

Vielleicht werde ich doch noch Großmutter.«
Sie lächelte versöhnlich. »Wurde ja auch Zeit, schließlich
wird der Junge bald vierzig.«
»Liebling«, Lindemann nahm seine Frau am Ellenbogen.
»Wir müssen zu meiner Mutter. Wir versprechen ihr, dass
sie eine richtige große, weiße Hochzeit ausrichten kann,
dann ist sie besänftigt.«
Später betrachtete er Marie-Luise im Kreise einiger Gra-
tulanten. Er dachte an das kleine Hotel in Tirol und ihr
Nein zu seinem Heiratsantrag. Noch nie hatte er sich so
elend gefühlt. Diese Panik, die in ihm ausbrach, wollte
er nie wieder spüren. Er durfte und konnte sie nicht
verlieren, denn er brauchte sie wie die Luft zum Atmen,
das hatte er sich in diesem Augenblick eingestanden.
Er hatte nach Luft geschnappt und war aufgestanden. Er
musste seine Ängste unterdrücken, musste überlegen –
unbedingt – musste sich eine Taktik zurechtlegen. Aber
zuerst musste er Mäuschen beruhigen.
Immer noch die Arme um sich geschlungen, den Kopf
gesenkt, saß sie auf dem Hocker. Sie weigerte sich, ihm
in die Augen zu schauen.
Eine ungewohnte Zärtlichkeit überrollte ihn, er wollte sie
umarmen, er wollte sie trösten, beschützen. Verdammt,
er wollte sie lieben.
»Liebes!«, er zog sie in seine Arme, »du frierst. Wir können das auch in der Wärme des Bettes bereden.«
Aber sie redeten doch nicht; sie liebten sich mit einer
Leidenschaft und einer Verzweiflung, als ob sie für
immer Abschied nehmen müssten. Hinterher bettete er
ihren Kopf in seinen Arm und wartete, bis sie einschlief.
Er blieb wach, befriedigt und doch unruhig. Erst als er sich
eine Strategie zurechtgelegt hatte, schlief er selber tief und
fest ein, ihren Körper immer noch fest an seinen gepresst,
damit sie ihm nicht noch einmal entwischen konnte.
Am nächsten Morgen bei einem wunderbar faulen Früh-

stück im Bett, überredete er Marie-Luise, wenigstens drei Tage gemeinsam den Urlaub zu verbringen. Dann könnte sie sich immer noch entscheiden. Sie stimmte zu. Er war unheimlich erleichtert, handelte es sich doch um den ersten Schritt seiner Strategie, und er war mit diesem Teilergebnis sehr zufrieden. Das Andere würde er auch noch erreichen, schließlich hatte er immer noch bekommen, was er wollte.

Er nutzte die Zeit. Jede Mühe gab er sich, ihr zu sagen und zu zeigen, wie sehr er sie liebte. Er sagte ihr das immer wieder, solange, bis sie vielleicht zu einer Heirat sagte und dann liebte er sie immer wieder, bis er endlich ihr Ja hörte. Er hatte es beinahe überhört.

»Was hast du gesagt? Sag es noch einmal, und noch mal.«

»Ja!«

Er konnte es kaum glauben. Am nächsten Tag fuhr er in die nächste größere Stadt, betrat ein Reisebüro und buchte zwei Flüge nach Las Vegas. – Er würde nichts dem Zufall überlassen. Erst als in der kleinen kitschigen Kapelle im Spielkasino sein Ring an ihrem Finger glänzte, hatte er aufgeatmet, hatte sich erlaubt, glücklich zu sein. Und er war glücklich, und wie!

Häkinnen war er unendlich dankbar, dass er ihn auf diese wundervolle, einzigartige Frau genau vor seiner Nase aufmerksam gemacht hatte. Er würde ihm ein riesiges Geschenk machen, wenn einige Zeit vergangen war. Wie hatte sein Geschäftsfreund noch gesagt?

Eine wundervolle Frau, sie kann zuhören, fantastisch kochen, teilt meine Hobbys und ist eine einfühlsame Geliebte. Und das letzte bereitete Lindemann besonderes Vergnügen, er lächelte.

Marie-Luise würde das mit Häkinnen schon lösen und das mit Miranda auch.

Nein, beschloss er, das würde er selber in die Hand nehmen, das hätte seine Frau nicht verdient.

»Meine Frau«, diese zwei Worte »schmolzen wie Schokolade auf seiner Zunge«, dachte er amüsiert.

Marie-Luise entwischte für kurze Zeit in den
Waschraum. Sie frischte ihr Make up auf und besah
sich dabei im Spiegel.

»Wir können keine Schönheit aus dir machen«, hatte
Siggi gesagt. »Schön ist oft auch langweilig. Achte darauf, interessant auszusehen, das musst du dir merken.
Immer etwas anders als die anderen, das macht dich
attraktiv.«

Sie hatte Werner ihr Jawort gegeben, weil sie ihn liebte.
Als ihr das klar geworden war, konnte sie nicht mehr
ablehnen. Sie kannte ihn, gut, zu gut. Sie hatte sich von
ihm versprechen lassen, dass er sie nie betrügen würde,
dann erst war sie gesprungen. Sie konnte nur hoffen,
dass alles gut ging. Sie würde ihn so beschäftigen, dass
er nur noch für sie Zeit hatte.

Das schwor sie sich.

Draußen im Gang traf sie den Leiter des Personalbüros.

»Ach Herr Bauer.«

Er kam auf sie zu und drückte ihr fest die Hand. »Noch
einmal herzlichen Glückwunsch, Frau Lindemann.«

»Danke schön. Herr Bauer, vorläufig werde ich wohl
noch im Büro arbeiten. Sollte ich einmal Ersatz brauchen, suchen Sie dann bitte eine Dame aus, die älter
und reifer ist, als ich. « Vertraulich zwinkerte sie ihm zu.

Epilog

Während Frau Lindemann sich mit Feuereifer an die Vorbereitungen einer großen Hochzeit machte, buchte Werner Lindemann einen Flug nach Helsinki.

Es war das erste Mal, seit er Mäuschen kannte, dass er sich selber um Unangenehmes kümmern wollte.

Er fühlte sich sehr, sehr unbehaglich, als er seinem Geschäftsfreund erklären musste, dass er selbst Marie-Luise liebte, dass er sie geheiratet hätte und dass er ihm sehr, sehr dankbar wäre, dass er ihm die Augen über Mäuschen geöffnet hätte.

Er hatte Häkinnen ein paar Tage Lachsangeln in Irland versprochen und sich zusammen mit ihm betrunken.

Trotzdem hatte er das Gefühl, dass Häkinnen noch eine lange Zeit brauchte, um über seine Enttäuschung hinweg zu kommen.

Für Miranda hatte er ein Schmuckstück gekauft und war zu ihr hingefahren. Das ging nicht so ruhig ab wie bei Häkinnen.

Sie hatte Funken gesprüht, mit ihren Fäusten auf seinen Brustkorb getrommelt, bis er ihr die Hände festgehalten hatte. Dann hatte sie ihn verbal mit Ausdrücken verletzt, die er ihr gar nicht zugetraut hatte. An den Fingern zählte sie ihm einzeln auf, welche Gelegenheiten, Freundschaften zu schließen, sie in der Zeit, als sie mit ihm zusammen war, verpasst hatte.

Alles hatte er mit stoischer Ruhe über sich ergehen lassen, erst, als er versprochen hatte, ihr einen neuen Klienten zu besorgen, hatte sie sich beruhigt und ihm die Türe gewiesen.

»All das war seine Frau wert gewesen«, dachte er zufrieden, als er nach Hause fuhr und sich auf einen wundervollen Abend mit ihr freute.

Bereits erschienene Bücher von Rena May.

Ich brauche dich! Ich liebe Dich?
ISBN Nr. 978-3-8301-1633-2

Krummnase, der kleine Weihnachtsbaum
ISBN Nr. 978-3-7412-8081-8